취춘리 장편소설

小說 공자

3

군자는 뜨락에 전나무를 심는다

임홍빈 옮김

지성문화사

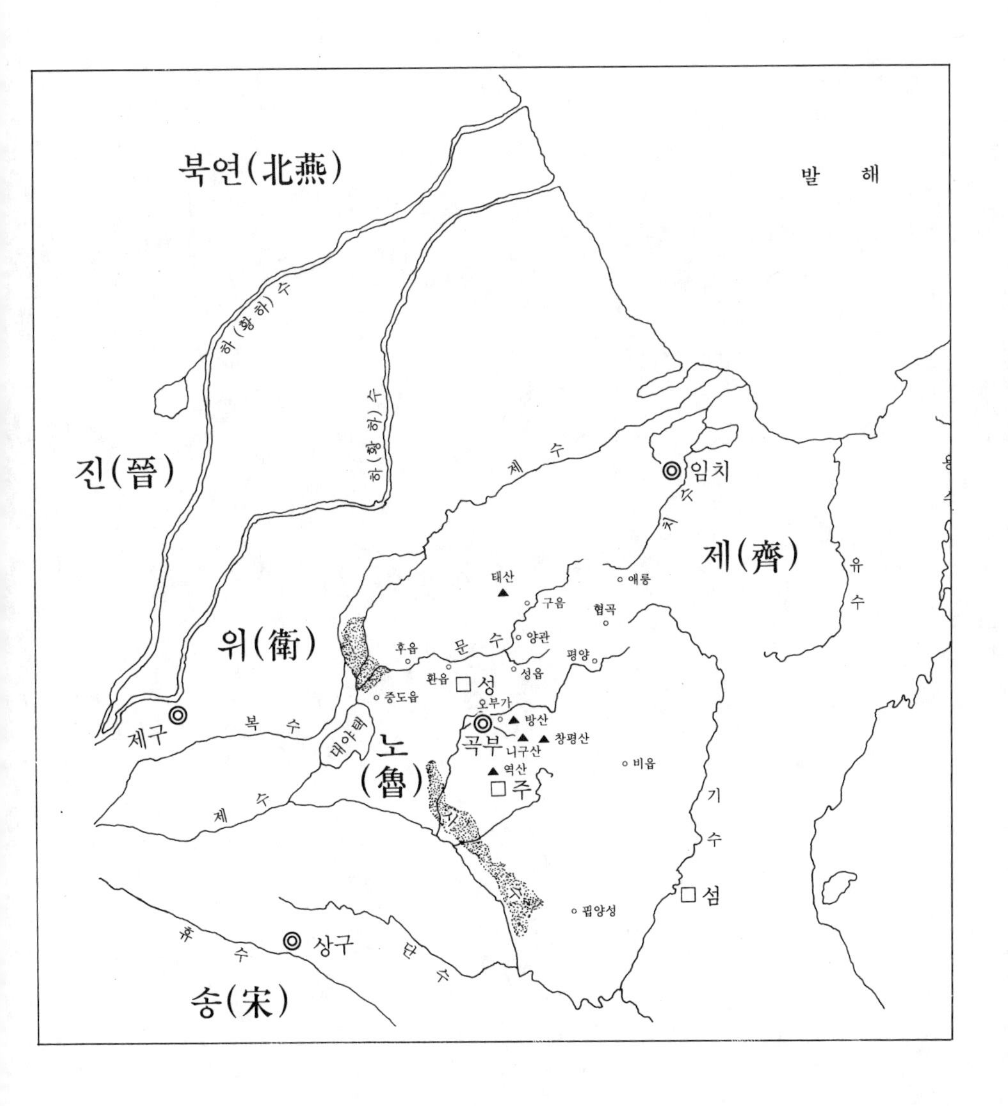

북연(北燕)
발 해
하(황하)수
하(황하)수
진(晉)
제 수
임치
치 수
제(齊)
유 수
위(衛)
태산
애룡
구음
협곡
후읍
문 수
양관
평양
환읍
성
성읍
중도읍
오부가
방산
제구
복 수
곡부
창평산
니구산
대야택
노
(魯)
역산
주
비읍
제 수
기 수
사 수
섬
핍양성
후 수
상구
단 수
송(宋)

차 례

1
자공과 자로

"사부님, 비가 내립니다!"

자공이 외치는 소리였다.

"뭐라구, 비가 온단 말이냐?"

공구도 흥분된 심사를 억누르지 못하고 벌떡 일어나더니, 빠른 걸음으로 달려나갔다. 그는 먼저 손바닥에 빗방울을 받아본 다음 얼굴을 들고 오랜 가뭄 끝에 내리는 단비를 마음껏 들이마셨다.

가랑비는 바람결에 부슬부슬 흩날리면서도 마치 공구의 메마르고 갈라터진 마음밭을 적셔주려는 듯, 방울방울 땅바닥에 떨어져 흙 속으로 스며들고 있었다.

옷이 젖는 것도 잊은 채 한참 동안 묵묵히 서서 하늘을 우러르는 동안 그의 눈 앞에는 일손 바빠진 농부들의 모습이 하나하나 떠오르기 시작했다. 그리고 가을철 풍성한 수확을 걷어들이는 농부들의 환한 웃음을 그려보면서 저도 모르게 미소가 번져나왔다.

어둠 속에서 스승의 얼굴은 보이지 않았으나 자로는 지금 그 심정을 꿰뚫어 보고도 남음이 있었다.

그는 조용히 스승 곁으로 다가갔다.

"들어가시죠 사부님, 비를 맞으시면 안됩니다."

"중유야, 보려무나. 큰 바람도 없는데 비가 내리고 하늘에 구름장이 저렇게 두터우니, 여기뿐만 아니라 전국에 골고루 내리는 게 아니냐? 너도 굳이 백성들을 수로 작업에 동원할 필요가 없을 듯하다."

"아니올시다, 스승님. 포읍 땅에는 공장도 없고 상업도 발전하지 못해서 백성들이 모두 농사에 목숨을 걸고 살아가는 실정입니다. 그런데 땅이 고르지 않아 대규모 농사를 짓기가 힘들 뿐더러 제방과 수로 역시 여러 해 동안 수리하지 않았기 때문에, 가뭄이 들면 논밭에 물을 댈 수가 없고, 홍수가 났을 때도 물을 뽑아내지 못합니다. 그래서 저는 말씀드린 대로 주군께 곡창을 개방하도록 아뢰어 우선 굶주린 이재민을 구제한 다음, 파종이 끝나는 즉시 수리사업을 다시 열기로 마음을 먹었습니다."

"백성을 동원하려면 무엇보다 농번기를 피해야 하느니라. 네 말을 듣고보니 수리사업도 급선무이긴 하다만, 우선 파종을 마치고 여름철 수확을 하기 전에 시작하는 것이 적당할 듯싶다."

"알겠습니다."

자로는 모처럼 스승에게 칭찬을 받았는가 싶어 입이 저절로 벌어졌다.

방 안에 들어서면서, 공구는 새삼 깊은 상념에 빠져 들었다.

'이제 고시와 자로는 제각기 업적을 세우고 있다. 한데 노나라에 돌아간 염유는 어떻게 하고 있을까? 왜 아무런 연락이 없을까? 본국 실정은 어떤지 모르겠다. 별일이나 없었으면 좋으련만…….'

공구가 우려한 대로 본국에서는 또다른 풍파가 일고 있었다. 노애공 7년 여름, 오나라 국왕 부차(夫差)는 노나라에 사신을 보냈다. 국서 내용인즉, 증성에서 노애공과 동맹을 맺고 싶다는 요구였다.

증성이라면 본국 영토에 속한 땅이라 노애공은 별로 주저하지 않고 상국 계손비를 회담 주재관(主宰官)으로 삼아 날짜에 맞추어 준비할 것을 명했다.

증성은 노나라 곡부성에서 남쪽으로 1백여 리 떨어진 지점이었고 오나라 영토와 맞닿은 접경지대에 위치하고 있었다. 오나라는 노나라보다 강대국이라 노애공은 속으로 겁을 먹기는 했으나, 회담 장소가 자국 경내였고 또 강력한 수비군이 지키고 있었기 때문에, 마음 놓고 오나라 측의 회맹 요구를 받아들였던 것이다.

회맹이 있던 날, 노애공은 아침 일찍부터 회담 장소로 나갔다. 동맹 제단은 너른 벌판에 흙으로 축대를 쌓아 임시로 만든 것이었다. 계단은 남쪽 방향에서 오르게 되어 있었고, 제단에는 통돼지와 양을 비롯하여 온갖 제물이 모양새 좋게 고루 갖추어져 있었다.

오왕 부차 일행이 나타난 것은 약 반 시진이 지나서였다. 황금 면류관과 비단 곤룡포, 시종 네 명이 떠받든 황라 일산(黃羅日傘)의 그늘 아래 부차는 갈지자 걸음걸이로 위풍 당당하게 다가왔다.

그뿐이 아니었다. 좌우 측근에는 은빛 갑옷 투구에 패검으로 무장한 시위 여덟 명이 바짝 따라붙었고, 등 뒤에는 화려한 의관으로 꾸민 의장병들이 오색 깃발을 휘날리면서 보무도 가지런하게 8열 종대로 들어서고 있었다.

노애공은 저도 모르게 낯이 뜨거워져서 자기 뒤를 돌아보았다. 수행원이라고는 고작 20여 명의 시종과 10여 명의 대신들이 초라한 행색으로 서 있을 뿐, 중무장한 경호 병력도 으리으리하게 꾸민 기수들도 없었다. 더구나 옷차림새는 평상복 그대로였다.

'이 구겨진 체통을 어쩌면 좋겠는가?'

부차가 다가오자, 그는 두 눈 딱 감고 상견례를 교환했다.

두 임금이 단상에 오르는 동안, 양측에서 종 과 북 소리가 일제히 울려 퍼졌다. 양국 군주가 좌정하자, 양측 주례관이 반열 앞으로 걸어나왔다. 오나라측의 주례관은 태재(太宰) 백비였고 노나라측은 상국 계손비였다. 계단을 오른 주례관들이 제각기 임금 곁에 시립했다.

"향을 올려라!"

노나라측 주례관이 외치자, 단하에 서 있던 신하 한 사람이 청동 향로를 떠받들고 올라왔다. 향로를 건네받은 계손비가 풍신한 소맷자락을 펄럭여 가며 북방을 향해 읍례를 올린 다음 연기가 모락모락 피어오르는 굵다란 향 석 대를 꽂더니, 두 임금을 향해 돌아서서 공손히 예를 올렸다.

"준비를 갖추었으니, 두 분 군후께서는 맹세를 올리십시오!"

부차와 노애공이 풍악 소리에 맞추어 청동 향로 앞으로 걸어나가 북면을 바라고 우뚝 섰다.

"헌작(獻爵)이오!"

계손비가 다시 위엄있게 외쳤다.

부차와 노애공은 각자 술잔을 하나씩 잡고 천지 삼계(天地三界)를, 향해 골고루 잔을 뿌렸다. 그리고 큰절을 올리면서 미리 준비한 맹세문을 읊기 시작했다.

"천지 신명이시여, 이제 노와 오 양국은 영세 무궁토록 우호를 닦아 형제 지국이 될 것이며 무력으로 침범하는 일이 없을 터이오니, 이 맹약을 어기는 자를 천지 신명께서 굽어보시와 주멸하소서!"

두 군주가 맹세를 마치고 제자리로 돌아가자, 오나라 주례관 백비는 얼굴의 웃음기를 싹 거두더니 부차를 보고 이렇게 아뢰었다.

"대왕, 오늘날의 형세로 보자면 노나라는 약하고 오나라는 강합니다. 저희 오나라의 비호가 없었던들 노나라는 전쟁의 고통에서 벗어나기 어려웠을 것입니다. 옛말에도 '은혜를 알면서 갚지 않으면 군자가 아니라' 했습니다. 그동안 저희 오나라가 노나라에 많은 은혜를 내렸는데도 노나라측은 전혀 무관심했고 아무런 보답도 하지 않았습니다. 이런 관례가 장차 계속된다면 사리에 크게 어긋나는 일이 아닌가 생각되옵니다!"

"옳소! 경의 말이 조금도 틀리지 않소. 과인이 보기에도 우리 오나라는 노나라에게 막중한 은혜를 주었다고 생각되오!"

태재 백비는 여보라는 듯이 계손비와 노애공을 쳐다보았다. 노나라 군신은 분노에 못이겨 두 눈을 부릅떴으나, 감히 입을 열어 한 마디도 반박을 못했다. 백비는 고양이가 쥐새끼 놀리듯 조롱 섞어 또 한 마디 던졌다.

"노나라로 말하자면 주공(周公)의 영지요, 국법 제도가 완전히 갖추어진 예의의 나라라고 들었소이다. 오늘 군후의 차림새를 보아하니 예의를 전혀 갖추지 않으셨는데, 혹시 그 훌륭하신 예악이 몽땅 무너진 것은 아니오이까?"

노애공은 얼굴빛이 시퍼렇게 들뜨고 전신이 부들부들 떨리도록 성이 났으나 도대체 무슨 말로 응수해야 좋을지 전혀 생각이 나지 않았다. 상국 계손비도 머리통을 쥐어 짜냈으나, 당장 무슨 말로 반박을 할 것인지 단 한 마디도 떠오르는 것이 없어, 그저 분노를 짓씹으며 참는 수밖에 도리가 없었다.

백비는 이들의 꼬락서니를 보면 볼수록 의기 양양해졌다. 그는 짐짓 하늘만 멀뚱멀뚱 쳐다보면서 오만 무례하게 한참 서 있다가, 나중에야 차마 보기 안되었다는 듯이 부드러운 어조로 협상 조건을 끄집어냈다.

"저희 오나라는 본디 노나라와 이웃한 형제의 나라이니, 저희가 귀국을 비호하는 것이야 의리상 마땅한 일입니다. 하물며 지금 노나라의 형편이 그리 부유한 편이 아닌 줄 알고 있습니다. 그래서 말씀인데, 올해부터 시작해서 노나라측은 해마다 저희 나라에 소 1백 마리, 양 1백 마리, 돼지 1백 마리씩 바쳐 성의 표시를 함이 좋을 듯하온데, 노나라 군후의 뜻은 어떠하신지요?"

오왕 부차도 별것 아니라는 기색으로 맞장구를 쳤다.

"정성이 중요하지 물건 따위야 뭐 그리 대단한가! 노나라 군주께서도 사리를 전혀 모르는 분이 아닐 테니, 모든 걸 어련히 알아서 하시겠는가."

이쯤 되자 목석 같은 계손비도 슬그머니 부아통이 터져 견딜 도리가 없었다. 그는 자리를 박차고 벌떡 일어났다.

"상국, 잠깐만!……."

노애공이 이것 큰일나겠다 싶어 황급히 그를 말렸다.

"계손 경, 노염을 타선 아니 되오. 소 1백 마리, 양과 돼지 1백 마리쯤이야 별것이겠소? 잘못 하다가는 큰 환란이 벌어지겠소. 우리 억울해도 잠시 참도록 합니다."

이로써, 증성 회맹은 오나라측의 일방적인 승리로 끝났다.

노애공은 자국 영토 안에서의 회맹이 이토록 참담한 결과로 끝날 줄은 애당초 생각도 못한 터라, 부끄러움으로 밤잠을 이루지 못하고, 하루 세 끼 음식조차 목구멍에 넘길 수가 없었다.

그 해 가을, 오나라 태재 백비가 계손비를 자국으로 초청했다. 계손비는 지난 여름철 증성 회맹 때의 정경이 떠올라 저도 모르게 몸서리를 쳤다.

'자, 이 노릇을 어쩌면 좋을꼬? 남의 나라 영토 안에 들어와서도 그처럼 흉악을 다 떨었는데, 이제 그놈의 늑대 소굴에 불려갔다가 무슨 꼴을 당하게 될 것인지는 상상만 해도 뻔한 노릇이 아닌가!'

밤새도록 번민하던 그는 새벽녘 머리가 맑아질 때쯤 되어서 공부자의 문하에 외교술이 뛰어난 제자 하나를 생각해냈다.

'단목사, 자는 자공이라고 했으렷다? 그 인물을 불러다가 데리고 가야겠구나…….'

이리하여 계손비는 즉시 친필로 청첩장을 한 통 써서 긴급 사절편에 위나라로 달려 보냈다.

자공은 계손비의 서찰을 받고 그 즉시 스승에게 아뢰었다.

"단목사야, 너는 언변이 뛰어나니 상국 대감을 모시고 오나라에 다녀와도 괜찮을 것이다. 가거든 예의와 인덕으로 사리를 따져 오나라 태재를 잘 설득하도록 하려무나."

"백비는 오왕 부차를 도와서 이제 한창 패업을 도모하느라 애쓰고 있는 인물인데, 예의 도덕으로 따진다고 귓등에나 들리겠습니까?"

"아니다. 부차는 사리가 분명한 위인이니, 이치를 따져 해명하면 틀림없이 마음이 움직일 것이다."

자공은 스승의 당부대로 즉시 노나라로 돌아가서 계손비를 만났다. 그리고 여행 준비가 끝나자 곧바로 오나라를 향해 떠났다.

태재 백비는 계손비 일행이 찾아왔다는 연통을 받고 부랴부랴 영접을 나왔다.

대청마루에 좌정한 뒤에도 계손비는 지나치게 긴장한 나머지, 몇 마디 인사치레도 생략한 채 질문을 던졌다.

"태재 대감, 이처럼 저를 특별 초청한 이유가 무엇인지 말씀해 주시겠습니까?"

"모처럼 남국 땅에 오셨으니, 우리 특산품 귤이나 맛보시지요."

계손비도 자신이 성급했음을 깨닫고 얼굴이 화끈 달아올라 귀밑 뿌리까지 시뻘개져서 고개를 툭 떨어뜨리고 말았다.

"고, 고맙습니다. 대감!……"

자공은 못 본 척, 귤 한 개를 집어들고 껍질을 벗기면서 천연덕스레 한 마디 중얼거렸다.

"허어, 강남의 특산 귤이라! 그것 참 먹음직스럽게도 생겼구나."

자공의 태연 자약한 목소리를 듣자, 계손비는 흡사 무거운 짐이라도 벗어놓은 듯 홀가분한 심정이 되어서 자기도 귤 한 개를 집어들고 천천히 껍질을 벗겨 먹기 시작했다.

백비는 만면에 웃음을 띤 채 이렇게 물었다.

"귀국 군후께선 평안하신지요?"

"예,예! 아주…… 평안하시외다!"

계손비는 입 속에 귤 한 쪽을 집어넣은 채 황급히 대답했다.

이런 옹색한 국면을 어찌 오래 보고 있겠는가? 자공은 두 손에 묻은 귤즙을 재빨리 닦아내고 공손히 물었다.

"태재 대감, 귀국 군후께서도 평안하십니까?"

점잖고도 당당한 목소리에 백비는 깜짝 놀라 의아스런 눈빛으로 자공을 쳐다보았다.

"선생의 존함은 어찌 되시오?"

"단목사라 하옵니다. 복성(複姓)입지요."

"아하! 공부자님의 고족(高足)이신 자공 어른을 몰라 뵈었군요. 이것 참말 실례가 많았소이다!"

"과찬의 말씀, 감당하기 어렵습니다."

웅변의 대가와 맞닥뜨렸으니, 백비도 의기소침할 수밖에 없었다. 그는 이들을 어떻게 요리할까 하고 한참 동안 궁리한 끝에, 우선 계손비부터 물고 늘어지기로 작정했다.

"상국대감, 지난 여름 증성 회담 때에 노나라는 해마다 소와 양, 돼지를 각각 1백 마리씩 우리 나라에 보내 주시기로 약속하셨는데, 금년에는 언제 보내주실 예정인가요?"

"그건, 저어……."

계손비는 우물쭈물 대꾸를 못했다.

이때, 자공이 냉큼 계손비의 말끝을 끊어놓았다.

"상국 대감, 잠깐만……."

그리고 부드럽게 백비를 쳐다보면서 이렇게 한 마디 던졌다.

"태재 대감의 그 말씀은 옳지 못합니다!"

"어엉? 내 말이 틀렸다니!……"

백비는 성난 눈을 부릅뜨고 자공에게 따지고 들었다.

"그 조건은 노나라 군후의 입으로 직접 수락하신 것인데, 뭐가 어떻게 잘못되었다는 거요?"

그러나 자공은 털끝만큼도 흐트러짐없이 응수했다.

"옛날 성현의 말씀에 '큰 정치를 행하려면 천하를 한 집안으로 보고 다스려야 한다' 하였습니다. 노나라와 오나라는 모두 천자의 영토에 속하며, 노나라 군주나 오나라 군주나 다같이 주 천자께 예속된 제후들입니다. 또 양국은 이미 우호 동맹을 체결하고 피차 예의로써 대하며 무력을 써서 침범하지 않기로 맹세했으니, 동기간의 정분으로 맺어진 형제나 다를 바 없습니다. 기왕에 형제가 되었으니, 복이 있으면 함께 누리고 환란이 닥치면 함께 감당해야 하는 줄 압니다.

"흐흠, 옳은 말씀이오만……."

"오늘날 오나라는 부강하고 노나라는 쇠약합니다. 그러므로 이치대로라면 오나라는 노나라의 어려움을 구제해야 옳은 일이거늘 대감은 오나라 군왕께서 도리에 따라 일을 하도록 권면하지 않으시고 오히려 가난한 노나라더러 부유한 나라를 도우라고 강요하시다니, 이는 본말(本末)이 뒤집힌 경우가 아니고 무엇이겠습니까?"

백비는 속으로 비명을 질러댔다.

'이것 참 날카로운 주둥이로구나!…….'

그렇다고 여기서 고분고분 수긍할 수야 없는 노릇이라, 그는 사나운 말투로 생떼를 쓰기 시작했다.

"여보시오, 단목 선생! 자고로 힘이 약한 자는 강자에게 공물을 바쳐 예를 표하는 것이 상례가 아니오?"

자공 역시 꾸짖는 말투로 상대방을 몰아붙였다.

"노나라는 주공의 영지요. 인덕을 베풀고 예의를 완전히 갖추어 이러한 것들이 온 천하에 두루 미치는 힘을 지닌 나라외다."

"흐흠! 노나라에 힘이 있다니, 지나친 말씀이로군!"

"역사를 종합해 보건대, 무력 수단으로 타국을 위압하는 나라는 외견상 강대해 보이지만 그 내면에는 위기가 사면으로 잠복해 있소이다. 그렇기 때문에 오직 예치를 실행하는 나라만이 오래도록 영원한 평화와 안정을 유지합니다. 따라서 진정한 강자를 따진다면 제일 먼저 노나라가 으뜸으로 손꼽혀야 마땅합니다. 그런데 오나라는 어째서 노나라에 대해 공물을 바쳐 예의를 표하지 않는단 말입니까?"

말이 옹색해진 백비는 얼굴을 붉혀가며 허둥지둥 반박을 했다.

"정 그렇다면 오나라와 노나라가 증성에서 맺은 동맹도 명색만 남고 실속 없는 빈 껍데기란 말이오?"

"태재 대감, 제가 한 마디 묻겠습니다. 오나라측에서 노나라와 회맹한 본뜻은 우호를 닦기 위해서입니까, 아니면 상대국을 강압하여 칭신(稱臣)하게 만들고 공물을 바치게 하기 위해서였습니까?"

"그야 물론 우호를 닦기 위해서였지!"

"말씀 한 번 잘하셨습니다! 그러시다면 태재 대감께선 오나라 국왕을 잘 설득하셔서 약속대로 이행하도록 하십시오!"

"그 약속은……."

백비가 계속 쟁론하려고 입을 열자 자공은 의자를 밀어내면서 벌떡 일어나더니 계손비를 향해 이렇게 말했다.

"상국 대감, 이만 가시지요! 남아 대장부가 한번 입 밖에 낸 한 마디는 네 마리 말이 끄는 수레를 타고도 따라잡지 못한다 했습니다. 태재 어른께서 노나라와 오나라가 영세토록 우호를 닦겠노라고 거듭 동의를 표하셨으니, 이것으로 얘기는 다 끝난 셈입니다."

계손비는 어리둥절하다가 이내 그 말뜻을 깨닫고 황급히 일어나 백비에게 작별 인사를 건넸다.

"태재 대감, 이토록 이해를 해주시다니 정말 고맙습니다! 그럼 저희는 이만 돌아가기로 하오리다."

"어어……상국 대감!……."

백비가 미처 만류할 틈도 없이, 두 사람은 재빨리 태재 대감의 부중을 빠져나왔다. 그리고 객관에 돌아오기가 무섭게 행장을 꾸려 귀국 길에 올랐다.

노나라에 돌아와서, 계손비는 노애공에게 그간의 경위를 낱낱이 아뢰었다. 노애공은 자공의 재치에 찬탄을 금치 못했다.

자공은 다시 위나라로 돌아왔다. 공구 역시 자공에게 탄복해마지 않았다.

"과연, 너는 훌륭한 변설가로구나!"

그로부터 며칠이 지나서, 공구는 앞뜰의 홰나무 잎새가 누렇게 물든 것을 보고 문득 자로 생각이 났다.

"벌써 가을이 또 왔구나. 그 동안에 중유가 포읍을 잘 다스렸는지 모르겠다. 단목사야, 우리 둘이서 중유를 한 번 만나보러 가지 않으련?"

두 사람은 다음날 아침 일찍이 길을 떠났다. 자공은 고국을 위해서 커다란 공헌을 한 것이 자랑스럽기도 하려니와, 또 스승이 그 점을 알아주신 것이 크게 기뻐서 이루 형언할 길 없이 의기 양양해졌다. 그는 익숙한 솜씨로 기분 좋게 말을 몰아가면서 스승에게 물었다.

"사부님, 안회와 중유 그리고 저를 각각 어떤 사람으로 보십니까?"

"안회는 인덕을 갖추었고, 중유는 용감한 사람이고……."

자공은 고개를 돌려 간절한 눈빛으로 다음에 나올 말씀을 기다렸다.

"너는 지혜로운 사람이다."

스승의 대답을 듣고서, 묵묵히 몇 걸음 더 가다가 자공이 또 여쭈었다.

"저희 세 사람의 특징은 어떻게 다릅니까?"

"지혜로운 사람은 쉽사리 미혹당하지 않고, 인덕을 갖춘 사람은 낙관적인 태도를 지키고, 용감한 사람은 두려워하는 바가 없다."

"사부님은 그 세 가지 장점을 모두 갖추셨지요?"

자공이 흥분에 들뜬 목소리로 스승의 비위를 맞추었다.

공구는 눈살을 찌푸리고 제자를 꾸짖듯 흘겨보았다. 아첨 떠는 말이 듣기 싫었던 것이었다. 그는 앞서 한 말을 다시 반복했다.

"단목사야, 잘 새겨들어라. 지혜로운 사람은 남에게 쉽사리 미혹당하지 않고, 인덕을 갖춘 사람은 늘상 낙관적인 태도를 잃지 않으며, 용감한 사람은 아무 것도 두려워하지 않는다."

그리고 잠시 입을 다물고 생각에 잠기더니 다시 말을 이었다.

"군자라면 누구나 이 세 가지를 구비해야 되겠으나, 나는 그중 하나도 갖추지 못했다. 나에게 특징이 있다면, 그것은 아랫사람에게 묻기를 부끄러이 여기지 않고, 허심 탄회하게 배우기를 좋아하며, 무엇을 배우든지 미치지 못할까 늘 생각하고, 행여 배움의 때를 잃지 않을까 늘 두려워한다는 점이다. 이밖에 또 무엇이 있겠느냐? 나는 그저 배우기를 좋아하는 사람에 지나지 않을 따름이다."

이윽고 포읍 경내에 들어섰을 때, 공구는 무엇을 보았는지 몹시 기꺼워하면서 찬탄해 마지 않았다.

"훌륭하구나, 참말 훌륭하다! 자로가 공경스러운 태도로 백성들의 신임을 얻을 수 있었다니!"

성내에 들어섰을 때 그는 더욱 기뻐했다.

"좋구나, 좋아! 자로가 충신(忠信)으로 백성들을 너그러이 포용할 수 있다니, 정말 훌륭하다!"

읍재 아문에 당도했을 때, 공구의 입에서는 또 한 차례 탄성이 터졌다.

"좋구나, 좋아! 자로가 민정을 살피면서 과단성 있게 송사를 처리할 줄 알다니, 정말 훌륭한 일이로구나!"

자공이 말고삐를 붙잡고 여쭈었다.

"사부님, 중유가 다스린 업적을 보시지도 않고 장본인을 아직 만나 보시지도 않았는데 연거푸 세 차례씩이나 칭찬을 하시다니, 도대체 그가 어떤 점에서 잘 했다는 말씀입니까?"

"나는 벌써 중유가 다스린 업적을 다 보았다. 포읍 경내에 들어섰을 때, 제일 먼저 눈에 뜨인 것은 가로세로 질서 정연하게 뚫린 수로와 기름진 옥답이었다. 백성들의 신임을 얻지 않고서야 누가 힘을 아낌없이 쏟아 도랑을 파고 물길을 뚫어서 논밭 전체에 물을 댈 것이며, 누가 오곡을 정성스럽게 가꾸어 실팍지고 풍성한 알곡을 자라게 만들었겠느냐? 포읍 땅은 어디를 둘러보더라도 금년에 대풍작을 거둘 것이 분명하다."

"성내에선 무엇을 보고 칭찬하셨습니까?"

"큰 길거리에 상점이 늘어서고, 장터가 번화하더구나. 어디 그뿐이냐, 골목마다 가옥과 담장이 튼튼하고 울타리 나무가 무성한 것을 보았다. 이는 오로지 충직성과 성실성으로써 사람을 대하고 백성들을 너그러이 포용하여 풍속을 순화시키고 도적이 일어나지 않게 만들었다는 증거이다. 또 이래야만 그처럼 번창하고도 안정되는 법이다."

"방금 여기서도 무얼 보셨습니까?"

"너도 보려무나. 이 아문 주위가 얼마나 한적하고 조용하냐? 아전들도 바삐 뛰어다니지 않고 별로 하는 일 없이 명령만 기다리고 서 있을 따름이다. 이는 모두 고을 안의 민정을 분명히 살펴서 백성들의 뜻을 익히 알고 청렴 결백하게 송사를 공평히 처리했다는 증거가 아니냐? 그래야만 억울한 소송자가 하나도 없게 되고 분규를 일으키거나 소란을 부리는 자의 발길이 딱 끊기게 되는 것이다. 그러고 보니, 내가 세 번 칭찬을 했어도 중유의 훌륭한 업적을 다 말하지 못한 셈이로구나!"

자공도 듣고 보니 일리 있는 말씀이라, 기꺼운 마음으로 고개를 끄덕여 승복하는 뜻을 보였다.

"사부님, 내리시죠!"

공구가 그의 부축을 받아 수레에서 내려서는 동안, 문지기가 재빨리 동헌으로 달려가서 원님께 보고를 올렸다.

"아이구. 사부님 어서 오십시오! 이 먼 길을 어떻게……."

자로가 단걸음에 뛰어 나오면서 반색을 했다.

"이렇게 오실 줄 알았더라면 제가 마중을 나갔을 텐데, 미처 몰랐으니 어쩝니까? 사부님, 용서하십시오! "

"하하! 모르고 있었으니, 무슨 탓이 되겠느냐? 더구나 나도 생각난 김에 불쑥 찾아왔는데……."

"어서 들어 가시지요!"

동헌으로 걸어 들어가면서, 공구는 눈에 들어오는 것은 모조리 살펴보았다. 짐작한 대로 화려하게 꾸민 것이라곤 하나도 없었고 모두가 검소하고 실속있게 보였다.

그런데 복도에서 대청 안에 이르기까지 좌우 양 벽면과 곁방에는 온통 숱한 병기가 걸려 있었다. 도검 창극에서 방패와 궁시에 이르기까지 온갖 살상용 병기가 고루 갖추어져 있으니, 공구로서도 두 눈이 휘둥그레질 밖에…….

"중유야, 이게 다 무엇이냐? 네 치적을 보아하니 매우 두드러진 것은 사실이다만, 한 고을의 목민관으로서 백성들에게 예의 염치를 가르치는 일에 마음을 쓰지 않고 창 쓰기 곤봉 쓰는 놀음만을 즐기다니, 남들이 보면 너를 무력이나 떠받드는 사람으로 오해하기 십상이겠다."

"그건 사부님께서 제 본뜻을 오해하신 것입니다."

자로가 해명을 했다.

"사부님, 저는 지금 백성들에게 손재주 기술을 가르칠 방도가 없나 찾아보고 있습니다. 수공업 작방을 몇 군데 열어서 돈을 좀 벌어가지고 옷감을 바꾸거나 쌀과 땔감도 사들여서 나누어 주었으면 좋겠습니다. 그래야만 천재 지변이 생기더라도, 백성들이 굶어 죽는 극한 상황을 피할 수 있으니까 말입니다. 학당도 세우고 훈장을 모셔다가 어린 아이들을 가르치는 일도 급선무 중에 하나입니다. 더구나 생업도 없이 떠돌아다니는 유민들의 생계를 마련해 주는 일이 또 남았습니다. 이렇게 눈코 뜰새없이 바쁜 판국에, 무예를 단련할 겨를이 어디 있겠습니까?"

공구가 듣고 보니 더욱 기괴한 노릇이 아닐 수 없었다. 그는 벽에 잔뜩 걸린 병기 더미를 가리키며 물었다.

"무예를 단련하지 않는다면서 웬 병기를 이토록 많이 걸어 놓았느냐?"

"저 병기들은 만일의 사태를 예방하려고 준비해 둔 것입니다. 가령 비적떼가 쳐들어 오기라도 하는 날이면, 백성들을 소집해서 우리 측에서도 미리 대비가 있다는 것을 도적들에게 과시해 보일 작정입니다. 그럼 우리가 굳이 성 밖으로 나가 싸울 것도 없이 도적들은 보기만 해도 머리통을 감싸쥐고 흩어져 달아날 것이 아니겠습니까? 만약 이런 대비도 없이 비적떼가 침입해 온다면, 성안의 백성들은 간담이 뚝 떨어져서 대혼란을 일으킬 테고, 그 결과는 상상도 못하게 될 것입니다."

"중유야, 네가 이토록 치밀하게 마음을 쓰고 있는 줄은 생각도 못했구나."

그리고 자공을 향해 돌아섰다.

"아까 내가 뭐라더냐? 세 번 칭찬을 하더라도 훨씬 모자랄 것이라고 하지 않았더냐?"

자공은 웃음기를 머금은 채 아무 말없이 고개만 끄덕였다.

한데 자로는 머리통을 긁적거리면서 뭔가 자신없는 듯 스승을 쳐다보았다.

"사부님도 아시다시피, 저는 본디 일개 무부에 지나지 않습니다. 제가 할 수 있는 짓이라곤 창 쓰기와 칼부림이나 하는 것이 전부였습니다. 이렇게 백성들을 다스리는 일은 전혀 생각을 못했고 애당초 알지도 못했습니다. 다행히도 사부님의 간곡하신 가르침을 받고서야 눈과 귀가 조금 트였을 뿐입니다. 이 포읍에 부임한 이래, 또 사부님께서 여러모로 깨우쳐 주셨기 때문에, 겨우 이나마 업적을 올릴 수 있었던 것이지, 절더러 혼자 하라시면 벌써 팽개치고 달아나 버렸을 겁니다."

공구는 감탄해 마지 않았다.

"옛 말씀에 '쪽에서 나온 물감이 더 푸르고 얼음은 물보다 더 차갑다' 했는데, 이제 스승보다 더 나은 제자가 생겨났구나! 이를 두고 '후생가외(後生可畏)' 라 하지 않더냐?"

저녁을 마친 후, 자로는 스승과 사제를 객실로 안내했다.

"고단하실 텐데, 일찍 쉬도록 하시지요."

그러나 스승은 고개를 절레절레 내둘렀다.

"아니다, 중유야. 반 년 남짓이나 못 보았는데 그냥 잠만 잘 수야 있겠느냐? 이리 와서 앉거라. 우리 오랜만에 얘기나 실컷 하자꾸나."

자로는 스승 곁에 다리를 꼬고 앉았다.

자공이 맞은편에 앉으니, 셋이서 삼각형을 이루어 정담을 나누는 형국이 되었다.

자로는 겸연쩍게 굳은살이 박힌 손바닥을 문지르면서 먼저 입을 열었다.

"사부님, 이제야 말씀드립니다만, 제가 포읍을 다스리는 것이 어르신을 모시는 것보다 더 조심스럽고 신경이 쓰이는 것 같았습니다."

"독서하는 사람은 쉬지 않고 부지런히 원대한 목표를 추구해야 하며, 안일에 욕심을 내서는 안된다. 안일을 탐내면 독서하는 지식인으로서 자격이 없다고도 할 수 있다."

곁에서 자공이 여쭈었다.

"사부님, 어떻게 해야만 군자라고 일컬을 수 있겠습니까?"

"자신에게 부여된 일을 엄숙하고도 성실하게 잘 해낼 수 있도록 자기 자신에게 엄격히 요구해야 한다."

"그점만 해내면 군자라고 할 수 있습니까?"

"또 있다. 한 걸음 더 나아가서, 자신이 하는 모든 행위가 뜻있는 선비와 어진이들에게 모두 만족을 줄 수 있도록 자신에게 엄격히 요구해야 한다."

자로의 이마에 주름살이 깊게 잡혔다.

"그 단계까지 해내면 군자라고 할 수 있습니까?"

"아니다. 거기서 한 걸음 더 나가, 자기 자신이 하는 모든 행위가 서민 백성들을 모두 만족시킬 수 있도록 자신에게 엄격히 요구해야 한다."

"세상에 덕을 이해하는 사람이 많습니까?"

"내가 보건대, 이 세상에 덕을 아는 이가 매우 적구나."

대화가 깊어질수록 밤도 이슥해졌다, 자로는 조용히 일어났다.

"너무 늦었습니다. 오늘 밤은 편히 주무십시오. 내일 제가 모시고 말씀 많이 나누도록 하지요."

다음 날 아침을 들고 나서 스승이 자로에게 이런 부탁을 했다.
"중유야, 오늘 하루 여기서 더 묵었으면 좋겠다. 교외에 나가서 이것저것 구경을 시켜주지 않으련?"
"어이구, 모처럼 흥취가 나시는 모양이로군요! 잠깐만 기다려 주십시오, 제가 수레를 대령하겠습니다."
얼마 안 있어 자로가 직접 수레를 몰아 나왔다.
"자, 어서 타시지요! 이 중유가 사부님의 견마잡이 노릇을 못해 본 지가 한참 되었는데, 오늘 좋은 기회를 만났습니다. 하하하!"
성밖을 벗어나 들판 길을 치닫는 동안, 스승의 입에서는 흥겨운 노랫가락이 흘러나오기 시작했다. 대풍년을 기뻐하는 《칠월》의 제6절이었다.

유월에는 아가위와 머루 먹으며,
칠월에는 아욱과 콩을 삶고,
팔월에는 대추를 두들겨 따고,
시월에는 벼를 거둬들여,
맛 좋은 봄술을 빚어다가
어르신께 오래 사시라 헌수(獻壽)를 올리네.
칠월에는 오이를 먹고
팔월에는 박을 타서 말려 놓고,
구월에는 참깨를 털어 놓고,
씀바귀 뜯고 가죽나무 베어다가
우리 농부들을 먹여 주세.

끝없이 너른 수수밭 두렁 앞에 이르러서 스승이 외쳤다.
"중유야, 수레를 멈춰라!"

"워어!"

공구는 내려서 수수밭 쪽으로 다가갔다. 키를 훨씬 넘는 수숫대가 이삭의 무게가 버거운 듯 굵다란 모가지를 흔들거리고 있었다.

"이것 보게, 대단하구나!……수숫대도 굵다랗고, 이삭 포기도 큼지막하고 낟알이 잔뜩 영글었네! 중유야, 네가 포읍지방을 아주 잘 다스려서 이런 결과를 가져왔구나!"

칭찬을 한바탕 늘어놓고 나서, 그는 다시 논두렁 쪽으로 다가갔다. 황금빛으로 누렇게 익은 벼포기들이 모두 알찬 수확을 약속해주고 있었다. 공구는 너무나 기뻐서 입을 딱 벌린 채 다물 줄 몰랐다.

그러다 읍성으로 통하는 길 쪽을 바라보았다. 누군가 말을 타고 쏜살같이 달려오고 있었다.

2

제자 유약, 오군을 격퇴하다

급히 달려온 기수는 다름아닌 공량유였다.

공구는 무슨 일이 터졌는가 싶어 불안한 눈초리로 지켜보았다.

"웬일이냐, 네가?……."

"사부님, 고국에서 조카분 공충이 왔습니다."

공구는 저도 모르게 가슴이 덜컥 내려앉았다.

"무슨 일로 왔다더냐?"

공량유는 침울한 어조로 대답했다.

"사모님께서 중환에 걸리셨답니다."

청천 벽력과 같은 소식에, 공구는 벼락에라도 얻어맞은 듯 정신이 아찔해졌다.

두 다리가 당장 휘청거리고 눈앞이 가물가물 흐려져 아무 것도 보이지 않았다. 그는 묵묵히 동쪽 하늘가를 바라고 돌아섰다. 가슴을 그득 메우고 복받쳐 오르는 그리움…….

텅 빈 손에 남은 것이라곤 서글픔과 낙담, 방황뿐. 마침내 그의 가슴 속에는 공허감이 엄습해 왔다.

스승이 가슴 아파하는 모습을 보자니, 자로도 코끝이 시큰해지고 눈자위가 붉어졌다.

"사부님, 돌아가십시오. 사모님은 한평생 온갖 고생을 다 겪으시면서 어르신을 위해 무한 공덕을 쌓으셨습니다. 스승님이 집을 떠나신 지도 벌써 10개 성상을 넘겼습니다. 이제 사모님께서 중병에 걸리셨다니, 집으로 돌아가셔서 그분을 돌보아 드리셔야 합니다."

자공도 같은 생각이었다.

"사형 말씀이 옳습니다. 귀국하셔서 사모님을 돌보아 드리시지요."

공구는 깊은 정감이 그득 어린 눈망울로 한참 동안이나 제자들의 얼굴을 바라보기만 할 뿐 입을 열지 않았다.

병든 아내 기관씨도 그립고 아들 공리와 딸 공무위도 보고 싶었다. 조카 공충과 공무가도 그리웠다. 더욱 그리운 것은 이 세상에 태어나서 아직 한 번도 대면하지 못한 손자 공급의 얼굴이었다.

그라고 어찌 본국으로 돌아가고 싶지 않으랴!

하지만 그의 자존심, 영예, 명분이 그의 귀국을 허락하지 않았다.

노정공과 계손사가 노나라에 남겨놓고 간 것은 쇠미와 치욕뿐이었다. 처음 몇 년 동안, 그는 노정공이나 상국 계손사가 자신을 불러들여 주기를 얼마나 고대해 왔는지 몰랐다. 그러나 이 소망은 끝끝내 실현되지 않았다.

'이제 와서 내 발로 돌아가다니, 그럴 수는 없다…….'

공량유가 재촉을 했다.

"사부님, 어서 도성으로 돌아가시지요!"

공구는 못 들은 척, 풍성한 수확을 기다리는 논밭에 다시 한 차례 눈길을 던지더니 자로에게 말했다.

"중유야, 너는 불과 1년 사이에 포읍 지방의 면모를 크게 바꿔 놓았고, 어린 아이들도 교육시키고 생업이 없는 유민들에게도 살 길을 마련해 주었다. 이것만 보더라도 네가 정치적 재능을 갖추었고 백성들을 사랑하는 정성된 마음이 있다는 것을 나는 알고도 남음이 있다. 아무쪼록 네 직분을 다하고 심혈을 기울여 이 포읍 땅을 더욱 잘 다스려서, 만민들이 군주의 은혜에 감사를 느끼고 천자님의 공덕을 찬양하게 만들거라!"

자로의 얼굴은 이미 눈물로 뒤범벅이 되어서, 울음 소리 때문에 말도 제대로 나오지 않았다.

"사부님, 어르신께서도 주례를 회복시키느라 심혈을 다 쏟으시고 모진 고통을 겪어 오셨습니다. 그러나 이 세상에 과연 몇 사람이나 진정으로 사부님의 뜻을 이해하고, 그 고통을 함께 느껴 주었으며, 사부님의 노고에 관심을 보였단 말입니까? 여기 일일랑 걱정마시고 하루 속히 돌아가셔서 병중에 계신 사모님이나 보살펴 주십시오!"

"아니다, 중유야! 내 평생토록 뜻을 얻지는 못했다 하더라도, 내 스스로 인(仁)을 추구하면 인을 얻었고, 의(義)를 추구하면 의를 얻었다. 내 여기서 또 사치스럽게 더 높은 것을 바랄 수 있겠느냐!"

제자에게 한 말이라기보다 차라리 자기 자신의 아픈 마음을 위로하는 말이라고 해야 옳을 듯싶었다.

"인의가 내게서 멀리 떠난 줄 아느냐? 내가 그것을 요구하기만 하면 그것들은 곧 내게로 온다!"

이 굳세고 단호한 말투, 자신감이 가득 찬 눈빛을 보면서, 자로와 자공, 그리고 공량유는 마침내 안위를 받았다.

거백옥의 부중에 당도하니, 공충이 기척을 듣고 달려나왔다.

"작은 아버님!……."

큰절을 올리고 허리를 펴는 그의 두 눈에서 눈물이 왈칵 솟구쳤다.

"작은 아버님, 제가 얼마나 보고 싶었는지 모릅니다."
"네 숙모는 무슨 병환이 들었느냐?"
"반신불수가 되셨습니다."
"허어, 반신을 못 쓴다니……."
공구는 탄식을 한모금 토해냈다.
"그 병은 좀처럼 고치기 어려운데…… 움쭉달싹을 못할 테니 얼마나 고통스럽겠느냐! 너희 남매들도 고생이 무척 심할 테고……."
제자들이 스승을 에워싸고 속히 귀국하시라고 한마디씩 권유했다. 평소 과묵하기로 평판이 난 민손조차도 이때만큼은 입을 열었다.
"스승님, 집을 떠나오신 지가 벌써 10년입니다. 그 동안에 사모님께서 홀로 얼마나 고초를 겪으셨겠습니까? 이제 피로가 쌓여 병이 되셨으니, 스승님은 누가 뭐래도 속히 돌아가셔서 그분을 돌보아 주셔야 합니다."
"그렇습니다. 사부님 어서 떠나십시오!"
"모두 들어가서 하던 공부나 계속해라. 지금은 갈 수가 없구나!"
스승의 고집은 무슨 말을 해도 꺾이지 않았다.
제자들은 더 권유해 보았자 소용없는 줄 알고 모두들 언짢은 기색으로 흩어져 갔다.
공구는 조카를 방으로 불러들였다. 그리고 떠난 이후 집안 형편이며 나랏일을 꼬치꼬치 물었다. 공충이 대답을 하는 동안, 그는 조카의 얼굴을 찬찬히 들여다보았다. 모습도 훤칠하게 자란데다 행동거지도 사뭇 점잖고 말씨 또한 학문이 알차게 들어 보여 숙부의 울적한 심사를 다소나마 풀어주었다.
그는 속으로 오래 전에 세상을 떠난 맹피를 떠올리고 이렇게 말했다.
"형님, 어떻습니까? 당신 아들의 의젓한 모습을 굽어 보십시오! 하늘에 계신 영령이나마 기쁘실 겁니다……."

공충은 애원하다시피 숙부를 졸라댔다.

"작은아버님, 온 집안 식구가 모두 숙부님을 그리워하고 있습니다. 하루 속히 돌아오시기를 바라고 있단 말입니다. 저와 함께 돌아가도록 하십시오."

하지만 숙부는 고개를 절레절레 내둘렀다.

"나는 임금과 상국에게 쫓겨나다시피 떠나온 몸이다. 내가 이제 불청객으로 어정어정 돌아간다면, 세상 사람들의 비웃음을 살 것이고, 또 임금과 상국의 눈에 비루한 인간으로 비칠 것이 분명하다. 지금 같아서는 그저 이 나라에 잠시 더 머물면서 때를 기다리는 것이 좋을 듯싶구나!"

"숙모님이 작은 아버님을 얼마나 그리워하고 계시는지 모르십니까? 그분이 작은 아버님을 생각하시는 정은 태산보다 높고 바다보다 더 깊습니다. 숙모님을 생각하셔서 귀국하셔야 합니다!"

"난들 왜 그립지 않겠느냐! 하지만 내가 받들어 실행하는 것이 주공의 예법 제도다. 나는 예가 아니면 보지도 않고, 예가 아니면 듣지도 말하지도 않는 사람이다. 예의에 어긋날 길에는 나아가지 않고 인이 아니면 다스리지 않는다. 노애공과 계손 상국이 나를 초빙하지 않는 한, 나도 귀국할 수 없단 말이다."

이때 문지기가 들어와 조심스레 인기척을 냈다.

"왕 대감께서 오셨습니다!"

왕 대감이라면 왕손가, 위나라 경대부 중에서 천성이 올곧고 능력있는 인물이었다. 그래서 공구도 그를 매우 존경해 온 터였다.

부랴부랴 의관을 갖추고 영접을 나갔더니, 왕손가는 섬돌 아래 공손히 서서 문안 인사를 건넸다.

"부인께서 병환이 드셨다는 소문을 듣고, 공부자님이 총총히 떠나실까해서 이렇게 찾아왔습니다."

"어서 오십시오, 왕 대감. 저희 집사람이 잔병에 걸린 모양입니다. 얼마 안 있으면 나을 것을, 공연히 대감께 심려를 끼쳐 드렸군요. 저도 귀국할 생각은 없답니다."

그래도 왕손가는 걱정스러운지 이맛살을 찌푸렸다.

"노쇠한 분에게 병이 나면 예측을 하기 어려운 법입니다. 제 생각으로는 한번 가보시는 것이 좋을 듯합니다."

"마음을 써주셔서 고맙습니다. 하지만 저는 당장 돌아갈 수 없는 몸이니, 양해를 해주십시오."

왕손가는 이게 무슨 소린가 싶어 눈을 똑바로 뜨고 공구를 쳐다보았다.

이때 안채에 있던 집주인 거백옥도 기별을 받고 나왔다.

"왕 대감, 공부자님의 심사는 제가 잘 압니다. 노나라 임금과 계손상국이 예의를 갖추어 청하지 않는 한, 공부자님은 귀국하시지 않을 것입니다."

왕손가는 잠시 생각에 잠기더니, 이내 알아들었다는 듯 씁쓰레하게 웃으면서 화제를 바꾸었다.

"공부자님은 우리 위나라에 여러 해 머무셨으니까, 모든 사정을 손금 들여다보듯 훤히 알고 계시리라 믿습니다. 그래서 한 가지 여쭙고 싶은데……."

"말씀하시지요. 아는껏 대답해 올리리다."

"지금 공자 괴외는 척 땅에서 병력을 모으고 불순한 무리들을 받아들여 도성으로 쳐들어올 기회만 엿보고 있습니다. 소식을 듣건대, 공손수와 공숙씨 일당도 모두 그 사람에게 투신했다 합니다. 공부자님, 만약 그들이 도성으로 쳐들어오는 날, 저희 위나라 조정 대신들은 누구 편을 들어야 옳겠습니까?"

이번에는 공구의 이마에 주름살이 잡혔다. 가뜩이나 언짢은 기분에 이렇듯 민감하기 짝이 없는 질문을 받았으니. 마음만 더욱 어지러울 뿐 명쾌한 대답이 나올 리가 없었다.

"공자 괴외는 돌아가신 위령공의 맏아드님이니, 본래 군후의 자리를 계승했어야 옳습니다. 그런데 뜻밖에도 그분은 계모를 척살하려 했습니다. 현임 군주이신 자첩은 괴외의 아드님이시니, 본래 아버지의 뒤를 이어받아야 마땅한 일입니다. 그런데 조부 위령공이 순서를 어기고 그분께 직접 군위를 전하였으니, 이 역시 어쩔 도리가 없는 노릇입니다."

이래도 좋고 저래도 좋다는 어정쩡한 대답에, 왕손가는 자연 불만을 품을 수밖에 없었다. 하지만 그는 더 이상 꼬치꼬치 따져 묻지 않고 돌아갔다.

조카를 떠나보내고 나서, 공구는 며칠동안 계속 마음의 안정을 찾지 못하고 방황했다.

이날도 정신이 좀 맑아질까 싶어, 그는 현금을 무릎에 올려 놓고 한 손으로는 줄을 퉁기고 한손으로는 아무렇게나 경(磬)을 두드려가며 나지막하게 《시경》의 '원유도'를 읊기 시작했다.

동산에 복숭아 열렸으니,
그 열매를 먹으리라.
내 마음에 근심 있으니,
노래하고 또 읊으리라.
내 마음 알지 못하는 이들은
날더러 선비가 교만하다 흉을 보네.
내 마음의 근심을 누가 알아주리,
누가 알아 주리라곤 아예 생각조차 말려무나!

오나라 왕 부차는 공구의 문하생들이 각처에서 탁월한 재능을 보인다는 소문을 듣고 불쾌한 생각이 들었다.

"게 누구 없느냐? 태재 대감에게 즉시 입궐하라 일러라!"

"예에."

한 시각도 못 되어, 태재 백비가 어명을 받고 부리나케 후궁으로 들어왔다.

"대왕, 부르셨사옵니까?"

"그렇소, 백 경도 아다시피 공구와 그 문하 제자들은 모두 뛰어난 재능을 갖춘 인재들이오. 만약 그들이 지금처럼 아무 근심 걱정없이 계속 학문을 쌓고 재간을 기르다가 일단 노나라 군주에게 등용되는 날이면, 우리 오나라를 망칠 자는 필경 노애공이 될 것이오. 그래서 과인의 생각으로는……."

눈치 빠른 백비가 얼른 그 말을 받아 물었다.

"미연에 방지하기 위해서 노나라를 치시겠다, 그런 말씀이오이까?"

"바로 그거요!"

"현명하옵신 결단이옵니다!"

그날 중으로 군신 두 사람은 궁궐 후원 꽃밭에서 은밀히 상의한 끝에 노나라 공격 계획을 확정지었다.

닷새 후, 오나라 대장군 양화는 전투용 수레 1천 승을 거느리고 도성문을 벗어나 일로 북상길에 올랐다.

고소성에 잠입해 있던 노나라 첩자 역시 침공군에 한 발 앞서 재빨리 본국으로 급보를 띄워 보냈다.

오나라 대군이 쳐들어온다는 긴급보고를 받자, 노애공은 간담이 써늘해져서 어쩔 바를 모르고 발을 동동 굴러가며 비명을 질러댔다. 그는 새삼스레 후회가 되고 자공이 원망스러워졌다.

'그 얄팍한 재간으로 오왕 부차의 비위를 건드리지만 않았던

들……'

그는 허둥지둥 문무 백관들에게 긴급 소집령을 내렸다.

문무 백관들의 여론은, 지금이라도 늦지 않았으니 침공부대가 국경을 넘어서기 전에 오나라측에 약속한 공물을 바치고 사죄하자는 쪽으로 기울었다.

노애공과 상국 계손비 역시 이들의 주장을 받아들이지 않을 수 없었다.

공구의 문하에 이름은 유약, 자는 자유라는 제자가 있었다.

그는 본디 노나라 출신으로, 스승을 따라 열국 순방에 나서지 않고 줄곧 본국에 남아서 학문을 익혔다.

공구보다 33세 아래의 혈기 방장한 나이인데다 성격도 외곬으로 강직하고 육예에도 두루 달통하여 문무를 겸전한 인재였다.

그는 조정에서 오나라측에 진사 사절을 보내기로 결정했다는 소문을 듣고 그 즉시 궁궐로 들어가 노애공에게 아뢰었다.

"주군, 옛사람의 말에 '사람은 한모금 감정에 다투고, 날짐승은 한 입 먹이 때문에 다툰다' 했습니다. 이제 오나라가 자기네 강성한 힘만 믿고 우리 나라에 출병했으니, 우리측도 맞아 싸우지 않을 수 없게 되었습니다. 우리 노나라의 현실정이 비록 오나라만큼 강하지는 못합니다만, 그래도 여러 면에서 오나라보다 우세한 점이 많다고 생각되옵니다."

보기에도 다부진 몸매, 또렷또렷 빛나는 눈망울, 힘차게 울리는 목소리, 노애공은 유약을 대견스레 바라보면서 귀를 기울였다.

"어떤 점에서 우리측이 유리하다는 것인지, 어디 천천히 말해 보게."

유약은 손가락을 하나씩 꼽아가며 제 견해를 피력하기 시작했다.

"첫째, 오나라 침공군은 장강 회하를 건너 머나먼 천리 길을 강행군해 오느라 인마가 모두 피로하고 지쳤으며 사기와 투지가 떨어져 있습니다. 사기가 저하된 병사는 10명이 한 명의 적을 당해내지 못하는 법입니다. 둘째, 오군은 월경작전(越境作戰)을 해야 되므로, 우리 나라 지형에 익숙치 못합니다. 지리에 밝지 못한 군대는 칼을 든 장님이나 마찬가지여서, 아무리 우세한 병력을 지녔더라도 생소한 지형에 투입되면 곧바로 열세에 처하고 맙니다. 셋째, 오군이 우리나라 영토에 침입하면 숱한 백성들에게 재난을 끼칠 터이므로, 필경 우리나라 조야의 필사적인 저항에 부닥치게 될 것입니다. 오군은 외견상 매우 강대한 것처럼 보이나, 실은 속 빈 강정이나 다를 바 없은즉, 아군이 단 일격에 무너뜨릴 수 있습니다. 넷째, 오나라측은 선전 포고를 하지 않고 쳐들어왔으니, 명분없이 출병한 셈입니다. 전쟁의 명분을 잃은 군대는 온 세상의 반대와 지탄에 부닥치고 말 것입니다. 그러므로, 이 전쟁에서 우리 노나라는 의심할 것도 없이 필승을 거두게 될 것입니다."

노애공은 놀라운 눈빛으로 거듭 유약을 쳐다보았다.

"하면 누구를 방어군의 주장으로 삼아야 할까?"

"저올시다!"

못을 때려 박듯 단호한 대답에 노애공의 눈이 더욱 휘둥그레졌다.

"군대를 거느리고 전쟁을 해본 경험이 있는가?"

"세상의 모든 일은 배워서 얻는 법입니다."

"으음, 배워서 얻는다? 실전 경험도 없이?……."

노애공은 맥이 좀 풀린 듯 중얼거렸다.

"이 일에는 우리나라의 존망이 걸려 있으니만큼, 아이들 장난쯤으로 치부해서는 큰 탈 나네!"

그러자 유약은 자신만만하게 대꾸했다.

"저도 이 싸움에 대해서 충분히 계산해 보았습니다. 오군의 약점을 최대한 이용하고 아군의 우세를 극대화시킨다면 넉넉히 승산이 있습니다. 주군께서 전투용 수레 5백 승만 주신다면, 반드시 침공군을 격퇴해 보이겠습니다."

"5백 승의 병력이라…… 하면 그대는 어떤 계략으로 오군을 격퇴할 것인지 자세히 설명해 줄 수 있겠는가?"

"예, 말씀드리겠습니다."

유약은 서두르는 기색도 없이 자기가 구상한 작전계획을 노애공 앞에 차근차근 밝혔다. 설명을 듣는 동안, 노애공이 고개를 끄덕이는 횟수가 늘어났다.

이틀 후, 유약은 우선 정찰 기병대를 출동시켜 오군의 진격로를 정탐하는 한편, 자신이 직접 고른 전투용 수레 5백 승과 부대 병력을 이끌고 남쪽 국경 지대를 향해 급속 강행군으로 치달렸다.

그가 방어 지역으로 선정하고 영채를 세운 곳은, 노애공이 치욕적인 맹약을 체결했던 증성에서 남쪽으로 약 40리쯤 떨어진 강변 밀림지대였다.

그곳은 인적도 드물고 나무숲이 우거져 병력을 매복시키기에는 안성맞춤이었다.

유약은 부하 장령들을 이끌고 지형을 세심하게 살펴보았다. 하천의 흐름과 울창한 밀림을 이용한다면 오군보다 절반밖에 안 되는 병력의 열세를 충분히 만회하고도 남으리라는 확신이 섰다.

오나라 침공부대가 도착한 것은, 유약이 하천과 밀림지대에 방어진지를 구축하고 하루 낮밤을 꼬박 기다리고 나서였다.

오군이 강변 남쪽 기슭에 영채를 세운다는 보고가 들어왔다. 그는 그날 밤 전투용 수레 두 대에 고수들을 잔뜩 태워 가지고 여울목으로 돌아 강변 남쪽 숲속에 잠입시켰다.

며칠 동안 장거리를 강행군으로 달려온 오군 장병들은 이미 견딜 수 없을 정도로 지친 터라, 영채를 세우기가 무섭게 천막 안으로 들어가 단잠에 곯아 떨어졌다.

3경이 되었을 무렵, 밀림에 잠복했던 노나라 고수들이 일제히 전투 개시를 알리는 북을 울리기 시작했다. 요란한 북소리가 정적에 잠긴 밤하늘을 깨뜨리자 숲속에 잠든 새떼가 놀라 울부짖으면서 한꺼번에 어지러이 날아올랐다.

오군 장병들은 야습을 당한 줄 알고 경황없이 천막 바깥으로 뛰쳐나왔다.

대장군 양화도 즉각 비상 경계령을 내렸다.

“전군은 적을 맞아 싸울 태세를 갖추라! 궁노수들도 사격 준비를 갖추고 원위치에서 다음 명령이 내릴 때까지 대기하라!”

북소리는 한 식경 남짓 울리다가 뚝 그쳤다. 갑작스레 정적이 찾아들자, 긴장했던 오군 장병들은 마음이 놓이는 대신 오히려 공포에 휩싸였다.

양화는 노나라 군이 심리전술로 자군의 휴식을 교란하고 있다는 것을 깨달았다.

“아무 일도 없다. 모두들 천막으로 돌아가 쉬도록 해라!”

비상경계가 풀리고 장병들이 다시 잠들었을 때였다. 북소리가 또 한차례 시끄럽게 울리기 시작했다.

양화는 이것이 신경전인 줄 뻔히 알면서도 재차 경계령을 내리지 않을 수 없었다. 한밤중에 울리는 북소리는 사람들의 마음을 어지럽히고 초조하게 만들기에 넉넉했다.

양화의 명령을 받고 수색대가 숲속으로 뛰쳐들었을 때, 노군 고수들은 이미 흔적도 없이 사라진 뒤였다.

그러나 오군 장병들은 천막에 돌아와서도 연신 하품을 하고 기지개를 켜면서 불안과 초조 속에 잠을 이루지 못한 채 하룻밤을 꼬박 지새우고 말았다.

날이 밝아오자, 국경선을 이룬 강변 북안에 노나라 전투용 수레 50

승이 나타나 요격할 태세를 갖추고 포진했다.

양화는 적장의 머리 위에 나부끼는 깃발을 보고 코웃음을 쳤다.

'유약이라니, 생판 들어보지도 못한 이름이다. 제깐놈이 나를 눈뜬 장님으로 아는 모양이로구나! 우리를 유인한다고 어설프게 네놈들의 매복에 걸릴 줄 아는가?'

이때 적지에 잠입했던 첩자가 돌아와서 아뢰었다.

"장군님, 노나라 군의 병력은 모두 합쳐서 5백 승 밖에 안된답니다. 주장은 유약이라고, 학문을 하던 선비 출신이랍니다."

"흥, 나도 보아서 알 만하다. 저런 딸깍발이 샌님을 장군이랍시고 내세우다니, 노나라 임금의 머리가 돌아버린 모양이로구나!"

양국의 경계선을 이룬 강물은 강폭이 좁으면서도 물은 깊었다.

유약도 강물을 사이에 두고 오군 진영을 마주 바라보고 있었다. 새벽 바람결에 세차게 펄럭이는 오색 깃발의 숲, 단단히 무장을 갖춘 장병들과 전마의 떼도 한결같이 다부진 몸집이요 번뜩거리는 창검의 날도 서슬이 시퍼렇게 선 것이, 보는 사람의 간담을 써늘하게 만들 정도로 살기 등등했다.

이윽고 유약이 적장을 향해 두 손 모으고 입을 열었다.

"장군의 존함을 묻고 싶소!"

양화도 거만하게 답례를 던지면서 대꾸했다.

"나 말인가? 이름은 양화, 자는 자화일세!"

"양 장군, '예의에는 화목을 가장 귀하게 여긴다' 했소. 옛날 어진 임금들이 나라를 다스림에 있어 이 점을 으뜸으로 여겨왔소. 따라서 그들은 일이 크든 작든 모두 격에 딱 들어맞게 처리할 수 있었던 것이오. 이제 장군이 우리 노나라를 침공해 왔는데, 그 명분을 대어 보시오! 출병에 명분이 없으면 천하의 도리에 어긋날 뿐더러 양국간의 의리와 화목을 무너뜨리는 패덕 행위라 하겠소. 양 장군은 청사에 오명을 남기는 것이 두렵지도 않으시오?"

"하하! 이 양화는 거칠고 막 되어 먹은 무부라, 임금과 나라를 위해 충성을 다할 줄만 알 뿐, 그밖의 다른 일에는 일자 무식꾼이라네. 그래, 장군의 존함은 어떻게 되시나?"

"나는 유약이외다."

"보아하니, 군대를 거느리고 싸움터에 나설 위인은 못 되는 것 같은데 책벌레 노릇이나 하는 골샌님으로 보았다면 내가 잘못 본 것이오?"

"허어, 그 눈썰미 한번 좋으시군! 바로 보셨소, 나는 공부자님의 문하생이외다. 싸움터에 나와서 군대를 지휘해 본 적도 없소."

"군대 지휘도 할 줄 모른다면서 뭣하러 이런 살벌한 싸움터에 기어 나왔을꼬? 전쟁을 어린애 칼장난쯤으로 아는 모양인가?"

"장군이 스스로 군대를 물리도록 설득하러 나온 거요. 명분없는 싸움으로 생령들을 도탄에 빠뜨리고 백성들에게 재앙을 입혀서야 되겠소?"

"닥쳐라! 네 스승이 교묘한 혓바닥 놀림으로 우리 무마성 장군을 설복하여 철수시켰으렷다? 우리 대왕은 그것을 평생 한으로 여겨 지금까지도 가슴을 치고 계시단 말이다. 이제 네놈이 그 상투적인 수단을 또 써볼 모양이다만, 이 양화는 결코 무마성이 아니라는 사실을 똑바로 알거라!"

"그럼 어떤 분인지 말씀해 보시구료!"

양화는 제 가슴을 탁탁 두드려가며 소리를 질러댔다.

"나 양화는 바로 오나라의 대장군이야! 이제 공격 명령 한 마디만 내리면 네놈들을 빗자루로 휩쓸듯 당장 몰살해 버릴 수도 있어. 하지만 다수로 소수를 이긴다면 우선 네놈이 불복할 테고 또 세상 사람들의 비웃음을 받을 테니, 대장군으로서 품위와 긍지를 깎일까봐 그렇게는 않겠다!"

그 말을 듣고 유약이 상대방의 오기에 불을 질렀다.

"당신네는 분명히 천리 길을 강행군해 왔을 텐데? 지쳐빠진 병력으로 감히 우리와 맞싸울 수나 있을런지 모르겠군."

과연 양화는 속에서 불길이 삼천 발이나 솟구쳐 으르렁댔다.

"너 이놈, 방금 뭐라고 그랬어?"

"우리하고 맞싸울 기력이 있는지 모르겠다고 그랬소."

"뭣이! 내 네놈들을 죽여서 갑옷 투구 한 조각이라도 남겨 놓는다면, 하늘에 맹세코 이 양화가 평생토록 다시는 전쟁터에 나서지 않겠다!"

그리고 후딱 고개를 돌리더니, 등 뒤에 공격태세를 갖추고 늘어선 부하 장병들에게 꾸짖듯이 호통쳐 명령을 내렸다.

"돌격하라!"

"와아아! 돌격이다!"

오군 진영에서 함성이 우렁차게 울리는 가운데, 선두 대열을 이루고 있던 전투용 수레가 꼬리를 물고 다리 위로 기세 등등하게 달려 나갔다.

유약은 전차 50승을 횡대 대형으로 늘어세워 놓고 적의 전차대가 다리 북쪽 교두보에 들이닥칠 때까지 조용히 기다리고 있다가 매섭게 고함쳐 명령을 내렸다.

"일제 사격이다. 활을 쏘아라!"

시위가 울리는 날카로운 소리가 들리고 이어서 화살비가 한꺼번에 쏟아져 날아갔다. 오군 돌격대의 최선두 전차병이 외마디 비명과 함께 거꾸러지고, 뒤미처 서너 대의 수레가 잇따라 다리 끝에 멈춰 섰다.

종대 대형으로 돌진해 오던 전차대는 다리 위에서 뒤엉킨 채, 오도가도 못하고 발이 묶여버렸다.

전진하자니 몰이꾼을 잃어버린 아군 전차가 주저앉아 길을 막고, 물러서자니 뒤쪽에서 꾸역꾸역 몰려오는 후속부대 때문에 퇴로가 막혀버린 것이다.

공교롭게도 양화의 지휘용 수레마저 다리 중간에 끼이게 되어, 다급한 김에 미친듯이 고함만 질러대고 있었다.

"뭣들 하고 있느냐! 파괴된 수레를 다리 밑으로 굴려 떨어뜨리란 말이다!"

그 동안에도 노군의 무차별 난사는 계속 퍼부어졌다. 빗발같이 퍼붓는 화살을 무릅쓰고 오군 장병들이 파괴된 수레 10여 대를 다리 밑으로 굴려 떨어뜨리고 통로를 거의 열어놓았 때, 유약은 목소리를 낮추어 속삭였다.

"됐다, 철수한다!"

명령 한 마디에 50승의 전차대는 즉각 사격을 중단하고 말머리를 돌리기가 무섭게 바람같이 사라졌다. 말 한 필, 병사 한 명 다치지 않고 무사히 본영으로 철수한 것이다.

양화는 다리 위에서 두 눈 멀거니 뜬 채 유약의 전차대가 퇴각하는 모습을 바라볼 수밖에 없었다.

통로가 뚫리자, 그는 부하들에게 화풀이라도 하듯 으르렁대면서 전진명령을 내렸다.

"국경을 넘어서라! 이 굼벵이 같은 놈들, 어서 진격하지 못할까!"

주력의 일부가 도강을 완료하자, 그는 장검을 뽑아 휘둘러가며 고함쳤다.

"전 부대 돌격이다!"

노군 주력이 방어선을 친 곳은 기수 중류, 창산의 줄기가 남쪽으로 내리뻗은 산악지대와 강 북안의 중간지점이었다.

기수 남안에 도착한 양화는 일단 행군을 멈추게 하고 수레에서 뛰어내려 북쪽 기슭에 자리잡은 노군 영채를 살펴보았다.

영채 곳곳에는 노나라 깃발이 기세좋게 나부끼고 있었다. 다만 사람이 움직이는 기미는 전혀 보이지 않았다. 양화는 냉정한 이성이 작용하기보다 첫 접촉에서 당했던 원한이 한꺼번에 치밀어올랐다.

그는 적의 깃발을 보자 속에서 불덩어리가 치밀어 도저히 견딜 수가 없었다. 당장에라도 병력을 휘몰아 적진을 짓밟아 버리고 싶었지만 강변 기슭에 밀림이 빽빽하게 들어찬 것을 보자니 슬그머니 겁이 나기도 했다. 그는 향도를 불러놓고 물었다.

"딴 길로 돌아갈 수는 없느냐?"

향도가 곧이곧대로 대답했다.

"강건너 둑을 넘어서면 곧바로 숲지대라, 뚫고 나가기 매우 어렵습니다."

양화는 강변으로 다가가서 얕은 물 밑 모래바닥을 칼 끝으로 두어 차례 찍어보더니, 마침내 결심이 선 듯 다시 수레에 올라 명령을 내렸다.

"전원 도강하라!"

전차대가 횡대로 늘어서서 북쪽 기슭을 향해 멍석말이하듯 일제히 강물을 헤치고 건너기 시작했다.

횡대 대형을 취한 덕분에 도강 시간은 짧았으나, 강 북안에는 제방이 가로막힌데다 오르막길도 비좁아서 겨우 전차 두 대만이 동시에 올라갈 수 있을 뿐이었다.

선두 전차 10여 대가 상륙한 다음에야, 양화의 지휘용 수레도 기슭으로 올라섰다. 그는 도하작전 도중에 으레 있을 줄 알았던 노군의 습격이 없음을 알고 의기양양해졌다.

'단단한 뭍에 올라섰으니 두려울 게 뭐냐? 이제 유약이란 생쥐 녀석을 붙잡아 천만 도막을 내어 죽이지 못하면 내가 사람 노릇을 않으리라!……'

그는 후속 부대가 도강을 계속하도록 일러두고 주력의 일부에게 명령을 내렸다.

"전진이다! 적의 본영까지 강행군하라!"

숲을 뚫고 나갈 통로는 전차 두 대가 겨우 나란히 달릴 수 있는 오솔길 한가닥뿐. 이래서 오군 전차대는 2열 종대로 진격을 개시했다. 숲속 중간쯤 들어섰을 때, 양화의 뇌리를 퍼뜩 스치고 지나가는 것이 하나 있었다.

'유약이란 놈이 아무리 백면서생이기로서니 밀림을 매복지점으로 이용하지 않고 그냥 내버려 둘 리 있겠는가?'

생각이 여기에 미치자, 그는 황급히 행군을 중지시켰다.

"전원 그 자리에 멈춰 서라!"

그 말끝이 떨어지기가 무섭게 전방에서 누런 먼지 구름이 풀썩 일더니, 선두로 달리던 전차 두 대가 엄청난 굉음과 더불어 갑자기 시야에서 사라졌다.

"꽈다당! 쿵쾅!"

함정에 빠진 것이다. 양화는 또 당한 것을 깨닫고 황급히 말머리를 돌렸다.

"퇴각이다, 전원 후퇴하라!"

그러나 통로는 비좁고 좌우에 나무숲이 빽빽하게 들어찼으니 무슨 재주로 금세 방향을 바꿀 수 있단 말인가!

오군 전차대는 앞길이 막히고 뒤에서 밀어붙이는 통에 행군 대열이 뒤죽박죽 헝클어지고 서로 짓밟고 밟히느라 일대 수라장을 이루고 말았다.

이때였다. 북소리가 우렁차게 울리더니, 강둑 관목 숲속에서 노군 장병들이 유령처럼 뛰어나와 나무 등걸 뒤에 몸을 숨긴 채 활을 쏘기 시작했다.

목표는 이제 한창 상륙하느라 정신이 없는 후속부대였다. 가까스로 강둑에 올라붙은 전차대는 움쭉달싹도 못하고 주저앉아 버렸다. 그와 동시에 울창한 밀림 좌우 양편에서도 천지를 진동하는 요란한 함성과 더불어 매복대가 일제히 달려 나오면서 창을 내지르고 사격을 퍼붓기 시작했다. 전차를 몰던 오군 장병들은 산 채로 화살받이가 되어 추풍낙엽처럼 거꾸러졌다. 매복 기습부대는 오군 전차대를 앉은뱅이로 만들어놓고 다시 제방 위로 뛰어 올라 한참 강을 건너오는 적을 향해 무차별 사격을 퍼부어댔다.

이리하여 오군은 대열이 토막토막 끊긴 채 저마다 한 목숨 건져 도망치느라 사면 팔방으로 내뛰기 시작했다.

양화는 겨우 밀림을 빠져 나와 소나기처럼 퍼붓는 화살을 무릅쓰고 강쪽을 향해 필사적으로 전차를 몰았다. 그나마 무예를 갖춘 터라, 양화는 정신없이 칼춤을 추어가며 무섭게 쏟아지는 화살비에도 상처 하나 입지 않고 드디어 강기슭까지 다다를 수 있었다.

그러나 강변은 이미 눈뜨고 차마 보지 못할 아비규환의 지옥으로 변해 있었다.

이윽고 밀림 속에 매복했던 노군이 뒤쫓아 나오더니 제방쪽 기습부대와 합류했다.

노군 장병들은 싸울수록 기세가 올라 제방 위에 일렬로 나란히 서서 강물 속의 적군을 겨누고 사격을 퍼붓기 시작했다.

오군은 그야말로 일패도지, 반격할 힘은커녕 제 한 목숨 구해 달아나느라 정신이 없었다. 양화는 계속 뒷걸음질을 치면서 자군 패잔병들에게 목청이 터져라 고함을 질러댔다.

"퇴각하라!…… 빨리 사정권을 벗어나란 말이다!"

제방 위에서 노군 주장 유약이 불쑥 나타났다.

"장병들아, 돌격하라! 적장 양화를 생포하는 자에게 으뜸상을 주겠다!"

양화가 흠칫 놀라 뒤돌아보니, 노군 보병들이 풍덩풍덩 물속으로 뛰어들어 활을 쏘아가며 앞을 다투어 추격해 오고 있었다. 화살이 수평으로 빗발같이 날아드는 바람에, 그는 혼비백산해서 말머리를 돌린다는 것이 그만 말고삐에 다리가 얽혀들고 말았다.

"이크! 이런……."

"풍덩!"

외마디 소리와 함께 짐승의 거센 몸부림질에 이끌린 양화의 육중한 몸뚱이가 붕 뜨는가 싶더니 이내 물보라를 일으키면서 강물 속에 거꾸로 처박혔다.

3
아내의 죽음

"사람 살려! 어푸, 어푸!"

양화는 물 속에서 허우적거리며 마구 비명을 질러댔다. 요행히도 그 목소리를 들은 병사 하나가 허겁지겁 달려와 칼로 고삐를 끊어주지 않았던들, 그는 무거운 갑옷 투구를 입은 채 꼼짝없이 물귀신이 되고 말았을 것이다. 겨우 몸을 추스린 그는 장군의 체통 따위는 훌훌 내던지고 졸병들 틈에 섞여 남쪽 기슭을 향해 정신없이 내뛰기 시작했다.

유약은 한바탕 추격전을 벌인 후 군사를 거두어들였다. 오군이 입은 손실은 참담했다. 병력의 절반 이상이 죽거나 다치고, 전투용 수레 1천 승 가운데 겨우 온전하게 돌아간 숫자는 2백 승도 채 못 되었다.

이에 반해 노나라 군의 손실은 아주 미미한 것이었다. 유약은 그날 하루 장병들에게 휴식을 준 다음, 오군이 버리고 간 병기 장비와 전차 마필 등 막대한 전리품을 노획하여 개선가를 부르며 도성으로 돌아갔다.

노애공은 승첩을 받고 크게 기뻐했다. 그는 유약을 새로운 눈으로 보게 되었을 뿐 아니라, 그 스승인 공구에 대한 그리움 또한 한결 더 커지게 되었다.

공구도 위나라에서 그 소식을 전해 듣고 감개 무량함을 이길 수가 없었다.

그는 자기 제자가 혁혁한 공로를 세웠으니, 노애공과 상국의 마음도 예전과는 사뭇 달라졌으리라 생각했다. 그러나 몇 달이 지나도록 본국으로부터 그를 모시러 온다는 희소식은 좀처럼 들려오지 않았다.

그는 또다시 절망했고 기대에 들떴던 마음도 차츰 식어졌다.

이 해 여름철, 나이 젊고 혈기 방장한 제도공은 선조 제환공의 웅지를 본받아 다시 한번 천하를 제패하고 싶은 욕망이 들끓어 올랐다. 그는 그 첫단계로 기습부대를 출동시켜 노나라의 환읍과 양관 두 지역을 단숨에 탈취해 버렸다.

이 소식이 위나라까지 전해지자, 공구는 곧바로 자공을 불러들였다.

"단목사야, 노나라가 해마다 재난을 겪고 남의 나라에 수모를 당하더니, 이번에 또 제나라에게 곡창지대를 두 군데나 빼앗겼구나. 이러다가는 장차 무슨 꼴을 당할지 매우 걱정스럽다. 너는 일찍이 웅변으로 제경공을 설복시킨 적이 있어서, 제나라에 명성을 크게 떨쳐 온 줄로 알고 있다. 그래서 너를 제나라에 다시 한번 보냈으면 하는데, 어떻게 생각하느냐?"

"가서 무얼하란 말씀입니까?"

"제도공을 잘 납득시켜 우리 노나라에게서 빼앗은 점령지를 돌려

주게 했으면 좋겠다. 어떠냐, 네 솜씨로 할 만하겠느냐?"

자공이 자신만만하게 대꾸했다.

"사부님, 안심하십시오! 제가 반드시 제도공을 설복하여 점령지를 노나라측에 반환하도록 만들어 놓고 돌아오겠습니다."

"오냐, 고맙다!"

공구는 그에게 믿음직스러운 눈빛을 던졌다.

서둘러 길채촉을 한 끝에 자공은 그날로 즉시 행장을 꾸려가지고 수레에 올랐다.

보름도 못 되어 제나라 도읍 임치성에 당도했다. 자공은 해가 아직도 높이 뜬 것을 보고 그 길로 궁정을 향해 수레를 몰아갔다.

자공이 찾아왔다는 연통을 받고 제도공은 놀랐다.

'이 작자가 또 무슨 수작을 꾸미려고 날 찾아왔단 말인가?'

그는 잠시 망설인 끝에 두 눈 딱 감고 결단을 내렸다.

"모셔들여라!"

자공은 33세의 중년기다운 독특한 노련미와 소탈한 품격을 지니고 있었다. 그는 으젓하고도 대범한 걸음걸이로 후궁까지 걸어 들어가서 제도공을 향해 큰절로 넙죽 참배를 올렸다.

"공부자의 문하생, 위나라 출신의 단목사가 군후를 처음 뵈옵습니다!"

제도공은 사뭇 불안한 눈초리로 그를 흘겨보면서 손을 내밀었다.

"인사치레일랑 거두고, 어서 일어나시오!"

"고맙습니다, 주군!"

제도공은 그가 무엇 때문에 찾아왔는지 전혀 모르는 터라, 객쩍은 화제부터 끄집어냈다.

"단목 선생이 공부자님의 문하 제자란 말씀이오?"

"그렇사옵니다."

자공이 허리를 굽신하고 대답했다.

"그 어른은 평안하시오?"

"염려해 주시니 고맙습니다! 덕분에 평안하십니다."

"선생께서 우리 나라에 오신 용건은……?"

"제가 한 가지 모를 일이 있어서, 군후께 가르침을 청하고자 해서 이렇게 찾아왔습니다."

"과인에게 물어볼 일이 있다니, 어서 말씀해 보시구료."

제도공은 가만 보아하니 별일도 아니겠다싶어, 속으로 안도의 한숨을 내리쉬면서 가볍게 말했다. 자공은 이런 분위기를 아는지 모르는지, 능청스레 얘기 보따리를 끌러놓기 시작했다.

"위나라에 어떤 부자 한 사람이 곧잘 도둑질을 했는데, 하루는 가난뱅이 이웃집을 털러 들어갔습니다."

"저런 고약한 일이 다 있나!"

"그 도둑놈은 이웃집 식구들이 하루 한 끼니 목구멍에 풀칠이라도 하려고 남겨둔 쌀과 밀가루를 몽땅 훔쳐내어, 그 집 사람들을 굶주리게 만들었습니다. 그런데도 도둑놈은 부끄럽게 여기기는커녕 오히려 마음 편하게 도둑질한 양식으로 실컷 먹고 마시고 즐겼습니다. 주군께서 보시기에, 이 도둑놈의 행위가 옳습니까, 틀렸습니까?"

제도공은 의아스런 눈빛으로 단목사의 얼굴을 바라보다가, 하마터면 웃음보가 터져 나오려는 것을 얼른 소맷자락으로 가렸다.

"그야 물어보나마나, 뻔한 이치 아니오? 그 도적놈은 두 가지 잘못을 저질렀소. 하나는 제가 먹을 것 입을 것 걱정하지 않아도 될 부자이니 도둑질을 하지 말았어야 한다는 점이고, 둘째는 이웃이 가난한 줄 뻔히 알면서도 그 집의 양식거리를 훔쳐냈으니, 이는 재물을 탐낸 나머지 생목숨을 해친 격이나 다름없는 짓이오! 토끼란 놈도 제 소굴 근처에서 풀을 뜯어먹지 않는다는데, 하물며 인간의 탈을 쓰고 어찌 그런 짓을 할 수 있단 말이오? 그 도적놈은 한마디로 인면수심(人面獸心)이라 해야 옳소!"

자공이 물었다.

"만약 그 도둑이 주군의 손에 떨어진다면, 어떻게 처리하시겠습니까?"

제도공은 정색을 하고 대답했다.

"그 놈이 내 수중에 떨어지는 날이면, 일벌백계로 그 놈의 가산을 깡그리 몰수하여 가난한 백성들에게 골고루 나누어 주고, 그 다음에는 죄값을 따져 감옥에 처넣어 죽을 때까지 두번 다시 남을 해치지 못하게 만들겠소!"

"주군께선 참으로 명군이시외다!"

자공이 일부러 탄복해 마지 않는 듯하더니, 이내 얼굴 표정을 바꾸고 내처 질문을 던졌다.

"불초 단목사에게 또 한 가지 모를 일이 있는데, 군후께 또한번 여쭈어도 괜찮겠사옵니까?"

칭찬 받고 싫어할 사람은 아무도 없다. 제도공은 입이 함지박만하게 벌어져서 호쾌한 말투로 냉큼 승락했다.

"무슨 얘기든지 다 해도 좋소!"

"오늘날 군후께서 다스리시는 제나라는 강대국이요, 반면 노나라는 가난뱅이 약소국이라는 것은 세상 사람들이 다 알고 있는 사실입니다. 그런데 제나라는 천하의 공론을 무시하면서 거리낌없이 군대를 출동시켜 노나라의 환읍과 양관 두 지역을 강제로 차지했습니다. 주군께 여쭙겠는데, 제나라의 행위와 위나라의 한 부자가 도둑질한 행위가 어떻게 다른지 설명해 주시겠습니까?"

서릿발 같은 추궁에, 제도공은 깜짝 놀라 입만 딱 벌린 채 혓바닥이 굳어지고 얼굴빛이 노랗게 바뀌고 말았다.

그래도 자공은 계속 몰아붙였다.

"노나라는 궁벽한 산악지대와 물이 턱없이 부족한 들판이 전부요, 기름진 농토는 거의 없다시피 합니다. 따라서 환읍과 양관 지방은 모두 노나라 백성들의 목숨줄을 잇는 곡창지대라고 할 수 있습니다. 이제 그 식량창고를 제나라에게 강제로 점령당했으니, 노나라 백성은 끼닛거리를 빼앗기고 밥그릇을 잃어버린 격이나 다를바 없습니다. 이래가지고 어떻게 살란 말씀입니까?"

얘기를 듣는 동안, 제도공의 누르뎅뎅하던 얼굴빛이 시퍼렇게 질리고 이마에 땀방울이 배어나왔다. 그는 한참이나 입술을 떨다가 다 기어 들어가는 목소리로 변명을 했다.

"그건…… 그건 모두…… 망녕된 신하가…… 과인 몰래 저지른 짓이오."

자공의 이맛살이 시원스레 펴지고 입가에 미소가 번져나왔다.

"그 일이 주군의 뜻이 아닌 바에야, 군후께서도 인의를 지켜 점령지에 주둔한 병력을 조속히 철수시키셔야 마땅한 줄 아옵니다. 그리고 환읍과 양관 두 지역을 노나라측에 반환하심이 어떠하오리까?"

"으음!……."

제도공의 입에서 외마디 신음소리가 흘러나왔다. 아무리 버티려 해도 자기 실력으로는 자공의 상대가 못 된다는 사실을 뼈저리게 느끼지 않을 수 없었던 것이다. 그는 한참 동안 깊은 침묵을 지키던 끝에 천천히 고개를 쳐들었다.

"단목 선생, 안심하시오. 과인이 빠른 시일 안에 꼭 주둔병력을 소환하고 점령지를 노나라측에 반환하리다."

자공이 벌떡 일어나 제도공에게 정중한 예를 올렸다.

"진중에는 농담이 없다고 했습니다. 바라옵건대 군후께서는 약속하신 말씀을 지켜주시리라 믿습니다!"

제도공은 씁쓰레한 미소를 머금은 채 고개를 끄덕였다. 그리고 덩달아 일어나면서 이렇게 물었다.

"과인도 오래 전부터 단목 선생이 재능과 기백이 넘치는 분이라고 들어왔소만, 오늘 이렇듯 직접 가르침을 받고보니, 과연 그 명성이 헛된 것이 아님을 알 만하구료. 선생처럼 육예에 달통하시고 박학다식한 분이 어째서 벼슬을 구하지 않고 백수로 계시는지 모르겠소."

자공은 감회 깊게 탄식했다.

"사람이 한평생을 살아가는 동안, 어느 누구인들 웅대한 사업을 한번 이룩해 보고 싶은 포부가 없겠습니까만, 필생의 대업을 이룩하기 위해서는 반드시 일정한 여건이 구비되어야 합니다. 제 사부님처럼 태산 같은 학덕을 지니고 강과 바다처럼 너른 식견을 지니신 분도 끊임없이 좌절을 겪고 계신데, 하물며 단목사야 더 말할 나위가 어디 있겠습니까!"

"소문에 듣자니, 중유와 고시는 위나라 군주에게 등용되어 탁월한 치적을 쌓고 있다던데, 정말 그런 일이 있소?"

"있습니다."

"그렇다면……."

제경공의 눈에서 의아스런 빛이 흘러나왔다.

"중유는 노나라 사람이요, 고시는 우리 제나라 출신이고, 단목 선생은 위나라 사람이 아니오? 그들 두 사람이 사이좋게 위나라에서 벼슬을 살고 있는데, 정작 본국 출신인 선생은 왜 그 나라에서 벼슬을 못한단 말이오?"

"오늘날 이 세상은 모두 주나라 천자님의 천하올시다. 중유와 고시가 비록 위나라 출신은 아니오나, 천자의 신민임에는 틀림없습니다. 따라서 어느 나라에서 직분을 맡든지, 이 모두가 천자님을 위해 헌신하는 일이 아니겠습니까. 제가 벼슬을 못하는 까닭은 저의 재능과 덕망이 아직도 관직을 맡아서 일할 만한 조건을 갖추지 못했기 때문인 줄 압니다."

"가령 말이오……."

제도공이 속을 떠보려는 말투로 조심스레 물었다.

"가령 과인이 단목 선생을 등용한다면, 미관 말직이라도 받아 주시겠소?"

자공은 덤덤하니 웃어보였다.

"불초 단목사는 무슨 일이든 한번 해보고 싶은 마음뿐, 그 직분의 존귀비천을 따지지는 않습니다."

말을 마치자, 그는 제도공에게 하직인사를 드리고 미련없이 물러나왔다.

임치성 객관에 머무른 지 얼마 안 있어, 제도공이 점령지의 주둔병력을 철수시키고 두 지역을 노나라에 반환했다는 소문이 들려왔다. 자공은 소문의 진위를 확인하고 나서 곧장 위나라로 돌아와 스승에게 그 경위를 아뢰었다.

공구가 크게 기뻐한 것은 두 말할 나위도 없었다.

"단목사야, 정말 큰일을 해냈구나! 또 제나라 군주가 네 재능을 그토록 사랑하고 흠모하다니, 아무래도 그 나라에 가서 큰 벼슬을 맡아야 할까보다."

자공은 대수롭지 않다는 듯이 고개를 외로 꼬았다.

"제나라 군주가 농담으로 한 마디 던졌을 뿐인데, 그거 뭐 별 뜻 있나요? 사부님도 생각 좀 해보십시오. 두 차례씩이나 자기네들의 입장을 난처하게 만든 저를 등용할 리 있겠습니까?"

"그래도 내 생각으로는 미리 마음 준비를 하고 있는 게 좋겠다."

이때 칠조개가 들어오면서 다급하게 아뢰었다.

"사부님, 소문 못 들으셨습니까? 척 땅에 망명한 공자 괴외가 군사

훈련을 대폭 강화시키고 머지않아 도성으로 다시 쳐들어온다고 합니다."

공구는 나오느니 탄식뿐이었다.

"위령공이 정말 잘못 처신했구나! 손자에게 군주의 자리를 넘겨주는 바람에 이런 골육상쟁의 화가 빚어진 것이다. 아무래도 자첩은 제 아비를 궁궐에 모셔들일 생각이 없으니, 위나라에 또다시 머지않아 전란이 터지겠다."

칠조개가 불안하게 여쭈었다.

"사부님, 그 날이 오면 우리도 이 나라에 더는 붙어 있지 못할 텐데, 어쩌면 좋겠습니까?"

공구는 지붕을 쳐다보면서 한참 동안 깊은 생각에 잠겼다.

"칠조개야, 나는 도를 굳게 믿는다. 그것을 힘써 배우고 죽음으로써 지키도록 힘써야 한다. 너도 기억나지 않느냐? 이 스승은 본디 위험한 나라에 발을 들여놓는 적이 없었고, 또 환란이 있는 나라에 머무르지도 않아왔다. 네 말처럼 일단 그 날이 닥쳐오면 우리가 어쩌겠느냐? 이 나라를 떠나 타국으로 옮겨갈 밖에……."

"중유와 고시는 어떻게 합니까?"

"천하가 태평하면 나아가 벼슬을 하고, 천하가 혼란스러우면 물러나 은거하는 법이다. 만약 그 날이 온다면, 중유와 고시도 마땅히 벼슬을 내놓고 물러나와 다른 지방에 은거해야 할 것이다."

"그렇게 처신하면 세상 사람들의 지탄을 받지 않을까요?"

공구는 단정적으로 말했다.

"그게 무슨 지탄거리가 되겠느냐? 도가 있는 군주를 만나 벼슬과 녹봉을 구하지 않고 가난한 생활을 달게 누린다면, 그것은 식견을 갖춘 선비로서 치욕이 될 것이다. 반대로 무도한 임금을 만나 벼슬을 구하고 녹봉을 추구한다면, 그 역시 식견을 갖춘 선비로서 치욕이 되는 것이다."

칠조개가 알 듯 모를 듯 미소를 띠고 물러가려 하자, 스승이 소리쳐 불러 세우더니, 타협하는 말투로 이렇게 물었다.

"칠조개야, 중유와 고시는 위나라에서 벼슬하는 동안 두드러진 업적을 올렸다. 내가 너를 또 천거하고 싶은데, 네 의향은 어떠냐?"

칠조개는 사뭇 불안한 기색이 되어 사양했다.

"스승님, 저는 천성이 아둔하고 재능과 학식이 얕아서 벼슬아치 노릇을 하기에 자신도 없거니와 또 그런 생각조차 해본 적이 없습니다."

제자의 반응을 보고, 스승도 마음이 편해졌는지 미소를 띠었다.

"사부님, 제 얕은 소견으로 보건대, 위나라에서는 단시일 안에 큰 전란이 일어나지 않을 듯싶습니다. 그런데 어르신께선 왜 벼슬을 안 하십니까?"

공구가 탄식했다.

"10년 전 이 나라에 처음 왔을 때는, 나도 위령공을 보필하여 이 나라를 잘 다스려보고 싶은 생각이 있었다. 그런데 뜻밖에도 위령공은 내게 후한 물질적 대우만 해주었을 뿐, 줄곧 나를 등용하지는 않았다. 오늘에 와서 공자 괴외와 그 아들 자첩이 서로 칼날을 벼르고 있으니, 조만간에는 반드시 전란이 터지게 될 것이다. 그들 부자의 앞날도 점치기 어려운 판국에, 날더러 어떻게 이 나라에서 벼슬을 하란 말이냐?"

"가령 여기에 아름다운 옥돌이 한 덩어리 있다고 할 때, 그것을 장롱 속 깊숙이 감추어두고 자물쇠를 채워야 옳습니까, 아니면 그 값어치를 알아주는 사람을 찾아서 팔아야 옳습니까?"

공구는 생각해 볼 것도 없이 즉석에서 대답했다.

"팔아야지! 아무렴! 지금 나도 참을성있게 값어치를 알아줄 사람을 기다리고 있지 않느냐!"

단호하게 말하면서도, 그의 뇌리에는 10년 전 고향을 등지고 떠나온 이래 겪었던 그 숱한 좌절과 고통, 발붙일 데 없이 떠돌아 다니던 유랑 생활의 어려움이 그림처럼 한 폭 한 폭 떠오르다가 사라졌다. 그는 아픈 상처라도 건드린 듯 이맛살을 찌푸리고 중얼거렸다.

"내 어딜 가서 값어치를 알아 줄 사람을 찾는단 말인가?……"

위나라, 제나라, 송나라, 진(晉)나라, 정나라, 진(陳)나라, 초나라, 채나라와 오나라…… 그는 천하 열국을 두루 생각해 봤다. 그 동안에 불끈 치밀어 오르는 그리움, 마지막으로 상념의 발걸음은 노나라를 거쳐 자기 집 대문앞에 가서 멈추어 섰다.

기관씨는 병상에 누운 채 벌써 오래 전부터 기동조차 못하는 신세가 되었다. 초췌한 얼굴빛, 맥없이 늘어진 몸뚱이, 퀭하니 패여 들어간 눈망울로 천정만을 하염없이 바라보고 있을 따름이었다.

오랜 세월 병상에만 누워 있으려니, 그녀의 등에는 거의 전부 욕창이 번졌다. 아들 공리 부부가 의원을 모셔다 약방문을 쓰고 찜질을 해주었으나 아무런 효험도 보지 못했다.

시집간 딸 무위도 틈만 나면 친정에 돌아와서 어머니를 돌봐주었다. 어릴 적부터 그녀를 친어머니처럼 따르던 조카 공충, 공무가 남매 역시 때때로 찾아와서 환자 시중을 들었다.

온 가족이 그녀를 따뜻이 보살폈고 병자의 고통을 덜어주느라 무진 애를 썼다. 그 가운데는 아직 철부지 어린 손자 공급도 끼여 있었다.

노애공 9년(B.C.486) 봄철, 앞마당의 회화나무에 또다시 새싹이 텄다. 뼛가죽만 남은 병자 기관씨는 숨이 곧 끊어질 듯 기진맥진해져서, 안간힘을 다 써가며 고개를 돌리고 창밖에 눈길을 던졌다.

참새들이 나뭇가지 위에서 파드득 날뛰며 무엇이 그리도 좋은지 연신 우짖어댔다.

날짐승들이 짝을 찾아 쌍쌍이 노니는 것만 보아도 기쁨과 즐거움이 충만했다. 병자에게는 그런 정경도 아픈 상처를 덧뜨린다.

맑고 상큼한 봄바람이 한바탕 불어와 건성 여며닫은 대문짝을 열어놓았다.

황홀간에, 그녀는 문턱을 넘어서는 남편의 키 크고 우람한 몸집을 본 듯싶어 두 눈이 휘둥그레졌다. 따뜻하면서도 부드러운 가운데 근엄한 태도가 깃들고, 장엄한 속에도 사람의 마음을 편안하게 해주는 자상스러운 얼굴 모습이 여느때처럼 눈 앞에 확 들이닥치고 있는 것이다.

그녀는 정말 병상을 박차고 벌떡 일어나 그이의 품에 안기고 싶었다. 그래서 부부간의 사랑과 위안을 한껏 누리고, 오랜 세월 이별의 그리움, 고통스러움을 있는껏 다 쏟아놓고 싶었다.

한 방울 남은 기력까지 모조리 쏟아붓고서도, 그녀가 한 것이라곤 몸을 일으키기는커녕 고작 두 손만을 겨우 치켜들었을 뿐이었다.

침상 곁에서 줄곧 시중을 들던 딸 공무위가 그것을 보고 무엇을 달래는가싶어 급히 물었다.

"엄마, 뭘 드릴까요?"

한 마디 외침 소리가 꿈처럼 달콤한 환상에 잠겨 있던 그녀를 잔혹스런 고통의 현실로 끌어냈다. 보일 듯 말 듯 도리질을 하는 동안, 눈에 가득 맺힌 눈물 방울이 두 뺨을 타고 주르르 굴러 떨어졌다.

"엄마아!"

딸의 가슴도 찢겨져 그녀를 와락 덮쳐 안았다.

"무슨 말이든 해보세요, 엄마!"

그녀는 버거운 듯 천천히 손을 내밀어 딸의 얼굴에 흐르는 눈물을 닦아주었다. 그리고 힘없이 대답했다.

"엄마는 괜찮아. 착한 것, 울지 말아요. 엄마는 나을 거야."

무위는 그것이 자기를 위로해 주려는 말인 줄 뻔히 알았다. 그래서 더욱 가슴 아프게 울어야 했다.

손자 공급이 침상 곁으로 뛰어오더니, 엄마가 가르쳐 주신 문안 인사를 종알종알 외워댔다.

"할머니, 병환이 좀 나으셨어요?"

기관씨는 귀여운 손자의 머리통을 쓰다듬어 주었다. 눈물진 얼굴이 금세 웃는 얼굴로 바뀌었다.

"오냐, 많이 나았다. 아주 좋아졌어."

하루 종일 큰 바람이 불더니, 먹구름장을 몰고 왔다.

날이 저문 후에는 구름장이 더욱 두껍게 깔려 하늘의 별빛을 모조리 가렸다. 삼경 무렵쯤 되었을까, 바람이 멎고 그 대신 빗방울 듣는 소리가 들려왔다.

부슬비는 밤새도록 그치지 않았다.

봄비는 참기름 방울만큼이나 귀하다. 온동네 사람들은 촛불을 밝히고 향을 사르면서 기원을 올리고 축복을 빌었다.

등잔에 가득 담아 두었던 기름이 어느새 다 말랐는지, 방안이 어둠침침해졌다. 기관씨는 뭇사람들이 겨우 들릴까말까한 소리로 헛기침을 두어 번 뱉아내더니, 손을 치켜들고 안마당 쪽을 가리켰다. 부릅뜬 눈망울로 창밖을 바라본 채, 그녀는 무슨 말인가 하고 싶었지만 목소리가 나오지 않았다.

집안 식구들은 벌써 이틀 낮밤이나 꼬박 눈을 붙여보지 못했다. 여느 때와 다른 그녀의 표정을 바라보면서, 숨을 죽인 채 무슨 말인가 나오기를 마냥 기다리고 있었다.

입술이 한참 동안 달싹거린 끝에 겨우 두세 마디가 나왔다.

"그이를 집에…… 모셔오렴……."

"어머니! 더 하실 말씀이 있거든 어서 하세요!"

아들 공리가 고함치듯 말을 걸었다.

그녀는 눈동자를 굴려가며 자녀들의 얼굴 모습을 하나하나씩 돌아보더니, 가볍게 도리질을 했다.

"어머니……."

아들 공리는 어쩔 바를 모르고 허둥거렸다. 그 아내는 심상치 않다는 것을 깨닫고 별채로 달려가서 한참 단잠에 취한 공급을 안아다가 그녀의 침상 곁에 올려 앉혔다.

기관씨는 미소를 짓느라 입술 언저리에 주름이 잡혔다. 그러다 손자의 뺨을 어루만지려던 손길이 툭 떨어지더니, 머리를 외로 꼬은 채 숨결이 멎었다.

날이 밝으면서 비도 그쳤다. 공리는 아버지가 고국에 남겨둔 제자들을 불러들여 장례 절차를 의논했다. 우선 급한 문제는 어디다 모셔야 하느냐였다.

염구가 의견을 냈다.

"언젠가 스승님이 사수 강변에 봄놀이를 나가셨다가 돌아오시던 길에 도성 북문 근처 언덕을 보시고 '내 무덤을 여기다 쓰면 좋겠구나!' 하셨소. 이제 돌아가신 사모님을 그곳에 안장하면 좋을 듯싶은데, 사형 사제들의 생각은 어떠시오?"

나머지 동문들이야 두말할 나위도 없이 대찬성이었다.

"사부님께서 뜻하신대로 합시다!"

상주 공리도 그 의견에 따르기로 했다.

장례식은 무사히 끝마쳤다.

제자들은 상주에게 극진한 위로의 말을 건네고 제각기 흩어져 돌아갔다.

위나라 당읍이라면《시경》'정지방중(定之方中)'에 묘사된 유서깊은 곳이다. 공구는 위나라에 여러 해 동안 머물면서 그 유명한 곳을 한 번도 가본 적이 없어 늘 꺼림칙하게 여겨왔다.

이날, 봄빛이 화창하고 부드러운 바람이 공구의 심사를 들뜨게 만들어, 그는 마침내 큰마음 먹고 제자들과 함께 당읍을 찾아나섰다. 푸른 윤기가 도는 보리밭, 부채살 만큼이나 커다란 잎새를 너울거리는 울창한 뽕나무 숲에 벌 나비떼가 춤추고, 하늘 어디를 돌아보나 지저귀는 새소리에 꽃향기가 물씬 풍겨나왔다.

높은 언덕 위에 올라서서, 공구는 두 눈에 가득 들어오는 싱그러운 경치를 둘러보면서 흥에 겨워 노랫가락이 절로 나왔다.

저 옛 성터에 올라가
초구 땅을 바라보네.
초구와 당읍을 바라보고,
산과 언덕을 해그림자로 헤아려 보며,
내려와 뽕나무가 적당한가 살펴보니,
점괘도 길하다 나오길래,
끝내 진실로 좋도다!

공구는 문득 노래를 읊조리던 입을 다물었다. 수레 한 대가 빠른 속도로 일행 쪽을 향해 달려오는 것이 보였기 때문이다. 얼마나 경황없이 급하게 치닫는지, 수레 뒤편에 누런 먼지 구름이 길게 꼬리를 물고 따라붙었다.

그는 웃음기를 거두고 불안한 기색으로 수레 쪽을 바라보았다.

가까이 왔을 때 보니 기수는 다름아닌 고시였다.

"아니, 고시야! 이게 웬 소란이냐? 무슨 일이라도 났느냐?"

제자의 굳은 표정을 살펴가며 공구가 물었다. 고시는 가쁜 숨을 몰아쉬면서 입을 열었다.

"지금 도성 안에 소문이 파다하게 났습니다. 공 대부의 어머니 백희와 그 정부 혼량부가 은밀히 괴외의 망명 세력과 내통해서 도성을 단번에 뒤집어 엎을 모양입니다. 사부님, 이제 위나라는 대혼란에 휩쓸리게 됩니다. 저도 이런 난리탕 속에서 벼슬아치 노릇을 하고 싶지 않습니다. 사부님, 저희들을 데리고 하루 속히 이 나라를 떠나도록 하십시오!"

제자가 푸념을 늘어놓는 동안, 공구의 눈길은 푸른 하늘을 바라보고 있었다.

'아아, 또 정처없는 길에 올라야 한단 말인가?'

장장 11년이나 되는 세월에 열국을 떠돌아 다니면서 겪었던 파란곡절과 재난의 기억이 새삼 그를 못 견디게 괴롭혔다.

"고시야, 주례는 하루아침에 회복되지 않고 폭력의 바람은 그칠 날이 없으니, 이 천하가 언제나 안녕을 되찾겠느냐? 그래 말 좀 해보려무나. 우리가 어느 곳엘 가야 태평 세월을 누릴 수 있단 말이냐?"

"사부님, 다른 나라도 안녕치 못한 것은 사실입니다만, 이 위나라처럼 위험하지는 않을 것입니다. 자식이 아비의 권력을 독차지하고, 아비는 자식을 죽여서라도 그 권력을 빼앗으려고 칼부림을 하는 나라가 어디 또 있습니까? 이곳에 마냥 눌러 앉아 있다가 괴외와 자첩 부자의 시비에라도 휩쓸리는 날이면, 손써 볼 도리가 없이 난처해질 것입니다."

"옳은 말이다!"

스승이 고개를 주억거렸다.

"그래서 나도 너희들을 데리고 송나라, 진나라, 채나라, 초나라를 떠돌아다녔던 게 아니냐? 모두 형편이 한결같지는 않다고 하더라도, 가는 곳마다 우리들의 포부를 펼쳐보일 곳은 한 군데도 없었다."

그는 이제 한가롭게 당읍의 풍광이나 즐길 기분이 아니었다.

"자, 우리 이만 돌아가자꾸나!"

거씨 댁 문턱을 갓 넘어섰을 때, 그는 앞뜰에 우두커니 서 있는 조카 공충을 발견했다. 수심에 가득찬 얼굴, 몸에는 상복을 걸치고 있었다.

공구는 집에 무슨 일이 났는지 단번에 알아차렸다.

"작은 아버님!……"

"숙모님이…… 기어이 돌아가셨습니다……"

공구는 아무 말없이 고개만 끄덕였다.

"장지는 도성 북문 밖 언덕에…… 언젠가 숙부님이 말씀하시던 그 곳……"

찌르르하게 울리는 가슴, 극렬한 비통이 치밀어 오르는가 싶더니 어느덧 그의 얼굴은 눈물로 뒤덮였다. 그는 아내가 마지막 숨을 거두는 순간의 심정을 생각했다. 생각하면 할수록 간장이 마디마디 끊기고, 동편 하늘가를 바라보는 두 눈동자가 뽑혀 나올 지경으로 그립고 보고 싶기만 했다.

아침에 눈을 뜨나 밤에 눈을 감아도 선하게 떠오르는 그리운 모습, 이제는 꿈 속에서나 서로 만나볼 수 있으리라. 문득 그는 자기가 무슨 방법으로도 메꾸지 못할 커다란 잘못을 저질렀다는 생각이 들었다. 그는 후회했다. 애당초 조카가 왔을 때, 냉큼 따라서 집으로 돌아가 그녀를 돌보아 주지 못한 자신이 후회스러웠다.

이런 생각에 잠겨있는 그는 자신을 매섭게 질책했다.

'이것 때문에 내 어찌 평생의 지조를 꺾는단 말이냐!'

다음날, 제자들은 스승의 심기가 언짢은 것을 알고 슬그머니 물러나와 방구석에 틀어박혀 책을 뒤적거리거나 몇몇이 둘러앉아서 잡담을 나누며 하루 시간을 보냈다. 그 광경이 눈에 띄자, 스승은 몹시 화가 나서 꾸짖었다.

"하루 세 끼 배불리 먹고 진종일 마음 쓰는 바가 없다니! 공부하기가 그렇게도 싫으냐? 그럼 바둑이라도 두면서 정서를 닦고 수양을 길러야 옳지 않느냔 말이다! 어째서 바둑도 배우지 않고 빈둥거리는 게냐?"

이 때 찾아온 방문객이 하필이면 공손여가였다. 가뜩이나 속이 상한 공구의 마음을 더욱 짜증스럽게 만들었다. 그래서 손님을 맞아들이는 인사치레도 앙앙불락, 퉁명스럽기 짝이 없었다.

"어서 오시오, 공손 대감!"

공손여가는 남의 속도 모른 채 정중히 예를 올리고 입을 열었다.

"우리 주군께서 영부인이 서거하셨다는 소식을 듣고 특별히 저를 보내 공부자님께 애도의 뜻을 전하라 하셨습니다."

"군후께서 이토록 마음써 주시다니, 불초 공구는 고마움을 이기지 못하겠소이다!"

공손여가라면 첫대면 때부터 줄곧 비루한 인간으로 치부해 온 터라, 지금이라고 그 대우가 여느 때와 달라질 까닭이 없었다. 객쩍은 대화 몇 마디가 오가면서 무안을 당하고 보니, 조문객도 오래 앉아 있어보았자 재미가 적다는 사실을 깨닫고 부랴부랴 자리를 털고 일어났다.

번지(樊遲)는 방 안의 딱딱해진 분위기를 좀 풀어주고 스승의 마음을 딴 데로 돌려볼 요량으로 슬그머니 엉뚱한 화제를 끄집어냈다.

"사부님, 저희들이 날마다 양식을 먹기는 하지만, 농삿일은 전혀 모르고 있습니다. 어르신께서 농사 짓는 방법을 좀 알려주시지 않겠습니까?"

스승이 퉁명스레 대꾸했다.

"나는 어려서부터 책을 읽고 예악을 익혀 왔을 뿐, 농사 짓는 일에 대해서 배운 적은 한 번도 없다! 그런 점에서 나는 경험 많고 노련한 농사꾼보다 훨씬 못하다."

면박을 당하고서도 번지가 또 여쭈었다.

"저희들이 날마다 채소를 먹습니다만, 그 야채를 어떻게 심고 기르는지 하나도 모릅니다. 채소를 심는 방법을 말씀해 주시지 않겠습니까?"

스승은 벌컥 성을 냈다.

"채소를 어떻게 심느냐구? 난 그런 것을 배운 적이 없다! 채소를 심으라면 나는 경험 많고 노련한 밭농사꾼보다 훨씬 못하단 말이다!"

잔뜩 성난 스승의 얼굴을 바라보면서, 번지는 자신이 공연한 짓을 했구나 싶어 울적한 심사로 물러갔다.

스승은 그 자리에 남은 제자들을 보고 이렇게 말했다.

"번지는 참말 그릇감이 되기는 틀린 녀석이다! 내가 하루 온종일 혓바닥이 닳도록 인, 의, 예, 악을 강의했어도, 저 녀석은 전혀 알아듣지 못하니 이를 어쩌면 좋겠느냐?"

그는 여기서 격한 심사를 가라앉히고 차분하게 강의쪼로 나가기 시작했다.

"한 나라 안에서 임금과 신하가 예의를 소중히 여기기만 하면 백성들도 감히 존경하지 않을 수 없게 되고, 임금과 신하의 행위가 떳떳하기만 하면 백성들도 감히 복종하지 않을 수 없게 되며, 임금과 신하들의 마음이 신실하고 정성되기만 하면 백성들이 감히 거짓말을 못하게 되는 법이다. 이 몇 가지를 해낼 수만 있다면 천하 사방의 백성들이 남부 여대하고 몰려와 귀순할 터인데, 무엇하러 자기 손으로 직접 농사 짓고 채소를 심어야 할 필요가 있단 말이냐?"

끝말이 갓 떨어졌을 때, 자로가 포읍에서 달려왔다.

"사부님 제가 왔습니다! 사모님께서 서거하셨다는 비보를 듣고 일부러 틈을 내어 며칠이나마 스승님을 모시고 있으려고 왔습니다."

공구는 마음 뿌듯한 감동을 받았다.

"그래, 잘 왔구나! 중유야, 포읍의 금년 농사는 어떻더냐?"

"거의 해마다 봄가뭄이 들었지만, 올해 가뭄은 더욱 심했습니다. 다행히 제방과 수로를 잘 닦아놓은 덕분에, 봄농사는 그렁저렁 제때에 파종을 끝낼 수가 있었습지요."

스승의 눈길이 포읍 원님의 옷차림새를 훑어봤다. 몸에 걸친 것은 여전히 다 낡아빠진 무명 두루마기, 그것만 보아도 스승은 마음 속 깊은 곳에서 기쁨이 우러나왔다.

그는 몇 마디 칭찬을 해주고 싶어서 일어나다가 급작스레 현기증을 일으켰다.

"어엇, 어지럽구나!……."

두세 걸음 비틀거리다가 그는 벽에 기대어 섰다.

"어이구, 사부님이 병나셨어! 여보게들, 내의원을 데리러 갔다올테니, 어서 사부님을 침상에 눕혀 쉬도록 해드리게!"

자로가 후닥닥 뛰어나가는 동안, 뭇제자들이 허겁지겁 손을 모아 스승을 침대로 모셔다 눕혔다.

제자들의 손에 붙들려 누우면서도, 공구는 미처 못한 감탄을 늘어놓았다.

"훌륭하구나, 중유야! 포읍을 다스려 그 치적이 두드러지게 나타났는데도 자기 입은 옷은 예나 다를 바없이 저토록 낡아빠졌다니! 낡은 옷을 걸치고 화려한 옷을 입은 사람들 틈에 끼어서도 부끄러운 줄 모르는 사람은, 너희들 가운데 오직 중유 한 사람밖에 없는 듯싶구나.《시경》에 이르기를 '샘내지 아니하고 탐내지 않으니, 이 아니 좋으랴!' 했는데, 참으로 중유를 두고 한 말이로구나!"

그가 뭐라든, 제자들은 하나같이 스승의 병환이 걱정스러워 그저 듣는 둥 마는 둥 귓전으로 흘려보낼 따름이었다.

자로가 의원을 잡아 끌다시피 부랴부랴 모시고 달려왔다. 진맥을 하랴, 약을 달여 먹이랴, 한 바탕 소란을 떨고나서야 병자가 잠들었다.

겨우 한갓진 틈을 얻게 되었을 때, 자공이 슬그머니 자로의 소맷자락을 잡아당겨 한구석으로 끌고 가더니, 조금 전 스승이 한 말을 귀띔해 주었다.

그날 밤, 자로는 스승 곁을 지키면서 밤을 꼬박 지새웠다. 그것까지는 좋았는데, 잠시도 쉬지 않고 중얼거린 것이 탈이 났다.

"샘내지 아니하고 탐내지 않으니, 이 아니 좋으랴!…… 샘내지 아니하고 탐내지 않으니, 이 아니 좋으랴!……. 샘내지 아니하고……."

처음에는 공구도 흥겨웠으나, 하도 같은 얘기를 반복하니 나중에는 듣기가 지겨워서 입막음을 하고 말았다.

"그렇게 중얼거리기만 한다고 뭐가 좋아질 수 있겠느냐!"

자로는 얼굴이 붉어져서 더는 타령을 하지 않고 얼른 말끝을 돌렸다.

"사부님 병환이 좀 나으시라고 축원을 드린 것뿐입니다요! 어르신도 하느님께 기원을 드리지 않으시렵니까?"

그러나 스승은 장탄식 한 모금만 뱉아냈을 뿐, 오래도록 말을 않았다.

4
제나라의 침공

하늘에 기원을 드리라는 제자의 말을 놓고, 공구는 한 동안 침묵을 지켰다. 그리고 또 한 모금 장탄식을 터뜨렸다.

"나도 벌써 기도를 해봤다. 하지만 하느님이 어디 계시냐? 기도를 한들 무슨 소용이 있느냐?"

자로는 그가 슬픔이 지나쳐 허약해진 심신에 감기 몸살이 겹쳤다는 것을 아는 터라, 하루에 두 차례씩 정성껏 탕약 시중을 들면서도 얼마 안 있으면 나으려니 싶어 그리 큰 걱정은 하지 않았다.

사흘이 지나자, 그는 과연 건강이 회복되어 자리를 털고 일어났다. 조카를 돌려보낸 후, 그는 다시 제자들에게 강의를 계속했다.

이 무렵, 천하 각처에서는 열국 제후들의 패권 다툼이 갈수록 극렬해지고 있었다.

노애공 9년 봄철, 송나라는 옹구 지역에서 정나라 군을 크게 격파

했다. 이해 가을에는 오왕 부차가 북방의 열국에게 대항하는 데 가장 필요한 군량 수송로를 개척할 목적으로 태호에서 그 북쪽 여러 하천을 연결하는 운하를 준설하여 마침내 장강 하류와 회하를 관통하는 데 성공했다.

노애공 10년 봄, 오왕 부차는 노나라, 주나라, 섬나라와 공동으로 군대를 출동시켜 제나라를 공격했다.

오군 대장 서승은 부대 병력을 함선에 싣고 물길로 북상하여 제나라 영토에 진입했으나 예상 외로 완강한 제군의 반격에 부닥쳐 대참패를 당하고 말았다.

3국 동맹군을 물리친 제나라는 그로부터 얼마 안 있어 대부 포목이 제도공을 죽이고 공자 임을 새 군주로 옹립했다. 이가 곧 제간공이다.

그해 여름철, 진나라 조간자는 제나라의 내부 혼란을 틈타 직접 침공군을 이끌고 쳐들어갔으나, 쌍방의 병력에 큰 피해만 냈을 뿐 아무 소득도 얻지 못하고 철수했다.

겨울에는 초혜왕이 진(陳)나라를 공격했다. 진민공은 오왕 부차에게 구원을 요청했다. 부차는 흔연히 구원병을 출동시켰다. 초나라 침공군은 대패를 당하고 물러났다.

노애공 11년 이른봄, 제나라 대부 포목이 제간공의 명을 받아 정예부대를 이끌고 노나라를 기습했다. 침공부대는 마치 대나무 쪼개듯 거칠 것 없는 기세로 저항군을 밀어붙이고 마침내 노나라 도성 근교까지 깊숙이 쳐들어왔다.

적병이 미처 손써 볼 틈도 없이 코 앞에까지 들이닥치자, 노나라 조정은 일대 공황에 휩쓸리고 군신들은 너나 할 것 없이 간담이 뚝 떨어져 어찌할 바를 몰랐다. 조정 여론은 제나라측의 요구를 들어주고 강화하자는 쪽으로 기울었다.

공구도 위나라에서 그 소식을 전해 듣고 대경 실색을 했다.

"이것 큰일났구나! 곡부성은 6백여 년의 역사를 지니고, 문물 고적이 대량으로 보존되었을 뿐 아니라 태묘와 같은 성지가 있는 곳이다. 이제 침공군이 도성을 점령하는 날에는 노나라는 하루아침에 텅 빈 껍질만 남게 될 것이 아닌가!"

그는 가시방석에라도 앉은 듯 초조감을 못 이겨 안절부절, 앞마당이 좁아라고 오락가락 맴을 돌았다.

마음 같아서는 양 겨드랑이에 날개가 돋혀 노나라 도성까지 훨훨 날아가서 천군 만마를 지휘하여 제나라 침공군을 갑옷 투구 한조각 안 남기도록 철저히 두들겨 부수고 싶건만, 현실이 그렇지 못하니 한스럽기만 했다.

자로가 주먹을 불끈 쥐고 말했다.

"사부님, 저를 본국으로 돌아가게 허락해 주십시오! 전차 1천 승만 있으면 그 놈의 제나라 군을 깡그리 쫓아내겠습니다."

스승이 이맛살을 잔뜩 찌푸리고 중얼거렸다.

"어림없는 소리 작작해라! 위기가 조석지간에 달렸는데, 날아간다 한들 제때에 닿겠느냐? 더구나 네 솜씨로는 적과 맞싸운다 하더라도 반드시 이길 수 있다고 장담을 못할 것이다."

자로는 동동 발을 굴렀다.

"하면, 우리는 두 눈 멀거니 뜨고 앉아서 노나라 도성이 제군 수중에 떨어지는 것을 보고만 있어야 합니까?"

"내 마음인들 왜 다급하지 않겠느냐!"

이때 자공이 조심스럽게 입을 열었다.

"사부님, 지금 제군이 도성 근교까지 쳐들어왔다고는 하지만, 도성이 그처럼 쉽사리 함락당하지는 않을 것입니다. 더구나 염구와 유약이 모두 본국에 있으니만큼, 팔뚝 걷어붙이고 나서서 나라의 위기를 만회하지 않을 리가 없지 않겠습니까?

공구가 힘차게 고개를 끄덕였다.

"그렇구나! 한데 그들의 소식이 어째 없는지 모르겠다."

"너무 걱정 마십시오. 제가 노나라에 가서 형편이 어떻게 돌아가는지 보고 오겠습니다."

"그것도 좋겠다. 어디 한번 다녀 오려무나!"

자공은 그 즉시 수레를 타고 노나라로 떠났다.

노나라는 하루가 다르게 긴박한 상황에 물려 궁정이 온통 공포 분위기에 휩싸여 있었다. 노애공은 얼굴에 핏기라곤 한 점도 없이 전신을 와들와들 떨어가며 중신들을 꾸짖어댔다.

"경들은 어째 말이 없소! 제나라 군은 저토록 사납고 흉악한 기세로 밀어 닥치는데, 우리 군대는 도대체 어디 있소? 도성 수비대만 빼놓고 전멸당했단 말이오? 그렇다고 모두들 이렇게 앉아서 도성을 하루아침에 적의 수중에 넘겨 주어야 옳단 말이오!"

맹손하기와 숙손주구는 목마른 눈빛으로 상국 계손비를 쳐다보았다. 이들 두 사람은 이 무렵 벌써 환갑을 넘긴 나이였다.

계손비가 무거운 입을 열었다.

"주군, 신의 부중에 총관으로 있는 염구를 쓰십시오. 그 사람은 육예에 두루 정통하고 판단력이 뛰어날 뿐 아니라 과단성이 있어 방어군을 맡기기에 적합한 인재라고 생각되옵니다."

노애공의 눈이 번쩍 빛났다.

"옳거니! 우리가 어째서 그 사람을 생각 못했을꼬? 염구뿐만 아니라 유약도 있지 않는가? 그 사람은 일찍이 오나라 침공군을 격퇴시킨 적도 있는데, 이 두 사람에게 군대를 맡겨 적을 막으면 되겠군. 공구의 문하에는 참말 유능한 인재가 많다는 것을 깜박 잊었네그려!"

그는 이제야 줏대가 생겼는지, 자세를 바로잡고 위엄있게 명을 내렸다.

"어서 그 두 사람을 입궐시키도록 하시오!"

말끝이 막 떨어지자, 금위병 한 명이 뛰어 들어왔다.

"주군께 아뢰오! 염구와 유약이 궁궐 문 밖에 와서 알현을 청하옵니다."

노애공은 펄쩍 뛸듯이 반가워하면서 금위병에게 손을 내저어 보였다.

"들라 해라! 어서 모시고 오너라!"

이윽고 염구와 유약이 나란히 들어와 임금에게 예를 올렸다.

노애공은 인사치레고 뭐고 따질 겨를도 없이 상체를 앞으로 내민 채 허우적허우적 반겨 맞았다.

그리고 이들이 미처 허리를 펼 때까지 기다리지 않고 내처 용건부터 끄집어냈다.

"그대들도 아다시피, 지금 제나라 군이 성벽 아래까지 밀어닥쳤소. 과인은 그대들에게 방어군을 맡겨 성 밖으로 나가 적을 막았으면 하는데, 그대들의 생각은 어떠하오?"

염구가 정중히 아뢰었다.

"불초 염구는 이 노나라에서 태어나고 자란 몸이온즉, 군대만 내려주신다면 목숨 걸고 적과 일전을 겨루겠습니다. 다만 한 가지 청할 일이……."

"무엇 말이오? 말씀해 보시오."

노애공의 허락이 떨어지자, 염구는 계손씨와 맹손씨, 숙손씨를 차례차례 둘러보면서 느긋이 말문을 열었다.

"주군, 제나라 침공군은 병력도 많고 강한데다, 사기와 투지도 왕성합니다. 아군이 싸울 때마다 패퇴한 까닭은 병력이 워낙 부족하기도 했지만 무엇보다 먼저 사기가 떨어졌기 때문입니다. 이제 만약 적을 쳐서 이기려면 관군뿐만 아니라 전국 각처의 병력을 총동원해야 한다고 생각되옵니다. 현재 상국대감과 맹손, 숙손 대감의 영지에는 중무장한 병력이 수천 명씩 있습니다. 이들을 전부 출동시킨다면, 신이 장담하거니와 틀림없이 제군을 우리 나라 영토 밖으로 몰아낼 수 있을 것입니다."

이번에는 유약이 아뢰었다.

"일국의 흥망은 필부에게도 책임이 있다 했습니다. 바라옵건대, 세 분 대감께서는 나라의 대국(大局)을 중히 여겨 주십시오!"

뜻밖의 요구에, 상국 계손비는 우거지상을 짓고 임금을 바라보았다.

"주군, 밝히어 살펴 주십시오! 소신이 영지 안의 병력을 동원하고 싶지 않아서가 아니라, 제군은 천둥 소리에 귀 틀어막을 겨를도 없이 도성 근교까지 밀어닥쳤는데, 어느 세월에 비읍의 군사들을 데려다가 막는단 말입니까?"

숙손주구가 대뜸 동조하고 나섰다.

"상국 대감의 말씀이 옳습니다. 저희 군사도 성을 지킬 줄만 알았지 제대로 편제를 갖추지 못했고 지휘할 장수도 마땅치 않은 실정입니다. 옛말에도 '채찍이 길어보았자 두 길이요, 강물을 끌어다가 급한 불을 못 끈다' 했듯이, 지금 적이 코 앞에 닥쳤는데 어떻게 머나먼 영지의 군대를 끌어와서 물리칠 수 있겠습니까? 아마 때를 놓치기 십상일 것입니다."

맹손하기도 볼거리 잃는 소리로 맞장구를 쳤다.

"아무렴, 옳은 말입니다! 지방군을 이동시키려면 때가 늦을 것입니다."

유약이 도리질을 했다.

"제군은 전투력도 막강할 뿐더러 애당초 우리 군사를 얕잡아 보았기 때문에 거침없이 도성까지 곧바로 쳐들어 왔습니다. 현정세는 확실히 우리측에 불리합니다. 그러나 아직 만회할 여지는 남아 있다고 봅니다."

"어떻게 만회한단 말이오?"

물에 빠진 사람 지푸라기라도 잡으려는 듯, 노애공이 다급하게 물었다. 유약은 손가락을 꼽아가며 설명해 나갔다.

"첫째, 이 나라는 망국의 위험에 직면했으니, 군민들도 필연코 적개심을 품어 한 번쯤은 침략자와 결사적으로 싸워보려 할 것입니다. 둘째, 침공군은 싸움다운 싸움도 한 번 않고 파죽지세로 장거리를 강행군하여 달려왔으니, 휴식을 취할 틈도 없어 인마가 모두 지치고 극도로 피로해 있습니다. 그러므로 겉으로는 막강해 보이나 실은 아군의 일격을 감당해내지 못할 것이 분명합니다. 셋째, 상국 대감의 영지 비읍성에는 정예병력이 7천, 맹손 대감의 영지 성읍에는 정예가 3천 명, 숙손 대감의 영지 후읍에도 정예병이 4천 명쯤 있다고 봅니다."

"그 세 곳 병력을 모조리 이 도성으로 끌고 온단 말씀인가?"

"아니올시다. 그 병력을 출동시켜서 적의 배후로 돌아 퇴로를 차단하고 포위해 버립니다. 그럼 제군은 앞뒤로 적을 맞아 피동적인 열세에 몰리게 될 것입니다. 그때 가서는 아무리 막강한 제군이라도 필경은 공황에 빠져 동요를 일으키고 제대로 싸워보기도 전에 스스로 전열이 붕괴될 것입니다. 이 때 아군이 승세를 몰아 추격전을 펼친다면, 그들을 우리 땅에서 섬멸할 수 있다고 생각합니다. 비록 완전 섬멸은 못한다 하더라도 그들을 노나라 영토 바깥으로 깨끗이 몰아낼 수는 있을 것입니다."

노애공이 자리를 박차고 벌떡 일어나더니, 단호한 어조로 명을 내렸다.

"상국! 그리고 맹손, 숙손 경! 각 영지에 속히 급사를 달려보내 정예병을 모조리 출동시키시오!"

그리고 다시 염구와 유약을 향해 돌아섰다.

"과인은 그대 두 사람을 주장으로 임명하겠소. 어떠시오?"

"외적의 침입을 몰아내는데 어찌 사양하오리까!"

못 때려박듯 굳센 응답이 나왔다.

"우리 노나라의 안위가 이 한 판 싸움에 달렸으니, 그대들도 아무쪼록 신중히 처신하기를 바라겠소."

염구와 유약은 무릎을 꿇고 군명을 받았다. 그리고 궁궐을 물러나와 도성 안에 남은 수비병력을 모두 집결시켜 방어배치를 재편성하기 시작했다.

계손비와 맹손하기, 숙손주구도 각자 긴급 전령을 비읍, 후읍, 성읍으로 달려보냈다. 전령의 품 속에는 출동시기와 기동 목표, 퇴로차단, 포위지점을 상세하게 적은 작전 명령서가 들어 있음은 물론이었다.

도성 안팎의 방어 배치가 끝나자, 염구와 유약은 동대문 성루에 올라가 먼 하늘쪽을 바라보았다. 보이는 것이라곤, 아득히 먼 지평선에 뿌옇게 피어 오르는 먼지구름, 살기 등등한 공기가 바람결에 실려 올 뿐이었다.

염구가 무거운 목소리로 입을 열었다.

"여보게, 사제. 지금 성 안에는 전차가 4백 승밖에 없네. 나하고 자네가 각각 1백 승씩 이끌고 나가서 싸우기로 하고, 2백 승은 도성에 남겨 두어 지키도록 하세. 그래야만 주군과 백성들이 마음을 놓을 테고, 또 만일의 사태를 예방할 수 있지 않겠나?"

"그렇습니다, 형님. 군대란 병력이 많아야 좋은 게 아니라 무엇보다 정예로워야 합니다. 우리 둘이서 임기 응변으로 지휘만 잘 해나간다면, 현재의 이 열세도 재빨리 전환시킬 수 있으리라 봅니다."

상의를 마친 두 사람은 성 밖에 포진한 부대 장령들에게 날이 저물 때까지 진지를 굳게 지키도록 당부해 두었다. 두 사람은 야음을 틈타 본대를 이끌고 출성할 작정이었다.

이날 밤에는 별빛이 유달리 찬란했다. 염구와 유약은 각자 1백 승의 전투용 수레를 이끌고 동문과 남문으로 나뉘어 출동했다.

이들은 적의 판단을 흐리게 하고 기세를 꺾어놓기 위해 성내 주민들 가운데 몸이 튼튼한 장정들을 동원하여 횃불을 매단 대나무 장대를 두 개씩 들려 가지고 전차대에 섞어 데리고 나갔다.

멀리서 보면 동문과 남문에서 두 마리 화룡이 꼬리를 끌고 나타나듯 굉장한 전열이 아닐 수 없었다.

제군 장병들은 여러 날 강행군으로 달려와 지친데다, 이제 노나라 도성을 코 앞에 두었으니 성 하나쯤 점령하기는 손바닥에 침 뱉기로 쉽게 생각하고 모두들 속히 싸워 결판을 내고 싶어 안달이 났다.

그런데 뜻밖에도 노나라 방어군이 공격로 선상에 참호와 함갱(陷坑)을 길이로 파놓고 통나무를 베어다가 요소요소마다 장애물을 설치하여 공격군의 진로를 가로막았기 때문에, 제군측은 속전 속결을 하고 싶어도 좀처럼 장애물을 뚫고 나갈 방법이 없었다.

이래서 주장 포목은 장령들을 진중에 모아놓고 대책을 상의하고 있는데, 정찰병이 급보를 가지고 달려왔다.

"큰일났습니다! 노군 대부대가 성 밖으로 나오고 있습니다."

장막을 뛰쳐 나간 장수들은 노군 진영을 바라보고 그 엄청난 장관에 너나할 것 없이 아연 실색하고 말았다.

이윽고 출성 부대가 외곽 방어진영에 다다랐다. 염구와 유약은 최전방에서 장령들과 합류한 다음, 횃불을 모조리 끄게 하고 데려나온 주민들을 다시 성안으로 돌려보냈다.

횃불이 일시에 꺼지자, 제나라 장수들은 더욱 놀라지 않을 수 없었다. 노군의 병력이 얼마나 되는지 알 수도 없거니와, 무슨 전술로 반격을 가해 올지 전혀 몰랐다. 이들은 흡사 미혼진(迷魂陣)에 갇히기라도 한 듯, 좀처럼 판단을 내리지 못하고 진영 전체가 불안에 휩싸여 술렁대었다.

날이 밝았다. 염구와 유약은 장병들에게 참호와 함갱을 계속 파도록 지시하고 방어용 둑을 길이로 쌓게 한 다음, 그 뒤에 궁노수들을 3열 횡대로 매복시켰다.

궁노수들은 저마다 예리한 화살을 한 묶음씩 휴대하고 제방 아래 납죽 엎드린 채 싸움이 벌어질 때를 기다렸다.

제군 진영에서도 장령들이 망루에 올라 이쪽 형편을 바라보았다. 그리고 노군 병력과 전투용 수레가 겨우 2백 승밖에 안 되는 것을 알고 밤새껏 공연히 놀란 것이 화가 났다.

그중에서도 주장 포목의 노염은 대단했다. 그는 수염을 떨어가며 두 눈을 부릅뜨고 사나운 목소리로 부하 장병들에게 꾸짖듯이 공격 명령을 내렸다.

"돌격하라! 저놈들을 단숨에 짓밟아 버리란 말이다!"

공격 제1진이 출동했다. 약 50승으로 편성된 전차대가 기세 등등하게 노군 진영을 향해 달려나갔다. 돌격 속도는 무서웠다. 그러나 이들 앞에는 노군이 밤을 지새워 은밀하게 파놓은 참호와 함갱이 기다리고 있었다.

신바람나게 마구잡이로 치달리던 수레는 속절없이 함정으로 뛰어들었다. 몇몇은 미처 고삐를 당기지 못한 채 수레와 마필, 사람이 한꺼번에 구렁 속으로 굴러 떨어졌다. 그나마 고삐를 당겨 멈춘 이들도 노군 사격수들이 퍼붓는 화살에 맞아 참담한 비명을 지르면서 거꾸러졌다.

그 광경을 바라본 포목은 가슴 속에서 울화통이 삼천 발이나 치솟아 어금니를 갈아붙여야 했다.

"재돌격이다! 어서 나가라!"

또다시 50승의 전차대가 출동했다. 그러나 결과는 마찬가지였다.

이 때쯤 되어서야 포목도 정신을 차렸는지, 세번째로 돌격준비를 하던 장병들에게 중지 명령을 내렸다.

"멈춰라! 사세를 보고 다시 공격하겠다."

노군 진영에서는 유약이 염구에게 이런 제안을 하고 있었다.

"형님, 제군이 두 차례나 연속 좌절을 당했으니, 속수무책으로 한동안은 움직일 엄두를 못낼 것입니다. 형님은 여기서 진지를 굳게 지키고 계십시오. 날이 어두워지거든 제가 궁노수 1백 명을 거느리고 적진에 침투하여 한 바탕 난사를 퍼부어 제군의 위세를 꺾어놓고 돌아오겠습니다."

염구가 고개를 갸우뚱했다.

"한번 해봄직한 일이네만, 적에게 발각되는 날이면 우리측도 희생이 적지않을 것일세."

"모험인 줄은 저도 압니다. 하지만 야습으로 한바탕 휘저어 놓기만 해도 적진은 공황에 빠질 테고, 그것만으로도 우리 목적은 달성되는 셈이지요."

염구는 잠시 생각해 보더니, 조심스럽게 당부말을 건넸다.

"정 그렇다면 해보세! 다만, 자네가 위험을 무릅쓰고 직접 출동할 필요까지는 없을 듯싶네."

"아닙니다. 지금 우리 군사들의 사기가 너무 떨어졌습니다. 장군이 직접 나서지 않으면, 병사들은 자신감을 잃고 제대로 싸우려 들지 않을 것입니다. 자신감이 부족하면 승리를 거두기 어려운 법, 제가 직접 출동해야만 부하들도 태산처럼 의지하고 자신만만하게 싸우지 않겠습니까? 자신만만하면, 의심할 것도 없이 필승입니다!"

"알았네, 부디 조심하게!"

"가만 앉아서 좋은 소식이나 기다리십시오!"

"나도 본대의 궁노수들을 전진 배치시켜 놓고 자네를 지원하겠네. 적이 추격해 오기만 하면, 모조리 고슴도치를 만들어 버릴 테니까!"

"고맙습니다, 형님!"

제군은 두 차례의 공격이 모두 참패를 당하자 사기가 뚝 떨어졌다. 날이 저물자 병사들은 대부분 일찌감치 장막에 들어가 쉬고 있었다.

유약이 거느린 1백 명의 야습대는 고르고 고른 정예병이었다. 등에는 활과 화살통을 메고 손에는 단검 한 자루씩만 잡은 간편한 경무장 차림이었다.

고요한 밤 자정 무렵, 이들은 귀신처럼 제군 진영으로 접근하여 우선 보초병을 모조리 쓰러뜨리고 일제히 함성을 지르면서 영내로 돌입했다.

첫번째 장막에서 불길이 치솟자, 단잠에 곯아 떨어졌던 제군 병사들이 알몸뚱이로 쏟아져 나왔다. 야습대의 수중에서 일제사격이 퍼부어졌다. 영내는 삽시간에 아수라장으로 변하고, 무차별로 날아드는 눈먼 화살에 맞아 거꾸러지는 병사, 단도에 찔려 쓰러지는 병사들이 지르는 비명 소리가 어두운 밤하늘에 저릿저릿하게 울려 퍼지기 시작했다.

다치고 죽어가면서 토해내는 단말마의 비명, 공포에 질려 천방지축으로 내뛰면서 울부짖는 소리, 그중에서도 병기를 쥐고 달려나온 병사들이 미쳐 날뛰며 눈 앞에 얼씬거리는 것이라면 아군이고 적군이고 가릴 것 없이 닥치는대로 찌르고 베어 쓰러뜨리곤 했다. 어둠속에서 제군 진영은 한 마디로 난장판이 되고 말았다. 이들이 겨우 정신을 차렸을 때, 유약의 습격대는 사상자 하나없이 벌써 영내를 빠져나가 유유히 본진으로 돌아간 다음이었다.

포목은 주야 세 차례씩이나 당한 끝이라 추격할 엄두조차 내지 못하고, 그저 공황에 빠진 장병들을 진정시키느라 밤을 꼬박 지새웠다. 날이 밝기가 무섭게, 그는 전투용 수레 1백 승을 직접 거느리고 출동하여 노군 진영 사정권 밖에까지 나가 도전했다.

"적장은 들으라! 재간이 있으면 우리 군사와 정면으로 승부를 겨룰 것이지 거북이처럼 껍질 속에 틀어박혀 좀도둑질로 재미만 보려 들다니, 이래가지고서야 일국의 대장으로서 품격이 어디 있단 말인가!"

이에 염구도 전차 1백 승을 이끌고 마주 나가더니 코웃음을 쳐가며 응수했다.

"포장군, 우리 노나라와 제나라는 오랜 역사를 지녀 왔고, 또 우호동맹을 맺은 이웃나라요! 그런데 이제 의리를 헌신짝처럼 내던지고 배신하여 공공연히 군사를 출동시켜 우리 나라에 쳐들어왔소. 그대는 일국의 대장군으로서 염치가 뭔지도 모르고 이런 비열한 행위를 오히려 영광으로 알다니, 그래가지고서야 품격 운운하는 입이 부끄럽지도 않소?"

포목은 손가락으로 머리 위에 펄럭이는 주장의 깃발을 가리키면서 넉살좋게 대거리를 했다.

"나는 제나라의 대장군이야! 우리 나라의 이익을 위해서라면 무슨 짓이라도 할 수가 있다. 네가 만약 노나라 군주더러 우리 제나라에 공물을 바치도록 설득하겠다면, 내 당장 군대를 거두어 본국으로 철수해 드리지! 어떤가?"

염구가 고함쳐 꾸짖었다.

"노나라도 제나라와 똑같은 주 천자의 제후국이다! 그런데 같은 제후국에게 공물을 바칠 필요가 어디 있단 말인가? 하물며 지금 누가 이기고 누가 졌는지 모르는 판국에 허풍이 너무 심하다고 생각되지 않느냐? 만약 우리 노나라가 대승을 거둔다면, 그때엔 제나라 군주를 설득시켜 우리 나라에 공물을 바치게 할 수 있겠는가?"

"흐흥, 아군의 승리는 의심할 여지도 없어! 노나라 도성이 함락될 시각이 점심 때나 될까, 아니면 저녁 때나 될까 모르겠군!"

염구는 하늘을 우러러 목젖이 드러나도록 웃음보를 터뜨렸다.

"으하하하! 일국의 대장군이라면서 '교만한 군대는 반드시 패한다'는 격언조차도 모르다니, 정말 슬프고 한탄할 노릇이로군!"

한바탕 조롱을 당하자, 포목은 수염이 떨릴 정도로 분통이 터졌다.

"네놈들은 두더지 새끼냐? 우리와 정면 대결할 자신이 없는 모양이구나. 땅굴이나 파고 여우모양 꼼수나 쓸 줄밖에 모르니, 그야말로 한탄할 노릇이다!"

"개를 잡으려면 몽둥이를 써야 하고, 멧돼지를 막는 데도 울타리를 치는 법, 그보다 더 사나운 늑대를 잡는 판국에 무슨 짓인들 못하겠나?"

포목은 대꾸할 말을 잃고 얼굴이 시퍼렇게 질린 채, 타고 있던 수레를 3,40보나 앞으로 밀어붙이더니 손에 활을 잡고 보름달같이 시위를 당겼다.

깍지손을 푸는 찰나, 화살은 곧바로 노군 주장 깃발을 향해 날아가더니 '염'이라고 쓰인 글자를 보기좋게 꿰뚫어 기폭째로 깃대에 박아 놓았다.

염구 역시 질세라 활을 꺼내잡더니 답례 한 대를 쏘아 보냈다. 화살은 눈알이라도 달린 듯, 적장의 지휘용 깃발을 묶은 노끈을 정통으로 맞추고 깃대에 꽂혀 부르르 떨었다. 다음 순간, '화르르!' 하는 소리와 더불어 거대한 기폭이 맥없이 펄럭이면서 곧바로 떨어져 주인의 투구 쓴 머리통을 덮어 씌웠다.
"이런 죽일 놈!"
포목은 허우적허우적 기폭을 벗겨 내던지고 나서 미친듯이 활을 쏘아대기 시작했다. 염구는 서두르는 기색 하나없이 여유있게 슬쩍 슬쩍 피해냈다.
이 때였다. 제군 진영의 배후 동쪽 구릉지대 정상에 깃발 한 폭이 불쑥 나타났다.
그것을 발견한 염구의 얼굴에 환한 웃음이 피어났다. 비읍에서 출동한 7천 정예부대가 드디어 적의 배후로 돌아 나타난 것이다. 그는 벼락치듯 고함을 질러댔다.
"포목, 내년 오늘이 네 제삿날이다! 썩 내려와서 죽음을 받지 못할까!"
느닷없는 호통에, 포목은 영문을 모르고 일순 멍청하니 서 있었다. 이 때 진중에서 다급한 고함소리가 들려왔다.
"장군님! 큰일났습니다! 우리가 포위당했습니다!"
흘끗 뒤를 돌아본 포목 장군은, 그만 입이 딱 벌어져 다물지 못하고 휘둥그레진 두 눈이 화등잔만하게 커졌다.
'아뿔사, 이게 또 웬 날벼락이냐! 저놈의 군대가 하늘에서 떨어졌는지, 땅에서 솟아났는지 도대체 어디서 나타났단 말인가?'
그는 제 눈을 믿을 수가 없어 한 동안 멍하니 바라보기만 했다.
"장군님, 어떻할깝쇼?"
측근 부하가 물었을 때야 그는 정신없이 고함을 질러댔다.
"후퇴다, 후퇴! 빨리 퇴각하라!"
군대가 투지를 잃으면 산사태가 나듯 무너지는 법, 장병들은 후퇴 명령이 떨어지기가 무섭게 아우성을 치면서 달아나기 시작했다.
"도랑을 메꿔라! 어서!"

본진에서 지켜보던 유약이 명령을 내렸다. 병사들은 곡괭이와 삼태기를 들고 쏟아져 나와 흙더미를 퍼다 함정을 메꾸고 한 가닥 통로를 열어놓았다. 이윽고 노군 추격대가 함성을 지르며 뒤쫓아 나섰다.

제군은 사수 강변까지 도망쳤다. 그리고 막 도강을 하려는데, 북쪽 기슭에서 또 한떼의 인마가 쏟아져 나왔다. 후읍의 정예병 4천과 성읍의 3천 명이 쇄도한 것이다.

이들은 비읍 부대와 더불어 좌우로 협공 태세를 갖추고 포위망을 좁혀들기 시작했다. 제군은 당황했다. 한 바탕 싸우고 싶어도 등뒤에서 유약과 염구가 이끄는 추격부대가 꼬리를 물어뜯을 듯이 바짝 다가오고 있다. 포목은 목이 터져라 고함을 질러댔다.

"강을 건너라! 전차를 그대로 몰아 뛰어들란 말이다!"

'풍덩, 풍덩!' 제군 전차대는 속절없이 강물 속으로 뛰어들었다. 그리고 사수의 흐름을 거슬러 올라 그저 동쪽 방향만 바라고 헤엄쳐 나가기 시작했다.

노군 추격대도 강변에 다다랐다. 염구는 자기 부대를 남쪽 기슭에 남겨두고 유약의 부대를 북안으로 올려보냈다. 두 장수는 추격대와 좌우 협공부대를 지휘하여, 강물 속에 허우적거리며 달아나느라 경황이 없는 제군 장병들을 목표로 일제사격을 퍼부어댔다. 산 채로 화살 표적이 된 제군 병사들은 투구 갑옷을 벗어 던지고 전차와 마필에서 뛰어내려 헤엄을 쳤으나 절반 가까이 되는 숫자가 참혹한 죽음을 당하고 사수의 강물을 시뻘겋게 물들였다.

염구는 도성으로 전령을 치달려 보내 노애공에게 승첩을 아뢰는 한편, 유약과 더불어 추격대를 이끌고 계속 뒤쫓아가며 패주병을 도륙했다.

제군은 끈질기게 따라붙는 노군 추격부대와 필사적으로 싸워가며 도망쳤다. 퇴각로 일대에는 패잔병들이 버리고 간 시체와 병기 장비,

전투용 수레와 마필로 길이 온통 메워졌다.

패잔부대는 하루 낮과 밤을 꼬박 도망쳤다. 추격대 역시 하루 낮밤을 쉬지 않고 뒤쫓았다. 양군이 저 유명한 협곡(夾谷)에 다다랐을 때는 쌍방의 인마가 모두 지쳐 움쭉달싹도 못할 지경에 이르렀다. 문수(汶水) 지류를 이루는 큰 강변에 당도했을 때, 양군은 목이 너무나 말라, 패잔부대와 추격대 선두부대가 싸우고 죽이는 일은 뒷전에 제쳐둔 채 한꺼번에 뒤섞여 강물 속에 머리를 처박고 물을 들이켰다. 목이 타기는 사람이나 짐승이나 다를 바 없었다.

제군 대장 포목도 배가 터지게 물을 마시고 다시 전차에 뛰어올랐다. 고삐를 나꿔채다 보니 적장 염구가 바짝 따라붙고 있었다. 그는 황급히 채찍을 휘둘러 도망치려 했다. 그런데 전차를 끄는 마필이 아직도 물을 덜 마셨는지, 아무리 채찍질을 퍼부어도 요지부동이었다.

염구는 강변 여울목에 다다르자, 시위에 화살 한 대를 먹이더니 포목의 심장부를 겨누어 힘껏 당겼다.

포목은 미처 피할 엄두도 내지 못했다. 날카로운 화살은 심장부를 약간 벗어나 왼쪽 어깨우물을 꿰뚫었다. 그는 극심한 고통을 참아가며 들고 있던 장검으로 말 궁둥이를 정신없이 찔러댔다. 그제서야 짐승들도 아픔에 겨워 울부짖으면서 강 북안을 바라고 쏜살같이 내뛰었다.

노군 추격대는 잠시도 멈추지 않고 여전히 꼬리를 물어뜯을 듯 바짝 따라붙었다. 패잔병이 노나라 국경을 벗어난 지는 이미 오래 전, 이제는 제나라 영토의 중심부 애릉까지 쫓겨가고 있었다.

포목은 치수(淄水) 상류 북안에 제군 깃발이 나부끼는 것을 발견했다. 구원병이 도착하여 기다리고 있었다.

그는 재빨리 행군을 멈추고 구원부대와 합류하여 북안 기슭에 새로운 영채를 세웠다. 그리고 추격해 온 노나라 군과 강을 사이에 두고 대치했다.

치수는 동북쪽으로 흘러 제나라 도성 임치를 거쳐 바다로 흘러드는 강이었다.

자공도 밤낮없이 길을 재촉하여 단숨에 노나라 도성까지 달려갔다. 그가 입성했을 때는 제나라 침공군이 염구와 유약의 반격을 받아 대참패를 당하고 물러갔다는 소식이 도성 안에 파다하게 퍼져 있었다.

자공은 크게 기뻐하면서 급히 편지 한 통을 써서 공충에게 주고, 위나라에서 목을 늘이고 기다리는 스승에게 이 희소식을 전하도록 했다. 그러나 애릉에서 양군이 대치중이라는 소식을 듣자, 그는 마음이 놓이지 않았다.

기왕지사 자기 영토에 들어섰으니 제군이 기세를 회복하여 다시 반격해 올 가능성도 많았기 때문이었다.

자공은 곧바로 궁정에 들어가 노애공을 뵙고 이렇게 아뢰었다.

"제나라 군이 비록 참담한 패배를 당하고 쫓겨갔으나, 애릉에서 병력을 수습하고 지원부대와 합류하여 이전의 기세를 다시 떨치고 있다 합니다. 애릉 지역은 제나라 영토에 속하기는 하지만, 우리 노나라 국경에서 매우 근접해 있는 땅입니다. 무쇠는 달궈졌을 때 두드려야 하는 법, 이제 노군이 승세를 잡은 마당에 그들을 섬멸하지 못하고 숨돌릴 기회를 준다면 그 뒤에 닥칠 화가 끊임없을 줄로 아옵니다."

그러나 노애공의 생각은 달랐다.

"우리 나라는 해를 거듭하여 천재지변을 당했고, 또 외국의 침입을 여러 차례나 받아, 국력이나 원기가 크게 손상되었소. 이제 염구와 유약이 침공군을 국경 바깥으로 몰아내고 뒤쫓아가서 적지에 남아 있으니, 이는 매우 위태로운 일이오. 그러므로 과인은 그들을 철수시켜 휴식을 취하게 하려 하오."

자공은 다시 설득했다.

"주군, 속담에 '뱀을 죽이려면 일곱 토막을 내야 하고, 풀을 없애려면 뿌리채 뽑아버려야 한다'고 했습니다. 제나라로 말하자면 동방에 으뜸가는 강대국으로서 이날 이때껏 제후들의 패자가 되겠다는 야심을 버린 적이 한 번도 없습니다. 노나라는 그 이웃으로서, 제나라가 다른 나라를 침범하는 길을 가로막는 장벽을 이루고 있습니다. 만약 제나라측이 패권을 추진하고자 다른 나라에 출병할 때는, 무엇보다 먼저 이 노나라를 정복하여 거추장스런 장애물부터 제거하려 들 것입니다. 이것이 바로 제나라가 노나라에 대해 무력을 쓰는 근본적인 원인입니다."

"그 점은 과인도 잘 알고 있소만, 그럼 어떻게 해야 하오?"

"제나라의 침공 위협에서 벗어나려면, 반드시 다른 강대국과 연합하여 공동으로 제나라를 쳐서 그들이 두번 다시 반격할 기력이 없도록 철두철미하게 부수어 놓아야만 합니다."

노애공이 스디쓴 미소를 지었다.

"선생의 말씀에 자못 일리가 있소. 한데, 과인더러 어느 나라와 손을 잡으라는 거요?"

"주군, 지금 오나라의 세력이 강성합니다. 그 나라와 손을 잡으십시오!"

"안 될 말이오. 아다시피, 오나라는 우리에게 참패를 당한 적이 있지 않소? 아직도 그 원한이 가슴에 사무쳐 있을 텐데, 어찌 소중한 군사를 내보내 원수와 손을 맞잡고 제나라를 치려 하겠소?"

"차일시 피일시(此一時 彼一時), 그 때와 지금 형편은 다릅니다.

오나라는 천지 지리의 이점을 얻어 국력이 강성해졌습니다. 오왕 부차도 제나라와 마찬가지로 언젠가는 패업을 도모하려는 야심을 품고 있습니다. 주군께서 국서 한통만 써주신다면, 오왕은 틀림없이 출병할 것입니다."

"뭐라고 쓴단 말이오?"

"제나라가 일단 강성해졌을 때의 상황을 놓고 이해관계를 따져 납득시키면 됩니다. 그럼 오왕도 노나라가 자기네를 도와 제나라의 세력을 꺾는 것으로 알게 될 것입니다.

"흐흠, 그것 참 좋은 말씀이오! 한데 누굴 사신으로 보내면 좋겠소?"

"불초하게 생각지 않으신다면, 이 단목사가 그 역할을 맡으오리다!"

고개를 주억거리던 노애공의 얼굴에 함박 웃음꽃이 활짝 피어났다.

"단목 선생이 가 주신다면, 그보다 더 좋은 일은 없겠구료! 그럼 다시 한번 수고를 끼치겠소."

"수고랄 게 뭐 있습니까. 제 스승이신 공부자님은 평생토록 분주다사하게 뛰어 다니셨습니다. 그 목적은 오로지 주례의 회복과 천하를 인덕으로 다스린다는 이상을 실현하기 위해서였습니다. 이 단목사도 무력을 뿌리뽑고 예치를 회복시킬 수만 있다면, 타는 불 끓는 물 속에라도 뛰어들겠습니다."

"훌륭하오, 정말 훌륭하신 생각이오! 단목 선생께서 이 막중한 사명을 맡아주시겠다니, 과인은 더 바랄 나위가 없소. 가만 기다리시오. 내 국서를 곧 준비해 가지고 나오리다."

잠시 후, 노애공은 국서를 건네주면서 재삼 당부하는 말을 잊지 않았다.

"단목 선생, 이번 임무의 중대성을 생각하여 아무쪼록 매사에 신중히 대하시기를 바라오!"

"안심하십시오, 주군! 이 단목사가 반드시 희소식을 가져 오겠습니다."

하직인사를 마치자, 그는 궁궐에서 물러나와 수레를 타고 곧바로 오나라를 향해 떠나갔다.

열흘 후, 그는 오나라 궁정 문 앞에 나타났다.

"수고스럽지만 노나라 출신의 단목사가 군왕을 뵈옵고자 왔노라고 연통을 해주시오."

궁궐 수문장이 그 말을 받았다.

"알았소. 잠깐 기다리시오."

궁궐 안채에서는 오왕 부차가 어떻게 하면 월, 초, 노나라들과 손을 맞잡고 제나라, 진나라를 정벌할 것인지 그 계획을 구상하고 있었다.

"아뢰오! 노나라 출신 단목사가 와서 알현을 청하오."

부차는 희끄무레하니 세기 시작한 수염을 쓰다듬으면서 이맛살을 찌푸렸다. 이 골치 아픈 유세꾼 녀석이 왜 또 찾아왔는지 몰랐기 때문이었다. 그는 만나보기도 귀찮은 듯 소맷자락을 휘둘렀다.

"가서 전해라! 과인이 병들어 아무도 만나고 싶지 않다고 해라."

수문장은 나와서 자공에게 곧이곧대로 전했다.

"대왕께서 옥체가 불편하셔서 알현을 허락할 수 없으시다니, 선생이 양해를 해주시오."

자공은 하릴없이 돌아섰다. 궁궐 대문 앞 계단을 몇 걸음 내려서던 그는 흠칫 발을 멈추더니 고개를 돌리고 수문장에게 이런 말을 던졌다.

"나도 대왕의 병환이 어떠신가 해서 찾아왔는데, 뵈올 수가 없단 말이오? 수고스럽지만 다시 한번 들어가 말씀해 주시구료."

수문장은 요령부득이라, 대뜸 응낙하고 다시 후궁으로 달려갔다.

"대왕께 아뢰오! 단목사는 대왕의 옥체가 불편하신 줄 알고 병세를 보러 찾아왔다 하더이다."

"아니, 뭐라구? 이럴 수가 있나!"

부차가 펄쩍 뛰어 일어났다.

"과인은 이렇게 멀쩡한데, 그 작자가 무슨 놈의 병세를 보겠다는 거야!"

대왕께서 역정을 냈으니 어쩌랴, 수문장은 숨통이 꽉 막혀 어쩔 바를 모르고 한 구석에 서서 와들와들 떨었다.

"아무러나, 좋겠지! 냉큼 가서 그더러 들라 해라. 어디 그놈의 문병꾼이 내 멀쩡한 몸을 보고 뭐라고 둘러대는지 구경이나 해봐야겠다."

수문장은 꽁지가 빠지게 달려나갔다.

"단목 선생, 허락이 떨어졌습니다. 들어가십시오!"

후궁으로 안내를 받아 들어가면서 자공은 속으로 끌끌 웃었다.

"불초 단목사, 대왕의 성체가 미령하시단 말씀을 듣고 놀라 이렇게 문병을 하러 왔나이다!"

발치 앞에 꿇어 엎드린 자공을 내려다보면서, 부차는 이 작자가 무슨 꿍꿍이 속인지 알 도리가 없었다. 그러니 대꾸도 얼음장만큼이나 싸늘했다.

"됐소, 일어나 앉으시오!"

"황공하옵니다!"

부차는 자공의 위아래를 훑어보다가 보일 듯 말 듯 도리질을 했다.

"그래, 이 나라에는 언제 오셨소?"

"오늘 갓 도착했습니다."

"흐흠, 선생은 과인하고 천 리나 멀리 떨어져 있었고, 과인은 오늘 아침에야 몸이 좀 불편해졌는데, 선생이 며칠 전에 그걸 어떻게 알아냈단 말이오?"

자공은 당연하다는 듯이 대꾸했다.

"불초 단목사는 대왕께서 오래 전부터 병환이 나신 줄로 알고 있습니다."

그 말에 부차는 어리둥절해져서 두 눈을 휘둥그레 떴다.

"과인의 몸은 이날 이때껏 튼튼한데, 무슨 병이 들었단 말이오?"

"대왕이 앓고 계신 것은 마음의 병이옵니다."

이렇게 대답하고 나서 그는 일부러 입을 다물었다.

"마음의 병이라니, 그게 무슨 말이오? 어서 말해 보시오!"

오왕의 재촉을 받고서야 자공은 엄숙한 표정을 짓고 다시 입을 열었다.

"현 정세를 논하자면, 제후들이 할거하여 천하를 다투고 있는 실정입니다. 승자는 왕이 되고 패자는 노예가 됩니다. 주나라 천자는 이미 천하를 호령할 능력이 없으며 명색만 남았을 뿐 실제는 망했습니다. 이런 형세 아래, 한 번쯤 공명에 뜻을 둔 사람이라면, 어느 누구인들 웅재(雄才)를 펼치려 하지 않겠습니까?"

그는 부차의 목타는 듯한 눈빛을 바라보면서 또 한 차례 입을 다물었다.

아니나 다를까, 부차의 독촉이 성화같았다.

"어서 말씀해 보시오, 선생!"

자공이 말을 이었다.

"오나라는 장강 하류에 자리잡아 토질도 기름지고 기후도 따뜻하며, 인구도 많고 물산도 풍부하여, 국력이 크게 강성한 나라입니다.

그러므로 중원의 군웅들이 아침저녁으로 군침을 흘리는 땅이기도 합니다."

"아무렴, 우리 오나라는 딴 나라보다 사실 부강한 편이지!"

부차가 의기 양양하게 지껄였으나, 자공은 못 들은 척 할 말만 계속했다.

"대왕, 이런 말씀을 못 들어보셨습니까? 진귀한 보배는 남의 눈에 뜨이지 않게 감춰놓으며, 일단 바깥에 드러내 보이면 남의 손에 빼앗기는 법이라고 했습니다.

이제 오나라가 이렇듯 부유한데, 열강이 어찌 다툴 생각이 없겠습니까? 불초 단목사가 짐작컨대, 대왕께서 앓고 계신 병환이 그 진귀한 보배를 잃어버리지 않을까 걱정스러워 생긴 마음의 병이 아닌가 합니다."

부차는 충격을 받은 듯 얼굴빛이 흐려지고 눈에 당혹스런 빛이 감돌았다.

자공이 한술 더 떠서 상대방의 가슴에 불을 확 질렀다.

"예를 들어, 강도떼가 둘러보고 있는 가운데 희대의 보물 야명주 한 알을 탁자 위에 올려 놓았다면, 그들은 서로 다투어 빼앗겠습니까, 아니면 피차 양보하고 손을 대지 않겠습니까?"

"양보할 턱이 있나!"

"그렇습니다. 현재 오나라는 열국 중에서 누구나 군침을 흘리고 탐내는 야명주 한 알과 같습니다. 또 대왕께선 이것을 보호하고 지키시느라 전심 전력을 다 기울이고 계십니다. 그런 노력이 없으시다면, 이 보배는 아무 때라도 잃어버릴 가능성이 있는 것입니다. 구슬 같으면 깊숙이 감추어 둘 수도 있겠지만, 이 땅덩어리, 백성, 기후는 어디다 숨길 방법이 없습니다."

"단목 선생!.."

부차가 안달을 하고 달라붙었다.

"어떻게 해야만 이것을 잃지 않겠소?"

"집안에 보물이 있으면 담장을 튼튼히 세우고 경비를 강화시켜야 하고, 나라에 보물이 있으면 국방력을 크게 확충시켜야 합니다. 정예병과 노련한 장수들을 양성하고 다시 기회를 엿보아 떼강도를 모조리 제거해야만이 진귀한 보물을 지킬 수가 있는 것입니다."

그는 속으로 기회가 무르익었음을 느끼고 불쑥 화제를 돌렸다.

"지금 제나라 간공은 혈기 방장한 젊은이라, 하룻강아지 범 무서운 줄 모르고 자기네 선조 제환공을 흉내내어 열국 제후들 사이에 패자로 군림하려 하고 있습니다. 그는 군사력을 뽐내고 싶어 안달이 날 때마다 이웃 나라에 대해 누차 무력을 행사해 왔습니다. 금년 3월만 하더라도, 그는 비록 노나라 방어군에게 격퇴를 당하기는 했지만 대장군 포목을 시켜 노나라에 기습 침공을 가했습니다. 이 싸움은 아직도 끝나지 않았습니다. 포목은 여전히 애릉에 대군을 주둔시키고 노나라 군과 팽팽히 맞서고 있으면서도 '이제 곧 노나라를 깡그리 휩쓸어 버린 다음, 오나라로 쳐들어 가겠노라' 고 큰소리를 치고 있는 실정입니다."

"그럴 수가 있나!"

부차는 미심쩍게 중얼거렸다.

"노나라와 같은 가난뱅이 나라도 물어뜯고 놓아주지 않는 제나라인데, 이렇듯 부유한 오나라에 어찌 눈독을 들이지 않을 리……."

"일리 있는 말씀이오!"

드디어 부차가 두 주먹을 불끈 쥐고 호통을 질렀다. 패자로 군림하겠다는 웅심이 한꺼번에 부풀어 오른 것이다.

"과인이 두 눈 멀쩡히 뜨고 있는 한, 그 따위 젖비린내도 가시지 않은 애숭이가 제멋대로 날뛰게 내버려 둘 수야 없지!"

그는 다시 자공의 눈치를 살피면서 이렇게 물었다.

"가령 말이오, 우리 오나라가 군대를 출동시켜 제나라를 토벌한다면, 귀국에서 지원군을 내어 우리에게 한팔 힘을 보태 주실 수 있겠소?"

"제나라는 벌써 여러 차례나 저희 노나라에게 무력을 행사해 왔습니다. 이제 대왕께서 토벌군을 출동시킨다면, 이는 저희 군주의 뜻에 꼭 맞는 일이온데, 미약한 힘이나마 어찌 도와드리지 않을 리 있겠습니까?"

말을 하면서, 자공의 손이 슬금슬금 소매춤으로 들어갔다.

부차는 놀랍고도 의심스런 눈빛으로 그가 하는 양을 지켜 보았다.

5
14년만의 귀국

자공이 소매춤에서 끄집어낸 것은 두루마리로 된 하얀 비단폭 한 벌이었다. 그것을 쌍수로 떠받들어 부차에게 올리면서 아뢰었다.

"이것은 노나라 군주의 서찰입니다. 한번 읽어보십시오."

부차는 두루마리를 펼쳐 자세히 읽어본 후, 한참 동안이나 생각에 잠겨 있더니 불쑥 이렇게 말했다.

"단목 선생, 돌아가셔서 노나라 군후께 과인의 말을 전하시오. 오나라는 내일 중으로 전투용 수레 5백 승을 출동시켜 곧바로 애릉까지 달려가서 노군과 함께 제나라를 토벌하겠노라고!"

자공이 허리를 깊숙이 구부렸다.

"대왕, 고맙습니다! 그럼 이만 물러가오리다."

그는 고소성을 물러나온 즉시 귀국길에 올랐다.

자공을 떠나보낸 후, 부차는 대장군 서승을 불러들여 놓고 새삼 꾸짖듯 엄한 말투로 이렇게 물었다.

"작년 봄, 그대에게 수군부대를 맡기고 북방 제나라를 토벌하라 일렀으나, 그대는 크게 패하여 돌아왔다. 이제 노군이 애릉 지역에서 제나라 군과 대치하고 있는데, 과인은 다시 그대에게 전투용 수레 5백 승을 주고 노군과 협동하여 제군을 무찌르고자 한다. 그대의 뜻은 어떠한고?"

서승은 황공스러운 기색으로 머리를 조아렸다.

"죄많은 신이 작년 싸움에서는 실패하였사오나, 이번에만큼은 공을 세워 속죄할까 하나이다!"

"속히 병력을 점검하고 내일 중으로 출동하라!"

"어명을 받드오리다!"

애릉에서는 노군이 평야지대를 점령하고 제군은 구릉지대에 방어 진지를 구축한 채, 너르디너른 모래사장을 사이에 두고 번갈아 도전하면서 하루도 끊일 새 없이 치열한 공방전을 계속했다. 강변 모래사장은 고착된 싸움터가 되었다. 쌍방은 달포가 넘도록 치고받고 죽이는 동안, 양군 진영에는 사상자가 속출했으나 승부를 가리지는 못했다.

이제 절기는 초여름으로 접어들어 날씨도 차츰 무더워지는데, 염구와 유약은 아무리 들이쳐도 적진을 함락시킬 수가 없어 고민이 이만저만이 아니었다.

이날도 두 사람은 묘안을 짜내느라 머리를 맞대고 숙의하던 참인데, 갑자기 정찰기병이 달려와서 뜻밖의 보고를 올렸다.

"장군께 아뢰오! 오나라 대장 서승이 전차 5백 승이나 되는 지원 병력을 거느리고 도착했습니다!"

생각지도 않던 희소식에, 두 사람은 뛸 듯이 반가워하면서 급히 망루로 달려갔다. 과연! 행군 대열의 먼지구름이 뽀얗게 일었다. 채색

군기가 바람결에 펄럭펄럭 나부끼는 것이, 마치 거대한 구렁이가 먹이를 찾아 치달려 오는 듯 싶었다. 염구는 너무나 기뻐 즉시 부하들에게 명령을 내렸다.

"속히 돼지와 양을 잡아 푸짐한 잔치를 마련해라! 오군 장병들의 노고를 위로해 주어야겠다."

이튿날 아침, 싸움터 모래밭 노군 진영에는 새로운 깃발이 바람결에 무더기로 휘날리고 있었다.

오군 응원부대의 깃발이었던 것이다.

제군 장병들은 미리 겁을 집어먹고 그날 첫 싸움이 시작되었을 때부터 차츰 밀리는 기색이 역력하게 드러났다.

제군 주장 포목은 사흘 남짓 근근히 버텨내기는 했으나 더 이상 적수가 못됨을 깨닫고 임치성으로 전령을 달려보내 긴급 구원병을 요청하는 한편, 퇴각할 준비를 갖추기 시작했다.

이날 밤, 포목은 장병들에게 여느 때와 다름없이 모닥불과 횃불을 밝혀놓도록 한 다음, 자정 삼경이 지나자 전투용 깃발과 숙영지의 천막을 그대로 내버려 둔 채 살그머니 병력을 철수시켰다.

퇴각을 개시한 장병들은 도둑질이라도 하듯 가슴을 조이면서 구릉지대를 넘어섰다.

이들이 겨우 안도의 한숨을 내쉬었을 때였다. 느닷없는 함성이 밤하늘을 진동시키는 가운데 길 곁 숲 속에서 한 떼의 인마가 달려 나오더니, 앞뒤 가릴 것 없이 제군의 행군 대열을 무작정 휘저어놓고 삽시간에 밀림 속으로 사라졌다. 제군 장병들은 미처 손써볼 겨를도 없이 유령 같은 습격대에게 한 바탕 얻어맞고 수십 명이나 되는 사상자를 내고 말았다. 주장 포목은 싸우고 싶은 마음조차 없어 그저 행군을 재촉하기만 했다.

"상대하지 말고 빨리 후퇴하라! 어서 뛰란 말이다!"

이들은 하나같이 동서 남북 방향도 가리지 못하고 머리통을 감싸 안은 채 무작정 내뛰었다.

얼마쯤 나갔을까, 또 한 차례 기세찬 함성이 울리더니 숲 속에서 한 떼의 습격대가 쏟아져 나왔다. 이번에는 전차나 기마병이 아니고 모두 방패와 창칼을 잡거나, 활을 쏘는 궁노수들이었다.

보병 습격대는 나무 그늘에 엄폐한 채 제군이 기동하는 방향을 그림자처럼 따라붙어 가면서 기습사격을 퍼붓거나 창을 내질러 쓰러뜨리곤 했다.

이래서 제군은 사상자와 전차 마필을 대량으로 유기하면서 그저 북쪽을 향해 결사적으로 달아날 수밖에 없었다.

날이 밝은 후 병력을 점검해 보니, 잃어버린 전투용 수레만도 60여 승, 사상자는 2백을 훨씬 웃돌았다. 포목의 고뇌는 이만저만이 아니었다.

자국 영토 후방 깊숙이 들어와 있는데, 어디서 이런 유령부대가 나타났는지 알 수 없었다. 그는 패잔병을 수습하여 계속 후퇴하면서 경계심을 바짝 높였다.

야간 습격부대는 유령이 아니었다. 포목 군이 철수하던 날, 염구와 유약, 서승은 다음 날의 작전계획을 의논하고 있었다. 그런데 정찰병이 들어와 통상적인 보고를 올렸다.

"적진에는 여느 때와 다름없이 모닥불, 횃불이 환하게 밝혀 있습니다."

염구와 서승은 으레 그러려니 싶어 귓전으로 들어넘겼으나, 유약은 고개를 갸우뚱했다.

"이건 좀 이상합니다. 저들이 사흘 내내 패전했으니 군심도 흩어졌을 테고 사기가 떨어져 횃불을 질서 정연하게 밝힐 리가 없는데, 오늘 밤중에도 환히 밝혀 놓았다는 것은 아무래도 정상이 아닌 듯싶습니다."

서승이 그 말을 받았다.

"딴은 그렇군요. 혹시 저들이 우리 판단을 마비시켜 놓고 방심한 틈에 슬쩍 빠져나가려는 것이 아닐까요?"

염구도 고개를 힘차게 끄덕였다.

"그럴 가능성이 다분합니다!"

"형님, 이런 수를 한번 써보는 것이 어떻겠습니까?"

유약이 염구를 돌아보고 말했다.

"무슨 수?"

"믿음직스런 장병 두 사람에게 각각 경무장 보병 2백 명씩을 맡겨 제군 후방 깊숙이 돌아나가게 하는 것입니다. 그래서 퇴각로 부근 밀림 속에 두 군데로 나누어 매복해 있다가 두세 차례 야간 기습을 가하면, 제군 장병들은 바람소리만 들어도 간담이 뚝 떨어질 것이 아니겠습니까?"

"좋은 계책일세! 즉시 출동시키도록 하게."

이래서 정예를 가려뽑은 혼성부대가 귀신도 모르게 출동했고, 과연 기대했던 효과를 거둘 수 있었던 것이다.

애릉 전투는 이렇게 끝났다. 노군과 오군은 적진에 버려진 장막, 군기, 장비들을 말끔히 거두어 가지고 도성으로 개선했다.

승첩을 보고받은 노애공은 기쁨에 겨워 상국 계손비에게 직접 개선군을 맞아 포상할 준비를 갖추도록 했다.

삼군 장병들에 대한 포상과 위로 잔치가 끝나자, 계손비는 본국으로 돌아가는 서승 부대를 도성 남문 밖까지 배웅을 나갔다. 오군이 떠나는 뒷모습을 지켜보던 그는 다시 염구와 유약을 돌아보고 새삼 찬탄의 말을 건넸다.

"그대들은 과연 전쟁에 천부적인 재능을 지녔구료!"

유약이 정색을 하고 이렇게 대꾸했다.

"우리 재능은 모두가 스승님께 배운 것이었습니다."

염구도 맞장구를 쳤다.

"우리 사부님은 천문 지리에 달통하시고 고금의 역사뿐만 아니라 예악, 사어(射御), 서수(書數)의 여섯 기예를 모조리 꿰뚫어 아시는 분입니다. 대감도 아다시피, 그분이 중도읍을 다스렸을 때나 대사구로 계셨을 때 업적이 어땠습니까? 또 협곡에서 주군이 제나라측과 동맹을 맺었을 때, 그분은 외교적으로 큰 승리를 거두지 않았습니까? 이렇듯 초인적인 지혜, 다 쓰고도 남음이 있는 재능을 지녔으면서도, 그 어르신을 알아주는 이가 없어, 이날 이때껏 중책에 등용되지 못했던 것입니다."

그러나 계손비는 어정쩡한 표정을 지었다.

"내가 아는 바, 공부자는 경륜을 많이 쌓은 것은 확실하오. 그러나 역시 나약한 서생으로 제자들에게 학문을 가르치거나 역사를 강의할 수는 있다 해도, 실제 군대를 거느리고 전쟁터에 나가서 적과 싸우는 일은 해내지 못할 것이라 생각되는구료."

유약이 반론을 제기했다.

"상국 대감의 그 말씀은 옳지 않습니다. 우리 사부님은 일찍이 토벌군을 직접 지휘하셔서 양호, 후범의 반란을 진압하셨고, 도성 코앞에까지 쳐들어온 숙손첩과 공산불유의 반란군을 소탕하지 않으셨습니까? 당시 반란군은 대사구의 이름만 들어도 간담이 써늘해져 도망치고 말았습니다."

계손비가 실눈을 뜨고 물었다.

"하면, 공부자님이 문무를 겸전하셨단 말씀이로군요?"

"그렇습니다."

"내가 사람을 보내 그분을 모셔오고 싶은데, 그대들 의향은 어떠시오?”

염구의 입이 함박만하게 벌어졌다.

“잘 생각하셨습니다! 진작에 모셔왔어야 할 일이지요.”

유약이 조심스레 당부를 건넸다.

“상국대감, 우리 사부님은 스스로 이 나라를 떠나셨습니다. 만약 그분을 모셔오고 싶으시다면, 성심 성의를 다하여 그분을 믿으시고, 다시는 소인배들의 망령된 말을 듣지 않으셔야 합니다.”

“알았소. 우리 노나라는 지금 한창 인재가 필요할 때인데, 공부자님 같은 대들보감에게 내 어찌 기대를 걸지 않겠소?”

부중으로 돌아오자 그는 즉시 공화, 공림, 공빈 세 측근에게 수레 열 대와 백은 3천 냥을 내주고 위나라 제구성으로 달려가서 공구를 모셔오라는 명령을 내렸다.

이틀이 지나서, 공구는 뜻밖의 손님을 맞아들였다. 본국에서 자기를 모셔갈 사신 일행이 온 것이었다. 그는 너무도 기쁘고 반가워 이때껏 품어왔던 응어리가 한꺼번에 풀리고 격한 감정을 못내이겨 고함이라도 지르고 싶었다.

‘내가 돌아가게 되었다! 나는 고국에 돌아간단 말이다! 노나라여, 이별한 지도 벌써 14년이 지났구나! 봄 가을 사시 사철을 열네 번이나 보내고서 이제야 고국의 품에 안기게 되다니!’

그는 칠조개를 자로에게, 민손을 고시에게 각각 달려보내 이 기쁜 소식을 전하도록 했다.

자로와 고시가 부리나케 거씨 부중으로 달려왔을 때, 스승의 얼굴에는 아직도 환한 웃음꽃이 가시지 않고 있었다.

“중유, 고시야, 너희들 잘 왔구나! 본국에서 상국 대감이 날 데려가려고 사신을 보내왔다. 우리는 내일 아침 일찍 떠날 작정이다. 한데, 너희 두 사람은 어떻게 할 테냐? 기왕에 위나라에서 벼슬을 살고 있으니, 굳이 나를 따라 갈 필요는 없겠다만……."

"사부님, 저는 하루라도 사부님 곁을 떠나 있고 싶지 않습니다. 저도 함께 데려가 주십시오!"

"아니다. 너는 업적도 두드러지게 세웠고, 또 정치를 깨끗하게 잘 하고 있으니만큼 이 나라에 남아서 큰뜻을 한번 펼쳐보는 것도 좋지 않겠느냐? 날 따라 나선다면, 위나라 군주의 정성과 기대를 저버리는 일이 될 테고 말이다."

"사부님, 노나라는 제 모국입니다. 저는 고국에 돌아가 부모님의 나라를 위해서 힘껏 일하고 싶습니다."

"정녕 그렇다니, 나도 억지로 권하지는 않겠다. 네가 결단을 내리거라."

자로의 얼굴이 환하게 밝아졌다.

"더 생각하고 자시고 할 것도 없이, 사부님을 따라 귀국하겠습니다."

곁에 있던 고시가 덩달아 말했다.

"저도 스승님을 따라 돌아가겠습니다."

공구는 일순 어리둥절한 표정을 지었다.

"아니, 네 모국은 제나라가 아니냐?"

"모국이 문제가 아닙니다. 저는 사부님을 떨어져서 살고 싶지 않습니다. 제나라든 노나라든, 어르신께서 가시는 곳이라면 어디라도 따라 갈랍니다."

공구도 어쩔 수가 없는 듯 고개를 끄덕여야 했다.

이 무렵, 거백옥은 벌써 80고개를 넘겨 눈도 흐리고 귀도 가늘게 먹었다.

그는 공구 일행이 귀국한다는 말을 듣고 섭섭한 마음을 이기지 못해 두 눈에 뜨거운 눈물이 핑그르르 돌았다.

"암, 가셔야지요! 공부자님, 저희 집에 계시는 동안 여러 모로 불편한 점이 많으셨을 겁니다. 부디 양해해 주십시오."

"고맙습니다. 거 대인! 10여 년이나 되는 세월을 불초 공구가 어르신께 많은 폐를 끼쳤습니다. 이 은혜는 저승에 가서라도 다 갚지 못할 것입니다."

"아니오, 공부자님. 옛 말씀에 '군자의 우정은 물처럼 담담하게 맺어지고 소인배의 교분은 식혜처럼 달게 맺어진다. 군자의 교분은 담박한 맛 속에서 친해지고, 소인배의 교분은 달콤한 맛이 가시면 끊긴다.' 했습니다. 나는 오직 공부자님께서 이 거백옥이란 존재를 언제나 기억하고 생각해 주시기만 바랐을 뿐, 아무런 보답도 원치 않았습니다. 보답으로 말하자면, 내가 공부자님께 얼마나 많은 지식과 학문을 얻었는데, 그것을 어떻게 금은 보화 따위로 저울질할 수 있겠습니까?"

그날 저녁, 주인은 잔치를 크게 차려 공부 일행에게 송별연을 베풀었다.

이튿날 아침 공구는 거백옥과 석별의 정을 나누고 귀국길에 올랐다.

연이어 수삼일을 가다보니, 어느덧 노나라로 들어섰다.

고국 산천은 14년 전이나 조금도 다를 바 없었다.

수레가 대문 앞에 멈춰 섰을 때, 집안 식구들은 놀랍고 반가워 미친 사람처럼 날뛰었다.

그는 생전 처음 보는 손자 공급을 안고 눈물이 글썽글썽 맺힌 눈으로 한참 동안이나 쳐다보았다. 입가에는 어느새 웃음이 배어 나왔다.

"네가 공급이냐? 벌써 이렇게 자랐구나!"

어린 손자는 할아버지의 수염을 만지작거리면서 물었다.

"할아버지, 왜 울다가 웃다가 그러셔요?"

그는 손자의 뺨에 입을 맞추었다.

"그래, 이 할애비가 널 보고 기뻐서 웃는 거란다!"

"기쁘다면서 왜 눈물이 나왔어요? 할머니가 보고 싶어서요?"

그는 더 이상 복받쳐 오르는 감정을 억누르지 못했다. 가슴 가득 숨겨 둔 부끄러움과 자책의 응어리, 그것들이 한꺼번에 울음으로 터져나왔다.

공구는 꺼이꺼이 목놓아 울었다.

"그래, 그래! 이 할애비가 할멈한테 잘못했다! 너희들한테도……."

딸 무위가 아버지의 품에서 철부지 조카 녀석을 떼어냈다.

"아버님, 고정하세요. 어렵게 돌아오셨는데 경사스런 일이 아니겠어요?"

공구는 소매춤으로 눈물을 닦아내면서 고개를 끄덕였다.

"오냐, 오냐 우리 모두 기뻐하자꾸나!"

온 가족이 단란하게 둘러앉아 때이른 식사를 했는데도, 하늘을 바라보니 아직 해가 닷발이나 떠있었다. 공구는 서둘러 옷을 갈아입고 궁궐로 들어갔다.

공구가 알현을 청한다는 연통이 올라가자, 노애공은 황망히 분부를 내렸다.

"어서 들라 하라!"

공부는 옷매무새를 가다듬고 후궁으로 들어갔다. 그리고 젊은 군주 앞에 무릎 꿇어 첫 인사를 올렸다.

"불초 공구, 주군께 문안 드리오!"

"어서 일어나시오, 공부자님!"

공구는 다시 상국 계손비를 향해 예를 갖추었다.

"상국 대감, 처음 뵙겠습니다."

"공부자님, 이리 앉으시오."

공구가 자리를 잡고 앉자, 노애공은 말문을 열었다.

"과인이 듣건대, 공부자님 문하에는 인재가 수두룩하고 육예에 정통한 제자들도 적지 않다던데, 참말 장한 일이시오!"

"불초 공구가 사학을 열고 무류(無類)들을 가르치는 동안, 거두어들인 학생이 제법 많기는 합니다만, 보잘 것이 없사옵니다."

"겸손의 말씀을! 공부자님도 보다시피 지금 이 나라의 국력이 크게 쇠약해져 있소. 과인은 그대의 제자들을 빌려 써서 다시 한번 국위를 떨치고자 하는데, 몇 사람을 추천해 주실 수 있겠소? 제자들 가운데 뛰어난 인재를 가려뽑아 과인에게 제명록을 한 벌 써주시오."

공구는 겸손히 대답했다.

"예, 소신이 곰곰이 생각해서 빠른 시일 안에 올리도록 하겠습니다."

노애공은 흡족한 웃음을 띠면서 화제를 바꾸었다.

"위정자가 으뜸으로 해야 할 일이 있다면 어떤 것을 들 수 있소?"

공구는 속으로 생각을 정리한 다음 짧게 답변했다.

"정치는 신하를 어떻게 가려뽑느냐에 달려 있습니다."

그 말을 듣자, 노애공의 눈망울에 의문이 가득 배어나왔다.

"그럼 과인을 보필하게 하려면 어떤 사람을 가려뽑아야 하오?"

"첫째 인덕을 갖춘 사람, 둘째는 어질고 재능 있는 사람이어야 합니다. 덕행이 고상하고 벼슬에 청렴하여 한마음 한뜻으로 주군을 보필할 사람, 주군께서 예치를 추구하는 데 문무 도략을 고루 갖추어 보필할 사람이라야 일국의 대들보감이라고 일컬을 수 있습니다. 주군께서 나라를 크게 다스리고자 하신다면, 마땅히 이런 동량지재를 가려뽑으셔야 합니다."

"어떤 사람을 등용해서는 아니되오?"

"첩첩(捷捷), 겸겸(鉗鉗), 형형을 등용하셔서는 안 됩니다."

노애공이 무슨 뜻인지 모르겠다는 듯 실눈을 가늘게 뜨고 다시 물었다.

"첩첩이라니, 그것이 무엇이오?"

"첩첩이란, 탐욕에 물들어 있는 사람을 뜻하고 겸겸이란, 광망스럽고 성실하지 못한 사람을 뜻합니다. 또한 형형이란, 위선자, 허망한 인격을 지닌 사람을 뜻합니다."

"옳은 말씀이오! 과인이 그런 부류의 인간을 등용할 수야 없지."

공구는 다시 몇 마디를 보태었다.

"활은 그 시윗줄을 다루어 보아야 그 활에 힘이 좋은지 나쁜지 알 수 있습니다. 말은 굴레를 씌워 보아야만 그것이 준마인지 노둔한 말인지 알아볼 수 있습니다. 마찬가지로, 사람도 그 성실성과 인덕의 여부를 미리 살펴 본 다음에 다시 그 능력의 크고 작음을 헤아려야 합니다. 가령 성실치 못하고 인덕이 모자란 사람이라면, 그 능력이 크면 클수록 나라에 끼치는 위험과 해로움도 커지게 됩니다. 극단적으로 말씀드리자면, 그런 사람은 늑대나 이리와 다를 바 없습니다. 양호, 후범, 공산불유, 숙손첩이 모두 그런 부류에 속한다고 하겠습니다."

"과인은 어진 인재를 몇 사람 뽑아 쓰고 싶소. 과인이 이 나라를 다스리는 데 보필할 만한 사람으로 누구를 뽑아야 좋겠소?"

"역대 왕조를 통틀어 보건대, 주나라의 전장(典章)과 예악 제도가 가장 잘 완비되었다고 생각됩니다. 주군께서 만약 어진 인재를 가려 뽑으시겠다면 무엇보다 우선 주나라 예의제도를 받들어 실천할 사람을 선발하셔야 합니다."

"가령 누군가 주나라 왕조의 옷을 입고 신발 도안이나 장식에 이르기까지 모두 주나라 형식으로 만들어 신었다면, 과인이 그 사람을 등용해도 괜찮겠소?"

"제 말뜻은 그런 것이 아닙니다. 인재를 평가할 때 어떤 옷을 걸쳤는가를 보는 것이 아니라, 그 사람이 어떤 제도와 법칙을 받들어 실행하느냐, 그 점을 눈여겨 보는 것이 중요합니다."

공구는 물 흐르듯이 도도하게 풀이해 나갔다.

"제가 보건대, 상류 계층 사람은 다섯 부류로 나뉠 수 있습니다. 즉 용인(庸人)과 사인(士人), 군자(君子), 현인(賢人)과 성인(聖人)이 바로 그것입니다. 이른바, '용인'이란, 마음 속에 자기 일생을 걸고 분투해야 할 목표가 없으며, 옛 사람의 가르침을 입에 올리지 않고 하는 일에도 주견이 없으며, 어진 사람을 벗으로 가려 사귈 줄도 모르고 사소한 이익을 보면 큰 의리를 잊어버리는 부류입니다. 그렇기 때문에 이리저리 세파에 휩쓸리기만 할 뿐, 귀착점이 없습니다."

"허어, 좋은 말씀이오! 그럼 '사인'은 어떻소?"

"이른바 '사인'은 일정한 목표를 지니고 있습니다. 비록 사사건건 완벽한 지경에 이르도록 해내지는 못하지만, 어느 정도의 결과는 이룩합니다. 따라서 그 지혜로는 더 많은 것을 추구하지 못하고, 추구한다 하더라도 깊이 이해하지는 못합니다. 입에 올리는 말도 더 많은 것을 추구하지 않으며, 그저 말뜻 속에 중간자로서의 소극적인 태도를 비칩니다. 일을 처리하더라도 많은 것을 추구하지 않으며, 그저 결과가 있기만을 추구할 따름입니다. 부귀로서 그를 사치스럽게 게으르게 만들 수 없으며, 빈천으로서 그의 뜻을 바꿔놓지도 못합니다."

"군자는 어떤 사람이오?"

"이른바 '군자'란 무슨 말을 하든 반드시 충직성과 믿음을 앞세우며, 인의를 그 몸에 지니고 있습니다. 생각하는 바도 밝고 투철하며 돈독한 행실로 믿음성 있는 길을 걷습니다. 또 자신을 위해 쉴새없이 노력하며 그것을 추구하느라 분발합니다. 그러나 자신이 분투할 목표를 뛰어넘을 것 같으면서도 끝내 목표에 도달하지는 못합니다."

"현인에 대해서 말씀해 주시오."

"이른바 '현인'이란, 그 덕이 규범을 뛰어넘지 않으며, 행함에 있어서 반드시 법도를 따릅니다. 현인의 말은 천하 사람들이 모두 듣고 따를 수 있으며, 그 덕행은 서민 백성들의 풍속을 감화시켜 바꿔놓을 수 있습니다. 부유하면서도 어짊이 있으며, 재물을 나눠 가난한 사람을 구제합니다."

"마지막으로, 성인은 어떠하오?"

"이른바 '성인'이란, 그 덕이 천지와 같으며, 그 도는 해와 달에 아우릅니다. 세상 만사의 시말을 꿰뚫어 알고 천리의 순환에 따라 모든 일을 행합니다. 따라서 통찰하되 추호도 어긋남이 없이 밝히고, 모든 일에 처하기를 신명과 같습니다."

노애공은 경탄해 마지않았다.

"공부자님은 과연 재능이 출중하시구료. 과인도 오늘 유익한 가르침을 많이 받아 즐거웠소. 오늘은 날도 저물었으니 이만 하고, 다음날 다시 강의를 들었으면 하는데, 어떻겠소?"

"불초 공구는 여러 해 동안 고국을 떠나 있었기에, 고향 생각이 몹시 간절했습니다. 이제 돌아오고 보니, 얼마나 기쁜지 모르겠습니다."

말을 마치자, 그는 상국 대감과 함께 후궁을 물러나왔다.

집에 돌아와 보니, 앞마당에 제자들이 구름처럼 몰려 있었다. 그중에서도 누구보다 반가워한 사람은 역시 오랜 벗이요 제자인 안로였다.

"스승님, 여러 해 못 뵈었습니다! 그 동안에 평안하셨는지요……."

옛날처럼 쾌활하게 인사를 건네면서도 그의 눈자위가 붉어졌다.

이튿날부터, 그는 여전히 제자들을 모아놓고 예악을 가르치기 시작했다.

며칠이 지나도록 노애공은 다시 공구를 부르지 않았다. 공구는 자신이 등용되리란 기대를 내던지고 제자들을 가르치는 일에만 전념했다.

동시에 한 걸음 더 나가서 《시경》, 《서경》, 《예전》, 《역경》, 《악경》을 정리하는 일에도 게으르지 않았다.

어느날 스승과 제자가 한창 대화를 나누고 있으려니, 갑자기 대문이 열리면서 안마당에 두 사람이 들어섰다.

한 명은 늙수구레한 어른이요, 또 한 명은 새파랗게 젊은 청년이었다.

6
꽃 피우기

공구가 눈을 들어 바라보니, 늙은이는 바로 증점(曾點)이었다.

"사부님, 이 애가 제 아들 증삼(曾參) 올시다. 자는 자여(子輿), 이제 갓 스물한 살이 되었길래, 오늘 스승님의 문하에서 가르침을 받겠노라고 이렇게 아비를 따라왔습니다."

증점은 이렇게 말하고 아들과 함께 그 앞에 무릎을 꿇었다.

청년 증삼이 처음으로 공구를 뵙는 예를 올렸다.

"불초한 제자, 스승님을 처음 뵈옵습니다."

공구는 미소를 띠고 증점에게 말했다.

"증삼아, 어서 들어가 사형들과 인사를 나누려무나. 내일부터 그들과 함께 공부를 해야 하니 말이다."

그로부터 공구는 틈이 나면 증삼을 따로 불러들여 함께 대화도 나누고 토론에 응해 주기 시작했다.

반 년이 지났을 때 증삼의 학업은 크게 진전되었다. 어느 날 그가 염로, 조흘, 백건, 안고, 숙중회, 공손룡, 안행들과 같은 젊은 학우들과 더불어 《시경》을 외우고 《예전》을 토론하고 있었다. 공구는 그의 지혜를 시험해 볼 요량으로 슬그머니 다가가서 시침 뚝 떼고 이렇게 한 마디를 던졌다.

"증삼아! 내 도는 일관(一貫)이다."

그러자 증삼은 그 서글서글한 눈망울을 서너 차례 껌벅이더니, 무엇인가 마음에 와서 닿는 것이 있는 듯 내처 대답했다.

"그렇습니다!"

공구는 그 태연자약한 기색을 보고 흐뭇한 미소를 띠면서 나가버렸다.

공손룡이 증삼에게 물었다.

"방금 사부님이 하신 그 말씀이 무슨 뜻인가?"

증삼은 이렇게 대답했다.

"사부님의 학술은 하나의 기본 사상으로 일관되었다는 말씀이네."

"기본 사상이라니, 그건 또 무엇인가?"

"충서(忠恕)를 말씀하신 걸세."

얼마 후, 공손룡이 몇몇 학우들과 함께 스승을 찾아가서 여쭈어 보았다.

"사부님께서 말씀하신 것이 '충서'를 가리킨 것입니까?"

공구는 고개를 끄덕였다. 이 때부터 그는 증삼을 더욱 사랑하게 되었다.

노애공 12년(B.C.483) 봄, 공구가 귀국한 지 반 년이 넘었으나, 조정에서는 여전히 깜깜 무소식이었다. 그는 심사가 몹시 울적해져서 하루 강의를 마치면 방 안에 들어앉아 현금을 뜯는 일로 답답한 마음을 풀곤 했다.

"사부님!"

그날도 울적한 마음으로 현금을 타고 있는데 남궁경숙이 찾아왔다.

"사부님께 아뢰니다. 주군께서 어르신더러 속히 인재를 천거해 올리라는 말씀이 있었습니다."

공구는 마음이 활짝 개어 연신 고개를 끄덕였다.

"옳지, 옳지! 좋은 말씀이다. 내 오늘 밤중으로 명단을 잘 써가지고 내일 아침 일찍 입궐하겠노라고 말씀드리거라."

저녁을 마치고 나서, 공구는 죽간 한 묶음을 꺼내들고 방 안에 홀로 앉아 촛불에 비춰가며 명단을 작성하기 시작했다.

《제명록(題名錄)》

안회 : 자는 자연, 노나라 출신. 집안이 가난하되 근심할 줄 모르고, 학문을 사랑하여 배우고 익힘에 게으르거나 피곤할 줄 모름. 덕행이 매우 좋은 인재임.

증삼 : 자는 자여, 노나라 남무성 출신. 총기 있고 지혜로우며 학문을 사랑함. 인품이 온건하고 신중함.

민손 : 자는 자건, 노나라 출신. 효자로 명성이 두드러짐. 인품이 성실하고 신중함을 지니고 있음. 덕행이 매우 좋음.

염경 : 자는 백우, 노나라 출신. 인품이 충성스럽고 올바르며 곧음.

염옹 : 자는 중궁, 노나라 출신. 염경과 같은 친족임. 덕행이 매우 좋음.

재여 : 자는 자아, 노나라 출신. 응구 첩대에 능하여 외교술이 뛰어남.

단목사 : 자는 자공, 위나라 출신. 말주변이 있고 언변에 능통하여

외교술이 뛰어남.

염구 : 일명 염유, 자는 자유(子有), 노나라 출신. 정치 일에 능숙함.

중유 : 자는 자로, 또는 계로, 노나라 변지 출신. 인품이 강단있고 정직하며, 용맹성이 비상하여 재능과 무예가 뛰어남.

언언 : 자는 자유(子游), 오나라 출신. 문학에 특기를 지녔음.

복상 : 자는 자하, 위나라 출신. 문학에 특기를 지녔음.

전손사 : 자는 자장, 진나라 출신. 교섭에 능통함.

유약 : 자는 자유, 노나라 출신. 지혜롭고 학문을 사랑하며, 문무도략을 겸비하였음.

복불제 : 자는 자천, 노나라 출신. 성품이 인자하고 우애가 있으며 재능과 지혜를 갖추었음.

칠조개 : 자는 자약, 채나라 출신.

고시 : 자는 자고, 제나라 출신.

공량유 : 자는 자정, 진나라 출신. 현명하고도 용맹성이 뛰어남.

공충 : 자는 자멸, 노나라 출신.

명단을 다 쓰고 나서도 몇 차례나 거듭 고친 다음, 그는 이만하면 우선은 노애공에게 추천할 만하다고 확신이 섰다.

이튿날 아침, 공구는 명령대로 입궐하여 노애공 앞에 명단을 바쳤다.

"주군, 제 문하에 제자는 많으나, 정무에 종사할 만한 인재는 너무 적습니다. 우선 정사를 맡아 볼 인물을 이 명단에 모두 적었으니 살펴 보십시오."

노애공이 죽간 두루마리를 받아 탁자 위에 길게 늘어놓고 차례차례 훑어 내리더니, 다시 말아가지고 상국 대감에게 넘겨 주었다.

"계손 경, 이 명단을 검토해서 재능에 따라 쓰도록 하시오!"

"분부 받드오리다!"

계손비가 명단을 건네받고 차근차근 읽어 본 다음, 이렇게 아뢰었다.

"주군, 현재 거보, 비읍, 추읍, 무성, 단보, 이 다섯 고을의 읍재가 결원입니다. 소신의 뜻으로 보건대, 이 명단 중에서 복상을 거보 읍재로, 민손을 비읍 읍재로, 공충을 추읍 읍재로, 언언을 무성 읍재로, 복불제를 단보 읍재로 임명하는 것이 어떠하옵신지요?"

노애공이 손을 내저었다.

"공부자님의 문하 제자들은 모두 문무 겸전한 인재들이 아니오? 경이 괜찮다고 생각되거든 그리 하시오."

그리고 다시 공구를 돌아보았다.

"공부자님, 퇴궐하는 대로 그 사람들에게 통보하고 하루라도 속히 부임하라 일러주시오."

"예에, 분부대로 하오리다!"

집에 돌아오자마자 그는 다섯 제자를 냉큼 불러 들여 앉혀놓고, 싱글벙글 웃어가며 이 기쁜 소식을 전해 주었다.

"얘들아, 주군과 상국 대감이 너희들에게 관직을 내리셨다!"

스승은 제자들이 맡을 직분을 하나하나씩 일러주고, 이어서 당부 말씀을 내리는 것도 잊지 않았다.

"내가 너희들에게 학문을 가르친 뜻은, 바로 너희들이 나라에 힘써 일하도록 만들기 위해서였다. 《시경》, 《서전》, 《예경》, 《역경》, 《악경》을 아무리 곤죽이 되도록 배우더라도 정치에 종사하지 못하고 나라를 다스리는 데 힘쓰지 않는다면, 그 학문을 어디다 쓰겠단 말이냐? 나는 너희가 군자다운 선비가 되어서 필생의 사업을 한번쯤 이룩하기를 바랄 뿐, 소인배처럼 궁상맞은 샌님 노릇을 하며 어영부영

허송세월이나 하기를 바라지는 않는다!"

그러자 민손이 조심스럽게 아뢰었다.

"사부님, 저는 문도에도 능통하지 못하거니와, 무략에 장기도 지니고 있지 않습니다. 제게는 사실 읍재의 중책을 감당할 능력이 없사오니, 부디 저한테 맡겨진 이 직분을 면해 주십시오!"

공구는 빙그레 웃었다.

"민손아, 너는 겸허하고 성실한 사람이다. 또 효성이 지극한 줄도 안다. 그것으로 비읍의 현지 풍속을 감화시켜 바꾸기만 해도 큰 업적이라고 할 수 있다. 만약 비읍의 백성들이 전부 효도를 독실히 지키게만 된다면 그 공로 역시 작은 것이 아니다. 이런데도 사양을 하겠느냐?"

"제자는 평생토록 사부님 곁을 떠나지 않기로 맹세했습니다. 사부님께서 억지로 떠밀어내셔서 비읍 읍재 노릇을 하라시면, 저는 아예 문수 북쪽 기슭으로 도망쳐 가서 어디 으슥한 곳에 숨어 살랍니다."

"허허허!"

공구는 민손의 고집스런 성미를 뻔히 아는 터라, 어쩌지 못하고 스디쓴 웃음만 터뜨렸다.

"그만됐다. 이제라도 상국 대감에게 이 사정을 말씀드리고 딴 사람을 가려뽑도록 하겠다."

"고맙습니다, 사부님!"

민손은 무거운 짐이라도 벗어놓은 듯 목소리가 홀가분해졌다.

공구는 복상과 언언, 공충, 복불제의 자신감에 충만한 얼굴빛을 보고 마음 뿌듯한 느낌을 어쩌지 못했다. 필생의 심혈을 기울여 가꾼 꽃들이 이제 하나둘씩 아름다운 꽃송이를 피우기 시작하는 것이다.

제자들을 돌려보내고 나서, 그는 곧바로 상국 부중을 찾았다. 그리고 민손이 한사코 사양한다는 뜻을 밝힌 다음, 계손비에게 다른 인물을 하나 물색하도록 요청했다.

계손비는 벼슬을 마다하는 사람도 다 있는가 싶어 두 눈이 휘둥그레지더니, 한참 생각한 끝에 이렇게 말했다.

"문하생들에 대해서는 누구보다 그 스승이신 공부자님께서 잘 아실 터이니 한 사람을 천거해 주시지요."

공구도 고개를 숙이고 한참 궁리한 다음에야 어렵게 입을 열었다.

"제나라 출신의 고시가 정치적 재능을 갖추었습니다만, 그 사람의 용모가 별로 뛰어나지 못해서……."

"용모쯤이야 조금 못생겼기로서니 무슨 탈이겠소! 그 사람더러 비읍의 읍재 직분을 맡으라고 합시다!"

계손비가 한 마디로 딱 잘랐다. 그러니 공구도 고개를 끄덕일 수밖에 없었다.

이어서 상국 대감은 또 다른 용건을 끄집어냈다.

"염구는 참으로 문무 겸전한 인물입디다. 그래서 우리 부중의 총관 직분을 맡은 이래 모든 업무를 하나같이 사리에 딱 들어맞게 처리해 왔소이다. 뿐만아니라, 방어군을 이끌고 출전해서도 제나라 침공군을 격퇴하는 데 기막힌 재능을 나타내었고, 유약과 함께 엄청난 전공을 세웠습니다. 나는 공부자님의 문하 제자 가운데서 총관 재목감을 또 한 사람 썼으면 좋겠는데, 누가 적격인지 모르겠군요."

"염옹을 소개하고 싶습니다. 재능과 덕망을 아울러서 갖춘 사람이라, 상국부중의 총관 직분을 맡기기에 적당할 것입니다. 단지 그 아비가 매우 불초해서 어떨는지……."

계손비는 얼른 그 말을 끊었다.

"본인만 재덕을 갖추었으면 문제 될 것은 없소이다."

"그러시다니, 저는 이 길로 돌아가서 두 사람에게 알리기로 하지요."

"고맙소이다, 공부자님!"

수레를 타고 돌아오면서 공구는 자기 나이가 몇 살쯤 젊어진 것만 같은 느낌이 들었다. 수레를 끄는 짐승도 주인의 심사를 알아챘는지 쉴새없이 네 발굽을 몰아 부지런히 달렸다.

고시와 염옹은 스승의 호출을 받고 득달같이 쫓아왔다.

"이제 상국 대감께서 너희 두 사람을 각각 비읍의 읍재와 상국 부중의 총관으로 쓰실 모양이다. 고시야, 너는 위나라에서 정치를 맡았을 때 그 업적이 매우 좋아 위나라 조야의 칭송을 한몸에 받지 않았더냐? 이제 비읍의 읍재로 나가거든 더욱 직분에 충실하고 또 한번 커다란 업적을 쌓아 보거라. 비읍땅은 상국 대감의 영지요, 또 그곳에서 반역자가 많이 나온 시비의 땅이기도 하다. 더구나 산악과 구릉지대가 대부분이라 백성들이 모두 곤궁한 살림을 하고 있는 실정이다. 그곳에 부임하거든 더욱 머리를 쥐어짜내 온갖 수단 방법을 가리지 말고 잘 다스리도록 힘써주기 바란다."

"제자, 스승님의 가르침을 지켜 힘껏 일하오리다."

스승의 당부 말씀은 다시 염옹에게 돌아갔다.

"염옹, 너는 재덕을 겸비하여 특별히 상국 부중의 총관으로 초빙되었다. 지금 염구는 벌써 상국 대감의 호감을 널리 얻고 있다. 아무쪼록 염구와 더불어 상국을 도와 모든 업무를 잘 처리하도록 힘쓰기 바란다."

염옹은 그것만으로 모자라 불안하게 여쭈었다.

"사부님, 상국 부중에 들어간 다음에는 어떻게 해야 합니까?"

공구도 이미 생각해 둔 것이 있는 듯 내처 말했다.

"매사에 네 몸으로 본보기를 보이고 아랫사람들에게 좋은 우두머리가 되도록 힘써라. 사람을 대할 때 일의 관건이 되는 핵심을 중요시하고, 남의 사소한 시비를 따지지 말아라. 하속들 가운데 인재를 발견하기에 힘쓰고, 우수한 인재가 있거든 중책에 쓰일 수 있도록 천거하여라."

"어떻게 해야만 인덕을 갖출 수 있습니까?"

"직분에 충실하고 하는 일을 즐길 줄 알아라. 문 밖에 나가서 일할 때에는 마치 귀한 손님을 접대하듯 쾌활하게 할 것이며, 백성들을 부릴 때는 철기를 잘 가려야 한다. 또 네가 하고 싶지 않은 일을 남에게 베풀지 말아라. 사람을 대하거나 일을 대하거나, 모두 안팎이 한결같아야 한다. 상국 부중에서 일할 때 남에게나 자신에게나 원망이 생겨서도 안 되며, 집에 돌아가서도 원망을 품는 일이 있어서는 안 된다."

"제가 못하는 일에 부닥쳤을 때는 스스로 곰곰이 생각한 바에 의지하는 것이 중요합니까, 아니면 힘써 배우고 익힌 바에 의지해야 합니까?"

염옹의 질문에 공구는 체험적으로 대답했다.

"나도 침식을 잊어가며 골똘히 생각해 본 적이 있다만, 유익함을 얻은 것은 매우 적었다. 그보다는 역시 배우고 익히는 것이 낫겠다."

고시와 염옹은 가슴 그득히 뿌듯함을 느끼고 미소를 머금은 채 물러갔다.

7
꿈속에서만 빛나는 탑

"사부님, 제나라에서 사람을 보내왔습니다. 제간공이 마침내 저를 문양 읍재로 초빙한답니다!"

"옳거니, 과연 내 짐작에서 벗어나지 않았구나!"

공구가 벌떡 일어났다. 얼굴에는 웃음기가 물결쳤다.

"단목사야, 제나라 군주가 네 재능에 크게 반한 모양이니, 우선은 지방 읍재로 내보내겠지만, 나중에는 경사(卿士)의 벼슬을 제수하여 외교 업무를 전담시킬지도 모르겠다."

"저는 장사꾼 기질이 많아서, 관료 사회에는 열중할 수 없을 듯싶습니다. 또 그런 생활에 익숙치도 못하고요……."

"허어!…… 단목사야, 너는 이 스승을 여러 해 동안 따르면서 학문을 익혔고 문도 무략에 정통했다고 본다. 그런 사람이 주례를 회복시키고 예치를 실천하지 않겠다니, 그 재능과 학문이 너무 아깝다고 생각되지 않느냐?"

자공이 합장을 하고 다시 입을 열려 하자, 스승은 재빨리 말을 가로챘다.

"높은 벼랑을 쳐다보지 않고서 어떻게 추락의 위태로움을 알 수 있느냐? 깊은 물에 가까이하지 않고서 어떻게 빠져 죽을 근심을 알겠느냐? 큰 바다를 보지 않고서 어떻게 풍파의 험난함을 안단 말이냐? 그렇기 때문에 나도 널더러 한 번쯤 몸소 겪어보라는 것이다. 지금 네가 정치판의 어려움을 뻔히 아는 만큼, 그렇다면 추락과 익사, 풍파의 환란도 모두 알고 있으리라. 기왕에 그 점을 알았고 더욱 삼가 진중하게 일을 처리한다면, 환란과 위태로움 역시 네 몸에 미치지는 않을 것이다."

"사부님, 문양에 가서는 어떤 일에 치중해야 좋겠습니까?"

"식량을 비축하고, 군비를 강화시켜라."

"아니, 사부님! 어르신께서는 평생토록 예치를 주장하시지 않았습니까? 그런데 어째서 절더러는 군비를 강화시키라는 말씀입니까?"

스승은 딱 부러지게 말했다.

"예치는 궁극적인 목표다. 그러나 지금 사방 천지에는 반란과 전쟁이 빈발하고 있다. 이런 형세에서 외적을 막을 만한 군사 대비가 없다면, 남에게 업신여김을 당하고 치욕스러움을 면치 못할 것이다."

돌연 자공은 화제를 바꾸었다.

"문양에 부임해서 임금에게 충성을 바치고 백성들에게 믿음직스러운 관리가 되려면 어떻게 해야 합니까?

"다스리는 일에 부지런하고 행동에 신중할 것이다. 좋은 관리는 공평한 잣대로 법을 받듦으로써 서민들에게 이로움을 준다. 그렇기 때문에 만민의 사랑과 추앙을 받는 것이다. 나쁜 관리는 뇌물을 받아먹고 법을 어김으로써 백성들에게 침해를 끼친다. 그렇기 때문에 만민이 침을 뱉는 것이다."

"선비는 어떻게 대우합니까?"

"그 사람의 착함을 널리 선양하고, 단점을 감추어 준다. 만약 다른 사람의 현덕을 숨기고 드러내 주지 않는다면, 그것이 바로 인재를 매장하는 짓이다. 또 만약 다른 사람의 결점을 끄집어내어 널리 퍼뜨린다면, 그것은 소인배나 할 짓이다."

자공은 그 영리한 눈동자를 깜박거리면서 다시 여쭈었다.

"스승님, 어떤 사람을 선비라고 일컬을 수 있습니까?"

"도의를 깨닫고 염치를 알며, 외국에 사신으로 나가서 군명을 완수할 수 있는 사람이라면 선비라고 일컬을 수 있겠다."

"그 다음으로 선비가 될 조건이 또 있습니까?"

"하는 말에 반드시 신용이 있으며, 행동에 결단력이 있는 사람이다."

"허어! 더 말할 것도 없다. 모두들 속 좁고 안목이 짧은 사람인데, 무엇이 대단하겠느냐?"

이튿날, 공구는 복상, 언언, 복불제, 고시, 공충과 자공의 하직 인사를 받는 자리에서 또 한 차례 당부 말씀을 간곡히 내렸다.

"역사상, 거울처럼 맑은 청백리도 많으나, 비루하고도 악착스런 탐관 오리도 적지 않았다. 또 풍운을 질타하고 천지를 뒤집어 엎는 영재도 많으나, 무능하고도 아무짝에도 쓸모없는 용렬한 사람도 많다. 위로 천자 제후를 공경하고 아래로 서민 백성들을 어루만질 줄 아는 군자도 많으나, 천자 제후를 능멸하고 백성들을 학대하는 소인배도 많았다. '옛것을 익혀 잊지 않고 새것을 배워 아는 사람이라면 스승이 될 수 있다.' 고 했다. 배우고 익힘에 이렇듯 하면, 벼슬아치가 되어 다스림에도 그렇게 해야 한다. 너희들은 선현을 본받아 인과 의를 행하고 예치를 추진할 것이며, 식량을 비축하고 군비를 강화시켜 만민의 옹호와 추대를 널리 받도록 해라."

"예에, 명심하겠사옵니다!"

제자들은 저마다 응답하고 큰절로 작별 인사를 드렸다.

그들이 떠나는 뒷모습을 눈길로 배웅하면서, 공구는 수십 년 동안 억눌렸던 심사가 마침내 삼복 무더위에 시원한 참외라도 한 입 깨물은 듯, 홀가분하게 풀리는 느낌이 들었다. 그는 한결 가벼운 발걸음을 옮겨 학당으로 돌아왔다.

이 글방은 그가 열국을 유랑하기 이전에 세운 초가 삼간 그대로였다.

그는 제자들의 천진스런 얼굴을 바라보면서 흥겹게 《주역》을 강의하기 시작했다. 한 시진 남짓, 음양이 상생 상극하는 도리를 읊어가는 동안, 그의 머리 속에는 아무런 잡념도 남아 있지 않았다.

글방을 나와서 그는 곧장 침실로 들어갔다. 기왕에 정치 일을 못할 바에야 이제는 옛 성현이 남겨 주신 전적을 정리하는 데 남은 정열을 바쳐야겠다고 생각했기 때문이었다.

그는 서가에 보자기로 덮어 놓은 죽간 뭉치를 보기만 해도 마음이 흐뭇해지고 위안을 받았다. 자신이 유랑 생활을 하던 14년 세월에, 아내 기관씨와 자녀들은 이 문헌 자료를 조금도 다치지 않고 완벽하게 보존해 둔 것이다. 이것은 아내와 자식들이 그의 처사를 원망하는 대신에 이해하고 지지해 주었다는 뜻도 되었다.

죽간 뭉치를 끌어 내리면서, 그는 저도 모르게 지금은 이 세상에 없는 아내가 생각났다. 보자기를 들추고 탁자 위에 두루마리를 하나하나씩 늘어놓았다.

'일을 하자꾸나! 작업에 몰두하면 부질없는 생각도 스러질 것이다.'

제일 먼저 펼친 것은 《시경》이었다.

이날 밤, 그는 오래도록 잠을 이루지 못했다. 부임지로 떠난 제자들이 장차 이룩할 업적, 자신의 만년기에 해놓아야 할 일을 생각하자니 도무지 잠이 오지 않았다. 머리 속이 터져 나가도록 이 궁리 저 생각을 쑤셔넣느라고 기진맥진해져서야 그는 어렴풋이 잠에 빠져들 수가 있었다.

수만 갈래 무지개, 채색 구름이 온 하늘을 뒤덮었다. 공구는 늘 타던 수레에 앉아서 나무숲 그늘 아래로 넓게 뚫린 대로를 달리고 있다. 늦가을철인가, 수레는 벌써 어느 산 꼭대기에 올라섰다.

아득히 먼 하늘 아래 망망 대해가 출렁이는데, 문득 공작새 한 쌍이 벽록색 나래를 떨치면서 바다 위 물안개 속으로 날아가고 있다.

황금 비늘, 부채살처럼 펼친 꼬리깃, 붉은 꽃송이의 찬란한 점박이가 안개 바다 속에 드리워진 그림자를 더욱 깊고 깊게 찍어놓는다.

다음 순간, 거대한 용 두 마리가 수면을 박차고 허공으로 불끈 솟구쳐 오르더니 머리와 꼬리를 흔들어가며 춤을 추기 시작했다.

"용과 봉황이 서기(瑞氣)를 드러내다니!"

공구는 탄성을 금치 못한다.

"이야말로 상서로운 길조 아닌가!"

귓결에 유장한 음악소리가 들려왔다. 흘끗 서편을 바라보던 그는 숨이 딱 멎었다.

보라! 무지개보다, 공작새의 깃털보다 더욱 휘황 찬란한 광채를 사면 팔방으로 내쏟으면서 엄청나게 큰 보탑이 눈 앞에 우뚝 서 있지 않는가!

온갖 조각을 아로새긴 대리석 기단부 위에 웅장한 탑신, 세상에서 처음 보는 주옥으로 장식된 상륜의 탑머리가 하늘 꼭대기 구름을 꿰뚫고 까마득히 치솟아, 보는 사람으로 하여금 경외감을 품게 만든다.

공구는 경탄을 금치 못하고 좌우를 둘러보다가, 마침내 수레를 버리고 보이지 않는 신령스런 힘에 이끌려 보탑을 향해 걸어 나갔다. 보탑은 여전히 그 자리에 서서 한 송이 장미꽃처럼 산뜻하고도 아름다운 광채를 눈부시도록 비치고 있다.

숨이 턱에 차도록 가쁘고 온몸은 비오듯 쏟아진 땀에 흠뻑 젖었다. 갑자기 두 발꿈치가 번쩍 들렸다. 양팔을 있는 힘껏 휘저으니 몸뚱이가 둥실 떠오른다.

정말로 날기 시작한 것이다. 날고 또 날고, 수없이 바뀌는 산과 강을 건너서 마침내 그는 백옥 병풍 앞에 내려섰다. 돌병풍 겉면에는 '주나라 궁궐'이란 다섯 글자가 큼지막하게 새겨져 있다. 병풍 뒤를 기웃거렸더니, 한옥으로 쪼아 만든 섬돌 계단이 눈 앞에 가지런히 펼쳐졌다.

그는 옷매무새를 가다듬고 한손으로 앞섶을 여며 올린 채 조심스런 걸음걸이로 한 계단씩 내딛고 올라갔다. 층계 끝 널찍한 대에 막 올라섰을 때, 금위병 두 사람이 불쑥 나타나서 장창을 엇갈리게 내질러 앞을 가로막는다.

깜짝 놀라 뒤돌아보니, 등 뒤에도 어느새 10여 명이 날카로운 창끝을 번뜩이며 호랑이 눈으로 노려보고 있다. 앞뒤 길이 다 막힌 것이다. 무사 하나가 호통쳐 묻는다.

"너는 누구냐? 어딜 감히 천자님의 궁궐에 함부로 뛰어드는 거냐?"

"소인은 노나라 공구이옵니다."

"이런 미치광이 봤나! 대담하게도 공부자님을 사칭하다니!"

"소인은 확실히 공구올습니다."

그제서야 무사도 병기를 거두고 부드럽게 묻는다.

"진짜 공구라? 그래, 무슨 일로 천자님의 궁궐을 찾아오셨는가?"

"제 문하 제자들이 노나라와 위나라에서 연달아 관직을 맡았습니다. 저도 천자님께 어질고 유능한 인재를 가려뽑아, 주나라 천하를 크게 떨치시라고 간언을 드리러 왔습니다."

"천자님을 뵈오러 왔다니, 잠시 기다리라. 내 들어가서 아뢰겠다."

곧 이어 궁궐 안에서 무사의 목소리가 쩌렁쩌렁 메아리쳤다.

"노나라 공구가 천자님을 뵙겠다 하옵니다!"

얼마쯤 있어, 화려한 옷차림의 내시가 높다란 섬돌 위에 나타났다.

"천자의 명이 내렸으니, 공구는 입궐하라!"

대궐 안은 으리으리하게 꾸며져 있었다. 주경왕이 면류관을 쓰고 용상에 단정히 앉아 있다. 문무 백관들도 말끔한 관복 차림으로 양편에 늘어섰다.

"노나라 공구가 도착한 줄 아뢰오!"

"들라 이르라!"

주경왕의 반색하는 목소리가 울렸다.

공구는 빠른 걸음으로 중앙으로 나아가 무릎을 꿇었다.

"노나라 공구, 천자께 문안 드리오!"

"공구야, 이번에는 무슨 일로 왔느냐?"

공구는 주경왕 쪽을 흘끗 쳐다보면서 나지막하게 말씀드렸다.

"주왕실의 예치를 회복시키러 왔습니다."

"내가 먼저 아뢸 테니 기다려라."

말을 마치자, 주공은 반열 앞으로 선뜻 나서더니 옥규(玉圭)를 두 손으로 떠받들고 천자에게 아뢰었다.

"폐하, 노나라 공구는 평생토록 주례를 널리 떨치고 열방에 그것을 실현시키느라 힘썼사오니, 그 수고로움에 상을 내려 마땅한 줄 아뢰오!"

그러자 주경왕은 다른 분부를 내린다.

"공구, 여기 문무 백관들이 듣는 앞에서 천하를 어떻게 다스려야 하는지 말해 보아라."

"분부 받드오리다!"

공구가 앞으로 나서자 주경왕은 다시 물었다.

"공구, 당금 천하는 제후들이 분쟁을 일으켜 서로 치고 정벌하니, 주나라 금수강산은 조각조각 찢기고 갈라졌다. 과인도 선왕들의 위엄을 다시 떨쳐보고 싶으나, 문무 도략이 부족하여 마음대로 할 수 없는 실정이다. 그래서 묻는다. 네게 무슨 묘책이 있느냐?"

"천자 폐하, 이 세상의 어리석은 일은 모두가 우매한 소치로 일어나는 것이옵니다."

"흐흠! 그렇기는 하다만, 어떻게 조치할 것이냐?"

"학당을 늘리고 교육을 강화시켜야 합니다. 온 천하 교육받아 마땅한 사람에게 좋은 교육을 시켜, 예, 악, 사, 어, 서, 수의 육예를 밝히고, 인, 의, 예, 지, 신의 오상의 의리를 깨우치게 합니다. 사람마다 윤리 강상을 알게 만들면, 천자의 명령도 반드시 실행될 것입니다."

주경왕은 어느덧 눈을 휘둥그레 뜨고 두 귀에 정신을 쏟아 듣고 있다.

공구의 말이 계속되었다.

"가령 사람마다 모두 문화를 지니고 사리를 알며 윤리 강상을 깨우친다면, 전란은 종식될 것이요, 분쟁도 모면할 수 있게 됩니다."

"공구, 좀 더 자세히 설명하라. 사람들이 문화를 지니면 어떻게 전란이 종식되고 분쟁이 그친단 말이냐?"

"문화를 지닌 사람들은 장유 유서의 도리를 알게 되어, 임금을 떠받들고 백성들을 사랑하며, 노인을 공경하고 어린것을 어루만질 수 있습니다. 문화가 있음으로써 사람들이 겸손과 공경, 예의 범절과 양보의 이로움을 알게 되어, 나라를 예의제도로 다스리고, 예의로써 백성을 감화시킬 수 있습니다. 예절을 깨우치고 예치를 실행하여, 사람과 사람이 예의로 왕래하는 습속을 숭상하고, 나라와 나라가 피차 예의로 대한다면, 임금은 임금다워지고 신하는 신하로서 분수를 지킬 것이며, 어버이는 어버이답게, 자식은 자식다워질 터인즉, 여기서 무슨 전란이나 분쟁 따위가 일어난다고 하겠습니까?"

주경왕은 그 말뜻을 알아듣고 연신 고개를 끄덕여가며 곰곰이 되새긴다.

주공이 입을 열었다.

"네 제자 가운데 많은 사람이 관직에 나아갔다는 소식을 들었다."

"예 그렇습니다. 중유와 고시 염구는 벌써 한 차례 지냈고, 이제 또 복상과 언언, 복불제, 공충, 단목사가 읍재로 부임해 나갔습니다."

"앞서 그들의 업적이 괜찮다던데?"

주경왕이 반갑고 놀라운 목소리로 말했다.

"과인이 듣자니, 그대는 3천 제자를 문하에 받아들였고, 육예에 정통한 사람만도 72명이나 된다고 했다. 만약 과인이 그대와 그대의 제자들을 탁용한다면, 이 천하를 훌륭히 다스릴 수 있겠는가?"

공구는 이전에 자신이 언급했던 명언을 떠올렸다.

'옳은 일에 부닥쳐서는 스승에게도 양보를 않는다 하지 않았던가? 눈 앞에 주공이 계시더라도 할 말은 해야겠다!'

"만약 천자께서 불초 공구와 문하생들을 쓰실 수만 있다면, 적어도 2,3년, 길어야 4,5년 이내에 천하가 태평하고, 만민이 고루 부유해질 것입니다."

"그렇다면 공구는 듣거라!"

"예에!"

이 때였다. 문무 반열이 술렁대기 시작하더니, 차츰 시끄러워지면서 대신들이 앞다투어 나와 아뢰었다.

"폐하, 공구는 한낱 썩어빠진 선비에 지나지 않습니다! 입만 너불 너불 살아서야 어떻게 천하를 다스릴 수 있습니까?"

"폐하, 공구를 등용하지 마옵소서!"

"폐하, 공구에게 웅도 대략이 있는 듯하지만, 모두가 감언이설입니다. 듣지 마옵소서!"

공구는 자기가 언제 어떻게 일어섰는지 모른다. 눈을 부릅떠 흘겨보니 문무백관들은 하나같이 흉신 악살이다.

천자가 주먹으로 탁상을 내리치며 크게 꾸짖었다.

"궁정에서 소란을 피우다니 이게 무슨 체통인가! 냉큼 입다물지 못할까!"

공구는 속으로 탄복했다.

'천자는 역시 천자로구나! 단 한두 마디로 뭇대신들의 소동을 눌러버리다니!'

주경왕은 거역을 용납않겠다는 듯이 엄한 분부를 내렸다.

"과인의 뜻은 이미 결정되었으니, 공구와 그 제자들에게 관직을 내리도록 하시오!"

문무 백관들은 머리를 숙인 채 묵묵히 서 있다. 대궐 안은 물을 뿌린 듯 그저 고요하기만 하다.

주경왕이 벌떡 일어나더니 노한 목소리로 꾸짖었다.

"그대들은 무엇인가! 무략으로 이 나라를 안정시키지도 못하고, 문도로써 나라를 다스리지도 못하면서, 그저 고관 대작 노릇이나 하며 후한 녹봉을 누릴 줄만 아니, 모두 하릴없이 빈둥대는 무능력자들이요 속되고 야비한 무리들이 아닌가!"

공구도 낯가죽이 화끈거릴 정도로 민망했다.

주경왕은 노기가 풀리지 않아 큰소리로 명령을 내렸다.

"모두들 썩 물러가지 않은 텐가! 과인의 화를 돋울 셈이로구나!"

문무 백관들이 만세 삼창으로 인사를 올리더니 조용히 물러갔다.

"공경, 저 쥐새끼의 안목만 지닌 무리들이 그대에게 실례를 범했구료. 과인의 낯을 보아서라도 노염을 타지는 마시오."

"공구는 초야에 파묻혀 사는 평민에 지나지 않사온데, 천자 폐하와 여러 대신들께 많은 죄를 범했으니 부디 벌하여 주소서."

"경에게 무슨 죄가 있단 말이오! 자, 이리 오시오. 과인이 그대에게 구경을 시켜드리고 싶소."

천자는 그의 손을 잡아 이끌고 대궐 밖으로 걸어 나간다. 주공도 뒤따라 나섰다.

주경왕을 따라 지붕 위에 오른 그는 아래를 굽어보고 깜짝 놀랐다. 지금 세 사람이 서 있는 곳은 다름 아니라 그가 꿈에도 잊지 못하고 찾아 헤맨 보탑의 정상, 바로 그 탑머리 위였던 것이다!

탑신은 여전히 사면 팔방으로 금빛 광채를 흩뿌려 온 천하를 비추고 있었다. 공구는 난간 곁으로 다가가서 발치 밑을 굽어보았다.

층탑은 아주 또렷하게 나뉘어 있었다.

위에서 아래쪽으로 헤아려 보니, 제일 꼭대기 층에는 10여 명의 문무 대신들이 공경스런 자세로 묵묵히 서서, 의관을 가다듬고 옥규를 떠받든 채 조용히 주경왕의 명령에 귀를 기울이고 있다.

둘째층에는 관원 수백 명이 꼭대기층의 대신들과 거의 같은 태도로 늘어섰는데, 관복 꾸밈새에 조금 차이가 날 따름이다. 셋째층에는 수천 명이 선비의 옷차림에 갈건을 썼는데, 하나같이 겸손하고 온화한 태도요 행동거지가 고상하고 우아하다. 넷째층은 사람들이 온통 새까맣게 몰려 있다. 그 숫자가 얼마나 되는지 헤아릴 수도 없거니와, 옷차림도 다르고 말씨나 움직임도 구구각색이다. 주경왕이 주공과 함께 난간 곁에 다가서자, 위층에서부터 아래층까지 번갈아가며 함성이 울리기 시작했다.

"천자 폐하 만세! 만세, 만만세!……."

주경왕이 돌아보고 빙그레 웃는다.

"공구, 저 사람들에게 할 말이 없는가?"

"폐하, 이 자리는 공구가 입을 열 곳이 아닙니다."

"과인에게라도 할 말이 있거든 해보게."

그제서야 공구는 퍼뜩 생각난 것이 있다. 왕궁 안팎의 호화 사치스런 광경이 떠오른 것이다.

그는 천자에게 맞대놓고 아뢰었다.

"폐하! 바른대로 말씀드려 궁정의 사치스러움이 지나친 듯하옵니다."

"뭐라구?"

주경왕이 벌컥 화를 냈다.

"그럼 이 천자더러 상놈들과 똑같이 살란 말인가? 그래서야 네 말대로 임금은 임금답고, 신하는 신하다운 점이 어디 있겠나!"

공구는 지존 앞에서 자신이 지나치게 당돌한 소리를 지껄였구나 싶어 당황한 나머지 무슨 말로 대꾸해야 좋을지 모르고 허둥거렸다.

주경왕은 손바닥으로 난간을 내리치며 호통을 질렀다.

"내 앞에서 이러쿵저러쿵 떠벌린 자는 이날 이때껏 하나도 없었다. 공구, 너는 책이나 좀 읽었답시고 이 천자한테 훈계를 할 참이냐? 이런 발칙한 자를 내 어찌 용서할 것인가! 여봐라, 게 누구 없느냐?"

"예에, 대령했사옵니다!"

"이놈을 끌어내다 목을 쳐서 효시하라!"

쳐다보기만 해도 무시무시한 무사들이 눈썹을 곤두세운 채 칼날을 번뜩이면서 벌떼처럼 달려들어 공구를 난도질하려 한다.

"으아앗!"

그는 외마디 비명을 지르고 뒤로 벌렁 나가떨어졌다. 그와 동시에 찬란하게 빛나던 보탑이 와르르 무너져 내린다.

실로 끔찍스런 악몽이었다. 꿈에서 놀라 깨어난 후, 공구는 캄캄한 어둠 속을 두리번거렸다. 주경왕도, 주공도 보탑도 이미 사라지고 없었다.

"할아버지, 잠자면서 누구하고 말하세요?"

"못된 꿈을 꾸었다. 이 할애비가 잠꼬대를 했구나……."

"꿈이 뭔데요?"

철부지의 눈동자에 의문이 또렷또렷하게 비친다.

"꿈이 뭐냐구? 아, 그건……."

참말 난처한 질문이다. 공구는 이마에 송글송글 맺힌 땀방울을 닦아내면서 일어났다. 방바닥에 내려서서 겉옷을 걸치는데, 아들 공리가 들어왔다.

"아버님, 밤새 안녕하셨습니까?"

"오냐, 잘 잤다!"

아직도 두근거리는 가슴을 쓸어내리면서, 공구는 건성으로 문안인사를 받았다.

"아버님, 사형 사제들이 다 왔습니다. 봄날씨가 활짝 개어 모두들 교외로 봄놀이를 나갔으면 하는 모양입니다."

"그래, 좋다. 하지만……."

공구의 대답 소리가 메마르게 나왔다.

8
군자는 뜨락에 전나무를 심는다

"봄놀이를 나가도 좋다만, 지금 주군께서 어진 인재를 받아들여 쓰기 시작했으니, 너희들도 어떻게 하면 재간을 더욱 늘려 이 나라에 헌신할 수 있겠는지 늘 생각해야 한다."

"알겠습니다, 아버님."

공리가 물러나오자, 안마당에 서성거리고 있던 동료 학우들이 몰려왔다.

"허락이 내리셨네."

"어디로 갈까?"

"우선 교외로 나가보세."

제자들은 삼삼오오 짝지어 교외로 봄나들이를 떠났다.

공구 문하에는 진항이란 젊은 제자가 있었다. 그는 학우들과 떨어져 혼자 남아 있다가, 공리에게 이런 제안을 냈다.

"형님, 우리 둘이는 딴 데로 가죠. 사부님을 따라 성 밖 교외로 나들이를 나간 게 벌써 몇 번쨉니까? 교외는 이제 신물이 납니다!"

"그럼 어디로 가려나?"

"오늘 날씨도 화창하니까, 좀 먼 데로 나가보죠. 무성 대청산에 올라가 보는 게 어때요?"

공리의 눈이 반짝했다.

"옳지, 그것 참 좋겠군! 대청산으로 말하자면 천하의 명산이요, 고적도 많고 이름난 샘도 있고 기암 괴석이 많기로 소문이 났지. 한데 왕복 60여 리 길이나 되니 어쩐다? 하루에 갔다 오기가 어려울 텐데……."

"증점 부자가 그 산 부근에 살고 있어요. 당일치기로 못 오게 되면 그 집에 가서 하룻밤 지내도 되지 않겠습니까?"

공리가 선뜻 결단을 내리지 못하고 망설이자, 그는 손을 잡아끌었다.

"무얼 꿈지럭댑니까? 어서 나갑시다!"

두 사람은 신바람나게 길채촉을 했다. 얼마나 정신없이 걸었는지, 단숨에 대청산 아래 이르렀다.

"사형, 이것 좀 봐요! 나무가 바위 속에서 뻗어 나왔어."

진항이 잣나무 가지를 당기면서 소리쳤다.

"형님, 이상하지 않습니까? '만물은 흙에서 생겨난다'고 했는데, 이 나무는 바윗돌에서 자라다니 웬 조화인지 모르겠군요."

"고것 참 묘하네그려! 너무나 묘해."

이리저리 뜯어보았으나 불가사의한 자연의 신비를 느꼈을 뿐, 아무런 해답도 얻지 못했다.

두 사람은 의문만 잔뜩 지닌 채, 다시 정상을 향해 기어 오르기 시작했다.

산꼭대기 이곳저곳을 뛰어 다니느라고 점심때도 잊었다. 해가 서

편으로 뉘엿뉘엿 기울어서야, 이들은 밥 한 끼 얻어 먹을까 해서 다시 산중턱 절간으로 내려왔다.

하지만 이내 실망했다. 안마당은 널찍한데 산비둘기 두어 마리가 땅에 떨어진 솔방울 씨앗을 쪼아먹느라 뛰어다닐 뿐, 사람의 그림자는 하나도 보이지 않고 텅텅 비어 있었다.

공리는 이마에 손을 얹고 해 그림자의 길이를 가늠해 보았다.

"어이구, 날이 금방 저물겠는데! 우리 남무산으로 가서 증씨네 집을 찾아야겠어."

"그럽시다!"

황혼이 질 무렵, 두 사람은 쇳덩어리처럼 무거워진 다리를 끌고 남무산 기슭에 다다랐다.

증씨 댁은 산자락 비탈에 기대어 지은 초가집이었다. 그래도 터를 널찍하게 잡은데다, 은사시나무와 느릅나무가 빙 둘러쳐서 아늑한 분위기를 자아냈다.

진항은 대문을 두드리려다가 흠칫 손을 거두었다. 집안에서 현금 뜯는 소리가 들려 나오는데, 장단 가락이 서투르고 몹시 어색하게 들렸다.

두 사람은 한참 동안 조용히 서서 듣다가 문짝을 두드렸다.

조금 있자니까 증삼이 문을 열고 나왔다.

"이런! 두 분 형님께서 웬일로 예까지 행차하셨습니까?"

증삼은 반색을 하면서 맞아들이는데, 두 분 손님은 눈을 휘둥그레 뜨고서 주인의 아래를 훑어보았다.

"아니, 자네 무슨 일을 하고 있었길래 그 모양인가? 옷차림이 온통 진흙투성일세그려!"

증삼은 얼굴빛이 벌개져서 우물쭈물 했다.

"이건…… 이건……."

"얘기해 보게. 도대체 왜 이런 몰골인가?"

"아버님이 오나라 사람에게서 동과(冬瓜)씨를 얻어 뒤뜰에다 심었지요."

"그래서?"

"묘목이 잡초에 파묻혔길래 호미로 김을 매준다는 것이 잘못해서 두 그루를 부러뜨리고 말았지 뭡니까."

"묘목 부러진 것하고 그 지저분한 꼬락서니하고 무슨 상관인가?"

진항이 꼬치꼬치 따져 묻자, 증삼은 귓불까지 벌겋게 물들어 가지고 마지 못해 대답을 했다.

"아버님이 꾸짖으시길래 저도 몇 마디 말대꾸를 하다가, 한바탕 얻어맞아 이렇게 되었습니다."

"아버님한테 매를 맞았으면 슬퍼서 울어야 할 사람이, 뭐가 좋다고 현금을 퉁기고 앉았나?"

증삼은 떨떠름하니 웃었다.

"매를 때린 아버님이 후회하시고 가슴 아파 하실까봐…… 저는 아무렇지도 않다는 걸 보여 드리려고…… 현금을 탄주하는 소리를 들으시면 그 어르신의 마음도 풀리겠다싶어 그랬습지요."

두서 없는 대답이었으나, 그 내용은 두 손님을 탄복시키고도 남았다.

"매정한 아버지에게 이런 효자가 있다니! 참말 갸륵한 일일세."

"누가 아니라나? 아버지는 인자하지 못한데, 그 아들은 출천 대효가 아니고 뭔가?"

"형님들, 송구스럽습니다. 제발 놀리지 마십시오……."

셋이서 이런저런 얘기를 나누고 있으려니, 증점이 아직도 노기가 덜 풀렸는지 뒤꼍에서 씨근벌떡 쫓아 나오다가, 손님들을 발견하고 황급히 얼굴 표정을 바꾸었다.

"하하! 귀한 손님이 두 분씩이나 오셨구료. 마중을 못해 죄송하오. 그런데 이 누추한 집을 어떻게 다 찾아오셨소?"

"불청객이라 미안합니다, 사형. 그렇다고 문전 박댈랑 마십시오!"

그제서야 증삼도 퍼뜩 정신을 차렸다.

"아이구, 손님들을 문턱에다 세워놓고 잡담만 늘어놓았네! 자, 어서 안으로 들어가시지요."

마룻방에 자리를 잡고 앉으니 큰 주인이 물었다.

"점심은 어디서들 자셨소?"

그러자 공리가 기다렸다는 듯 군침을 꿀떡 삼키면서 솔직히 털어놓았다.

"사실은 점심을 걸렀습니다. 어디 밥 먹을 데가 있어야 말이죠."

증점은 서산에 떨어지는 해를 바라보고 껄껄 웃었다.

"지금은 저녁이나 자셔야겠소!"

"아버님, 손님들하고 얘기를 나누고 계시지요. 저녁은 제가 짓겠습니다."

저녁을 마친 후 두 손님은 사랑채로 안내를 받았다.

진항이 물었다.

"사형 아버님도 매를 때리신 적이 있소?"

"없네. 아버님은 애당초 매라는 걸 모르시는 분이니까."

공리는 심드렁하게 도리질을 해보였다.

"형님은 참말 행운아요. 성인을 아버님으로 두셨으니 말이오."

"자네 부친도 매를 드신 적이 있나?"

"없었지요."

"그럼 자네도 행운아 아닌가?"

"제 아버님은 비록 매를 드신 적은 없지만, 워낙 무식한 분이라서 제게 학문을 가르쳐 주지 못하십니다."

공리는 할 말을 잃었다.

진항이 또 물었다.

"사형 아버님은 학문을 많이 지니셨으니까, 형님한테 남다른 가르침을 내리셨겠지요?"

"남다르게 가르치신 적은 없네. 아니, 잠깐만……."

그는 잠시 말을 끊고 무엇인가 생각하더니, 다시 말을 이었다.

"한두 가지 기억나는 게 있는데, 그런 걸까?……."

진항이 벌떡 일어나면서 다그쳐 물었다.

"그게 뭔데요?"

"한 번은, 그 어르신이 앞뜰에 홀로 서성거리시길래 그 곁을 지나쳤네. 그때 날더러 이렇게 물으시더군. '너 《시경》을 배웠느냐?' 그래서 나는 아직 못 배웠노라고 대답했지. 그랬더니 '《시경》을 배우지 못한 사람과는 더불어 말을 할 수가 없다' 고 하시는 거야. 그래서 나도 그 때부터 《시경》을 배우기 시작했다네."

"또 한 가지는요?"

말도 끝나기 전에 진항의 재촉이 성화 같았다.

"또 한 번은, 그 어르신이 안마당에서 이렇게 물으셨네. '애야,너 《예경》을 배웠느냐?' 나는 '안 배웠습니다' 했지. 그러니까 또 이런 말씀을 하셨네. '《예경》을 배우지 않았으면 사람 노릇을 못한다' 그래서 나는 곧 바로 《예경》을 손에 잡았네. 이날 이때껏 내가 집에서 그분한테 따로 배운 것이 있다면 이 두 가지뿐일세."

진항은 뭐가 그리도 좋은지 소리를 버럭 질렀다.

"아하! 큰 횡재를 했네. 나는 한 가지만 물었는데 세 가지를 알았으니 이런 횡재가 어디 있수!"

"첫째, 《시경》을 배워야 할 도리를 알았고, 둘째, 《예경》을 배워야 할 도리를 알았고, 셋째는 군자는 자기 아들한테 아무런 특별 교육도

시키지 않는다는 사실도 알았단 말이우."

이튿날 도성에 돌아와서, 진항은 증씨네 집에서 보고 들은 얘기를 스승 앞에 고지식하게 다 털어놓았다가 불 같은 꾸지람을 들었다.

"이게 무슨 소리냐? 아무 근거도 없이 길거리에서 주워 들은 소문을 남한테 퍼뜨리다니! 진항, 네놈이 덕성을 잃었구나! 어쩌자고 증씨 부자를 함부로 헐뜯고 비방하는 게냐?"

"사부님, 이건 제자가 직접 증삼에게서 들은 말입니다. 그 때 공리 사형도 그 자리에 있었습니다."

"아니, 뭐라구! 그까짓 묘목 한두 뿌리 꺾었다고 해서 증점이 제 아들놈을 매질했단 말이냐? 그것은 아비로서 자비롭지 못하고 어질지 못한 짓이다. 증삼이란 놈도 마찬가지다. 매를 맞고도 아비의 마음을 위로한답시고 현금을 탄주하다니, 그 역시 불효 불인한 짓이다!"

공구는 즉석에서 아들을 불러들이더니 엄한 분부를 내렸다.

"나가서 문지기 영감한테 일러라. 증점과 증삼이 학당에 오거든 일체 들여 보내지 말라고 단단히 일러두어라!"

문지기는 50나이를 훨씬 넘긴 영감이었다. 공리가 우거지상을 짓고 나타나자, 영감님은 무슨 일인가 싶어 나갔다.

"서방님, 무슨 걱정거리라도 있으신가요?"

"큰일났소. 아버님이 불호령을 내리셨는데, 증점 부자가 오거든 학당에 들여보내지 말라고 하시니, 이 노릇을 어쩌면 좋소?"

문지기 영감님도 두 눈이 휘둥그레졌다.

공리가 그간에 있었던 일을 들려주자, 영감님은 입맛을 쩝쩝 다셨다.

"이것 참 제가 난처하게 되었습니다그려. 두 분이 오시면 절더러 차마 어떻게 쫓아내란 말씀입니까?"

"여하튼 그때 가서 다시 방법을 궁리해 봅시다."

이틀이 지나서 증점 부자가 나타났다. 문지기는 그들 앞을 가로막았다.

"못 들어가십니다! 선생님이 분부를 내리셨소."

"제자가 공부를 하러 왔는데, 왜 못 들어 간단 말이오?"

"이틀 전에 아드님을 때리신 적이 있지요?"

"아뿔사, 그 일 때문에!……."

증점은 순간, 공리와 진항을 원망하는 마음이 불끈 치밀었다. 쓸데없이 주둥이를 놀려서 골치 아픈 일을 저지른 것이다.

스승님의 귀에 들어갔으니 그 결과는 보나마나, 후회해 봤자 헛일이었다.

증씨 부자는 어쩔 바를 모르고 다급한 마음에 그 자리에서 맴을 돌기만 했다.

문지기 영감이 보기에도 안쓰러웠는지 한 마디 귀띔을 해주었다.

"남궁 씨나 공야 씨를 한번 찾아가 보시지요. 두 분은 선생님의 귀빈이요 아끼시는 제자 아닙니까? 그분들을 만나보시면, 선생님의 노염을 풀어 드리거나 해결할 만한 방법을 궁리해 주실지도 모르니까요."

"옳거니, 그것도 일리가 있겠군!"

증점은 영감님에게 고맙다는 인사를 건네고 그 길로 공야장(公冶長)을 찾아갔다. 그러나 공야장은 하필이면 이날 강의를 들으러 학당에 나가고 없었다. 증씨 부자는 다시 남궁적이 사는 집으로 발길을 돌렸다.

남궁적은 그들 부자를 반겨 맞았다.

"하하하! 어서들 오시오. 무슨 바람이 불어서 증씨네 부자가 한꺼번에 이 누추한 집을 찾아 오셨을꼬?"

증점이 뒤통수를 긁으면서 어색하게 용건을 끄집어 냈다.

"말씀도 말게, 내가 어처구니 없는 일을 저질러서 사부님께 학당 출입을 금지당했지 뭔가."

"아니, 어처구니 없는 일이라니? 그게 무슨 뚱딴지 같은 얘기요? 증 사형처럼 재덕을 갖춘 분이 황당한 일을 저지르실 리가 있겠소?"

깜짝 놀라는 남궁적에게, 증점은 사건의 경위를 낱낱이 일러줄밖에 없었다.

얘기를 다 듣고나자, 남궁적도 사뭇 난처하게 중얼거렸다.

"그것 참 일이 어렵게 되었군! 사부님이 제일 강조하시는 것이 어버이의 자애, 자식들의 효도인데 하필이면 그것을 어기다니, 아무래도 풍파를 한번 겪으셔야겠소."

"여보게, 사제. 부탁하네! 우리 교분을 보아서라도 무슨 방도를 하나 생각해 주게. 이건 정말 죽을 노릇일세!"

남궁적은 한참 궁리하더니, 무슨 꾀가 떠올랐는지 무릎을 탁 쳤다.

"옳지, 오늘이 4월 보름이렷다? 매달 보름만 되면 그 양반은 제자들과 함께 앞뜰에 나와 달구경하며 이런저런 회포를 푸시는 습관이 있지 않소? 오늘 저녁 집에 돌아가시지 말고 한발 앞서 담장 바깥에 숨어 있다가, 사부님의 기분이 한창 좋으실 때 슬그머니 그분 앞에 나타나 보시구료. 정성껏 빌면 설마하니 도로 내쫓으시기야 하겠소? 여하튼 그 분이 사형한테 한 마디라도 말씀을 건네기만 하면 다 되는 거요."

"그것 참 좋은 생각일세! 고맙네, 사제. 정말 고마우이!"

"별것도 아닌 걸 가지고 뭘 그러시오."

증점은 그래도 마음이 안 놓이는지 다시 간청을 했다.

"사제, 오늘 밤 수고스럽겠지만 자네가 직접 그 자리에 나와 줄 수는 없겠나? 그래서 좋은 기회가 생기거든 재빨리 알려주게."

"그러지요. '에헴!' 하고 신호를 보내면 되겠군. 제 기침 소리가 연달아 세 번 나거든 득달같이 뛰어들어 오셔야 하우!"

"알았네, 고마우이!"

날이 어두워졌다. 보름달이 동편 지붕 위에 슬금슬금 기어 오르더니, 다시 회나무 가지 무성한 잎새를 타고 나무초리 끝에 덩실 올라탔다.

공구는 여느 때처럼 제자들과 함께 글방 앞뜰에 나와 앉아서 달구경을 하며 학생들의 말벗이 되어 주었다.

제자들은 모두 제각기 관심거리를 가지고 이것저것 묻기 시작했다. 그중에서도 선두는 재여였다.

"사부님, 통상적인 관례로 보아서 어버이가 돌아가시면 그 자녀들은 3년상을 지내고 있습니다. 한데, 제 생각으로는 그 기간이 너무 길지 않을까 싶습니다. 군자가 3년씩이나 예의를 익히지 않으면, 그 예의도 전폐될 것이 분명하고, 3년 동안 음악을 연주하지 않으면, 음악도 실전되지 않겠습니까? 그런데 굳이 3년씩이나 허송 세월을 할 필요가 어디 있습니까?"

스승이 대답했다.

"부모가 자식을 길러 준 은혜는 너무나 깊고 두텁다. 생각 좀 해봐라, 그런 분들이 돌아가셨을 때 3년도 못 되어 네가 쌀밥 먹고 비단 옷을 입는다면 마음이 편하겠느냐, 미안스럽겠느냐?"

"마음에 불편할 게 어디 있습니까?"

재여가 천연덕스레 대꾸하자, 스승은 벌컥 역정을 냈다.

"마음 편하거든 그렇게 하려무나! 군자된 사람은 어버이의 상을 지키는 동안 맛있는 음식을 먹어도 입에 단 맛을 느끼지 못하고, 음악을 들어도 즐거운 줄 모르는 법이다. 그럼에도 네 마음은 편하다니, 너 좋을 대로 하려무나!"

재여는 얼굴이 확 붉어져서 한 곁으로 물러났다.

다음에는 전손사 차례였다. 그는 줄곧 진나라로 귀국하여 정치 일에 뛰어들 꿈을 꾸고 있었다.

"사부님, 어떤 경지에 다다라야만 정치를 할 수 있습니까?"

"다섯 가지 아름다운 덕을 존중하고, 네 가지 폐단을 배제하면 정치 일에 종사할 수가 있다."

"다섯 가지 아름다운 덕정은 어떤 것입니까?"

"첫째, 군자가 서민 백성들에게 좋은 것을 주되, 자기가 소유한 것을 하나도 허비하지 않는 것이다. 둘째, 군자가 백성을 부리되, 백성들이 원망을 하지 않는 것이다. 셋째, 군자가 인과 의를 추구하되, 탐욕하는 마음을 갖지 않는 것이다. 넷째, 군자의 태도가 장중하되, 교만을 부려서는 안 되는 것이다. 다섯째, 군자가 위엄을 부리되, 흉악하고 사납지 않아야 되는 것이다."

전손사는 다시 여쭈었다.

"어떤 사람이라야 인자(仁者)라고 일컬을 수 있습니까?"

"어느 때 어느 곳에서나 다섯 가지 미덕을 행하기만 한다면, 인자라는 일컬음을 받을 수 있다."

"어떤 미덕을 실천합니까?"

"장중, 관후, 성실, 근면, 자혜가 바로 그것이다."

"어떻게 해야만이 자신의 뜻을 어디서나 실현할 수 있겠습니까?"

"입 밖에 내는 말이 성실하고 간절하며, 모든 행위가 충직하고 후덕스러우며 엄숙하다면, 다른 나라에 가서라도 자기 뜻을 한껏 구현할 수가 있다. 하는 말에 속임수가 있고 믿음성이 없으며 행위가 각박하고 경솔하면, 비록 제 고향 제 땅에서 뜻을 실현하려 해도 통하지 못할 것이다. 군자 된 사람은 앉으나 서나 마치 눈 앞에 '성실, 간곡, 충후, 엄숙' 이 네 단어가 쓰인 간판을 대하듯 처신해야 한다. 이 네 낱말을 좌우명으로 삼아 시시각각으로 자기 행동을 점검해야만 언제 어느 때나 자신의 뜻을 구현할 수 있는 것이다."

민손이 여쭈었다.

"사부님, 어떤 사람을 가리켜 효자라고 할 수 있습니까?"

"민손아, 너 같으면 효자라고 일컬을 수 있겠다. 계모의 학대를 받으면서도 너는 원수를 원수로 갚지 않고 오히려 계모를 두둔해 주었다. 이런 덕을 지닌 사람이 효자가 아니라면 누가 효자 소리를 듣겠느냐?"

담장 바깥에서는 증점 부자가 애를 태우면서 겅정겅정 맴을 돌고 있었다.

시간이 오래 지났는데도 좀처럼 남궁적의 신호가 없으니, 그저 다급하고 조바심만 들끓을 뿐, 담장 너머 그 좋은 가르침도 귀에 들어오지 않았다.

이윽고 학수 고대하던 헛기침 소리가 연거푸 세 차례 들려왔다. 하긴 남궁적도 이만하면 때가 무르익었다고 생각된 것이다.

"에헴! 에헴, 에헴!……."

신호를 받자마자, 증점과 증삼은 득달같이 대문을 박차고 뛰어 들어갔다.

"사부님! 용서해 주십시오. 저희가 왔습니다!"

발치 앞에 무릎을 꿇고 엎드린 증씨 부자, 이들의 애처러운 모습을 굽어보는 동안 공구의 노염은 어느덧 아침 안개처럼 스러지고 말았다.

"일어나거라."

"고맙습니다, 사부님!"

부자가 한 곁에 모시고 섰을 때, 스승은 얼굴빛을 바꾸고 물었다.

"너희들 잘못을 아느냐?"

"압니다."

"허물이 어디 있었는고?"

증점이 먼저 대답했다.

"사소한 잘못을 가지고 아들을 꾸짖고 매를 쳤습니다."

스승의 눈길이 증삼에게 돌아갔다.

"증삼, 네 허물은 어디 있는고?"

"예에, 저는…… 저는……."

증삼은 자기한테 무슨 허물이 있는지 모르는 듯 말을 더듬었다.

스승이 목청을 높여 우선 그 아비부터 꾸짖었다.

"증삼이 묘목 두 그루를 부러뜨린 것은 애당초 극히 사소한 일이었다. 증점, 너는 아비 된 몸으로서 그 정도 사소한 잘못을 가지고 아들에게 호된 매를 때렸으니, 이는 자애롭지 못한 행위다! 증삼은 천자님의 백성인데, 네가 그 귀한 백성의 몸에 함부로 매질을 하였으니, 이는 불충이다!"

"제자, 허물을 알겠사옵니다!"

"증삼, 네 아비가 매를 들었을 때는 피했어야 마땅하다. 그런데 너는 피하지도 않았고 자진해서 그 매를 달게 받았다. 매를 맞고서도 일부러 웃는 표정을 짓고 거문고를 뜯어 아비의 마음을 풀어드리려 했다. 너도 생각 좀 해보거라. 그런 행위가 결국 아비를 인자하지 못하고 의롭지 못한 구렁텅이에 빠뜨린다는 것을 몰랐느냐!"

"예에, 제가 잘못했습니다!"

증삼도 아버지 곁에 털썩 꿇어 엎드렸다.

공구는 마음이 여려졌다. 그저 가슴 아프고 안쓰럽기만 했다.

"일어들 나거라!"

증삼이 아버지를 부축하여 일어나더니 한 곁에 나란히 섰다.

"제자들아, 모두 알겠느냐? 사람 노릇을 하려면, 평생토록 인의와 충효를 마음에 새겨두고 살아야 한다!"

"명심하겠습니다!"

"왜 그렇게 해야 하는지 그 도리를 아느냐?"

유약이 냉큼 대답했다.

"인은 효의 근본이요, 효는 인의 근본이기 때문입니다. 어버이에게 효도하고 순종하며, 웃어른을 존경하고 사랑한다면, 하극상은 절대로 일어나지 않을 줄로 아옵니다."

공구는 민손에게 돌아섰다.

"민손, 너는 인효를 겸비한 사람이다. 어디 네 의견을 말해 주지 않으려느냐?"

민손은 조심스럽게 아뢰었다.

"제자는 그저 그렇게 해야 하는 줄만 알 뿐, 말로 어떻게 표현해야 좋을지는 모릅니다."

"행동으로 보일 줄만 알면 되었지, 그것을 말로 나타낼 필요가 어디 있겠느냐? 위선적인 얼굴을 드러내고 교묘하게 말재주를 늘어놓기만 하는 사람이라면, 어디 인덕을 갖추었다고 말할 수 있겠는가!"

공구는 조금도 피곤한 줄 몰랐다.

"제자들아, 모두들 기억해 두어라. 어버이 앞에서는 효도와 순종으로 섬기고, 집을 떠나서는 웃어른에게 존경과 사랑을 바쳐야 한다. 말을 삼가되, 입 밖에 낼 때는 반드시 믿음성 있고 성실히 할 것이다. 아울러서 모든 사람을 널리 사랑할 줄 알아야 하며, 인덕을 갖춘 사람을 가까이할 것이다. 이렇듯 실천 궁행(躬行)하고 나서도 남은 힘이 있거든 학문을 배우고 익히도록 할 것이다."

아들 공리가 조심스레 다가와 속삭였다.

"아버님, 들어가시지요. 밤이 깊었습니다."

공구는 아무 대꾸없이 고요한 밤하늘을 우러르고 있었다. 문득 별똥별 한 개가 빛나는 꼬리를 길게 끌더니, 이내 아득한 하늘가로 사라졌다. 그 오묘한 자연의 신비를 누가 꿰뚫어 보랴, 스승이나 제자들은 경탄성을 한바탕 터뜨리고 나서 의문을 가득 품은 채 제각기 방으로 쉬러 들어갔다.

이튿날, 공구는 제자들에게 한 시진 남짓 《역경》을 강의한 다음, 봄빛으로 가득찬 앞마당에 내려섰다. 포근하게 내리쬐는 양지볕 한가운데서, 그는 어젯밤의 그 차가운 보름달을 새삼 떠올렸다. 해와 달, 음과 양, 이것들이 서로 바뀌는 가운데 밝혀내지 못한 도리가 또 얼마나 많은지 모르겠다.

한참 생각에 잠겨 있는데, 전손사가 바쁜 걸음으로 다가와서 여쭈었다.

"사부님, 독서하는 사람이 어떻게 하면 달인이 되겠습니까?"

"'달(達)'이라니, 그게 무슨 뜻으로 한 말이냐?"

스승이 흠칫해서 되물었다.

전손사는 이미 생각해 둔 바가 있는 듯 서슴치 않고 대답했다.

"임금 밑에서 경대부가 되려면 반드시 명망이 있어야 하고, 경대부 밑에서 총관 노릇을 할 때도 명망이 있어야 한다고 생각합니다."

"그것은 '문(聞)'이지, '달'은 아니다."

전손사의 얼굴이 붉어졌다.

"그럼 '달'이란 무엇입니까?"

공구는 허리를 곧게 펴고 정중한 말씨로 대답했다.

"하나는 인품이 정직할 것이며, 둘째는 일에 있어서 사리를 따질 줄 알아야 하며, 셋째로 남의 말을 분석할 줄 아는 능력, 넷째로 남의 얼굴 표정을 잘 살펴볼 줄 아는 능력, 다섯째는 마음으로부터 우러나오는 진정으로 남에게 양보할 줄 아는 것, 이 다섯 가지 덕성을 갖춘 사람이라야 경대부가 되든 총관이 되든, 매사에 두루 뜻한 바를 구현할 수가 있다. '문'이란 것은, 표면적으로만 인덕을 사랑하는 척하고 실제 행동은 그렇지 못하다는 뜻이다."

전손사는 연신 고개를 끄덕였다.

"이제야 알겠습니다."

"그건 그렇고, 이 마당에 나무 몇 그루를 더 심으려는데, 무슨 나무가 좋겠는지 말해다오."

"저는 과일 나무를 좋아합니다. 봄철에 꽃 피운 가지는 보기도 좋으려니와 가을이면 열매가 주렁주렁 열리는 게 얼마나 흐뭇합니까?"

이때 자로가 달려오면서 소리를 질렀다.

"저는 백양나무가 좋습니다! 거칠 것 없이 쭉쭉 뻗어 오른 품이, 땅을 내딛고 하늘을 떠받든 천신 같지 않습니까?"

안회 역시 경주라도 하듯 내처 달려 나왔다.

"저는 잣나무가 좋습니다. 사부님, 여기 잣나무를 심으시죠!"

공구는 빙그레 웃었다.

"그래, 나도 네 뜻에 찬성이다. 한겨울 모진 추위를 겪고 나서야 송백의 푸르름을 알 수 있다 하지 않더냐."

동료 제자들의 부러운 눈길이 몽땅 안회에게 쏠렸다.

"하지만 말이다……."

스승이 뜸을 들였다가 다시 이었다.

"나는 전나무를 더욱 좋아한다. 그 나무는 모든 나무의 특이한 장점을 거의 다 갖추었다고 본다. 줄기로 말하자면 백양나무처럼 곧게 쭉 뻗었고, 수관은 둥글면서도 너르다. 가지와 잎새는 또 어떤가? 촘촘하고 무성하면서도 시들지 않는다. 그 열매는 꾸밈새가 없으면서 성실한 사람처럼 알차다."

"그럼 전나무를 심으시면 되겠군요."

공구의 얼굴에 안타까운 빛이 드러났다.

"지금이 어느 때냐, 나무 심을 계절이 다 지났으니, 아무래도 내년 봄까지 기다렸다가 심어야겠다."

"사부님 연세가……."

자로는 실언을 한 줄 깨닫고 그 뒷마디를 꿀꺽 삼킨 다음, 큰 죄라도 지은 사람처럼 고개를 툭 떨군 채 한곁으로 물러섰다.

안회가 얼른 사태를 수습하고 나섰다.

"사부님, 나무를 심으려면 뿌리를 다치지 않는 게 제일 중요합니다. 잠깐 기다려 주십시오. 제가 냉큼 묘목상을 찾아가서 뿌리가 성한 놈으로 몇 그루 사오겠습니다. 흙을 많이 붙여서 가져오면 시들지 않게 심을 수 있을 겁니다."

"자네 힘 가지고야 되겠나? 아무래도 내가 가야겠네!"

자로도 덩달아 나섰다.

"그래, 너희 둘이서 갔다 오너라. 돈을 좀 많이 주고 말이다."

"알겠습니다."

공구는 글방으로 들어갔다. 제자들에게 남은 강의를 하기 위해서였다.

정오가 되었을 무렵, 자로와 안회가 큼지막한 전나무 묘목을 한 그루씩 떠메고 돌아왔다. 뿌리에는 과연 흙을 많이 붙여 마포로 싸서 들고 왔다.

얼마나 무거운지 두 사람 모두 이마에 땀방울이 송글송글 맺혔다.

공구가 《역경》 풀이를 하다 말고 안마당으로 뛰어나왔다.

"이크, 왔구나! 오늘 강의는 여기서 끝이다!"

다 큰 어른이 어린애처럼 좋아했다.

"두 그루 모두 여기다 심자꾸나!"

그는 양지바른 담장 밑을 가리켰다. 공리가 어느 틈에 곡괭이와 삽을 서너 자루 떠메고 나왔다. 제자들은 연장을 빼앗다시피 받아들고 한바탕 수선을 떨더니, 잠깐 사이에 커다란 구덩이를 두 군데나 파 놓았다.

"사부님, 속담에 '나무는 10년 앞을 내다보고 심고, 인재는 백 년 앞을 내다보고 기른다' 했습니다. 사부님께서 저희들을 수십 년 동안 가르쳐 사람으로 만들기만 하셨지, 나무는 한 그루도 심어 본 적이 없으셨습니다. 그러니까 오늘은 특별히 사부님 손으로 직접 이 나무들을 심어 보시지요."

자로의 말에 공구는 도리질을 했다.

"그만 둘란다. 누가 심으나 마찬가지 아니냐?"

안회가 정색을 하고 다시 여쭈었다.

"옛 말씀에 '선대가 나무를 심으면, 후대가 그 그늘에서 더위를 식힌다' 했습니다. 어르신께서 이 자리에 계신데, 저희들이 어떻게 심습니까?"

"정 그렇다니 할 수 없군! 내 손으로 심어볼까?"

공구는 헐렁헐렁한 소맷자락을 걷어 올리더니, 전나무 묘목을 한 그루씩 들어다가 구덩이에 내려놓았다. 스승의 손으로 묘목이 바로 세워지자, 학생들이 다퉈가며 흙으로 메우랴 물을 주랴, 또 한바탕 법석을 떨었다.

전나무는 이제 쑥쑥 자랄 것이다. 스승과 제자들은 나무를 에워싸고 마냥 쳐다보고 있었다.

어느새 왔는지, 남궁경숙이 문턱을 넘어서고 있었다.

"사부님, 주군께서 입궐하시랍니다!"

9
앞서 떠나는 사람들

해는 벌써 서편으로 기울었는데, 공구는 점심 먹을 겨를도 없이 옷을 갈아 입고 궁궐로 떠났다.

노애공은 공구를 보기가 무섭게 물었다.

"잘 오셨소. 공부자님! 일국의 군주가 되어서 나라를 다스리는 데 무엇이 가장 으뜸이 되오?"

공구는 노애공이 드물게 치국지도를 물어오자, 너무나도 반가워 생각한 바를 거침없이 토로했다.

"나라를 다스림에는 '정(政)'을 으뜸으로 삼으셔야 합니다. '정(政)'이란 곧 올바름〔正〕과 통합니다. 주군께서 밝은 정치를 부지런히 베푸시기만 한다면, 서민 백성들은 반드시 몸과 마음을 닦고 올바르게 행할 것입니다. 주군께서 솔선 수범하신다면, 서민 백성들도 반드시 주군의 뜻을 따르고 복종할 것입니다. 만약 주군의 행위가 올바르지 않다면, 서민 백성들이 어찌 따르고 복종하오리까!"

노애공은 몹시 흥미를 느끼고 다급하게 물었다.

"어째서 그런 정치를 해야 하는지 알고 싶소."

"옛날의 정치는 인간에 대한 사랑을 으뜸으로 쳤습니다. 인간 사랑의 목표에 다다르면 예의를 가장 으뜸으로 삼습니다. 지극한 예에 도달했을 때는 공경을 으뜸으로 삼습니다. 예(禮)와 경(敬)은 바로 나라를 다스리는 근본입니다. 그렇기 때문에 군자 된 사람으로서 심신을 닦지 않는 이가 없습니다. 심신을 닦으면 도가 섭니다. 양친을 공경으로 섬기면 형제 자매가 미워하는 지경에 이르지 않습니다. 신하들의 뜻을 존중하면, 좀처럼 주군의 눈과 귀가 어두워지지 않습니다. 신하의 마음을 알아주면 만조 백관이 예로써 보답합니다. 서민 백성을 애호하면 백성들이 부지런해집니다. 생산을 발전시키면 국력이 강성해집니다. 다른 나라 백성을 친근하게 대해 주면, 사방 천하의 백성이 주군께 귀순해 옵니다."

"과인이 그 말씀대로 해 나가자면 어떻게 해야 하오?"

공구는 숙연한 기색으로 한 마디씩 끊어 대답했다.

"목욕 재계하시고 성장(盛裝)을 하시되, 예의가 아니면 움직이지 마소서. 간사하고 망녕된 신하를 멀리하시고 중상 모략하는 말을 배격하시며, 재물을 가벼이 여기고 덕을 무겁게 여기소서."

"좀 더 알아듣기 쉽게 말씀해 주시겠소?"

"첫째, 신하와 백성에 대해서 친소(親疏)를 따지지 말고 일시 동인(一視同仁)으로 대하실 것이며, 어질고 능력있는 인재를 가려뽑아 그 재능을 헤아려 탁용(擢用)하소서. 둘째, 덕정을 널리 베푸시고 부역과 세금을 줄이소서. 셋째, 근면을 장려하시고 게으름을 벌하소서. 넷째, 방법을 강구하여 거국적인 교육을 실시하소서. 다섯째, 식량을 비축하시고, 군사력을 강화하소서."

노애공은 마지막 말이 좀 뜻밖이었는지, 깜짝 놀라면서 물었다.

"공부자님, 그대는 줄곧 예의 제도로 나라를 다스리라고 주장하지 않았소? 그런데 지금에 와서는 과인더러 군사력을 강화시키라니, 이게 도대체 어찌 된 말씀이오?"

"차일시 피일시, 여건은 때에 따라서 그 내용이 달라지는 법입니다. 주공이 제정하신 주례로 다스렸다면, 이 천하는 벌써 오래 전에 태평성대를 이룩했을 것입니다. 그런데 인심은 헤아리지 못할 것이라, 제후들 간에 무력 투쟁이 벌어질 때마다 주왕조의 강산은 온통 뒤죽박죽이 되고, 사람은 물론이요 개와 닭 같은 짐승들조차 평안할 날이 없게 되었습니다. 이런 형세 아래, 식량과 군비를 충분히 갖추어 놓지 않는다면, 일단 천재 지변으로 대흉년에 봉착하거나 외국의 침략을 받는 날에는 다시는 떨쳐 일어나지 못할 만큼 참담한 좌절을 겪게 되며, 심지어는 남의 나라에 머리 숙여 칭신하는 사태가 벌어질지도 모릅니다. 따라서 식량을 비축하고 군사력을 강화시켜야 하는 것입니다."

노애공은 탄복한 듯 연신 고개를 주억거렸다.

공구는 결론적으로 이렇게 덧붙였다.

"우리가 남의 나라를 침공하지 않기는 쉬우나, 다른 나라가 우리를 침공하지 못하게 만들기란 어렵습니다."

"공부자님의 재능에 과인은 십분 감복했소이다. 그런데 한 가지 더 묻겠소이다. 순 임금은 당년에 무슨 모자를 쓰셨는지 아시오?"

어처구니 없는 질문에 공구는 기분이 언짢아 침묵으로 대답했다.

노애공은 한참을 기다리다가 더는 못 참고 다시 물었다.

"순 임금이 무슨 모자를 썼었느냐고 물었소. 왜 대답이 없으시오?"

공구는 엄숙한 기색으로 말했다.

"주군께서 근본을 묻지 않으시고 지엽적인 질문을 하셨기에, 저도 생각 좀 해보고 말씀을 드려야겠습니다."

노애공의 눈이 휘둥그레졌다.

"근본이라니, 그게 뭐요?"

"그 당시 순 임금은 온갖 방법을 다써서 백성들을 잘 살게 만들고, 사악한 무리들을 미워하셨으며, 어질고 유능한 인재를 찾아 온 천하를 헤매고 다니셨습니다. 그리하여 불초한 무리들을 갈아치우셨던 것입니다. 그 분의 덕망과 행실은 마치 하늘과 땅처럼 만물을 윤택하게 만들고, 그분이 내리신 정령(政令)은 한 해 사계절이 돌아가듯 만물을 적절히 변화시킵니다. 따라서 온 천하가 그 혜택을 받고 봉황이 날며 기린이 나타나는 상서로운 세상을 보게 되는 것입니다. 그런데 주군께서는 지금……."

그는 말끝을 맺지 못하고 노애공의 눈치를 살폈다.

"공부자님, 무슨 말씀이라도 좋소. 솔직히 말씀하시오."

"주군께서는 순 임금이 나라를 다스린 도리를 제쳐놓고 그분이 어떤 모자를 썼느냐고 물으셨습니다. 이것은 근본을 저버리고 지엽적인 것을 구하시는 말씀입니다. 그러니까 저로서도 어떻게 대답해야 좋을지 모르겠습니다."

노애공은 진작부터 공구에게 마음 속 깊이 감명을 받고 있었다. 그러나 공구가 내뱉은 말 한 마디 한 마디는 그의 허영심을 아프게 찌르는 것이었다.

"지당한 말씀이오, 아무렴, 지당하고 말고!"

말이야 그렇지만 속은 여간 쓰라린 게 아니었다. 공구도 그 심중을 꿰뚫어 보지 못할 리 없었다. 그는 서둘러 하직 인사를 올리고 물러나왔다.

궁궐 문을 나서면서, 공구의 가슴에는 또 다시 어두운 그림자가 덮였다.

'이런 임금이 나라를 다스리다니!……아아, 노나라의 앞날이 암담하구나! 장차 이 나라가 어찌 될꼬?'

그는 결과를 상상하기가 두렵기만 했다. 집에 돌아와서, 그는 모든 잡념을 뿌리치고 옛 문헌을 정리하는 일에만 몰두했다.

불철주야 밤잠을 설쳐가며 일에 매달린 끝에, 그는 《시경》의 산술을 마쳤다. 그리고 다시 《서경》, 《예전》, 《역경》, 《악경》에 손을 대기 시작했다.

방안은 온통 대나무 쪽으로 가득 찼다. 두루마리로 엮은 죽간이 한 무더기, 또 한 무더기, 나중에는 발 딛을 틈도 없이 산더미를 이루었다.

선현들이 남긴 고귀한 유산을 후대에 전하기 위해서, 그는 남은 힘을 아끼지 않고 문헌을 교감 수정하는 데 쏟아부었다. 반 년의 세월이 눈 깜짝할 사이에 흘러갔다.

이날, 《예경》 교감 작업을 하는 중에 죽간을 엮어 나가던 노끈이 툭 끊어졌다. 대나무 쪽이 주르르 흩어지는 것을 보면서, 그는 불현듯 무력감을 느꼈다.

현기증도 자주 일어나고 눈도 어지러워져서, 앉아 있기조차 힘든 느낌이 들었다. 이러다가는 안 되겠구나 싶어 그는 교외로 바람이라도 쐬러 나가야겠다고 생각했다.

늦가을도 깊어질녘, 그는 오랜만에 제자들을 데리고 무성(武城)으로 떠났다.

무성이라면 언언이 읍재로 부임한 고을이었다.

성 북쪽에 제법 큰 산이 하나 있는데 온통 단풍으로 붉게 물든 것이 장관을 이루었다. 공구는 흐뭇한 마음으로 이리저리 둘러보다가 불쑥 물었다.

"이 산 이름이 뭐냐?"

"봉황산이랍니다."

안회의 대답에, 공구는 고개를 갸우뚱했다.

"어울리지 않는구나. 새처럼 생기지도 않았거니와, 봉황은 더욱 안 닮았는데, 어째서 그런 이름을 붙였을꼬?"

"소문을 듣자니까, 옛날에는 이 산에 봉황이 곧잘 내려 앉았답니다."

"호오, 그렇다면 복 받은 산이로구나!"

재여가 또 주워들은 것이 있는지 선뜻 나섰다.

"이 산에는 얕고 작은 동굴이 숱하게 있어서, 겨울철만 되면 산닭들이 그 속에 머리를 처박고 밤을 지새운답니다. 그래서 이곳 사람들은 뭇새들이 봉황에게 절한다고 해서 '백조조봉(百鳥朝鳳)'이라고 부르지요."

"그것 참 재미 있구나. 겨울철이 안 돌아와서 그 기막힌 구경거리를 못보는 게 아쉽기도 하고……."

"도성에서 고작 반 나절 거리밖에 안 떨어졌으니까, 겨울이 오거든 한번 와 보시지요."

"늙었다. 꿈지럭거리기도 불편하고……."

한참 수레를 몰다 보니 또 아담한 동산이 나타났다.

"안회야, 저 산은 이름이 뭐냐?"

"매화산입니다."

"그것도 이상하구나! 매화산이라면서도 매화나무는 한 그루도 보이지 않고, 온통 잣나무, 소나무투성이가 아니냐?"

"나무 때문에 그런 이름이 붙여진 게 아니랍니다. 이 산에 바윗돌이 매우 괴상하게 생겨서, 비 온 뒤에 올라가 보면 바위 표면에 매화꽃 무늬가 숱하게 나타난답니다. 그래서 그런 이름을 붙인 것이지요."

"세상에 듣도 보도 못한 기이한 일이 정말 많기도 하구나. 오늘은 비가 안 내렸으니, 그 묘한 구경거리도 보기는 글렀지?"

무성 고을 원님 언언은 스승이 오셨다는 연통을 받고 미처 수레 탈 겨를도 없이 맨걸음으로 북문까지 달려나와 맞아들였다.

"어서 오십시오, 사부님!"

동헌 앞뜰은 썰렁했다. 그것을 보고 스승의 마음이 한결 뿌듯해졌다. 송사(訟事)가 없다는 증거다.

안마당 느티나무는 벌써 잎이 시들고, 맞은편 감나무 잎은 이제야 붉게 물들기 시작했다. 주렁주렁 탐스럽게 매달린 감이 황금빛에 뽀얀 서리를 얹고 있었다.

"네가 이곳을 다스린 지도 1년이 가까운데, 동헌 앞뜰이 썰렁한 걸 보니 송사도 별로 없다는 걸 알겠다. 이 모두 네가 예의 제도로 다스려 자못 성과를 얻었다는 증거다. 한데, 이 무성 고을에 어질고 착한 사람은 없느냐?"

"부임한 지 얼마 안 되어, 좋은 벗을 하나 사귀었습니다. 성은 담대 이름은 멸명, 자를 자우라고 합니다. 올해 나이 열아홉 살밖에 안 되었지만 아주 훌륭한 청년이라, 저도 아주 친숙하게 지내고 있습니다."

"담대라니 드문 성씨로구나. 지금도 예 있느냐?"

"아닙니다. 이 읍내에 살고 있지 않습니다. 공적으로 볼 일이 없으면 아예 절 찾아오지도 않으니까요. 제가 보기에는 군자의 품격도 갖추었고, 무슨 일에나 공평 무사한 인물입니다."

"그렇다면 내일 만나보고 싶구나."

"아이구, 아니올시다!"

언언이 송구스레 자리를 비켜 앉으면서 아뢰었다.

"사부님께 미처 말씀도 못 드렸는데, 그 친구는 지금 어르신의 문하로 찾아갈 작정을 하고 있습니다."

말끝이 갓 떨어졌을 때, 웬 젊은이 하나가 빠른 걸음걸이로 아문에 들어섰다. 몸가짐이 고상하고 우아한 풍도를 지녔다.

"이런, 호랑이도 제말하면 온다더니, 자네였군! 담대 아우, 이분이 바로 내 사부님일세!"

담대멸명은 그 자리에서 무릎을 꿇고 공구에게 대례를 올렸다.

"담대멸명이 불초하오나, 공부자님께서 무성에 오셨단 말을 듣고 이렇게 달려왔습니다. 부디 제자로 거두어 주십시오!"

"담대멸명아, 일어나거라! 우리 얘기 좀 하자."

공구가 이름을 곧바로 부른다는 것은 문하에 받아들이겠다는 뜻이었다. 담대멸명이 일어나서 한곁에 앉았다.

공구는 수행한 제자들을 일일이 소개해 주고 나서 물었다.

"그래 너는 무슨 책을 읽었느냐?"

"예, 《시경》, 《서경》,《예경》을 모두 읽었습니다."

"흐흠, 좋다! 그럼 《악경》은?"

"그것도 읽었습니다."

"거문고 타기와 노래도 잘 하느냐?"

"썩 잘한다고는 못합니다. 그저 한두 수 익혔을 뿐이지요."

공구는 기쁨을 감추지 못하고 미소지었다.

"《역경》을 읽어 보았느냐?"

"예에! 하오나……."

담대멸명은 뭇사람들의 눈치를 살피면서 대답했다.

"《역경》에 수록된 이치가 너무도 깊고 오묘해서, 그 함의(含意)는 꿰뚫어 알지 못했습니다."

공구의 마음은 갈수록 흐뭇해졌다.

"음과 양은 어떤 관계냐?"

"상생 상극입니다."

"좋다! 그럼 육예 가운데서 몇 과목쯤은 정통했겠구나?"

"여섯 과목에 두루 정통했다고는 말씀드리지 못하겠습니다. 수박 겉핥기로 조금씩 알 뿐입니다."

새로 맞아들인 제자와 얘기를 나누느라, 공구는 시간 가는 줄도 몰랐다.

이튿날, 언언은 사부님 일행에게 무성 읍내 점포와 상가를 구경시켰다.

온갖 일용품이 없는 게 없이 갖추어진 장터였다. 공구는 나이도 잊은 채, 젊은이보다 더 날렵한 걸음걸이로 성내 구석구석을 하나도 빠뜨리지 않고 살펴 나갔다.

"사부님, 돌아가 쉬시지요. 너무 많이 걸으셨습니다."

"아니, 괜찮다! 성루에 올라가서 읍내를 내려다보고 싶구나."

문루에 올라 보니, 무성 고을 전체가 한눈에 잡혔다. 올망졸망한 초가집들이 울긋불긋 단풍진 나무숲에 둘러싸여 있었다.

"무성이 이토록 번영한 줄은 정말 꿈에도 몰랐구나! 이게 모두 예치의 위력이 아니겠느냐?"

탄성을 지르는 동안, 그의 뇌리에는 문득 천자를 만나 예치 회복의 포부를 설파하던 꿈 속의 정경이 떠오르면서 자신도 모르게 눈길이 서쪽 낙읍이 있는 곳으로 향했다. 사치스런 대궐, 무너지는 보탑…… 그것을 생각하는 순간, 공구의 마음은 추연해지고 절망감을 느꼈다.

"언언아, 네가 이 방법으로 천하를 다스리면 어떨까?"

"제게는 고작 백 근의 힘밖에 없습니다. 이것으로 어떻게 만 근의 무게를 들어 올릴 수 있겠습니까?"

"천하가 안 된다면, 노나라는?"

"백 근짜리 힘으로 천 근을 떠멜 수는 없습니다."

"잘 말했다! 속담에 '천금을 주고도 자기 자신을 알아보는 지혜를 사지 못한다' 했는데, 너는 네 능력을 알고 있으니 정말 지혜로운 사람이다."

공구는 한갓진 마음으로 귀로에 올랐다. 그러나 도성문에 들어서자마자 그는 뜻밖의 일행과 마주쳤다. 제자들이 꼬리를 물고 잇따라 달려온 것이다.

"사부님, 큰일 났습니다! 공리가 위독합니다!"

"아니, 뭐라구?"

"무슨 병인지 갑자기 쓰러져 인사불성입니다!"

"알았다, 빨리 가자!"

그에게 아들이라고는 공리 하나뿐이었다. 어제 길 떠날 때만 하더라도 멀쩡하게 배웅하던 그 아들이 쓰러지다니, 이게 무슨 날벼락이란 말인가!

공구는 몰이꾼을 재촉해가며 정신없이 달려갔다. 대문턱을 넘어섰을 때, 그는 식구들의 통곡성을 들어야 했다.

'아뿔사, 갔구나!'

격렬한 고통이 밀어닥쳤다. 말없이 방으로 들어가는 순간, 눈물이 앞을 가려 아무 것도 보이지 않았다.

창백하게 바랜 아들의 얼굴을 바라보면서, 그는 하늘이 원망스럽고 산 사람 죽은 사람이 모두 야속하기만 했다. 비탄에 잠긴 목소리가 어두운 방 안을 울렸다.

'아내가 세상을 떠났을 때도 얼굴 한번 못 보았다. 이제 아들의 숨이 끊어지는 순간마저 보지 못하다니! 하늘이여, 그대 처사는 왜 이다지도 공평치 못하신가!'

철부지 나이에 아버지를 잃고, 중년에 들어서서는 아내를 잃었다.

그리고 이제 늘그막에 하나밖에 없는 외아들마저 잃다니, 세상에 이토록 불행한 일은 다시 없으리라. 아비는 돌부처가 되어 우두커니 선 채 하염없이 울음을 터뜨렸다.

"무슨 병으로 쓰러졌다더냐?"

"한두 시각 전까지만 해도 멀쩡했습니다."

남궁경숙의 대답이었다.

"우물에서 물 한 통을 길어다놓고 장작을 땠습니다. 그리고 앉아서 책을 보려다가 골치가 아프다면서 이내 쓰러졌습니다. 아무리 불러도 정신을 차리지 못하길래 의원을 부르러 뛰쳐 나갔습니다. 한데, 의원이 미처 오기도 전에 이렇게…… 숨이 끊어지고 말았습니다."

공구는 역시 강인한 성격의 소유자였다. 그가 평생토록 받은 좌절과 시련은 너무도 많았다.

좌절과 시련이 그를 참담하게 짓밟았으나, 또 불요 불굴의 정신력으로 단련시켜 주기도 했다. 남궁경숙의 말을 듣고, 그는 모든 것을 알았다.

"아아!……. 이것도 정녕 하늘의 뜻이란 말인가?"

차츰 식어가는 아들의 얼굴을 쓰다듬으면서, 그는 탄식했다. 이리 보고, 저리 보고, 한참 동안 얼굴을 뜯어보는 동안, 눈물 방울이 후두둑 후두둑 실 끊긴 구슬처럼 망자의 두 뺨에 쏟아져 내렸다.

굳게 다물어진 아비의 입, 그러나 속으로는 아들의 이름을 외쳐 부르고 있었다.

'공리야, 내 아들아!…… 이 아비가 미안하구나. 제대로 보살펴 주지도 못하고, 따뜻하게 어루만져 주지도 못하고, 정말 이 아비의 사랑을 얼마나 그리워하면서 떠났으랴!'

이때 만약 누군가 큰소리로 한 바탕 꾸짖어 주었더라면, 그의 마음속에 그득 서린 자책의 고통도 조금이나마 덜어졌을지 모른다. 곁에 있는 모든 사람이 아들을 잃은 아비와 똑같은 심정으로 묵묵히 가슴 아픈 눈물을 흘리고 있을 따름이었다.

그날 밤, 어린 공급을 빼놓고 온 가족이 하나도 눈을 붙이지 못했다. 날이 새자, 관을 사다가 염습을 하고 출상준비를 마쳤다.

"어디다 안장할까요?"

"제 어미 곁에…… 묻어주면 좋아하겠지!"

또 눈물이 주르르 흘러나왔다.

아들을 장사지내고 나서, 그는 혼신의 열정을 문헌 정리 작업에 쏟아붓기 시작했다. 자기 목숨이 붙어 있는 날까지 모든 정리를 깨끗이 마쳐 보겠다는 욕심에서였다. 문헌 정리 작업과 아울러 그는《춘추》집필에도 손을댔다.

노은공 원년, 즉 주나라 평왕(平王) 희의구(姬宜臼) 49년(B.C.722)부터 시작해서 편년체 형식으로 주나라 왕조의 역사를 기록하기로 결심한 것이다.

공구에게는 목표를 확정지으면 그것이 끝날 때까지 침식을 잊는 습관이 있었다.

그는《춘추》집필에 목숨을 걸었다. 이따금씩 틈이 나면 어린 손자 공급을 가르칠 뿐이었다.

공급은 어릴 적부터 총명하기 짝이 없었다. 이제는 더욱 귀엽게 자랐다. 공구는 아내 기관씨에게 못다 해준 남편의 책임, 공리에게 빚진 아비로서의 책임, 또 거기서 비롯된 양심의 가책감, 이런 모든 것들을 하나의 거대한 힘과 뜨겁게 불타오르는 열정으로 승화시켜 공급에게 학문을 가르치는 데 모조리 쏟아부었다.

어린 손자도 철이 제법 들어 시시때때로 할아버지 방으로 찾아와서 이것저것 묻는 일이 늘었다. 늙은 조부와 어린 손자 두 사람은 서로 목숨처럼 의지하고 살았다.

이렇듯 세월이 흐르면서 공구의 가슴에 깊게 새겨진 상처도 차츰 아물기 시작했다.

노애공 재위 13년 봄, 공구는 우선이나마 《춘추》 세 권을 완성했다. 어느 날, 그는 모처럼 손자 공급과 안회, 자로, 증삼 등 몇몇 제자들을 데리고 북문으로 해서 사수 강변에 봄놀이를 나갔다.

용솟음치며 흘러가는 격류를 새삼스런 감회로 바라보는 동안, 세월도 이 강물처럼 빨리 흘러 가는구나 싶었다. 그는 문득 조바심이 들었다. 시간은 자꾸 흐르는데《춘추》를 어느 때에야 완성할 수 있겠는지 아득하기만 했다.

자신을 기다려 주지 않는 세월에 대해 그는 저도 모르게 깜짝 놀랐다.

도성으로 돌아오는 길목에 그는 오래 전부터 점찍어 놓은 자신이 죽어 묻힐 터가 갑작스레 보고 싶어졌다. 수레에서 내려서니, 아내 기관씨와 아들 공리의 무덤이 어렴풋이 보였다. 아내의 이름이 새겨진 묘비 앞에서 그는 한참 동안 묵념을 올렸다. 그리고 무덤 주위를 한 바퀴 돌았다. 봉분에 파릇파릇 돋기 시작한 잔디를 눈여겨 보자니, 어느덧 코 끝이 시큰해지면서 두 눈이 촉촉하게 젖어들었다.

"사부님, 이만 돌아가시지요."

"으응……."

아무렇게나 응답을 하고서도 두 발은 움직일 기미를 보이지 않았다. 자로의 재촉을 거듭 받고서야, 그는 천천히 북쪽을 등지고 돌아섰다.

"내가 죽거들랑 여기다 이 방향대로 아내와 합장해서 묻어다오. 그녀와 영영 짝할 수도 있을 테고, 또 공리도 함께 데리고 있을 것이니까…… 공급이 죽거든 내 무덤 앞에 묻어 주었으면 좋겠다. 자, 보아라…….”

그는 양 팔을 활짝 벌려 보였다.

“내 왼손에는 공리를 데리고, 오른팔에는 공급을 안지 않았느냐? 이야말로 아들 손자를 한꺼번에 데리고 노는 격이지!”

제자들은 아무 소리도 않았다. 집에 돌아오자, 염구가 기다리고 있었다.

“사부님, 염경이 병이 났습니다!”

“사람이 한평생을 살아가노라면 감기 고뿔쯤 드는 거야 예사인데, 무얼 이토록 호들갑을 떠는 게냐?”

스승이 대수롭지 않게 대꾸했다.

“아닙니다, 감기 몸살이라면 제가 왜 이러겠습니까! 염경은 지금 팔 다리가 퉁퉁 붓고 살갗이 벗겨지는 병에 걸렸단 말입니다. 아무래도 고치기 어려운 악질 같습니다.”

“뭐야?”

공구는 펄쩍 뛰도록 놀랐다.

“설마…… 문둥병은 아니겠지!”

“지금 어디 있느냐?”

“집에 있습니다.”

“수레를 메워라!”

그는 무거운 심사로 수레에 올랐다. 염경의 집은 성 밖 외딴 마을에 자리잡고 있었다. 마을에서도 제일 끄트머리, 처량하달 만큼 썰렁한 초가집이었다.

공구가 수레에서 내려 설 때부터, 염경은 창문 바깥으로 스승의 모습을 바라보면서 꺼이꺼이 울고 있었다.

“사부님!…… 저 병 났습니다!”

"오냐, 내가 왔다. 염경아!"

"어르신께 수십 년 동안이나 가르침을 받아 그 은혜가 태산처럼 무거운데 보답도 못해 드리고 이런 못된 병에 걸렸습니다. 아무래도…… 아무래도 내세에나 어르신을 모셔야…… 으흐흑!……."

늙은 스승의 얼굴에도 눈물이 주름살을 타고 흘러내렸다.

"염경아…… 네 덕성으로 좋은 보응을 받아야 하는데, 어쩌자고 이런 병에 걸렸느냐? 이것도 정해진 운명이란 말인가!"

"사부님! 저는 이런 꼴이 되었지만, 어르신께선 부디 건강하시고 평안하십시오. 문헌 정리를 부디 무사히 끝마치셔서 후대에 전해 주시고……."

염경의 말에 스승의 가슴은 칼로 에이듯 아프기만 했다.

'자, 어떻게 하면 이 병든 제자의 마음을 풀어줄 수 있을꼬?'

이 생각 저 생각, 한참 동안을 머뭇거리면서 궁리한 끝에 이런 말로 제자를 달랬다.

"염경아, 내가 돌아가서 네 사형 사제들을 모두 풀어 명의를 찾아다 그 병을 고쳐주마."

"고맙습니다, 사부님!"

창문을 사이에 두고 스승과 제자는 눈물로 작별을 나누었다.

집에 돌아오자, 그는 즉시 문하생들을 사면 팔방으로 내보냈다. 염경에게 약속한 대로 이름난 의원을 찾거나 문둥병을 치료할 비방을 구해 오기 위해서였다.

하지만 모두 부질없는 짓이었다. 보름이 지나서 제자들은 하나같이 맥 풀린 기색으로 돌아왔다. 공구도 어쩔 수 없어, 빈 손으로 다시 염경의 집을 찾아가야 했다.

보름만에 스승을 다시 보게 된 염경의 눈빛은 희망이 번뜩거렸다.

'천하에 모르는 일도 못하는 일도 없는 성인이신데, 아무려면 이

까짓 병 하나 고칠 방도를 찾아내지 못하셨으랴!'

그러나 창문 가까이 다가섰을 때, 스승의 얼굴은 수심으로 잔뜩 찌푸려져 있었다. 한껏 부풀었던 염경의 기대감은 삽시간에 절망의 나락으로 굴러 떨어지고 말았다.

공구는 창 틈으로 제자의 손을 부여잡고 처참한 말을 건넸다.

"염경아…… 이 스승도 사방 천하에 명의 비방을 구하려고 무척이나 애를 썼다만…… 하나도 얻은 것이 없구나!…… 아무래도……."

차마 못할 소리, 그는 재빨리 손바닥으로 입을 막고 뒷말을 도로 삼켰다.

염경도 단념했는지 목소리가 사뭇 차분했다.

"사부님도 이 못난 제자 때문에 가슴 아파하시는군요. 사부님의 은덕과 애정은 지금 당장 죽더라도 영영 가슴에 새겨두고 잊지 않으렵니다. 저는 이대로 죽는 것이 두려운 게 아니라, 사부님의 은혜를 갚지 못하는 것이 마냥 안타까울 뿐입니다."

"슬퍼하지 말고 좀 쉬거라. 이 스승은 돌아가련다."

천천히 손을 풀고 뒷걸음질치자, 염경이 두 손을 창틀 사이로 쑥 내밀면서 처량하게 울부짖었다.

"사부님, 부디 보중하십시오!"

서너 걸음 물러섰던 공구가 다시 와락 달려들더니, 퉁퉁 부어오른 제자의 팔목을 부여잡고 흐느끼기 시작했다.

"염경아! 이 못난 스승이 아무 것도 해줄 힘이 없구나!"

염경도 목이 메어 말이 나오지 않았다. 그저 놓치지 않으려고 스승의 손을 오래오래 꼬옥 붙잡고 있을 따름이었다.

염경은 끝내 손을 풀었다. 그 대신에 창살을 힘껏 잡았다.

"사부님…… 늦었습니다. 어서 돌아가시지요!"

술 취한 듯 허우적거리는 발걸음으로 공구는 수레에 오르기 전에 다시 뒤돌아보았다.

창살을 부여잡은 두 손목만 보일 뿐, 염경은 허약해진 몸과 비탄에 못이겨 이미 방바닥에 쓰러져 있는 모양이었다.

공구는 더 이상 쳐다보지 않았다. 소리쳐 부르지도 않았다. 수레 앞에 우두커니 서서 제자의 손목을 하염없이 바라보았다.

글방에 모습을 드러내지 않은 지도 벌써 여러 날, 그는 밤낮없이 서재에 틀어박혀 있었다. 이 때처럼 자신의 무능함을 뼈저리게 느껴본 적은 한 번도 없었다.

공리도 세상을 떠나고, 이제 얼마 안 있으면 염경도 이 세상 사람이 아닐 것이다. 공구는 스스로 생각해 보아도 자신이 비참했다. 구리 거울에 백발이 성성한 모습을 대하자니, 더욱 처량한 느낌을 어쩔 수 없었다.

염경과 생이별을 하고 돌아온 뒤 사흘이 지나서야 그는 죽간을 펼쳐놓고 붓을 잡았다. 그는 자기 자신에게 단단히 일러두었다.

'목숨이 다하는 날까지 《춘추》를 기어코 완성하고야 말리라!'

초잡은 원고를 새삼 읽어보다가, 그는 내용이 너무 소략하다는 느낌이 들었다. 다시 쓸까 하다가 이내 생각을 고쳐 먹었다. 주나라 역대 왕조와 제후들 간에 벌어진 수백 년의 역사를 빠뜨리지 않고 낱낱이 기록한다는 것은 실로 엄청난 대공정이 아닐 수 없었다. 그래서 이대로 간결하게 요점만을 잡아 써내려가기로 결정했다.

가까스로 마음을 다잡아 먹고 붓을 들려는데, 남궁경숙이 또 찾아왔다. 공구는 제자들이 나타나기만 해도 가슴이 덜컥 내려앉았다. 또 무슨 나쁜 소식이라도 가져온 게 아닌가 싶어서였다.

"사부님, 부고가 인편에 날아왔습니다. 원양의 모친이 병으로 돌아가셨다는군요."

"원양의 어머니가?"

공구는 난처한 기색을 지었다. 원양이라면 그의 젊었을 때 친구였다. 상리대로 따진다면 문상도 가야 하고, 가서 일도 거들어 주어야 마땅했다. 그러나 이 친구는 예의 범절 따위는 헌신짝처럼 내던지고 전혀 구속받지 않는 위인이라 공구도 벌써 오래 전부터 반감을 품고 상대조차 하지 않아 왔던 것이다. 하지만 부고를 받았으니 의리상 얼굴을 안 내밀 수도 없어, 재삼 고려한 나머지 일단 집 대문을 나섰다.

짧은 기간 연속적으로 타격을 받은 끝이라, 공구는 정신적으로도 좀 위축되었거니와 기력도 많이 쇠퇴하여, 부득불 지팡이 신세를 져야 했다.

초상집 영정을 모신 곳은 제법 널찍한 대청이었다. 안마당에 들어선 공구는 저도 모르게 이맛살이 찌푸려졌다. 상례에 걸맞지도 않는 제기 나부랑이가 상청 위에 어지럽게 널려 있기 때문이었다.

그것도 잠시, 이번에는 공구의 머리통이 터져 나가도록 놀랄 일이 눈에 뜨였다. 실로 어처구니 없게도, 웬 사람이 상복을 입은 채 망자의 시신이 뉘어져 있는 관 뚜껑 위에 올라서서 손짓 발짓해가며 춤을 덩실덩실 추고 있는 게 아닌가!

자세히 뜯어보니, 그 미치광이는 다른 사람도 아닌 맏상주 원양이었다. 상제란 녀석이 워낙 개망나니라 어쩌랴, 공구는 못 본 척, 못들은 척하고 영정 앞에 나아가 허리 깊숙이 절을 올렸다.

원양은 당초 공구가 노발 대발, 벼락을 때릴 줄로 기대하고 있었는데, 전혀 거들떠보지도 않는 것을 보고 그만 맥이 풀렸다. 그는 관뚜껑 위에서 훌쩍 뛰어내리더니, 이번에는 영정 앞 거적 자리에 두 다리를 쩍 벌리고 주저앉았다.

공구도 더는 참을 수가 없어 울화통을 터뜨리고 말았다. 그래서 지팡이 끄트머리로 미치광이 상제의 넓적다리를 후려치고 고함을 지르며 꾸짖었다.

"너 이놈! 소시적부터 공부는 않고 개망나니 짓을 하더니, 늘그막에서도 이게 무슨 망발이냐? 예의 범절을 모르는 거야 어쩔 수 없다만, 죽은 네 어머니를 이렇듯 모욕하다니, 정말 밥사발만 축내는 짐승 같은 놈이로구나!"

불벼락 같은 호통에, 원양도 만만치 않게 대들었다.

"이보게, 뭘 그리 성을 내나? 세상에 사람도 천차만별로 가지가지인데, 어떻게 모든 사람을 한 틀 속에만 잡아 넣으려는가?"

"사람이 한 평생 살아가면서 예의 범절을 배우지 않는다면 금수와 다를 바가 어디 있겠느냐! 네 모친은 철부지 녀석의 오줌 똥 가려 이만큼이나 길러 주셨거늘 이렇듯 불효 막심하게 대한단 말이냐? 슬픈 눈물 한 방울 흘리기는커녕, 관뚜껑에 올라서서 춤을 추다니, 이래서야 어디 사람 축에 들겠는가? 너는 아무 짝에도 쓸모없는 인간이다!"

원양은 히죽히죽 웃어가며 말대꾸를 했다.

"춤추는 거야 당연하지! 남들이 뭐라든가? 늙어 죽으면 호상이라던데, 우리 어머님도 80 나이를 넘기고 죽었으니 호상으로 치러야 옳지 않나?"

"네 이놈!"

공구는 발을 동동 굴렀다. 그러나 이내 단념했다.

"그만 두거라! 사람이 어떻게 짐승하고 대거리를 하랴? 이치로 따질 놈이 못 되는데야, 나로서도 어쩔 도리가 없구나!"

그는 장탄식을 하면서 망자의 영전에 새삼 예를 올리더니, 곧바로 발길을 돌려 나왔다. 초상집 문턱을 막 넘어서려는데, 안회가 헐레벌떡 달려오는 모습이 눈에 뜨였다. 공구는 가슴이 철렁 내려앉아 저도 모르게 몸서리를 쳤다.

머리 속이 '위잉!' 하고 울렸다. 그야말로 뱀을 보고 놀란 가슴, 새끼줄 밟고도 놀라는 격이었다.

10
명판관 고시(高柴)

사부님의 심중도 모르고, 안회는 평소 그답지 않게 무슨 큰일이라도 난 것처럼 헐레벌떡 달려왔다.

"스승님, 위나라에서 칙사가 왔습니다. 고시를 위나라로 다시 초빙하여 관직을 맡기려는 모양입니다."

단숨에 쏟아붓는 말에, 공구는 두근거리던 마음이 겨우 가라앉았다.

"그래, 사신은 지금 어디 있느냐?"

"글방에서 기다리고 있습니다."

글방에 돌아오니, 위나라 사신이 대문 앞에까지 나와 깊숙이 큰절을 올렸다.

"공부자님, 주군께서 고시를 중책에 임용하겠다 하셨습니다. 그래서 소관이 분부를 받들고 모시러 왔습니다."

"이미 늦었소. 고시는 지금 비읍의 읍재로 나가 있는 몸이외다. 정녕 그를 데려가실 생각이라면, 아무래도 노나라 군후와 상국 대감께 아뢰어 허락을 받아내야 할 거요."

"번거로우시겠지만, 공부자님께서 노나라 군후와 상국 대감께 잘 좀 말씀드려 주십시오."

"어디 힘써 보도록 하리다!"

공구는 사신을 객관에 돌려 보내고 그 즉시 상국 부중으로 찾아가 계손비를 만났다. 사정 얘기를 다 듣고나자, 계손비는 뜻밖에도 선선히 허락했다.

"공부자님의 문하에는 인재가 숱하게 많을 터인즉, 고시를 위나라에 보낸다 하더라도 문제는 없을 듯하군요. 공부자님이 다시 훌륭한 제자 한 분을 뽑아 주셔서 비읍을 맡기면 될 테니까 말입니다."

"상국 대감께서 동의해 주셨으니, 그럼 고시를 위나라로 돌려보내기로 하겠습니다. 후임자는 내일이라도 가려뽑아 추천하겠습니다."

공구는 다시 객관으로 달려갔다.

초조하게 하회를 기다리고 있던 위나라 사신은 고마움을 이기지 못하여 거듭 사례하면서 신신 당부를 했다.

"소관은 저희 주군께 복명하러 한 발 앞서 귀국하겠사오니, 부디 고시에게 잘 말씀해 주셔서 하루속히 위나라에 올 수 있도록 주선해 주십시오."

사신을 돌려보낸 후 공구는 자로를 불렀다.

"고시를 위나라에 보내야겠다. 내일 비읍에 가야 할 텐데, 너도 따라 나서겠느냐? 고시를 보내는 일도 급하지만, 그 동안에 어떻게 잘 다스렸는지 궁금하구나."

"제가 견마잡이 노릇을 합지요!"

"아니, 아니다. 너도 벌써 나이가 그만한데, 고삐 굴레 잡고 이리 뛰고 저리 뛰기에는 두 다리가 말을 잘 듣겠느냐? 아무래도 안각(顔

刻)더러 수레를 몰라고 해야겠다."

바깥에서 증삼이 냉큼 뛰어들었다.

"사부님, 절 써 주십시오! 저는 어릴 적부터 수레 모는 솜씨가 대단했습니다. 내일 사부님의 견마잡이 노릇은 제 몫입니다!"

다음 날 아침 일찍이 비읍 경내에 들어서니, 산등성이를 깎아 만든 계단식 논밭이 모두 초록 일색이요, 농부들은 이제 한창 논을 갈아엎고 모내기를 하느라 눈코 뜰새없었다. 이따금씩 논두렁 밭고랑에 앉아 쉬면서 노래도 부르고, 세상 돌아가는 얘기를 나누는 품이 여간 흥겨워 보이지 않았다.

황혼이 내릴 무렵, 증삼은 수레를 비읍 아문 앞에 갖다 세웠다. 그런데 느닷없이 동헌 쪽에서 벼락치듯 우렁찬 호통 소리가 들려 나왔다.

"네 이놈들! 남의 집에 쳐들어가 재물을 겁탈하다니, 세상에 용납 못할 강도 놈이로구나. 증거가 여기 이렇게 버젓이 있는데도 잡아뗄 셈이냐?"

공구는 수레 위에 앉은 채 조용히 귀를 기울이고 있었다.

"대감, 이곳 사람들이 모두 당신더러 청렴 결백하고 올바른 목민관이라는데, 어찌 사리 판단도 제대로 못하십니까?"

"나으리는 공평 무사하게 법을 집행한다더니, 역시 멍텅구리 대감일세그려!"

"닥쳐라, 이놈! 간도 크게 뉘 안전이라고 미친 소리를 지껄이느냐?"

아전이 호통쳐 꾸짖었다.

고시의 침착한 음성이 뒤따랐다.

"너희들도 떠들지 마라. 어디 얘기를 더 들어보자."

증삼이 기웃거려 보니, 고시는 섬돌 아래 꿇어 엎드린 네 사람을 손가락질해 가면서 말을 이었다.

"정녕 억울하다면 사실대로 다 털어놓거라!"

넷 가운데 몸집이 우람한 사내가 고개를 쳐들었다.

"저희 네 사람은 이 고을 부자 오신건(吳信乾)에게 고용살이를 해왔습니다. 1년 계약으로 힘들여 구리 그릇을 만들어 주었습니다. 고용주 오신건은 그것으로 큰 돈을 벌었으면서도, 우리한테 공전(工錢)이라곤 한 푼도 주지 않았습니다. 우리가 임금을 달라고 따졌더니 들은 척도 않았습니다. 날마다 성화같이 재촉을 해대자, 그놈은 나중에는 우리더러 강도질을 했다고 모함해서 관가에 고발까지 한 것입니다."

"그 말이 사실이냐?"

"거짓말은 한 마디도 없습니다."

"네 이름이 뭐냐?"

"신성(申誠)올습니다."

"나머지 세 사람은?"

"신실(申實), 신인(申仁), 신의(申義)라고들 합니다."

"이름 한번 좋다! 모두들 형제간인 게로구나?"

"이제 말씀드립니다만, 저희들은 같은 집안 숙질(叔姪) 형제간입니다."

"너희들이 말해 봐라, 신성의 말이 사실이냐?"

"구구절절이 사실이옵니다!"

셋이서 입을 모아 아뢰었다.

"그렇다면, 너희들은 과연 억울하게 누명을 쓴 모양이로구나."

"정말 원통합니다!"

고시는 잠깐 생각을 해보더니 다시 물었다.

"만약, 너희들 한 짓이 사실로 밝혀졌을 때는 무슨 처벌을 받겠느냐?"

"나으리 마음대로 처벌하시오! 소인들이 정말 강도질을 했다면, 목을 쳐 죽이든 육시처참을 하시든, 무슨 처벌이라도 달게 받겠습니다!"

네 사람의 응답은 추호도 머뭇거리는 기색이 없었다.

고시가 아전들에게 분부를 내렸다.

"이 사람들을 일단 감옥에 가두어라. 더운 물에 저녁도 주고 말이다."

"예에!"

아전들이 네 사람을 데리고 물러난 후, 문지기가 들어가서 아뢰었다.

"나으리, 공부자님께서 오셨습니다!"

고시는 한숨을 쉬려다 말고 황급히 현관으로 달려나왔다.

"사부님, 어서 오십시오! 미처 영접을 못해 죄송합니다."

"하하! 공무로 바쁜 몸이 일일이 격식 차릴 게 뭐냐? 나 역시 미리 기별도 않고 왔는데……."

아문 객청에 자리를 잡고 앉자, 고시가 바삐 물었다.

"저를 독려하러 오셨습니까? 아니면 무슨 딴 일로……?"

"위나라에서 사신이 다녀갔다. 너를 초빙해서 관직을 맡기겠다는구나. 상국 대감이 날더러 직접 얘기해 달라고 부탁하길래, 이렇게 찾아왔다."

"전 떠날 생각이 없습니다. 비읍에 부임한 지 겨우 1년밖에 안되어서 그리 큰 변화도 일으키지 못했으니까요."

"위나라 군주가 네 재능과 덕망을 사모해서 부르는데 그 기대를 꺾어서야 어디 되겠느냐? 하물며 계손 상국도 동의를 했는데!"

"사부님 뜻이 그러시다면야 분부대로 하겠습니다. 한데, 오늘 좀 골치 아픈 사건이 생겨서……그걸 처리하려면 한 너댓새 걸릴 듯싶습니다. 사건을 완결하고 말씀대로 떠나면 안되겠습니까?"

"나도 방금 바깥에서 다 들었다. 떼강도 사건을 그냥 내버려 두고 떠날 수야 없겠지. 그래 고발자는 어떤 사람이냐?"

"오신건은 저희 비읍 일대에서 갑부로 손꼽히고 있습니다. 하지만 그 인품이 어질지 못하다는 소문은 저도 오래 전부터 들어 알고 있었습니다. 사부님도 들으셨겠지만, 네 사람에게 1년치 공임을 한푼도 주지 않았다니, 정말 못되어 먹은 놈입니다."

"사건이 좀 까다롭겠구나……."

"아니올시다. 직접 탐문 조사를 하면 내막을 알아낼 수 있을 테니까, 그리 어렵지는 않을 것입니다. 다만, 요 며칠새 10여 집이 잇따라 강도를 만났다는데, 그걸 다 조사하다가 시일이 많이 걸릴까봐 그게 걱정입니다."

"내 보기에는 오신건이 그 네 사람을 물고 늘어지느라고 꾸며낸 사건일 듯싶다. 주변 탐문을 해서 가닥이 잡히면, 뭔가 나오는 것이 있겠구나."

"예, 저도 그럴 작정입니다."

이튿날, 고시는 미복으로 갈아입고 슬그머니 아문을 나섰다. 우선 탐문을 시작한 곳은 오신건 주변과 강도를 만났다는 집 주변이었다. 주민들은 오신건의 이름 석 자만 듣고도 두려워 입을 꼭 봉한 채 슬슬 꼬리를 빼고 달아났다.

그들의 얼굴 표정에는 하나같이 노여운 빛이 역력했다. 고시는 뭔가 짚이는 게 있어 아문으로 돌아오자마자 오신건을 잡아들이라는 명령을 내렸다.

오신건은 붙잡혀 와서도 무릎을 꿇지 않고 뻣뻣이 선 채 마구 고함을 질러대며 난동을 부렸다.

"원고를 잡아 들이다니, 나으리! 세상에 이런 법이 어디 있소?"

행패를 보아하니, 첫눈에 악질 토호가 분명했다. 고시는 들은 척도 않고 아전에게 호통쳐 분부를 내렸다.

"저자를 감옥에다 처넣어라!"

오신건은 마구 욕설을 퍼붓기 시작했다.

"이 탐관오리 같으니! 그 거렁뱅이 녀석들한테 무슨 국물을 얻어 먹었길래 내게 이런 대접을 하는 거야?"

"남의 공전을 갈취한 죄, 양민을 무고한 죄, 이 두 가지만으로도 네놈을 중벌로 다스릴 수가 있어! 애들아, 뭘 하느냐! 어서 끌어다 처넣어라!"

덜미를 잡혀 끌려 가면서도 오신건은 여전히 악을 썼으나, 두 다리에 맥은 이미 풀려 있었다.

소문은 한두 시각도 못 되어 쫙악 퍼졌다. 고시는 또 한 차례 미복으로 여론 탐문에 나섰다. 오신건의 집 주변에 가 보았더니, 주민들이 웅성웅성 모여 서서 싱글벙글 웃어가며 한창 쑥덕공론을 펴고 있었다. 고시는 얘기판에 슬쩍 끼어들었다.

"그 욕심꾸러기 영감이 이번에는 진짜 임자를 만난 모양일세. 그토록 행패 막심하게 굴더니……."

"정말이야, 동네 사람들이 기를 못편 게 벌써 몇 해짼가? 생각만 해도 몸서리가 쳐질 판이네!"

"우리야 그렁저렁 살기는 했네만, 그 영감 밑에서 죽어라고 일만 해주고 쇠푼 한닢 받지 못한 채 쫓겨난 사람들이 불쌍하이."

"아마 그 동안에 50명은 될 걸세. 공임 한푼 못 받고 쫓겨난 사람이……."

이 때 고시가 한 마디 건넸다.

"공전을 못 받았으면 관가에 고소했어야 옳지 않습니까?"

늙수구레한 영감이 이게 누군가 싶어 새삼 고시의 위아래를 훑어보았다.

"여보게 젊은이, 관가에 붙잡혀 들어가 본 적도 없는 모양이로군. 관가 대문이 어디로 향해 났는지 모르나? 아무리 억울해도 돈이 없으면 그 문턱을 넘어서지도 못하는 법일세. 자고로 유전 무죄(有錢無罪), 무전 유죄(無錢有罪)가 세상 법도라네."

또 한 사람이 거들고 나섰다.

"아무렴, 어제 붙들려 간 신씨네 형제들도 마찬가지지. 오 영감 댁에서 뼈빠지게 일해 주고, 임금을 받기는커녕 강도질을 했다고 무고를 당해 붙잡혀 들어가지 않았나? 이번에 부임한 읍재 나으리가 똑똑하다는 소문이 났더니만, 웬걸! 멍청하게 억울한 사람을 감옥에다 처넣고 말았지 뭔가."

"오신건도 잡혀 들어가지 않았습니까?"

"그야 속이 후련하네만, 신씨네 형제들을 왜 아직도 안 풀어주는지 모르겠어. 하기야 사람 속을 누가 아나? 그놈의 오 영감이 또 읍재한테 약을 써서 주물러 놓은 게 아닌지 모르겠군."

고시는 못 들은 척하고 천연덕스레 다시 물었다.

"오 영감의 행패가 그토록 자심했다면, 어째서 맞대놓고 따지는 사람도 없었단 말입니까?"

그러자 이번에는 새파랗게 젊은 청년이 투덜거렸다.

"이 친구, 뭘 몰라도 단단히 모르네그려! 관가 세력을 등에 업고 또 왈가닥 패거리를 풀어가지고 설쳐대는데, 누가 감히 따지러 들겠나?"

"왈패들이라니요?"

"집안에 늑대 같은 놈들을 한 패거리나 기르고 있단 말일세. 그놈들을 앞량 세워서 뭇사람들의 재물을 쥐어 짜내고 껍질을 벗겨 먹는다 이 말이라네!"

여기까지 말하다가 무엇을 보았는지 찔끔해져서 입을 꾹 다물었다.

"에쿠, 저기 나타났어!……."

늙은 영감이 화들짝 놀라더니, 슬금슬금 뒷걸음질쳐 달아났다. 이어서 고시 주변에 있던 사람들마저 와르르 흩어져 도망치기 시작했다.

고시는 이게 웬일인가 싶어 흘끗 뒤를 돌아다 보았다. 어디선가 표범같이 사납게 생겨먹은 사내 한 명이 기세 등등하게 걸어오고 있었다. 폭 넓은 허리띠에 칼집이 낡아빠진 장검을 한 자루 차고 무사용 가죽 장화를 신었는데 팔자 걸음걸이가 제법 호기 있게 거들먹거렸다.

"요놈의 자슥! 어디서 굴러온 개 뼈다귀냐? 방금 여기서 저치들한테 무슨 소리를 들었지?"

고시는 노기를 억누르면서 되물었다.

"무슨 얘기를 듣든, 네가 무슨 상관이냐?"

"그야……그야……."

사내는 말문이 막혀 뒤통수를 긁적거리더니 이내 기세를 되찾았다.

"낯선 놈이 남의 동네를 얼씬거리니까 물은 거다! 저치들이 무슨 말을 지껄였는지 다 털어놓아라."

"으하하하!……으하하!……."

고시가 큰소리로 웃음을 터뜨렸다.

"밝은 대낮에 사람들끼리 얘기도 못한단 말이냐? 네가 도대체 뭐하는 놈인데 천자님의 백성들이 말할 권리를 막겠다는 거냐?"

사내는 기가 막히는지 얼굴이 시뻘개졌다.

고시가 엄한 말투로 몰아붙였다.

"네 이놈! 이렇듯 횡포를 떠는 걸 보니, 네놈 역시 올바른 길을 가는 녀석이 아닌 모양이로구나!"

그러자 사내의 허리춤에서 칼날이 쏴악 뽑혀 나왔다. 말대꾸로 안 되니, 폭력을 써서 만회해 볼 참이었다.

"도대체 뭣하는 놈이냐! 어서 말해! 바른대로 불지 않으면, 이 어르신께서 죽여버릴 테다!"

고시는 피식 웃었다. 그로 말하자면, 육예에 정통할 뿐더러 주먹질 발길질도 몇 수 착실히 익힌 몸이라, 이 정도 협박 따위에 겁먹을 사람이 아니었다.

"요 하룻강아지 녀석, 버릇이 못 되게 들었군! 이 세상에 더 무서운 게 뭔지 오늘 맛 좀 보여줘야겠다."

고시는 몸집이 작달막했다. 게다가 손에 아무 것도 없으니 얕잡아 보일 수밖에 더 있으랴? 사내는 칼로 곧장 내찔러 왔다. 고시가 슬쩍 피해 멀찌감치 내뛰자, 그는 미친듯이 칼을 휘둘러가며 뒤쫓았다.

"여업!"

"어이쿠!……."

"땡그렁!"

수중의 칼자루가 맥없이 땅에 떨어졌고, 중심을 잃은 몸뚱이가 털썩 고꾸라졌다.

"얘들아!"

뒤미처 사내의 귀에 엄한 호통 소리가 울렸다. 이게 무슨 소린가 미처 생각해볼 겨를도 없이 멀리서 응답하는 소리가 또 들려왔다.

"예에! 소인들 대령이오!"

뒤편 멀찌감치 서서 기다리고 있던 아전 두 사람이 이구 동성으로 응답하면서 득달같이 달려왔다.

"이놈을 단단히 결박해서 아문으로 끌고 가라!"

"예이!……."

아문에서는 곧바로 심문이 시작되었다.

"네 이놈! 이름이 뭐냐?"

"소인……소인은 오내라고 합니다……."

"네 죄를 알렷다?"

"예에, 알구 말굽쇼!"

"무슨 죄를 지었느냐?"

"대감님을 몰라 뵈옵고 무례한 짓을 저질렀습니다."

"또 다른 것은?"

"그밖에는 모르겠습니다."

"오신건하고 무슨 관계냐?"

"그 어르신은……그 어르신은……."

"경호원이냐, 앞잡이냐?"

정문 일침으로 따끔하게 찌르자, 오내는 몸을 도사리고 대답을 못했다.

"이놈, 바른대로 자백하라! 오신건이 어떤 방법으로 공임을 갈취했느냐? 또 무슨 계략으로 신씨네 형제들을 무고했느냐?"

벼락 같은 호통에 오내는 찔끔 놀라 사시나무 떨듯하면서도 뻗대었다.

"소인은 모릅니다요!"

"좋아, 네놈이 호된 맛을 보아야만 불겠구나!……여봐라!"

"예엣! 여기 대령이오!"

"형신(刑訊)을 갖추어라!"

"예이! 신장(訊杖) 대령했소!"

오내는 한 결에 와르르 쏟아낸 곤장을 보고 그만 혼비백산을 했다.

"아이구 나으리! 불겠습니다. 소인이 자백할 테니, 제발……."

마늘 찧듯 연거푸 이마를 조아려가며 정신없이 애걸 복걸하는 바람에, 호랑이 같은 원님의 입가에도 미소 한 가닥이 어렸다.

"그래, 잠시 형벌을 면케 해주마. 하지만 이실직고해야 한다!"

"예에, 바른대로 대고 말굽쇼!……오 나으리는……."

"어엉? 나으리라고?"

"아이구, 아닙니다!"

원님께서 버럭 역정을 내자, 죄인은 자지러지게 얼른 말을 고쳤다.

"오신건은……여러 해 동안 구리 그릇 공장을 운영해 오면서 각처에 솜씨 좋은 유기장(鍮器匠)을 꾀어들여 1년 공임으로 은자 20냥씩 주기로 약속하고 부려먹었습니다. 그런데 욕심이 너무 많아 연말 결산할 때가 되면 온갖 트집을 다 잡아서 쇠푼 한닢도 안 주고 내쫓아 버렸습니다. 기술자들은 주인의 세력이 두려워 억울한 줄 뻔히 알면서도 분노를 참고 물러가곤 했습니다. 그런데 작년에 고용한 신씨네 형제들은 곱게 물러가기는커녕, 지난 연말 때부터 지금까지 읍내에 남아서 끈덕지게 공임을 재촉했습니다. 그래서 오신건도 시달리다 못해 간계를 꾸미게 된 것입니다."

"간계라니, 그게 무어냐?"

"오신건 영감은 나으리께서 거울처럼 맑은 청백리라는 소문을 일찍 들어 알고 있었습니다. 그렇기 때문에 신씨네 형제들이 관가로 찾아와서 읍재 어르신께 하소연을 할까봐 두려워했습니다."

"그 얘기는 알고 있다!"

"대감께서 이 내막을 아시는 날에는, 그 불똥이 곧장 자신에게 튈까 걱정한 끝에, 영감은 우리더러 각자 집에 강도를 맞았다고 신고하게 한 다음, 그 범인으로 신씨네 형제를 지목하여 고발했던 것입니다."

"그 말이 모두 사실이렷다!"

"구구 절절 사실이옵니다."

"오신건을 데려와서 대질을 해도 딴소리를 않겠느냐?"

"그것……그것은……."

"어엉? 안 들린다!"

"하겠습니다!"

오내도 어쩔 수 없어 끝내 고개를 끄덕였다.

고시가 아전들을 돌아보았다.

"오신건을 끌어내라!"

감옥에 갇혀 있던 오신건이 끌려나와 곤장 무더기 곁에 꿇어 엎드린 오내를 발견하자, 사태가 어떻게 돌아갔는지 재빨리 눈치를 챘다.

"오신건!"

"소인……에 있사옵니다."

"네 죄를 알겠는가?"

"예에, 아옵니다!"

"안다니 좋다!"

고시가 벌떡 일어났다.

"어디 그럼 네가 무슨 죄를 지었는지 사실대로 말해 봐라."

곤장 무더기를 흘끔흘끔 쳐다본 후, 오 영감의 입에서 마침내 모든 죄상이 줄줄 새어나오기 시작했다.

"오신건, 듣거라! 너는 줄곧 천리에 어긋나는 짓을 밥먹듯이 저질러 왔다. 구리장의 임금을 등쳐먹는 행위만으로도 중벌을 면치 못할 것이다!"

엄한 질책이 아니더라도 오신건의 넋은 이미 몸뚱이에 붙어 있지 않았다.

"나으리, 그저 한 목숨만 살려 주십쇼! 분부하시는 대로 다 할 테니 목숨만 살려 줍시오, 대감!"

"처벌을 받겠느냐, 죽음을 받겠느냐?"

"무엇이든 벌을 받겠습니다, 나으리!"

"집에 모아놓은 재산이 얼마나 되는고?"

"겨우 3천 냥밖에 안 되옵니다."

"너한테 껍질을 벗긴 공인(工人)이 몇 사람이지?"

"모두 합쳐 45명입니다."

"그럼, 판결을 내리겠다. 한 사람 앞에 계약한 대로 공임 스무 냥을 내주되, 다시 네가 죄지은 대가로 40냥씩 속전(贖錢)을 더 주거라. 도합 2천7백냥이 되니까, 네 몫으로 3백 냥은 남아 있을 터, 그것만으로도 생계는 꾸려나갈 수 있을 것이다."

"아이구 대감! 소인은 고작 스무 냥씩밖에 빚진 게 없습니다요! 다시는 안 그럴 테니, 그저 이번 한번만큼은 용서해 주십쇼!"

"네가 뭘 몰라도 한참 모르는구나! 스무 냥 빚이 문제가 아니라, 여러 해 동안 국법을 무시하고 양민에게 피해를 끼쳤으니, 그게 얼마나 큰 죄인지 모른단 말인가! 본관은 당초 네게 중형을 내릴 것이로되, 네가 순순히 죄를 자백한 정상을 참작해서 그 정도에 그친 것이다. 불복하겠다면 본관은 너희 이웃 사람들에게서 방증(旁證)을 걷어들여 네놈을 죽고 살지 못하도록 중한 판결을 내리겠다. 자 어쩔 테냐? 결심을 해라!"

"아니올시다. 대감 어르신! 기꺼이 60냥씩 내놓겠습니다!"

"사흘 안에 청산하겠느냐?"

"예에, 예!……."

"오늘 이후 또 한번 꼬리치고 다니는 날에는 용서없을 줄 알아라!"

"예에! 소인이 어딜 감히……."

고시는 오내 쪽을 돌아보았다.

"너는 포악한 자를 도왔으니 곤장 40대를 맞아야 한다만, 죄를 뉘우친 정상을 보아서 실형을 면해 주마!"

"대감님의 너그러우신 처사, 고맙습니다!"

"그러나 앞으로 또 그런 짓을 했다가는 이번 형량까지 합쳐서 처벌 받을 줄 알아라!"

"소인, 잘 알았사옵니다!"

"됐다, 물러들 가거라!"

고시는 손을 내저어 물리쳤다. 그리고 잠시 후에는 신씨네 형제들이 아전 뒤를 따라 당상에 올라섰다.

"사건을 조사해 본 결과, 그대들은 모두 오신건의 모함에 걸렸다는 사실이 밝혀졌소. 본관은 죄인더러 그대들과 또 다른 피해자에게 은화 60냥씩 배상하라는 판결을 내렸으니, 내일 중으로 오신건을 찾아가서 받아내도록 하시오!"

그는 잠시 숨을 돌리더니, 사뭇 미안스런 기색을 띠고 말을 이었다.

"사건 내막을 밝히기 위해서였소만, 잠시나마 그대들을 감금시켜 욕을 보인 점, 미안스럽게 생각하오."

"공평하게 처리하셔서 우리 형제들의 원통함을 씻어주신 것만 하더라도 감지덕지합니다. 이 은혜를 어떻게 갚아야 좋을지 모르는데 욕을 보였다 하시니 저희들이 오히려 송구스럽습니다."

네 사람은 거듭 사례를 올리고 물러갔다.

사건이 해결되자 고시는 객방으로 건너가서 스승에게 아뢰었다.

"이 사부가 너를 잘못 보지 않았구나! 아마 위나라 군주도 인재를 잘못 택하지 않은 셈이다. 고시야, 너는 참으로 정무에 재능 있는 사람이다!"

"과찬의 말씀입니다, 사부님!"

"자, 그럼 일 마무리를 지었으니 언제 떠날 참이냐?"

"한 사나흘쯤 더 있어야겠습니다. 오신건이 끝까지 잘 처리할런지 두고 본 다음에 출발할 수 있겠습니다."

"일리 있는 생각이로구나. 그렇다면 증삼하고 내가 먼저 도성으로 돌아가 기다리기로 하마."

공구는 도성으로 돌아오는 길 내내 이루 말할 수 없이 흐뭇했다.

이튿날 곡부성에 돌아온 즉시 공구는 상국 부중으로 계손비를 만나러 갔다.

"고시도 위나라에 가기로 동의했습니다. 한 이틀 안에 돌아와서 상국 대감께 하직 인사를 올릴 것입니다."

"고시 자리는 누가 맡으면 좋겠습니까? 공부자님, 속히 후임자를 하나 물색해 주십시오. 비읍을 오래 비워둘 수 없습니다."

"자로가 꼭 알맞는 인물입니다. 위나라에 있을 때도 포읍 읍재 직분을 맡아 탁월한 업적을 남겼습지요. 하지만 그 업적 때문에 위나라 군주가 또 자로마저 보내 달라고 요청해 올지도 모르겠습니다. 게다가 나이도 많아져서 또 그런 직분을 맡겼다가 힘에 부쳐 배겨내지 못할까 걱정스럽기도 하고요."

"공부자님의 문하생들은 하나같이 육예에 정통한 발군의 제자들 아닙니까? 뽑을 사람이 없다고 걱정하실 것이 어디 있겠습니까?"

"좀 더 궁리해 볼 여유를 주십시오. 며칠 안에 대감께 다시 말씀드리도록 하겠습니다."

"좋은 소식이 있기만 기다리겠습니다."

공구는 집으로 돌아왔다. 글방에 들어서서, 며칠만에 제자들을 둘러보던 그는 새삼스레 안회의 얼굴이 비쩍 마른 것을 발견하고 깜짝 놀랐다.

11
안빈낙도

안회는 공구에게 있어서 누구보다 마음에 드는 제자였다. 그러나 태어나면서부터 체구가 작달막하고 허약한 것이 흠이었다.

"안회야, 얼굴빛이 어째 그리 누렇고 비쩍 말랐느냐? 혹시 병이라도 난 것은 아니겠지?"

안회는 덤덤하게 웃어 보였다.

"이상하게 보지 마십시오. 제 몸집이 작고 깡마른 것은 사부님도 늘 보시지 않았습니까? 비읍엘 다녀 오셔서 오랜만에 저를 보시니까 유별나게 느껴지시는 모양이군요."

제자의 말은 그랬으나, 공구는 가슴에 무거운 돌이 짓누르는 듯한 느낌을 어쩔 수가 없었다.

"안회야, 집에 가서 점심을 먹고 와야지?"

"벌써 먹고 왔습니다."

"무얼 먹었길래, 그리도 빨리 왔느냐?"

"만두를 먹었습지요."

누렇게 들뜬 제자의 얼굴을 잠시 바라보다가, 그는 쓸쓸한 마음으로 글방에서 물러나왔다. 그가 안회의 말에 의심을 품게 된 것은 이 때가 처음이었다.

어느 날 오전 강의가 끝나자, 다른 학생들처럼 안회도 부지런히 집으로 돌아갔다. 그 뒤에는 스승이 멀찌감치 따라붙고 있었다. 도대체 안회가 점심으로 무엇을 먹는지 두 눈으로 보아야만 직성이 풀릴 것 같아서였다.

지저분한 골목 사이로 다 허물어져 가는 토담 벽들이 썰렁하게 눈길을 잡아 끌었다. 그중에서도 안회의 집은 더욱 말이 아니었다. 지붕 위의 띠풀 이엉은 거의 다 벗겨져 방바닥이 들여다 보일 정도였고, 담벽도 오랜 세월 비바람에 쓸려 손끝만 대어도 와르르 무너질 것만 같았다.

안회가 사립문 안으로 사라지자, 스승의 발걸음도 살금살금 앞뜰을 가로질렀다. 엉성한 창문 틈서리로 들여다 보니, 방안에는 자그만 식탁이 하나, 그 위에는 사기 그릇이 한 개 휑뎅그렁하니 놓였을 뿐이었다.

안회는 걸상에 앉아서 사발을 집어들더니 꿀꺽꿀꺽 소리가 나도록 들이마셨다. 그리고는 입맛을 다셔가며 빈 그릇을 잘 씻어놓고 바깥으로 나왔다.

멀건 국물 한 사발로 간단하게 점심이 끝난 것이다.

공구는 얼른 짚더미 뒤에 몸을 숨겼다. 안회는 아주 유쾌한 표정이 되어서 신바람나는 걸음걸이로 다시 글방을 향해 휘적휘적 사라졌다.

스승은 이루 말할 수 없이 비참한 심사로 그 뒤를 따랐다. 글방에 들어서니, 안회는 이미 천연덕스레 앉아서 책을 보고 있었다.

"안회야, 오늘 점심 때 무얼 먹었느냐?"

스승이 묻자, 안회는 조금도 망설임없이 대답했다.

"국 한 그릇하고 떡을 한 개 먹었습니다."

"그것 참 이상하다! 내 눈에는 어째서 국 그릇만 보이고, 떡 먹는 모습이 안 보였을꼬?"

안회는 사부님에게 자신의 비밀이 탄로난 것을 깨달았다. 허나 그게 뭐 대수로운 일이랴? 그는 짐짓 우스꽝스런 표정을 지어 보이며 대답했다.

"사부님, 바깥에서 보셨지요? 그 국 사발은 제 아내가 새벽 일찌감치 끓여 놓은 것이었습니다. 점심 나절에 가서 그걸 마시면, 밑바닥에는 국물이지만 그 겉면에는 건더기가 두툼하게 엉겨붙어 있단 말씀입니다. 얇긴 하지만 이게 떡이 아니고 무엇이겠습니까?"

"오냐, 그렇구나!"

스승은 일부러 그 농담을 받아 주었다.

"네 아내는 어딜 갔길래 집에 없느냐? 아이들도 그렇고……."

"모두 성 밖 들판에 나물을 캐러 갔지요."

"네 아버지도 벌써 여러 날째 안 보이던데?"

"그분은 친척 집에 일을 거들어주고 양식거리 좀 마련하러 지방에 나가셨습니다. 집안이 워낙 궁해서요……."

"언제부터 이 지경이었느냐?"

"어머님이 돌아가신 뒤로 살림살이가 더욱 어려워졌습니다. 조금 모아 둔 것이 있었지만, 해마다 야금야금 파먹고 났더니 이듬해 양식거리조차 남아나지 않더군요."

공구의 마음은 더욱 침통해졌다. 안회가 이 허약해진 몸으로 며칠이나 버틸 수 있을런지?……평생토록 바삐 뛰고 분투 노력했건만, 이 세상 천하를 태평시대로 바꿔놓지도 못했거니와, 제자의 굶주린

배도 채워주지 못했다는 자책에 이르러 그의 눈엔 어느덧 눈물이 왈칵 쏟아졌다.

그로부터 공구에게는 또 한 가지 근심거리가 늘어났다. 자나 깨나, 안회의 깡마른 모습이 눈 앞에 어른거려 그를 괴롭혔다.

혼자 방안에 틀어박혀 부질없이 공상에 잠겨 있는 시간도 차츰 길어졌다.

'안회뿐만 아니라 온 세상의 가난한 사람들을 모두 배불리 먹이고 따뜻하게 입혀 줄 수 있는 방법은 어디 없을까?……'

이날도 혼자 앉아 있으려니 증삼이 들어와 여쭈었다.

"사부님, 한 가지 여쭈어 볼 게 있습니다. 도(道)와 덕(德)은 어떤 관계로 맺어져 있습니까?"

어둡던 공구의 마음이 갑작스레 밝아졌다.

'이것 봐라, 증삼이란 녀석에게 언젠가는 내 평소 때의 주장을 일러주어야겠다고 생각했더니만 이제 그 기회가 왔구나! 하물며 이 녀석은 치세(治世)의 근본 도리를 물어오지 않았는가?'

"증삼아, 이리 앉거라. 내 차근차근 일러주마."

"예에!"

"도(道)는 인간으로 하여금 덕행을 닦게 해준다. 덕행을 갖추면 더욱 훌륭하게 도를 지킬 수 있다. 하루에 천리를 달리는 준마라도 그 짐승이 좋아하는 방식으로 부리지 않는다면, 그 준마는 기수의 뜻대로 부림을 당하려 들지 않는다. 마찬가지로, 일국의 통치자에게 수천만의 백성이 있더라도, 그들이 납득할 수 있는 도리로 통치하지 않는다면 백성들은 그 임금에게 순종하지 않을 것이다. 따라서 옛날의 현명한 제왕은 반드시 안으로 '칠교(七敎)'를 닦고, 밖으로 '삼지(三至)'를 실행했던 것이다. '칠교'를 닦으면 그 임금은 수고롭지 않아도 나라를 잘 다스릴 수 있으며, '삼지'를 실행하면 재물을 허물지 않더라도 서민 백성들의 살림살이를 윤택하게 만들어 줄 수가 있다……."

공구는 여기서 입을 다물었다. 안회의 얼굴이 또 눈 앞에 어른거려 목이 메었다. 이윽고 그의 입에서 푸우! 하고 한숨이 흘러나왔다.

증삼은 그가 무슨 말을 더 하려다가 그치는 것을 보고 이상하다 싶어 자기쪽에서 질문을 던져 본론으로 다시 유도해 보았다.

"사부님의 말씀은, 수고롭지도 않고 재물을 흐트러뜨리지도 않으면서도 옛날 현명한 제왕의 도리를 이룩할 수 있다는 것이지요?"

"옛날 요순과 우 임금은 집 문턱을 벗어나지 않고도 천하를 다스렸다. 그분들이 직접 바삐 뛰어 다니며 수고로워야 할 필요가 전혀 없었기 때문이다. 공평치 못한 다스림은 그 임금의 책임이요, 정령이 실행되지 않는 것은 그 신하들의 책임이다. 군주의 공평한 다스림이 두루 통하고 인화가 잘 이루어져야만 정령이 제대로 실행될 것이요, 서민 백성들도 생업에 안주하여 임금의 덕을 느끼고 그 은혜에 보답하려고 앞다투어 세금을 바칠 것이다. 이렇듯 해도 나라와 백성들을 부강하게 만들 수 있는데, 굳이 재물을 써야 할 필요가 어디 있겠느냐?"

"사부님, '칠교'란 무엇입니까?"

"통치자가 몸소 실천하고 백성들이 본받아야 할 일곱 가지 덕목을 말한다. 경로(敬老), 존치(尊齒), 낙시(樂施), 친현(親賢), 호덕(好德), 염탐(厭貪), 염양(廉讓)이 바로 그것이다. 만약 윗자리에 앉은 사람이 양친을 공경한다면, 그 아랫사람들도 필연적으로 우애하고 화목하여, 서로 친하고 존경하는 마음을 품게 될 것이다. 윗사람이 선을 좋아하고 베풀기를 즐긴다면, 그 아랫사람들도 필연적으로 너그럽고 후덕하며 인자한 마음씨를 품게 될 것이다. 윗사람이 어질고 착한 선비를 가까이 하면, 아랫사람들도 필연적으로 뜻있는 선비와 어진이를 벗하려 들 것이다. 웃사람이 품덕과 지조를 닦음에 능하다면, 그 아랫사람도 필연적으로 성실하고도 독독한 믿음성을 품게 될 것이다. 윗사람이 천부적으로 탐욕스런 자를 미워한다면, 그 아랫사람들도 필경 이권 다툼을 부끄럽게 여길 것이다. 윗사람이 염치를 밝히고 겸양할 줄 안다면, 아랫사람들도 반드시 맡은바 직무를 위해 온 힘을 다 바칠 것이요, 청렴성과 곧은 기개로써 공무에 봉사하게 될 것이다."

증삼의 눈길은 똑바로 스승의 입에 꽂혀 있다. 지금 그는 스승이 조목조목 풀어주는 해설을 한 마디도 놓치지 않으려고 온 신경을 모으고 있는 것이다.

"알겠느냐? 이 일곱 가지 덕목이 바로 백성을 다스리는 근본이다. 정교(政教)가 확실히 정해지면 그 뿌리도 올바르게 서는 법이다. 윗자리에 앉은 사람들이라면 모두 서민들에게 모범이요 백성들의 귀감이 되어야 한다. 이들의 행위가 올바르다면야 어느 누가 부정을 저지르겠느냐? 그렇기 때문에 현명한 군주들이 우선 자기 자신부터 인(仁)을 이룩하는 자리에 세워놓고 나서야만 그 밑의 경대부들도 충성하고 선비들이 신실(信實)해지며, 서민 백성들도 순박하고 후덕해지고, 남자는 성실성을, 여자는 깨끗한 정조를 지키게 되는 것이다."

증삼은 들을수록 흥이 나고 구미가 바짝 당겼다.

"옛날 현명한 제왕은 어질고 착한 선비들을 가려뽑아 무겁게 썼으며, 불초한 무리들을 좌천시켜 먼 지방으로 옮겨 보냈다. 옛 말씀에 '가혹한 정치를 폐하면 민원(民怨)이 사라지고, 혹독한 형벌을 폐하면 백성들의 난동이 없어진다' 했다. 따라서 군대를 출동시키지 않아도 야만족이 복속해 오고, 형벌을 쓰지 않아도 나라의 질서가 정연하게 잡히고, 만백성이 임금의 은혜를 가슴으로 느끼면, 까마득하게 멀리 떨어져 있더라도 가까이서 임금의 밝은 덕을 보는 듯하게 된다.

그렇기 때문에 옛날 현명한 제왕들은 일곱 가지 덕목을 밝혀 지킴에 각별했던 것이다."

"무엇을 가리켜 '삼지'라 합니까?"

"그것은 지례(至禮), 지상(至賞), 지악(至樂)을 가리킨다. 지극히 높고 끝없는 예의라면, 겸손과 공경, 양보가 아니더라도 천하를 크게 다스릴 수가 있다. 격에 걸맞는 장려, 적절한 포상이라면, 한푼의 재물을 허비하지 않고도 천하의 뜻있는 선비와 어진이들을 기쁘게 해 줄 수가 있다. 완전 무결한 음악이라면 귀에 직접 소리가 들리지 않더라도 천하 만민들이 화창(和唱)하게 만들 수가 있다. 이 '삼지'를 행한다면, 천하의 모든 군주들이 요체를 얻어 다스릴 것이요, 천하의 모든 선비들이 요체를 얻어 신하가 되고, 천하 백성들이 요체를 얻어 쓸 수 있을 것이다."

이 때, 전손사가 또 찾아와서 정치에 종사하는 일을 여쭈었다.

"전손사야, 너도 거기 앉아라. 내 자세히 일러주마."

전손사는 증삼 곁에 앉아서 조용히 귀를 기울였다.

"명심해 두어라. 벼슬아치가 되어 정무에 종사하려면 충고하는 말을 막지 말 것이며, 사물을 경시(輕視)하지 말 것이며, 게으르지 말 것이며, 사치스럽지 말 것이며, 독단으로 일을 처리하지 말 것이다. 충고하는 말을 막으면, 필경 눈 감고 귀를 막아 언로(言路)가 두절되어, 자기 스스로 고독을 자초하여 외톨박이가 되고 만다. 사물을 가볍게 보면, 필연적으로 제 공로를 앞세워 자만하고 남을 멸시하여, 자기 스스로 고결한 인격자라고 여겨 자기 만족에 빠져들게 된다. 게으름을 부리면, 정무를 등한시하고 앉아서 좋은 기회를 잃으며, 허송세월만 하게 된다. 사치를 부리면, 가만히 앉아서 남이 고생하여 이룩한 성과를 누리고, 재물을 흙 뿌리듯 퍼내다가 아무런 값어치도 없는 일에 낭비하게 된다. 독단적으로 일을 처리하면, 누가 뭐래도 자기 방식대로만 고집을 부리고 아무 거리낌없이 방자한 행동을 하여, 끝내는 이루어지는 일이 하나도 없게 된다. 내 말뜻을 알아듣겠느냐?"

"예에, 명심하겠습니다."

"윗자리에 앉은 사람은 천정을 떠받친 서까래와 같아서 위에서 아래를 굽어보고, 뭇사람의 주목을 받는다. 윗사람은 존귀한 자리에서 존귀함을 누리되 교만하지 않으며, 부유하되 사치를 부리지 않으며, 겸양과 공손함을 보여 덕으로써 남을 복종시킨다. 근본을 지니되 지엽적인 것을 도모할 수 있으며, 일을 하면 반드시 업적을 세우고, 사물 한 가지를 다스리되 만물이 혼란을 일으키지 않으며, 백성 한 사람을 가르치더라도 만민이 모두 옳게 여길 것이다."

"어떻게 하면 백성들이 기꺼운 마음으로 복종하여 나라에 충실히 일하도록 만들 수 있습니까?"

"전손사야, 잘 듣거라. 서민 백성들이 원하지 않는 일, 또 능력으로 하지 못할 일을 강제로 시켜서는 안 된다. 강압적으로 못할 일을 시킨다면, 반드시 그들의 저항을 불러일으킬 것이다. 옛날 제왕들이 쓰시던 면류관(冕旒冠)에 '류(旒)'가 무슨 의미로 달렸는지 아느냐?"

"모릅니다."

"그것은 자신의 밝음을 가린다는 뜻으로 쓴 것이다."

공구는 한숨 돌리고 나서 또 물었다.

"그 면류관에 어째서 실띠 같은 장식을 늘어뜨렸는지 아느냐?"

"모릅니다."

"그것은 자신의 총기(聰氣)를 가린다는 뜻이다."

전손사가 황연히 깨달은 듯 고개를 번쩍 들었다.

"물이 지나치게 맑으면 고기가 없듯, 사람이 지나치게 헤아려 살피면 따르는 무리가 없게 된다. 현명한 제왕들은 모두 자신의 총명과 지혜를 가림으로써 신하와 백성들을 차근차근 타일러 이끌어 가고, 불칙스런 행위를 하는 자가 생기면 잘못을 고쳐 올바른 길로 돌아오게 인도하였다. 덕행은 바로 정치의 시작이다. 정치가 고르지 않으면 서민 백성들이 필연코 정령(政令)을 듣고 따르지 않을 것이요, 그럼 통치자도 민심을 얻어 다스리기 어려워질 것이다. 통치자가 자신의 정령을 조속히 실행하려면, 자신이 솔선하여 받드는 것이 최선의 방법이요, 백성들로 하여금 정령에 따르게 하려면 현명한 선대 임금의 도(道)로써 그들을 가르치는 것이 최선의 방법이다."

증삼이 여쭈었다.

"사부님, 오늘날 각국에서 통용되는 형벌이 너무 가혹한 것은 아닐까요?"

"그렇다!"

공구는 길게 탄식했다.

"옛날 현명한 제왕들은 모두 거룩한 도로써 백성들을 가르쳤기 때문에, 만민이 기꺼운 마음으로 복종했다. 그러나 오늘날의 군주는 대다수 혹독한 형벌로 백성들을 학대하기 때문에 민심이 이반(離反)되고 덕에서 멀어져가는 것이다. 솜씨 좋은 아낙이 제 손으로 실을 가려뽑아 옷감을 짜고, 훌륭한 장인(匠人)이 저마다 손에 익은 도구를 잘 가려 쓰듯, 현명한 신하는 제각기 훌륭한 군주를 가려서 그 밑에 신하가 된다. 그렇기 때문에, 오랜 세월 민심을 잃은 통치자는 이르나 늦으나 반드시 재앙에 부닥치고 말 것이다."

스승과 제자 세 사람의 문답은 시간 가는 줄도 모르고 계속되었다.

한편 위나라에 돌아간 고시는 위나라 도성 조야의 큰 환대를 받았다. 상국 공리는 그에게 예전처럼 형옥(刑獄)을 주관하는 사사관(士

師官)의 직분을 맡겼다.

옛자리에 부임한 고시는 직무를 충실히 지켜 그 동안에 밀려 있던 골치 아픈 사건을 잇따라 처리했다.

어느 날, 그가 모처럼 한가로운 틈을 타서 ≪예경≫을 뒤적이고 있으려니, 옥리(獄吏) 한 사람이 조용히 찾아와서 이런 말을 귀띔해 주었다.

"나으리, 도성 안에 묘한 소문이 나돌고 있는데 들어보셨습니까?"

"소문이라니, 그게 무엇인가?"

"궁중에 후표란 젊은 시위(侍衛)가 있는데, 생김새도 멋있고 준수해서 좌비(左妃)의 총애를 깊이 받고 있답니다. 그런데 이들 두 사람이……."

옥리는 말을 끊고 우선 좌우를 두리번거리더니, 대감의 귀에 입을 바짝 갖다 붙이고 속삭였다.

"……벌써 남녀간의 상궤(常軌)를 벗어난 짓을 저지르고 있다 합니다."

"뭐라구? 탈선을 했다 이 말인가?"

고시가 깜짝 놀라 들고 있던 죽간을 내려놓았다.

"예에, 그렇답니다……."

"주군께선 전혀 눈치를 못 채시고?"

"그야 소인이 어찌 알겠습니까. 하오나 짐작컨대, 주군께선 이 내막을 전혀 모르고 계신 것이 분명합니다. 아셨다면 후표의 목숨은 진작에 없어졌을 게 아니옵니까?"

"일리 있는 말이로군."

고시는 옥리의 귀를 바짝 끌어당겨 놓고 엄포를 놓았다.

"너, 그 입 꼭 봉하고 있거라! 남한테는 일체 알려선 안 된다."

"소인, 알았사옵니다."

"만약 네 입에서 이 소문이 퍼져 나갔다는 사실이 판명되면, 가차 없이 엄벌에 처할 것이다. 알겠느냐?"

"예에, 대감님 안심하십쇼! 허튼 입놀림은 절대로 않겠습니다."

다음 날부터, 고시는 궁궐에 들 때마다 후표의 거동을 유심히 살펴보기 시작했다.

단오절이 찾아왔다.

이날 저녁, 위출공(衛出公)은 궁궐 후원에서 조촐한 술잔치를 베풀어 놓고 가무를 즐겼다. 고시가 그 소식을 듣고 부랴부랴 찾아갔을 때, 위출공은 이미 거나하게 취한 상태로 무희들의 춤사위에 따라 손짓 발짓해가며 흥겨워하고 있었다. 좌비는 그 곁에 앉아서 젓가락으로 안주를 집어 위출공에게 권하느라 부지런히 움직였다. 하지만 그녀의 눈길은 벌써 오래 전부터 금위병 가운데서 후표를 찾아내어 은밀하게 뜨거운 추파를 주고받고 있었다.

고시는 시녀들의 등 뒤에 몸을 숨긴 채 이 광경을 똑똑히 보았다. 이제 좌비와 후표 사이에 알쏭달쏭한 관계는 뜬소문이 아니라 사실임이 확연하게 드러난 것이다.

그는 슬그머니 자리를 빠져나와 아문에 돌아와서도 선뜻 결단을 내리지 못하고 번민에 빠졌다. 사실은 확인했지만, 이것은 섣불리 건드릴 문제가 아니었다.

간단하게 처리하자면, 상국에게 아뢰고 후표를 귀신도 모르게 잡아다가 죽여 없앨 수도 있다. 하지만 그는 여러 해 동안 공구의 교육을 받은 사람이라, 후표에게 가혹한 형벌을 베풀고 싶지 않았다. 하물며 이 책임은 온전히 후표 한 사람에게만 있는 게 아니라, 그를 유혹한 좌비도 책임을 면할 수가 없는 것이다.

밤이 이슥해졌을 때야 그는 결단을 내렸다. 너그러운 마음으로 후표의 극형을 면해 주고 가볍게 처벌하기로 일단 결심한 것이다.

'그럼 어떤 방법으로 양측의 목숨을 다치지 않고 마무리를 지을 수 있을까? 이쪽을 다치면 반드시 저쪽의 죄상도 자연 드러나게 마련이 아닌가? 무겁든 가볍든 어차피 후표는 처벌해야 한다. 금궁의 시위를 벌하면서 위출공에게 그 죄목을 밝히지 않고 넘어갈 길은 없다. 자, 어떻게 해야만 이 사건의 진상을 눈가림하고 원만히 마무리 지을 수 있을까?…….'

등잔 기름이 거의 말랐는지, 희뿌옇던 불빛이 가물거리기 시작했다.

"옳거니! 됐다, 그거야!"

고시가 무릎을 탁 쳤다.

"후표란 녀석한테 도둑의 죄명을 씌우면 되겠구나! 그놈더러 궁중에서 값진 노리개를 하나 훔쳐내라고 해야겠군."

이튿날, 그는 옥리들을 궁궐에 보내 불문 곡직하고 후표를 잡아들였다. 죄인이 끌려오자, 그는 엄한 목소리로 꾸짖어 물었다.

"후표, 네 이놈! 네 죄를 알렷다?"

서릿발 같은 추궁에, 후표도 마음 속으로 켕기는 것이 있는 터라 정신이 아찔해졌다. 그래서 한참 동안 멍하니 있다가 겨우 놀란 넋을 가다듬고 뻗대기 시작했다.

아무려면 쥐도 새도 모르게 좌비와 놀아난 짓거리를 이 대감 나으리께서 눈치챘으랴 싶었던 것이다.

"소인이 무슨 죄를 지었단 말씀입니까?"

"흐흠, 네가 뻗대볼 셈인 게로구나!"

"사실이지, 무슨 죄로 끌려 왔는지 소인은 정말 모르겠습니다."

"내 입으로 꼭 그것을 밝혀야 되겠느냐?"

대감이 슬슬 변죽만 울리자, 후표는 자신이 생겼다. 좌비와 간통한 내막은 그야말로 극비 중의 극비라, 절대로 아는 사람이 있을 리 만

무했다.

"소인은 앉으나 서나, 자나깨나 정직한 사람올시다. 제가 도대체 어떤 죄를 범했는지 말씀해 주십쇼!"

"하늘을 속이고 강상(綱常)을 범했으니, 그것보다 더 큰 죄가 어디 있겠느냐? 아직도 네 잘못을 깨닫지 못하겠느냐!"

'아뿔사, 발각되었구나!'

비밀이 탄로났다는 생각이 들자, 후표는 몸서리를 치면서 이마에 식은땀이 송글송글 맺혔다. 두 다리에 맥이 쭉 빠지면서 저도 모르게 털썩 무릎을 꿇고 말았다.

"대감 나으리! 제발……목숨만 살려 주십쇼!……소인이 한때 미련한 생각으로 눈이 멀어 하늘에 사무칠 큰 죄를 저질렀습니다……."

"오냐, 말 한번 잘했다. 사내 대장부라면 자신이 한 일에 책임을 져야 하는 법, 네가 그런 짓을 저지를 만큼 배짱이 있었으니, 주군께 가서 모든 일을 자백하고 스스로 죄를 청할 배짱도 있으렷다?"

"아이구, 대감 나으리!……."

후표는 눈물로 범벅이 된 얼굴을 치켜들고 애걸복걸 빌었다.

"주군께서 이 일을 아시는 날엔, 소인은 죽고 살아남지 못합니다! 대감님, 소인 집에는 팔십 노모가 아직 살아 계십니다. 소인의 죄는 극형을 받아 마땅하오나, 제가 죽은 후에 어느 누가 노인을 종신토록 봉양해 주겠습니까? 그저 대감님께서 저희 모자 두 목숨만 구해 주신다면, 무슨 일을 시키더라도 다 하겠사옵니다."

"일어나서 대답하거라!"

"죄인이 어찌 대감님 면전에 서오리까?"

"일어나라면 일어나지, 웬 잔소리가 그리 많으냐!"

대감이 역정을 내자, 후표는 두근거리는 가슴을 부여안고 일어섰다. 하지만 나으리를 정면으로 쳐다보지는 못했다.

"네 목숨을 구해 주는 것은 별로 어렵지 않다만, 그 대신에 궁궐을 떠나야 한다. 내 말뜻 알아듣겠느냐?"

후표는 귀가 번쩍 트였다. 이거야말로 망나니의 칼날 아래에서 빠져나온 기분이 아니고 무엇이겠는가?

"예에! 목숨만 살려 주신다면 그런 일쯤 아무것도 아니올시다. 오늘에라도 당장 탈영해서 멀리멀리 도망쳐 버리면 되지 않습니까?"

"아니다, 그건 적절한 방책이 못 된다."

고시는 정색을 하고 말을 이었다.

"네놈은 이 나라 군주에게 치욕을 안겨 주었다. 그런 놈이 아무 까닭없이 사라져 버린다면, 필경 온 나라 사람들에게 구구한 억측을 불러일으켜서 터무니없는 소문이 도성 안에 파다하게 나돌 것이 분명하다. 주군께서도 그 소문을 들으시면, 네놈이 바다 끝 하늘가에 도망쳐 숨더라도 치욕을 설분(雪憤)하려 반드시 찾아내어 극형에 처하고 말 것이다."

"나으리, 말씀해 주십시오! 제가 어떻게 해야 좋으리까?"

"일이 이 지경에 이르렀으니, 네 스스로 자신을 구할 길밖에 없다."

후표는 멍청한 기색으로 고시의 입을 쳐다보았다.

"무슨 말씀인지, 소인은 잘 알아듣지 못하겠습니다."

"네가 저지른 짓이 주군께 알려졌다가는 의심할 것도 없이 사형감이다. 이제 유일한 방법은, 큰일을 작게 만드는 것뿐이다. 나한테 좋은 생각이 하나 있는데, 네가 해낼 수 있을런지 모르겠구나."

"말씀해 주십시오! 사형만 면한다면 무슨 분부라도 다 듣겠습니다."

"이리 가까이 오너라."

고시는 후표를 가까이 불러 세워놓고 무엇인가 귓속말로 한창 얘기해 주었다. 후표의 얼굴에 난처한 기색이 비치더니, 나중에 가서는 어쩔 수 없다는 듯 고개를 끄덕이고 말았다.

이날 밤, 후표는 궁궐에서 옥벽(玉璧:옥구슬) 한 쌍을 훔쳐냈다.

다음 날 아침, 위출공은 조회를 받던 중에 옥벽 한 쌍이 없어졌다는 급보를 받고 아연 실색하여 펄펄 뛰었다.

"옥벽이 없어지다니, 그게 무슨 보물인지 아느냐! 위나라 선조 대대로 전해 내려온 국보란 말이다. 어떤 놈이 훔쳐갔는지 모르나, 수단 방법을 가리지 말고 찾아내거라!"

임금의 불벼락이 떨어지자, 궁궐 안은 삽시간에 공포 분위기에 휩쓸렸다.

제일 혐의가 짙은 대상은 역시 간밤에 숙위(宿衛)를 맡았던 금위병들이었다. 문무 관원들의 문초에 후표는 즉석에서 결박을 받았다.

절도 사건의 소식이 전해지자, 고시는 속으로 비명을 질렀다.

'이 미련한 녀석, 자그만 노리개나 한 두엇 훔쳐내라고 귀띔을 해 주었더니만 엄청나게도 국보에 손을 댔을 줄이야…….'

사소한 절도죄라면 가벼운 처벌로 추방해 버리면 되겠지만, 국보를 훔쳐냈다면야 이것도 살아남지 못할 중죄였다. 궁궐에서 범인이 송치되어 오자, 그는 어쩔 수 없이 사건을 인계받았다. 그리고 두눈 딱 감고 심문장으로 나갔다.

옥리들이 보는 앞이라, 후표는 한 바탕 교묘한 말솜씨를 부려 뻗대는 척하다가 마지막에 가서는 숨김없이 자백을 했다.

고 대감은 속이 부글부글 끓어올라 목청이 터져라고 고함쳐 물었다.

"네 이놈! 장물은 어디다 숨겼느냐?"

후표는 물정도 모른 채 벌벌 떨어가며 고지식하게 불었다.

"소인 집에……감춰 두었습니다요!"

"여봐라, 죄인의 집을 수색해서 장물을 찾아오너라!"

옥리 두 명이 후표를 잡아끌고 가더니, 얼마 안 있어 국보를 찾아 가지고 돌아왔다. 엄청난 장물을 눈 앞에 놓고 보니, 고시는 진짜로 속이 터져서 견딜 도리가 없었다.

"이 대담한 놈! 주군을 곁에 모시고 국록을 먹으면서 그 영예스런 은혜에 보답할 생각은 않고 오히려 국보를 훔쳐내다니, 이 죄를 어찌 용서하겠느냐! 여봐라, 주군께서 처분을 내리실 때까지 이놈을 사형수 감방에 처넣어라!"

"예에!"

옥리들은 굶주린 늑대처럼 달려들더니, 후표의 덜미를 사형수 감방으로 끌고 갔다.

고시는 옥벽 한 쌍을 떠받든 채 곧바로 입궐하여 위출공 앞에 바치고, 사건 수사 경위를 낱낱이 아뢰었다.

위출공은 놀랍고 반가운 마음에 조심스럽게 옥벽을 건네받고 한참 동안이나 들여다보더니, 고시에게 치하의 말을 던졌다.

"고 경, 과연 대단한 솜씨요! 경의 위인 됨됨이 공평 무사하고 일처리에 능숙하다는 말을 과인도 이미 들어 알고 있었소만, 이렇듯 신속히 결말을 지을 줄은 미처 몰랐구료. 정말 수고하셨소!"

그는 옥벽을 탁자 위에 내려놓고 다시 물었다.

"한데, 경은 그 범인을 어떻게 처리할 생각이오?"

"후표는 금궁에서도 측근 시위의 신분으로서, 국법과 형률(刑律)이 얼마나 엄격한지 익히 아는 자올시다. 그럼에도 귀중한 국보에 손을 대었으니, 마땅히 극형에 처해야 옳을 줄로 아옵니다."

고시가 뜸을 들이면서 신중히 대답하자, 위출공은 그럴 줄 알았다는 듯이 냉큼 그 말을 받았다.

"옳거니! 그런 놈은 극형에 처해도 과인의 분노가 풀리지 않을 거요."

"하오나, 후표 역시 주군께 견마지로(犬馬之勞)를 다 바쳐 온 사람이었습니다. 주군께서 너그러운 도량을 베푸시어 극형만은 면해 주셔야 합니다."

그 말을 듣자, 위출공은 이맛살을 찌푸렸다.

"아니, 그게 무슨 말인가? 후표와 같은 죄인을 제거하지 않고서야 앞으로 또 이런 화란이 일어나지 않는다고 누가 보장하겠소?"

"신에게 두 가지 측면을 다 온전하게 살리는 방법이 하나 있사옵니다."

"두 가지 측면이라니, 그게 무엇이오?"

"주군의 너그러우신 도량과 일벌 백계의 효과를 아울러서 온전히 살릴 수 있는 방법 말씀입니다."

"옳지, 어서 말씀해 보시오!"

"후표가 비록 큰 죄를 지었다고는 하오나, 죄를 자백한 태도가 솔직했고 또 훔쳐낸 옥벽도 흠집 하나없이 무사히 주군께 돌아왔습니다. 그러므로 극형에 처한다는 것은 너무 가혹한 듯싶습니다. 그 자가 못된 버릇을 고치지 않을 경우에 대비해서 월족의 형을 내리심이 어떠하온지요? 왼쪽 발목을 끊어버리면 거동이 불편해서 담장을 뛰어넘거나 땅굴을 파고 남의 집에 들어가 두번 다시 도둑질을 못할 것이 아닙니까?"

"월족형이라?……그것 너무 가벼운 처벌이 아니오?"

"중형으로 다스리는 본뜻은 일벌 백계에 그 목적이 있습니다. 이제 후표가 스스로 죄를 인정했고 또 가벼운 형벌에 처한다면 전비(前非)를 통렬히 뉘우치는 것과 아울러 바다처럼 넓으신 주군의 은덕에 깊이 감복할 것입니다."

위출공은 한참 동안 이 말뜻을 새겨보더니 마침내 동의를 표했다.

"경이 아뢴대로 따르겠소. 속히 돌아가서 형을 집행하시오."

"분부 받드오리다!"

고시는 퇴궐하는 즉시 아문으로 돌아와, 사형수 감방에 갇혀 있던 후표를 끌어냈다.

후표는 고시를 보자마자 대성 통곡하면서 빌었다.

"대감님, 목숨만 살려 줍시오!"

"후표, 그렇게 울 것 없다. 내 이미 주군께 아뢰어서 죽음만큼은 특별히 사면을 받아 왔으니까."

"고맙습니다, 나으리! 고맙습니다 주군!……."

"하지만 말이다……."

고시의 목소리가 한결 무거워졌다.

"죽음은 면했다 하더라도, 그냥 죄를 용서받지는 못한다. 이제 월족형을 베풀 것이니 그리 알라!"

"월족형이라……하옵시면?……."

후표는 전신을 떨면서 의아스레 물었다.

"네 왼쪽 발목을 끊는 형벌이다."

그 말을 듣자, 후표의 얼굴이 흙빛으로 변하고 말았다.

"후표, 아직도 할 말이 남았느냐?"

"소인이 죄를 지었으니……의당 처벌을 받아야 합지요……형을 내리십쇼. 기꺼이 받겠습니다!"

후표의 목소리는 울음 때문에 알아듣기조차 힘들었다.

"형을 집행한다. 죄인을 형방에 끌어다가 왼쪽 발목을 베어라!"

"형을 집행하랍신다!"

옥리들이 절반쯤 넋이 나간 후표를 떠메다가 형틀에 얽어맸다. 도부수(刀斧手)의 손에서 도끼날이 떨어지자, 외마디 비명 소리가 참담하게 울리면서 후표의 발목이 땅에 떨어졌다.

옥리는 죄인의 발목을 가져다 대감에게 형 집행을 끝마쳤다는 증거로 내보였다.

"알았다, 속히 의원을 불러서 상처를 치료해 주도록 하라!"

대기하고 있던 의원이 상처에 약을 붙이고 헝겊으로 감싸주느라 한동안 부산을 떨었다. 이윽고 치료가 끝나자, 옥리들은 까무라친 후표를 떠메어 감방에 눕히고 조리를 시켰다.

좌비는 후표가 국보를 도둑질했다는 소문을 전해 듣고, 적지 않게 의심을 품었다. 그러나 사사관 대감이 그의 발목만 잘랐다는 뒷소식에 접하자, 그녀는 퍼뜩 깨달은 바가 있었다.

그녀의 심정은 착잡하기 이를 데 없었다. 자기네들의 행위를 은폐해 주기 위해서 고시가 보여 준 절묘한 해결 방법에 고마운 느낌도 들었거니와, 또 한편으로는 자신이 총애하는 미남자의 멀쩡한 발목을 끊어 병신으로 만들어버린 처사가 너무도 가혹하다는 데 앙심을 품었다.

좌비가 극도로 비탄에 빠져 있을 때, 위출공은 남의 속도 모른 채 얼굴 가득 웃음을 띠고서 그녀의 침실을 찾아왔다.

"하하! 무얼 하고 있었는고? 과인은 대대로 전해 내려 온 국보를 잃었다가 찾아서 이렇듯 기쁜데, 그대는 어째서 우거지상을 짓고 있을꼬?"

그녀의 환심을 사려고 위출공은 침상 곁에 어깨를 나란히하고 앉아서 쑥덤불처럼 흐트러진 머리채를 쓰다듬어 주었다.

부드러운 손길이 와서 닿자, 그녀는 가슴이 뭉클해지면서 눈물이 왈칵 솟았다.

"좌비, 어째서 눈물을 흘리오? 어디 몸이라도 불편해서 그러는가, 아니면 다른 사연이 있어서 그러는가?"

좌비는 가슴 속의 고통을 하소연할 데가 없는 몸이라, 세상 만사가 모두 귀찮았다.

"소첩이 어젯밤 너무 놀라 지금까지도 정신이 어지럽습니다. 방금 골치가 욱신거려 참을 수가 없길래 군후 앞에서 눈물을 보였습니다."

"밖에 누구 없느냐!"

위출공이 고함을 질렀다.

"예에, 쇤네 대령이오!"

시녀 한 사람이 득달같이 달려와서 무릎을 꿇었다.

"냉큼 나가서 의원을 불러 들여라!"

"예에!"

시녀가 떠난 지 얼마 안 되어, 의원이 허둥지둥 들어왔다.

"좌비가 감기로 두통이 난 모양이다. 속히 진맥을 해 보아라."

의원이 손목을 잡고 맥을 짚었으나, 체온도 정상이요 맥도 제대로 뛰는 것이 멀쩡하기만 했다. 두번 세번 거듭 진맥을 해 보았지만 도대체 무슨 병인지 알아낼 도리가 없었다. 그렇다고 임금이 지켜보는 앞에서 모른다고 잡아떼지도 못할 처지라, 의원은 어물어물 둘러댈 수밖에 없었다.

"아무래도 감기 기운이……."

"그러면 그렇지! 과인이 뭐랬더냐? 어서 약을 지어 올려라!"

의원은 몸보신 약재 몇 가지로 탕약을 끓여 바쳤다.

한편, 감옥에서 요양중인 후표는 고시가 돌보아 준 덕택으로 달포 만에 상처가 완전히 아물었다.

그는 병상에서 내려와 걷기 연습을 시작했다. 지팡이를 짚고 절뚝거릴 때마다 그 아픔은 참기 어려운 것이었다. 두 달 남짓 연습한 뒤에야, 그는 천천히 걸음을 옮길 수가 있었다.

"이제부터 혼자 힘으로 걸을 수 있게 되었다. 한데 앞으로 어떻게 할 작정이냐? 집으로 돌아가서 장사라도 할 테냐, 아니면 관가에 남아서 잔심부름이나 하며 살아 가겠느냐?"

엄한 대감이 곰살궂게 죄인의 뒷걱정까지 해주시니, 후표는 감격을 이기지 못하고 흐느껴 울었다.

"대감님께서 이렇듯 불초한 죄인의 생계까지 마음을 써주시다니, 참으로 저를 다시 낳아 주신 부모님이나 다를 바 없사옵니다. 이제 소인은 다리 한 쪽을 잃은 몸이라 거동이 불편합니다. 이런 몸으로 관가 일을 어찌 도와드릴 수 있사오리까? 바라옵건대 성내에 나가서 목구멍에 풀칠이라도 할 방도가 있으면 그보다 더 큰 소원이 없겠습니다."

"오냐, 내 그릴 줄 알고 너한테 일거리를 하나 마련해 두었다. 하찮은 일이라 네가 하려는지 모르겠다만……."

"아니올시다! 대감께서 마련해 주셨다면 무슨 일이든지 하렵니다."

"지금 동곽문(東郭門)에 문지기 자리가 하나 비었는데, 일이라곤 문을 열었다 닫기만 하면 된다. 일도 쉽고 멀리 걷지 않아도 되므로 네게 적당할 듯 싶은데, 녹봉이 적어서 그게 미안스럽구나."

"하루 세 끼 먹고 살 수만 있다면 더 바랄 것이 없습니다."

"정 그렇다니 좋다. 오늘 중으로라도 가 보아라. 하지만 평생토록 명심할 것은, 그 상처의 아픔을 잊지 말고 옛날 고질병이 도지지 않도록 단단히 마음 먹어야 한다! 알겠느냐?"

"소인이 한때 길을 잘못 들었다가 이제 겨우 한 목숨 부지했는데, 어찌 또 그런 죄를 범하오리까?"

"그래, 어서 떠나거라!"

고시가 그를 보내놓고 한시름 놓으려는데, 아전이 또 들어와서 아뢰었다.

"나으리, 복(卜) 대인께서 오셨습니다."

고시는 복상이 왔다는 말에 깜짝 놀라 반색을 하며 물었다.

"그래 지금 어디 계시냐?"

"아문 밖에서 기다리고 계십니다."

고시는 부랴부랴 마중을 나갔다.

"사형, 언제 돌아오셨소?"

"이제 막 왔네."

복상(卜商)이 손을 맞잡으면서 대답했다.

"사부님은 평안하신지요?"

"그 어르신은 괜찮으시네만, 염경이 병으로 세상을 떠났네."

뜻밖의 흉보에, 고시는 슬픔을 이기지 못하고 눈물을 글썽거렸다.

"염경은 사부님께서 제일 아끼시는 제자 가운데 하나였는데……그가 병으로 죽었다니 사부님의 마음도 큰 상처를 입으셨겠습니다그려!"

"그렇다네……."

복상도 눈언저리가 축축하게 젖어들었다.

"벌써 여러 날째 상심하고 계신 걸 보다가 왔으니까."

12
안회도 가고

외아들 공리를 잃어버린데다 제자 염경마저 저 세상으로 떠나보낸 이후, 공구는 시름에 겨워 하루하루 보내고 있었다.

이날도 그는 점심을 뜨는 둥 마는 둥 물리고 발길 닿는 대로 글방에 나가 보았더니, 안회가 홀로 책상을 마주하고 앉아 있었다. 공구는 사뭇 대견스런 미소를 띠면서 헛기침으로 인기척을 냈다.

그러자 안회는 도둑질하다 들킨 사람처럼 황급히 손에 들고 있던 헝겊 뭉치를 재빨리 소매춤에 쑤셔 넣고 일어났다.

공구는 영문을 모르고 멍하니 서 있다가 미심쩍게 물었다.

"안회야, 너 방금 무얼 감췄느냐? 혹시 아직도 나한테 뭔가 숨기는 게 있는 것은 아니겠지?"

"저는 사부님께 아무 것도 숨기는 게 없습니다."

안회는 맹세라도 하듯 딱 부러지게 부인했다. 그러나 스승의 눈길은 그 소매춤에 단단히 못박힌 채 좀처럼 떠날 기미를 보이지 않았다.

그 다음 순간 안회는 격렬한 기침을 토해 내면서 소매춤의 헝겊 뭉치를 다시 꺼냈다.

헝겊에 쏟아낸 것은 가래가 아니라 시뻘건 핏덩이였다. 공구는 까무라치도록 놀라고 말았다.

'폐병이로구나! 그것도 이 지경까지 중태일 줄이야…….'

그는 안회의 얼굴을 새삼 쳐다보았다. 누렇게 말라버린 얼굴빛, 퀭하니 패여 들어간 눈자위……스승은 이것이 현실이 아니라 꿈이기를 바랐다. 삼대처럼 얼키고 설킨 마음에 그는 한동안 어찌할 바를 몰랐다.

안회는 헝겊 뭉치를 다시 소매춤에 집어넣고 억지 웃음을 띠어 보였다.

"사부님, 걱정 마십시오. 어쩌다가 독한 감기에 걸렸을 뿐이니까요."

말을 다 끝내지도 못한 채 그는 또 한 차례 기침을 토해냈다.

"쿨럭쿨럭!……쿨럭쿨럭!……."

듣는 사람의 가슴을 쥐어 짜내듯, 답답한 기침 소리가 한참 동안이나 지속되었다. 공구는 머리 속이 띵하게 울리면서 현기증을 일으켰다.

"사부님, 방에 들어가서 좀 쉬십시오!"

공구는 말없이 안회의 손을 매정하게 뿌리치고 돌아섰다. 왜 그리도 매정하게 뿌리쳤는지, 앞마당으로 내려서면서도 그 까닭을 알 수가 없었다.

어쩌면 이 사랑스런 제자가 중병에 걸린 것이 너무나 야속해서 그랬는지도 몰랐다.

무거운 발걸음을 옮겨 안채에 들어서니, 오후 강의를 받으려고 문턱을 넘어서는 증삼과 딱 마주쳤다.

안회와 증삼, 마음 속으로 이들 두 제자를 비교해 보는 동안, 그는 극심한 갈등과 모순을 느꼈다.

똑같이 가난하면서도 한쪽은 병까지 들고 다른 한쪽은 튼튼한 몸으로 언제나 싱글벙글이다.

'세상은 참말 공평치 못하구나!'

그는 불현듯 두려움을 느꼈다. 제자들의 불행한 소식을 또 듣게 되지나 않을까 무서웠다. 그는 제자들의 근황을 좀 더 알아보고 싶은 욕심이 생겼다.

"증삼아, 너 요즈음 사형들이 어떻게 지내고 있는지 못 들어보았느냐?"

"예, 소식은 가끔 들립니다. 복불제는 단보 지방을 아주 잘 다스리고 있다 하더군요. 예의와 덕행으로 주민들을 교화시켜 현지 풍속이 예전보다 썩 좋아졌다고 합니다."

"나도 그 얘기는 들어 알고 있다."

"사부님, 귀에 들리는 것은 모두 헛소문일 수도 있습니다. 눈으로 직접 보아야 사실 여부를 알 수 있지 않습니까? 어떻습니까, 사부님이 단보 읍엘 가셔서 복불제의 치적을 한번 보도록 하시지요."

"나도 그럴 생각은 있다만, 염경이 병으로 세상을 뜬 이후부터 내 마음이 몹시 언짢구나, 게다가……."

그는 흘끗 안회의 뒷모습을 바라보면서 얼른 말끝을 돌렸다.

"그래, 우리 내일 떠나기로 하자꾸나. 모두들 가서 복불제가 어떻게 다스리고 있는지 보기로 하자."

다음날 아침 일찌감치 몰이꾼 공량유 말고도 안회와 증삼이 대문 앞에 나와서 기다렸다. 수레에 막 오르려는데, 안회가 또 한 바탕 심하게 기침을 터뜨렸다.

"쿨럭, 쿨럭!……쿨럭, 쿨럭!……."

안회는 각혈한 것을 스승에게 보일까 두려워 돌아서서 남몰래 헝겊에다 핏덩이를 뱉아냈다.

그 광경을 못 본 척 외면하면서, 공구는 이미 그가 오래 살지 못하리라는 예감을 느끼고 있었다.

그는 하늘을 우러러 깊은 탄식을 터뜨렸다. 하늘도 사람도 모두 원망스럽고 야속하기 짝이 없었다.

"속담에 '착한 사람이 장수를 누리는 법이 없다' 고 했다만 그렇다면 천리(天理)란 게 또 어디 있단 말인가?"

짓푸른 허공에는 솜털처럼 하얀 구름장이 두어 조각 흩날려 떠가고 있을 뿐, 그저 텅비고 허망한 느낌만 주었다. 다시 고개를 돌려 안회의 얼굴을 바라보니, 깡마른 두 뺨에 납빛처럼 누런 광대뼈가 돋아나온 것이, 보이지 않는 저승 사자의 손아귀에 이미 사로잡혀 있는 듯싶어 안타까울 따름이었다.

수레 디딤판에 한 발을 올려놓은 채, 그는 격심한 갈등에 시달렸다.

안회를 데리고 가면 병세가 가중될 것이 뻔했다. 그렇다고 그를 남겨두고 가기도 안타까운 노릇이라 한참 주저한 끝에, 공구는 결단을 내렸다.

"어서 올라 타거라!"

노나라 도성에서 단보 읍까지는 거의 2백 리 길이었다. 단보까지 가는 길 내내 쉴새없이 기침을 터뜨리고 피를 토하는 제자를 보면서, 공구의 가슴은 찢어질 듯 아팠다.

사흘째 되는 날 정오 무렵, 일행은 단보읍 경내에 들어섰다. 큰 강변을 따라 지나려니, 상공에 백구(白鷗) 10여 마리가 떼를 지어 한가롭게 날고 있었다.

강심(江心)에는 조그만 조각배 세 척이 물결 따라 흐르면서 고기잡이를 하느라 바빴다.

공구는 고기잡는 광경을 흥미롭게 바라보았다. 어부들은 그물을 걷어 올리더니, 고기를 꺼내 갑판에 놓기도 하고 일부는 조심스럽게 다시 물 속에 놓아주고 있었다.

구경꾼 네 사람은 너나 할 것 없이 괴이한 느낌이 들었다. 그중에서도 공량유가 먼저 궁금증을 참지 못하고 스승에게 여쭈었다.

"사부님, 이상하지 않습니까? 고기를 잡아서 왜 다시 놓아 주는지 모르겠습니다. 혹시 장난삼아 고기를 잡는 게 아닐까요?"

공구는 도리질을 했다.

"아닐게다. 잘 보려무나, 잡은 것 중에서 어떤 놈은 갑판에 남겨놓지 않더냐? 가만 있거라, 우리 수수께끼를 풀고 가자꾸나!"

넷이서 또 한참 동안 눈여겨 보았으나, 보면 볼수록 요령부득이기는 매일반이었다.

이윽고 공구는 강쪽을 향해 손짓을 보냈다. 눈썰미 좋은 어부도 금세 알아보고 강변쪽으로 노를 저어 다가왔다.

공구는 다리 밑으로 내려서서 물었다.

"방금 당신들이 고기 잡는 것을 구경하고 있었소만, 어떤 놈은 남겨 놓고 어떤 놈은 다시 물에 놓아 주는 까닭이 뭔지 모르겠구료. 어째서 그렇게 하시는 거요?"

어부가 나그네들의 행색을 훑어보더니, 차분한 말씨로 설명을 해주었다.

"우리 단보읍 원님은 복 대감올시다. 그분은 저희들더러 강물에 의지해서 물고기를 잡아 먹고 살되 물고기도 기르면서 잡아야 한다고 가르치셨습니다. 지금은 암컷이 한창 알을 배는 산란기라, 저희들도 잡은 고기를 자세히 가려서 다 자란 수컷만 남겨놓고 잔챙이나 암

컷은 도로 물 속에 놓아 주고 있습니다. 이렇게 하는 것이 강물을 먹으면서 강물을 기르는 방법이 아니겠습니까?"

공구는 흡족한 미소를 띠었다.

"옳소, 옳은 말씀이외다! 물에 의지해서 물을 먹고 살되, 물도 길러주어야 하고 말고! 고맙소, 좋은 가르침을 주셔서……."

수레에 다시 올라 길재촉을 하면서, 그는 흥분을 이기지 못하고 제자들에게 연거푸 칭찬을 늘어놓았다.

"너희들도 보았지? 하하하! 복불제가 단보 읍을 기막히게 잘 다스리고 있는 모양이다. 그렇지 않고서야 어부들이 어떻게 저런 방법을 쓰겠느냐?"

"예, 정말 놀랐습니다."

안회와 증삼, 공량유도 입을 모아 찬탄을 아끼지 않았다.

일행이 단보성 동문에 들어서자 늙수그레한 장님 한 사람과 마주쳤다. 장님은 등에 거문고를 한 틀 걸머지고 손에 잡은 지팡이로 연신 땅바닥을 두드려가며 길을 찾아가고 있었다. 이제 그는 지팡이 끝이 두드리는 대로 성벽을 따라서 마차가 다니는 큰길거리 모퉁이를 꺾어 돌아갔다.

이때 웬 젊은 친구가 부리나케 달려오더니, 친숙한 목소리로 이렇게 물었다.

"영감님, 성 바깥으로 나가시려는 겁니까 아니면 큰길 모퉁이를 돌아서 가시려는 겁니까?"

"성 밖으로 나갈란다."

장님이 대답하자 젊은이는 고개를 갸우뚱했다.

"그러시다면 길을 잘못 드셨습니다. 이리 오세요, 제가 성 밖까지 모셔 드릴 테니까."

젊은이는 지팡이 끝을 덥석 잡더니, 앞서서 늙은 장님을 성 밖으로 이끌고 나갔다.

잠시 후, 그는 동문에 다시 모습을 나타내더니 홀가분한 걸음걸이로 제갈길을 가버렸다.

공구는 줄곧 그 광경을 지켜보면서 흐뭇한 느낌이 들어 미소지었다.

수레는 큰 길거리를 따라 계속 앞으로 나아갔다. 보이는 사람마다 공손하고 양보하는 모습이었고, 남녀가 모두 길을 달리하여 오가고 있었다. 공구는 보면 볼수록 기분이 좋아졌다.

"공량유야, 속도를 조금 늦추려무나, 이 단보성의 태평스런 정경을 낱낱이 보아두고 싶어서 그런다."

"예에, 그러시지요!"

견마잡이가 선뜻 응답하더니, 말의 재갈을 움켜잡고 걸음걸이를 늦추었다.

길거리의 정경은 공구를 담뿍 취하게 만들었다. 두 손으로 번갈아 허옇게 세어버린 수염을 쓰다듬어 내리면서, 얼굴에는 웃음기가 스러지지 않았다.

아문에 다다르고 보니, 텅 빈 절간만큼이나 썰렁했다. 안팎 어디를 둘러보아도 인기척 하나 없었다. 공구는 속으로 기꺼워하면서 수레에서 내려섰다. 그리고 제자들에게 복불제를 또 한바탕 칭찬해 주려고 입을 여는데, 안채 쪽에서 누군가 종종 걸음으로 달려나왔다. 복불제였다.

"아이구, 사부님이 오셨군요! 그런 줄도 모르고 영접을 못 나갔으니, 이런 송구스런 노릇이 어디 있습니까? 사부님, 절 받으십시오!"

"하하! 속된 인사치레에 얽매일 것 없다. 내게 가장 요긴한 것은 이 고을을 얼마나 잘 다스렸는지 그 업적을 보는 것이니까 말이다."

복불제는 스승과 사형제 일행을 객실로 모셔 들였다. 스승의 눈길이 방 안 살림살이를 둘러보기 시작했다. 세간살림은 골고루 갖추어져 있었으나, 한결같이 초라하고 검소해 보였다. 스승은 말 한 마디 없이 고개만 끄덕끄덕 움직였다.

복불제가 겸연쩍게 웃으면서 입을 열었다.

"사부님, 저희 집에는 숙수(熟手)를 두지 않았습니다. 제 안사람이 부엌데기 노릇을 하지요. 날도 저물어 다른 요리사를 미처 불러오지도 못하겠고 해서, 안사람더러 급한대로 저녁 준비를 하라고 시켰는데 사부님과 아우님들 입에 맞을지 몰라 걱정스럽군요. 내일은 음식점 주방장을 청해다가 좋은 요리를 해올릴 테니, 오늘 저녁은 그냥 때우도록 하시죠."

"아니다, 이 집에서 늘 먹던대로 해주려무나. 네가 인덕으로 고을 주민들을 교화시키고 근검 절약으로 읍내를 다스린 것만 보아도 배가 뿌듯해진다. 이 얼마나 대견스러운 일이냐!"

"아니, 무얼 보셨길래……?"

증삼이 오던 길에 목격한 것을 주워 섬기려는데, 복불제의 아내가 저녁상을 차려 내왔다.

밥 그릇 다섯 개, 반찬 네 가지의 조촐한 차림새였다. 밥상을 둘러보던 복불제가 얼굴을 붉히더니, 냉큼 일어나서 아내 뒤를 따라 부엌으로 건너갔다.

그리고 잠시 후에 조그만 접시를 한 개 떠받들고 나왔다. 접시에 담긴 것은 실낱처럼 잘게 썬 생강이었다.

안회와 증삼이 마주 바라보고 빙긋 웃었다. 사형 복불제가 스승의 입맛을 잊지 않고 있다는 것이 신통해서였다.

공구는 식탁에 늘어놓은 반찬을 굽어보고 탄성을 터뜨렸다.

"이것 봐라, 다섯 가지 반찬 빛깔이 아주 산뜻하구나! 채소로 만들었으면서도 이토록 깔끔하고 먹음직스런 음식은 내 처음 본다."

그는 자세를 바로 고쳐 앉더니, 이렇게 말을 이었다.

"나는 쌀밥과 가늘게 썬 육회를 좋아했다만, 이 야채 요리도 산뜻하고 정교한 것이 보기만 해도 맛깔스럽구나!"

저녁을 끝내고 공구는 등잔불 빛에 의지하여 제자들과 한담을 나누기 시작했다.

"복불제야, 너 이 고을에 부임한 이래 얻은 것은 뭐며, 잃은 것이 있다면 무엇이냐?"

복불제는 잠시 생각을 가다듬더니 이렇게 답변해 올렸다.

"제가 이 단보 읍재로 부임한 이래 잃은 것은 아무 것도 없습니다. 그 대신에 소득은 적지 않았습죠."

"그래 무엇을 얻었는지 얘기해 봐라."

"크게 나누자면 세 가지로 말씀드릴 수 있습니다. 하나는, 사부님께 배워온 지식을 실천하면서 탁월한 효과를 보았다는 점입니다. 이것은 학문상의 유익한 점이라고 하겠습니다. 다음은, 벼슬아치로 받은 녹봉이 저와 아내가 살림살이에 쓴 것을 제외하고도 궁색한 일가친척에게 조금씩 나누어 줄 수가 있었던 점입니다. 이것은 골육지간에 얻은 유익한 점이라고 하겠습니다. 마지막 하나는, 아문에서 처리할 공무가 뜸하여 친척과 벗을 찾아보거나 문병이나 조문을 할 시간적 여유가 많아졌다는 점입니다. 이것은 친구와의 교분에 있어서 유익한 점이라고 하겠습니다."

스승은 기꺼운 나머지 목소리가 높아졌다.

"너무 좋구나! 네가 읍재의 신분으로 한 고을 백성들의 사표(師表)가 되었고 모든 일에 몸소 모범을 보였기 때문에, 뭇사람의 여망을 깊이 얻었다. 이리로 오는 도중, 나하고 안회, 증삼, 공량유가 보고 들은 것이 모두 사람을 흥분시키고도 남음이 있었다. 그것으로 미루어, 네가 인덕으로 백성을 교화시켜야 한다는 이 근본 도리를 완전히 장악했음을 알 만했다."

복불제는 멋적은 듯 이마를 쓰다듬었다.

"사부님, 그런 칭찬의 말씀은 감당하기 어렵습니다."

"이 고을을 다스린 지 그리 오래지 않았는데도, 두드러진 업적을 나타내고 서민 백성들의 옹호와 추앙을 받게 되다니, 도대체 무슨 방법을 썼길래 여기에 이르렀느냐?"

"저는 부임 첫날부터 솔선해서 어른을 존경하고 어린것을 사랑하는 기풍을 모범으로 보였습니다. 백성들의 어버이를 제 부모님처럼 대하고, 백성들의 아들 딸을 제 친자식처럼 대해 주었습니다. 온 고을 안에 불쌍한 고아들을 찾아서 구휼하고 어루만져 주었으며, 불행한 일을 당한 모든 사람들에게 동정을 보이고 할 수 있는껏 도움을 주었습니다."

복불제는 자신있게 말씀드렸으나, 뜻밖에도 스승의 반응은 덤덤했다.

"그건 지엽적인 일이다."

"제게는 도움을 주는 벗들이 많습니다. 제가 웃어른을 받들어 모시는 일에 도와주는 벗이 세 사람 있고, 형제지간의 일을 처리하는 데 도움을 주는 벗이 다섯, 친구간의 일을 처리하는 데 도와 주는 벗이 열한 사람이나 있습니다."

그 말을 듣고 스승이 빙그레 웃었다.

"웃어른 받들어 섬기는 데 도움을 주는 벗이 세 사람 있다니, 그 정도면 서민들이 효도하도록 가르칠 수 있겠구나. 또 형제간의 일을 처리하는 데 도와 주는 벗이 다섯이라면, 네가 백성들로 하여금 형제간에 화목하고 함께 어울려 살게 할 수 있겠다. 친구지간의 일을 처리하는 데 도와 주는 벗이 열한 명이나 된다니, 그 정도면 백성들이 서로 존경하고 흠모하도록 가르칠 수 있겠다. 하지만 이것도 모두 중간쯤 되는 업적에 지나지 않는다."

복불제가 또 아뢰었다.

"이 단보 읍에 저보다 재덕이 훨씬 높은 인재가 다섯 분이나 있습니다. 저는 날마다 그분들께 가르침을 구하고, 그분들 역시 제게 단보 읍을 어떻게 다스려야 하는지 성심성의껏 가르쳐 주고 있습니다."

그제서야 공구의 목소리가 들떠 나왔다.

"바로 그것이 가장 큰 업적이다! 옛날 요순 임금은 모두 미복으로 갈아입고 은밀히 탐방하여 현자(賢者)를 찾아내고 이들을 높이 기용했다. 어질고 착한 인재를 발굴하여 등용한다는 것이 바로 모든 행복의 근원이요, 또 그것을 실천하였기 때문에 요순이 거룩한 제왕으로 추앙받게 된 것이다. 복불제야, 네가 다스리는 지방이 너무 작은 게 안타깝구나. 보다 넓은 땅을 다스렸더라면, 너도 요순 임금의 빛나는 업적을 이어받을 수 있었을 텐데 말이다."

공구의 상념은 복불제가 다스리는 단보읍에서 노나라에까지 미쳤다. 아니 거기서 그치지 않고 주나라 왕조 전체까지 생각하기에 이르렀다.

그날 밤 잠자리에 들어서도 들뜬 마음에 그는 조금도 피곤한 줄 몰랐다. 이때부터 그는 자기가 평생 이룩하지 못한 주례 회복의 무거운 임무를 차츰 제자들에게 떠맡겨야겠다는 생각이 들었다.

공구 일행은 사흘 동안 단보읍을 구석구석 돌아다녔다. 무엇을 보거나 듣거나, 그것들은 하나같이 공구의 이상을 그대로 구현하고 있었다.

그는 사뭇 아쉬운 마음으로 복불제와 작별한 다음, 수행 제자들을 데리고 노나라 도성으로 돌아왔다.

그의 유일한 희망은 제자들 가운데 복불제와 같이 덕행으로 백성을 교화시킬 수 있는 인재가 몇 사람쯤 더 배출되기만 바라는 길밖에 딴 도리가 없었다.

그리고 자기 자신의 남은 정열과 기력을 모두 《춘추》 저술에 쏟아넣기로 마음을 단단히 굳혔다.

그는 하(夏), 상(商), 주(周) 3대의 역사, 그 중에서도 특히 문화사 분야에 비상한 관심을 품었다. 공구가 태어나기 이전, 주나라 왕조에 속한 모든 제후국들의 역사서를 일반적으로 《춘추》라고 불렀다.

공구는 열국을 주유하던 14년의 유랑 생활 중에도 이런 역사 자료들을 모두 수집하려고 무진 애를 썼다. 이렇듯 애를 써서 수집해 온 자료들이 지금 그의 서재에 산더미처럼 쌓여 있었다.

어느 날, 그가 자료 정리에 파묻혀 있는데 복상(卜商)이 찾아와서 보고는 혀를 내둘렀다.

"사부님, 굉장한 분량이군요! 이 자료들을 다 정리해 쓰실 겁니까? 어르신께서 이 《춘추》를 완성하여 후세 사람들에게 전하신다면, 정말 위대한 창작이라고 칭송을 받으실 겁니다."

"이것은 내 창작이 아니라 그저 옮겨 쓴 것에 지나지 않는다. 나는 고대 왕조가 남겨놓은 문화 유산을 좋아하고 아울러서 좀 더 많은 해석을 붙였으면 하고 바랄 따름이다."

"얼마나 쓰셨습니까?"

제자의 물음에, 그는 멋쩍게 웃었다.

"이제 갓 시작했을 뿐인 걸!"

복상은 백발이 성성해진 모습을 바라보면서 스승의 건강이 과연 이 방대한 저술을 완성할 때까지 버틸 수 있을런지 걱정스러웠다.

"사람이 한평생을 살아가는 동안, 후대에 무엇인가 조금 남겨놓기가 너무나 어렵구나! 복상아, 너도 열심히 살고 부지런히 일해야 한다. 어떤 사람은 그렇지 못하다. 절반밖에 못 되는 설익은 지식을 빙

자해서, 심지어는 아무 것도 모르면서 글을 쓴답시고 덤벙대기만 하니, 그 결과야 보나마나 뻔하지! 얼토당토 않게 뚱딴지 같은 소리만 늘어놓고, 오류나 백출하기 십상 아니겠느냐? 내 방법은 이렇다. 고대 문화 유산을 더 많이 접하고 그 가운데서 가장 중요한 정화(精華)를 기억해 둔다. 또 학문 있는 사람에게 더 많은 가르침을 구하고 쓸 만한 부분은 모두 흡수한 다음, 그것들을 내 나름대로 소화시켜 써나가는 것이 바로 내가 저술하는 방식이다."

"그토록 많은 학문을 지니시고도 남에게 가르침을 구하시다니, 누가 감히 어르신을 가르칠 수 있단 말씀입니까?"

"배움에 부지런하고 아랫사람에게 묻기를 부끄럽게 여기지 않는다면, 누가 이런 나한테 가르침을 베풀려 하지 않겠느냐? 내가 일자 무식꾼처럼 보이고 세상에 아는 일이 하나도 없는 표정을 내세운다면, 이런 내게 접근하려 할 사람이 어찌 없겠느냐?"

복상은 탁자 위에 산더미처럼 쌓인 죽간 뭉치를 가리키면서 여쭈었다.

"책들이 전부 너덜너덜 해지고, 온전한 것이 별로 없는데, 이것들을 정리하려면 힘이 무척 들지 않겠습니까?"

공구는 깊은 애정이 서린 손길로 죽간 뭉치를 쓰다듬었다.

"그것 때문에 나도 애가 마르고 속이 타서 죽겠다. 이 역사 자료들은 내 손에 들어올 때도 온전치 못한 것이 많았는데, 수십 년 세월을 지내다 보니 쥐가 쏠고 좀이 먹어, 부서진 정도가 갈수록 늘어날 줄이야 누가 알았겠느냐. 이대로 몇 년만 더 가다가는 아예 남아나는 것도 없겠다. 그렇기 때문에, 나는 무슨 일이 있더라도 내 살아 생전에 이 ≪춘추≫를 완성하려는 것이다. 후세 사람들이 나 공구를 알아본다면, 아마도 이 ≪춘추≫ 때문일 것이다. 같은 이유로, 후세 사람들이 나 공구에게 욕을 던진다면, 그 역시 이 ≪춘추≫ 때문일 것이다."

복상이 떠난 후 그는 다시 방안에 틀어박혀 ≪춘추≫에 몰두하고 있는데, 또 제자들이 한꺼번에 들이닥쳤다. 전손사와 상구(商瞿)가 모처럼 문안인사를 올리러 방문한 것이다.

전손사는 여전히 근심스런 기색으로 죽간을 내려다 보면서 이렇게 여쭈었다.

"사부님, 지금 쓰고 계신 ≪춘추≫ 내용은 모두 과거와 현재의 역사적 사건입니다. 하오면 현재 이후의 사건은 어떻게 알 수 있을까요?"

"상(商)나라는 하(夏)시대의 문화를 이어받은 것이다. 하지만 그 내용은 전대의 것을 약간 늘이고 줄였을 뿐이다. 주나라는 상대(商代)의 문화를 이어 받았다. 그것 역시 전대의 내용을 조금 수정했을 따름이다. 이런 논리로 미루어 보건대, 현재 이후 미래의 문화도 대략 예측할 수 있지 않겠느냐?"

이번에는 상구가 여쭈었다.

"저는 ≪주역≫을 몹시 좋아합니다. 하오나 지금도 아직 모르는 부분이 너무 많아서 걱정입니다."

"음과 양은 상생 상극, 서로 낳아주고 서로 이기면서 바뀌고 변화해 나간다. 세상 만물이 모두 이 변화 속에서 끊임없이 스러지고 태어난다. 이런 현상을 가리켜 변역(變易)이라고 하는 것이다. ≪주역≫을 통틀어 보자면 시종 음양 만물이 '변역의 도(道)' 하나로 일관되어 있다. 그래서 명칭도 ≪역(易)≫이라고 붙여진 것이다. 이 책에 담긴 뜻은 너무나 깊고 오묘해서 정말 이해하기가 어려운 것이 사실이다. 네가 모르는 것은 말할 나위도 없으려니와, 스승인 나조차도 그저 그렇다는 것만 알 뿐 어째서 그런 변화가 생기는지 그 까닭은 모르고 있다."

공구는 눈을 내리깔고 한동안 생각에 잠기더니 다시 말을 이었다.

"나는 열다섯 나이에 학문 연구에 뜻을 두었고, 서른 살이 되어서야 예의를 깨달아, 말과 행동에 자신을 가졌다. 마흔 살이 되어서 육예(六藝)를 장악하여 무슨 일에 처하든 미혹당하지 않기 시작했다. 오십 살에는 천명(天命)이 무엇인지 알게 되었고, 육십 살이 되어서는 남이 하는 말을 듣고 그 진위와 시비를 분명히 가려낼 수가 있었다. 이제 칠십을 넘겨서는 무슨 일이든지 내 마음이 하고 싶은 대로 하더라도 법도를 넘어서지 않게 되었다……하지만 나는 이미 늙었다. 하늘에 눈이 있어서 나를 몇 년쯤 더 살게 해 준다면, 이 ≪역≫을 진정으로 배워 알 수 있을지 모르겠다만……."

스승과 제자가 한창 대화를 나누고 있으려니, 자로가 헐레벌떡 뛰어들면서 다급하게 아뢰었다.

"사부님, 큰일났습니다! 안회의 병세가 급작스레 나빠져서 이제라도 숨이 넘어갈 지경에 이르렀습니다."

"뭐라구!……."

공구는 아연 실색하여 의자를 박차고 일어났다.

"안 되겠다, 내 가서 보아야겠구나!"

안씨 댁 비좁은 골목 안팎에 인파가 들끓어 길을 메웠다. 대다수 급보를 듣고 먼저 달려온 동문 사형제들이었으나, 이웃 사람들도 적지 않게 모였다. 공구 일행이 나타나자, 그들은 부리나케 길을 터주었다.

병상 곁에 다가가서, 공구는 안회의 손을 부여잡고 오래도록 말이 없었다.

안회는 두 눈 가득 뜨거운 눈물을 머금은 채 힘없이 말했다.

"사부님, 불초한 제가 어르신을 여러 해 따르면서 적지 않은 가르침을 받았습니다……육예도 배우고, 예의가 무엇인지 알게 되었고……언젠가는 이 은덕을 보란 듯이 갚으려고 했는데, 중병에 몸이 얽히게 될 줄은 몰랐습니다……사부님, 절 용서해 주십시오! 저는 이제 글렀습니다……."

한 마디씩 토해내는 동안 눈물이 샘솟듯 흘러나왔다.

스승은 그의 손을 놓칠까 두려운 듯 단단히 붙잡았다.

"절대로 사위스런 생각일랑 말아라! 너는 정신력이 뛰어나지 않느냐?"

안회의 목구멍에서 그르렁, 그르렁 가래 끓는 소리가 들리기 시작했다. 그는 숨통에 막힌 가래를 뱉아내려고 입술이 새파랗게 질리도록 안간힘을 다 썼다.

스승은 보다 못해 가슴에 불길이 치솟았다. 제자의 목구멍에 손이라도 집어넣어 가래 덩어리를 움켜내지 못하는 게 한스러울 지경이었다.

안회는 두 팔꿈치로 버티고 몸을 일으키려 했다. 하지만 그에게는 이미 제몸 하나 버틸 기력조차 남아 있지 않았다.

"가만 누워 있거라."

스승은 제자의 양 어깨를 눌러 움직이지 못하게 했다. 상체에서 맥이 쭉 빠져 나가는 느낌이 스승의 손바닥에 와서 닿았다. 그와 동시에 두 눈빛이 급작스레 풀리기 시작했다.

안회는 몽롱한 눈빛으로 스승의 얼굴을 얽어잡은 채 놓지 않았다.

스승의 목소리에 모래가 섞여 나왔다.

"안회야……남길 말이 있느냐, 어서 말해라!"

안회는 입술을 한두 차례 들썩거렸을 뿐, 호흡이 멎었다. 두 눈을 부릅뜨고 스승의 얼굴을 바라본 채…….

"안회야! 안회야!"

스승이 고함쳐 불렀다. 공허한 메아리의 여운이 가라앉으면서, 그

대신에 흐느끼는 소리가 울리기 시작했다.

공구는 머리를 쳐들고 처절하게 부르짖었다.

"아아! 하늘이 내 목숨을 앗아가려는구나! 내 목숨을……하늘이여, 내 목숨을 앗아가려는가!……."

하늘을 우러러 통곡하는 소리, 사무친 비통함에 그의 숨마저 끊어질 것 같았다.

"사부님!……."

자로가 황급히 그의 팔뚝을 부축했다.

"사부님, 이러시면 안 됩니다. 몸을 생각하셔야죠!"

그러나 스승은 주먹으로 가슴을 치면서 발을 굴렀다.

"몸을 생각하라구? 내가 안회 같은 사람을 위해 슬퍼하지 않으면 누굴 위해 가슴 아파하란 말이냐!"

자로와 공량유가 스승을 억지로 부축해 안마당으로 내려왔다.

망자의 아비가 스승 앞으로 다가왔다.

"사부님, 죽은 사람은 다시 살아나지 못합니다. 이게 다 그 녀석의 명이 아닙니까? 어서 돌아가 쉬도록 하십시오."

"장사 치를 준비는 어떻게 했느냐?"

"집안이 워낙 가난해서 격식 차릴 것도 없습니다. 관이나 한짝 사다가 넣어 주어야겠습니다. 뭐 팔아서 돈 될 것이 있어야 말이지요. 이 애비 마음 같아서는 겉널을 마련해 주고 싶습니다만……."

"겉널이라구?……."

가장 사랑하는 제자를 잃어버리고 가슴이 찢겨질 듯 아픈 나머지, 공구는 자질구레한 예절 격식 따위를 염두에 두고 싶은 생각마저 없었다.

그는 입에서 나오는 대로 중얼거렸다.

"죽은 사람에게 장례 격식 따위가 무슨 소용 있느냐? 돈이 없으면 관짝 하나만 쓰더라도 족하지!"

그 말을 듣고 안로는 야속한 감이 들었다.

"너무 하십니다! 누구보다 애지중지하시던 제자였을 텐데……사부님이 타시는 수레라도 팔아서 겉널을 마련해 주시지요."

공구는 얼굴빛이 싹 변하면서 정색을 했다.

"내가 누구냐? 나는 이 나라의 대사구 벼슬을 지냈다. 사대부의 신분으로 수레도 타지 않고 바깥 출입을 하란 말이냐!"

"어르신은 늘 이 아이를 칭찬해 오셨는데, 저토록 궁상맞은 꼬락서니로 이 세상을 썰렁하게 떠나보내신단 말입니까?"

"아아!……"

공구의 입에서 한 모금 장탄식이 흘러나왔다.

"안회는 살아 생전 누구보다 어려운 삶을 살아 왔다. 그런 그가 죽은 다음에 널짝 한 겹 덧씌워 준들 무슨 소용이 있겠느냐?"

그래도 안로는 미련을 버리지 못하고 스승의 아픈 가슴을 볶아댔다.

"사부님, 저 아이는 역시 가장 좋아하던 제자가 아니었습니까!"

"내 아들 공리가 죽었을 때도 관만 썼고 겉널은 쓰지 않았다."

"하지만……."

"닥쳐라!"

공구는 그의 말을 끊었다. 그리고 이렇게 덧붙였다.

"사람에게는 총명과 어리석음의 구분이 있다. 하지만 공리는 끝까지 내 아들이다. 그런 아들에게도 겉널을 쓰지 않았으니, 안회 역시 겉널이 없어도 괜찮지 않겠느냐?"

말다툼이 길어지는 것을 보고, 자로와 공량유가 스승을 부축하여 집으로 데려다 모셨다.

뒤에 남은 복상, 전손사 등 몇몇 동료들은 망자의 아비가 너무도 안타까워하는 모습을 측은하게 보고, 조금씩 돈을 모아가지고 안회의 관에 덧씌울 겉널 한 짝을 사다 주었다.

발상하던 날, 공구는 그것을 보고 노기가 솟구쳤다. 그는 안회의 시신이 누워 있는 관곽(棺槨) 곁에 서서 버럭 고함을 쳤다.

"안회야! 너는 나를 친어버이처럼 대해 왔다. 그러나 나는 너를 친아들처럼 대해 주지 못했다. 너는 분명히 알거라! 이 겉널은 내 뜻으로 쓴 게 아니라, 네 사형 사제들이 한 짓이었다."

비탄이 지나쳐서, 공구는 덜컥 병이 들고 말았다. 그는 이따금씩 심장 고동이 급하게 뛰다가 느리게 뛰는 느낌을 받았다. 밤에 잠을 자다가도 가슴이 답답해지고 숨이 막히는가 하면, 어떨 땐 퍼뜩 놀라 깨어나기도 했다.

이런 일이 자주 일어나자, 그는 자신의 앞날이 얼마 남지 않았음을 깨달았다. 그리하여 모든 시간을 오로지 고문헌 정리와 ≪춘추≫ 집필에만 쏟아붓기 시작했다.

이렇듯 밤낮을 가리지 않고 바쁘게 보내려니, 등잔불 기름을 얼마나 썼는지조차 잊었다.

노애공 14년(B.C.481) 봄철 어느 날, 그 바쁜 중에서도 공구는 마음 속 깊이 사랑하던 안회의 모습을 불쑥 떠올리고 가슴이 저려 도저히 붓을 옮길 수 없었다.

그는 죽간을 한곁으로 걷어치우고 일어섰다. 그리고 방문 바깥을 내다보았다.

안마당에는 공량유가 서성거리고 있었다.

"공량유야, 마굿간에 가서 수레에 멍에를 메워라."

"어딜 가시려고요? 교외에 바람을 쐬러 나가시렵니까?"

"바람도 쐬야겠다만, 안회의 무덤에 가보고 싶구나."

"알겠습니다. 곧 대령하지요."

공구를 태운 수레가 곧바로 동문을 빠져나갔다.

안회는 도성 동쪽 작은 시내가 흐르는 기슭에 묻혀 있었다. 무덤 주위에는 이제 몇 가닥 가지를 뻗은 잣나무 묘목이 10여 그루 심어져 있었다.

공구는 무덤 곁에 서서, 입을 꼭 다물고 한참 동안 말이 없었다. 오래도록 서 있노라니 두 다리가 저려오고 눈이 뿌옇게 흐려져서 무덤의 윤곽마저 아물아물 흐리게 보였다. 문득 안회의 작달막하고도 비쩍 마른 모습이 눈 앞에 나타났다. 얼굴은 예나 다름없이 초췌한데, 두 눈빛은 초롱초롱 밝기만 했다.

스승은 고함쳐 불렀다.

"안회야!……."

자신이 외쳐 부르는 소리에 그는 황홀한 꿈 속에서 소스라쳐 깨었다.

넋을 잃고 한 곁에 우두커니 서 있던 공량유도 깜짝 놀라 고개를 번쩍 쳐들었다.

"사부님!"

휘청거리는 스승을 보고서 그는 다급한 손길로 부축해 세웠다.

"너무 상심하지 마십시오. 이러시다가……."

스승은 들은 척 만 척, 허망한 눈길만이 무덤 주변을 하염없이 헤매고 있을 따름이었다. 어느새 자랐는가 봉분 위에는 잔디가 파릇파릇 돋아나고 있었다.

"이만 돌아가시지요, 사부님."

스승의 발길은 좀처럼 움직일 기세를 보이지 않았다. 숨결마저 멎은 것이, 마치 지난 날 안회와의 그리운 추억이 한꺼번에 용솟음쳐 목이 멘 듯싶었다.

어디선가 말발굽 치닫는 소리, 수레바퀴 구르는 소리가 어지럽게 들려왔다.

그제서야 공구의 눈길이 무덤을 벗어났다.

13
기린의 죽음

공구는 눈살을 찌푸리면서 흘끗 고개를 돌려 큰길을 바라보았다.

모처럼의 숙연한 분위기를 깨뜨린 것은 수행원을 거느리고 봄놀이를 나온 상국 계손비 일행이었다.

그가 미처 입을 열기도 전에, 계손비가 먼저 그를 발견하고 수레에서 훌쩍 뛰어내리더니 싱글벙글 웃어가며 앞으로 다가왔다.

"아하, 공부자님도 봄놀이를 나오셨군!……아니, 공부자님 기색이 어째 그러시오? 뉘 무덤 앞에서 슬퍼하고 계시는 거요?"

"제자 안회의 무덤이외다."

공구는 짤막하게 대꾸했다.

"이럴 수가 있나! 제자가 죽었다고 해서 그토록 상심하실 게 뭐요?"

상대방의 물음에 그는 침묵을 지키고 대답하지 않았다.

"공부자님은 3천 제자를 거느리셨는데, 그중에서 누가 학문을 제일 사랑한다고 보십니까?"

공구는 정색을 하고 대답했다.

"내 문하생 가운데 제일 학문을 좋아한 사람은 바로 안회였소. 불행히도 목숨이 짧아 죽고 말았소. 이제는 안회 같은 사람이 다시 없을 거요."

그 후, 계손비는 이 말을 노애공에게 가서 전했다. 노애공도 사뭇 의아스럽게 여기고 이렇게 중얼거렸다.

"그것 참 고이한 일이로군. 공부자의 문하에는 내로라 하는 인재가 수두룩해서 그보다 못한 사람이 없을 텐데, 어째서 안회 한 사람만 꼽는지 모르겠네 그려. 옳지, 언제 한번 그 사람을 불러다가 내 단단히 물어봐야겠어!"

며칠 후, 공구는 궁궐에 초청을 받고 들어갔다.

노애공은 시침을 뚝 떼고 이런저런 얘기를 하가다 불쑥 질문을 던졌다.

"공부자님 문하생 가운데 학문을 제일 좋아하는 사람이 누구요?"

공구는 숙연한 기색으로 탄식을 뱉아냈다.

"안회라고 부르는 제자가 있었습니다. 무척이나 학문을 사랑했지요. 안회는 남에게 성을 내본 적도 없었거니와, 똑같은 잘못을 거듭 저지르는 법이 없었습니다. 그러나 불행히도 단명해서 이 스승보다 일찍 죽고 말았습니다. 이제는 두번 다시 그토록 학문을 사랑하는 사람이 없을 것입니다."

노애공의 눈초리에 의혹이 가득 배었다.

"과인이 듣자니, 그대의 문하에는 제자가 3천 명이나 있다고 하던데, 설마 그 중에서 안회와 견줄 만한 인재가 하나도 없단 말씀이오?"

공구는 고개를 끄덕였다.

"예, 안회에게 비할 사람은 하나도 없습니다."

노애공이 의혹을 풀지 못하는 것을 보고, 그는 이렇게 덧붙였다.

"안회의 마음은 오래도록 인(仁)과 덕(德)을 멀리한 적이 없습니다. 그 나머지 제자들은 짧은 시간 어쩌다가 머리에 떠올리고 이내 지워버릴 뿐입니다. 내 말을 시종 게으르지 않고 끝까지 열심히 듣는 사람은 오직 안회 하나뿐이었으니까요. 나는 그가 끊임없이 발전해 나가는 것만 보았을 뿐, 갈 길을 앞에 놓고 머뭇거리는 것을 본 적이 없습니다."

노애공은 고개를 주억거리면서 화제를 바꾸어 물었다.

"공부자님이 한평생 추구한 것은 무엇이오?"

이 질문은 공구의 착잡한 심사를 불러일으켰다. 그는 갑작스레 마음이 들뜨고 격해지는 것을 느꼈다.

이 기회에 목청을 돋우어 자신의 주장과 포부를 여한없이 몽땅 털어 보여도 좋을 것이었다.……그러나 그는 역시 늙었다.

공구는 격해진 마음에 평정을 이내 되찾고 짧게 끊어 대답했다.

"내가 추구한 목표는 도(道), 그 목표의 근거는 덕(德), 의지가 된 것은 인(仁), 생명이 다할 때까지 예, 악, 사, 어, 서, 수, 이 육예(六藝) 가운데서 마음껏 놀고 쉴 곳을 찾는 것입니다."

"공부자님은 평생 어떤 것을 가장 큰 낙으로 삼아 오셨소?"

"배우고 그것을 때때로 익히며, 뜻을 같이하는 벗이 먼 곳에서 나를 찾아오는 것, 이 모두가 내게 가장 큰 즐거움이었습니다."

"공부자님에게도 근심 걱정이 있으시오?"

"품덕을 기르지 않고, 학문을 익히지 않고, 의(義)가 어디 있는지 알면서도 몸소 찾아 실행하지 않으며, 결점과 허물이 있으면서도 고치지 않는 것, 이 모두 내가 근심 걱정하는 일입니다."

두 사람이 한창 대화를 나누고 있는데, 남궁경숙이 무슨 급한 일이 생겼는지 종종 걸음으로 들어왔다.

"주군께 아뢰오! 맹손씨의 가신 서상이 무성(武城) 들판에서 사냥을 하다가 이름 모를 괴상한 짐승을 한 마리 잡았는데, 도대체 무엇인지 아는 사람이 없어, 지금 공부자님께 여쭈어 보러 왔다고 합니다."

"괴상한 짐승을 잡았다고? 공부자님, 우리 얘기는 다음날 계속하기로 하고 어서 가보시구료! 과인도 함께 가서 구경 좀 해야겠소."

공구는 남궁경숙을 돌아보고 물었다.

"서상이 지금 어디 있는가?"

"어르신 댁에서 기다리고 있습니다."

잠시 후, 수레 세 대가 궁궐문을 나서더니 공구의 집을 향해 치달렸다.

대문 앞 빈 터에는 사람들이 구름처럼 둘러서서 구경을 하고 있다가 노애공의 행차를 보고 깜짝 놀라 황급히 길을 비켜 주었다.

괴상한 짐승은 온몸에 화살이 가득 꽂힌 채 죽어 있었다.

"아앗! 이것은……."

공구의 입에서 경악에 찬 실성이 터져 나왔다.

그런 줄도 모르고 노애공은 짐승의 주검을 찬찬히 둘러보면서 중얼거렸다.

"이것 참 괴상하게 생긴 놈이로군. 사슴처럼 뿔이 달렸는데, 생김새는 꼭 들망아지 같단 말씀이야!"

그는 공구를 돌아보고 물었다.

"공부자님, 이게 무엇인지 아시오?"

공구의 입에서 침통한 대답이 흘러나왔다.

"이 짐승은 기린(麒麟)입니다. 거룩하신 명군이 세상을 태평스럽게 다스릴 때만 나타나는 상서로운 짐승입니다. 그런데 이제 갓 세상에 나타나자마자 그악스런 사람의 손에 죽임을 당했으니, 이보다 더 불길한 징조는 다시 없을 것입니다!"

그는 허리를 구부리고 두 손으로 기린의 뿔과 머리를 쓰다듬어 주었다. 그리고 마지막에 가서는 화살에 다친 상처 자국을 어루만지면서 한참 동안이나 일어설 줄 몰랐다.

기사회생의 묘법이라도 있다면 이 짐승에게 새로운 생명을 불어넣어 주고 싶은 마음이 간절했다.

공량유가 스승 곁으로 다가가서 부축해 일으켰다.

"사부님, 너무 상심하지 마십시오. 슬퍼하신다고 죽은 짐승이 다시 살아나겠습니까."

공구는 절레절레 도리질을 했다. 뿌옇게 흐려진 두 눈길이 기린의 뿔과 머리에 가서 못박힌 채, 그는 비분의 탄식을 토해냈다.

"기린은 인(仁)을 상징하는 짐승이다. 이제 이 세상에 출현하자마자 죽임을 당했으니, 내 도(道) 역시 이것으로 끝장난 모양이다!"

그 말을 듣자, 노애공도 심사가 울적해져서 고개를 툭 떨군 채 맥없는 발걸음으로 수레에 올랐다. 그리고 사람들을 돌아보고 분부를 내렸다.

"기린을 잘 묻어 주어라!"

군주를 떠나보낸 후, 공구는 참담한 마음을 이기지 못하고 사나운 기세로 서재에 뛰어 들어갔다. 책상 위에는 오늘 아침까지 써내려 가던 《춘추》의 초본이 펼쳐진 채 그대로 놓여 있었다. 그는 붓을 잡았다.

노애공 14년 봄, 서쪽 교외에서 기린을 잡아 죽이다.

단 한 줄을 쓴 다음, 그는 붓을 내던졌다. 이제 두번 다시 붓을 잡지 않기로 결심한 것이다. 이로써 ≪춘추≫는 미완성의 작품으로 남게 되었다.

이 해 6월, 제나라 대부 진항(陳恒)이 정변을 일으켜 제간공을 살해하고 그 아우인 오를 새로운 임금으로 내세운 다음, 일국의 대권을 독차지했다. 허수아비로 즉위한 임금은 제평공(齊平公)이었다.

그 소식을 전해 듣고, 공구는 머리터럭이 곤두설 정도로 크게 노하였다.

그는 목욕 재계를 한 다음 곧바로 입궐하여 노애공을 만났다.

"주군, 노(魯) 제(齊) 양국은 입술과 이빨처럼 서로 의지하며 생존해 온 사이입니다. 제나라에서 바람이 불면 우리 노나라의 풀잎이 흔들릴 정도로 파급되는 영향이 큽니다. 하물며 양국은 미우나 고우나 아직도 인척관계로 맺어져 있지 않습니까? 지금 제나라 대부 진항이 군주를 시해하고 제 마음대로 새임금을 세웠다니, 이웃 나라의 도리로 그 무엄한 역적을 그대로 방치해서는 안 됩니다. 주군, 속히 토벌군을 출동시켜 진항의 죄를 물으십시오!"

노애공은 그만한 배짱이 없었다. 그는 전쟁이라는 말만 듣고도 얼굴이 납빛으로 누렇게 들뜬 채 한참 동안 대꾸를 못하더니, 입술을 씰룩거려가며 우물쭈물 변명을 늘어놓았다.

"그건……공부자님도 형편을 뻔히 알다시피, 이 노나라의 군대는 몽땅 세 가문의 수중에 잡혀 있는데, 과인더러 무슨 재주로 전쟁을 하란 말이오? 진항을 토벌하려거든 일찌감치 그 세 가문에 가서 의논하는 것이 좋겠소."

뜻밖의 반응에, 공구는 온몸이 다 얼어붙고 말았다. 그러나 임금의 말에 어찌 반박을 하겠는가?

그는 덤덤하니 대꾸를 했다.

"저는 이 나라의 대부로서 정치에 참여한 적이 있었습니다. 그렇기 때문에 주군께 말씀을 안 드릴 수가 없어 찾아뵈온 것입니다. 절더러 그 사람들을 찾아 가라시니, 어쩔 수 없군요. 그 사람들을 만나 요청할 길밖에……."

궁궐에서 물러나온 그는 지체없이 상국 부중을 찾아갔다.

그러나 계손비의 반응은 얼음장보다 더 차가웠다.

"원 끔찍한 말씀을 다 하시는군! 우리 노나라의 국력이 제 몸 하나 돌볼 겨를도 없는데, 무슨 힘으로 남의 나라 일에 참견하란 말씀이오?"

공구는 분연히 상국 부중을 나섰다. 발길은 맹손하기, 숙손주구의 저택으로 옮겨졌으나, 가는 곳마다 거절을 당하고 물러나올 수밖에 없었다.

집에 돌아와서 그는 하늘을 우러러 큰소리로 고함을 질러댔다.

"방에 드나들면서 문턱을 넘어서지 않는 자가 어디 있는가! 어째서 내 뜻을 따르는 이가 하나도 없단 말이냐! 왜!……."

울분과 고통에 가득찬 아우성이 집안 구석구석을 뒤흔들었다. 어린 손자 공급마저 그 고함 소리에 놀라 겁많은 참새 새끼처럼 찍 소리도 내지 못하고 냉큼 뒤꼍으로 달아나 숨어버렸다.

이때 문을 두드리는 소리가 들려왔다. 공급은 손님이 오셨으니 이젠 살았구나 싶어 쪼르르 앞마당을 가로질러 달려가서 대문 빗장을 뽑았다.

손님은 뜻밖에도 자공이었다.

"사부님 계시냐?"

공구는 방 안에서 그 목소리를 알아듣고 부리나케 달려나왔다.

"단목사야, 네가 왔구나!"

"사부님!"

자공은 그 자리에 털썩 무릎을 꿇고 큰절을 올렸다.

"용서하십시오, 불효 제자가 이제서야 사부님을 찾아 뵙습니다."

"어서 일어나거라, 우리 얘기 좀 하자꾸나!"

자공이 일어서자, 그는 제자의 모습을 찬찬히 훑어보면서 물었다.

"그래, 문양 지방을 잘 다스리고 있었겠지?"

"예, 사부님께서 당부하신 대로 다스렸더니, 과연 대단한 업적을 나타낼 수 있었습니다. 문양 백성들은 돈을 추렴해서 저를 위해 생사당(生祠堂)까지 세워 주었으니까요."

자신의 예기와 재간을 지나칠 정도로 뽐내는 고질병은 여전했다. 하지만 스승은 지금 반가운 마음에 들떠 그런 것까지 신경쓸 틈이 없었다.

"백성들이 자발적으로 사당을 세워 주었다니, 그것만으로도 네 업적이 두드러졌음을 알 만하구나. 내가 죽더라도 너희들 같은 제자가 많이 있는 이상 주례의 회복을 걱정하지 않아도 되겠다."

"얼마 전 제나라에서 대부 진항이 정변을 일으켜, 제간공을 죽이고 따로 임금을 세웠습니다."

"그래, 나도 그 소문을 들어 알고 있다. 내게 그 소식을 전하러 온 거냐, 아니면 고향 식구들을 만나보러 위나라에 돌아가는 길이냐?"

"아닙니다. 저는 벌써 문양 읍재 자리를 사직하고 떠나왔습니다. 아무리 생각해도 제나라 정국에 큰 혼란이 일어날 것 같아서……."

뜻밖의 얘기에, 공구는 흠짓 놀라 한참 동안 입을 다물고 서 있기만 했다.

"그랬었구나……하면 앞으로 무슨 일을 할 작정이냐?"

자공은 미리 생각해 둔 것이 있는 듯, 즉석에서 대답해 올렸다.

"옛날처럼 장사나 하렵니다."

"뭣이, 장사꾼이 되겠다고?……."

공구는 안타까워 도리질을 했다.

"너처럼 정치에 재능이 많은 인재가 왜 장사꾼으로 평생을 보내려 하느냐? 이 세상을 뜯어고칠 생각은 않고 말이다."

"저는 학식도 얕고 정치 재능도 원래 없습니다. 지금처럼 날마다 전란이 벌어지는 세상에서 제 뜻을 펼치기에는 너무나 역부족이라는 것을 뼈저리게 느꼈습니다. 천지를 뒤바꾸어 놓지 못할 바에야, 차라리 제 몸 하나 깨끗이 보전하는 게 나을 듯싶습니다."

"그것 참 아까운 노릇이로구나!"

"사부님, 어르신께서도 한평생을 두고 겪어 보시지 않았습니까. 이 세상 사람들이 모두 무력을 떠받드는 상황에서는 주례를 회복하기란 너무나 어려운 노릇입니다. 어르신같이 지혜롭고 학식을 많이 지닌 분도 애당초 이루지 못한 일을 저희들이 어떻게……."

"단목사야, 너는 내가 배우고 익히기에 힘써서 이렇듯 많은 지식을 갖추었다고 생각되느냐?"

"그렇습죠. 그게 아니라면 무엇입니까?"

제자가 반문하자, 그는 허리를 꼿꼿이 펴고 지팡이 끝으로 땅을 두드려가며 이렇게 대답했다.

"아니지, 나는 오도 일관(吾道一貫), 한 가지 기본 사고 방식으로 내 행동을 관철해 왔을 따름이다."

자공은 눈을 휘둥그레 뜨고 고개를 끄덕였다.

스승이 말을 이었다.

"단목사야, 알겠느냐? 사람이 사사로운 이익을 염두에 두고 행동하면 종국에는 원한을 숱하게 불러일으키는 법이다."

"예, 명심하겠습니다."

자공은 잠시 뜸을 들이더니, 다시 입을 열었다.

"사부님은 만년에 무슨 일을 하시렵니까?"

"내 일은 모두 끝났다……."

그는 제자에게 기린이 잡혀 죽은 사건과 노애공에게 토벌군 출병을 요청했다가 거절당한 경위를 낱낱이 일러주고 결론적으로 이렇게 말했다.

"기린은 태평성대가 아니면 이 세상에 나타나지 않는 짐승이다. 그런 상서로운 짐승이 세상에 나왔는데도 잡혀 죽었으니, 이것만 보더라도 내가 일관되게 주장해 온 도가 실현되지 않으리라는 것을 알 만하다. 또 제나라 진항이 군주를 시해했는데도 토벌하러 나서는 이가 하나도 없으니, 윤리 강상이 모두 변했다는 것을 알지 않겠느냐?"

"이런 상황에서는 어떻게 대처해야 합니까?"

"주례를 회복시키겠다는 내 뜻은 영원히 바뀌지 않을 것이다. 비록 어렵고 험난한 시대에 부닥쳤다 하더라도, 나는 그 뜻을 끝까지 굳게 지켜 변함이 없을 것이다."

스승의 대답은 자신감에 차 있었으나, 자공은 그 속에서 숱한 갈등과 모순을 꿰뚫어 보았다.

그는 며칠 동안 스승을 곁에서 모시고 허탈해진 그 심사를 풀어 드리기로 작정했다.

어느 날, 자공이 여쭈었다.

"사부님, 벗은 어떻게 사귀어야 합니까?"

"충심으로 권고하고 좋은 길로 이끌어 주어라. 벗이 네 권고를 듣지 않고 인도하는 대로 따르지 않는다면, 그것으로 끝내라. 스스로 고민거리를 만들어서 수모와 치욕을 자초해선 안 된다."

두 사람이 한창 대화를 나누고 있는데, 상국 계손비가 기별도 없이 찾아왔다.

공구는 부랴부랴 마중을 나갔다.

"대감께서 이 누추한 집을 다 찾으시다니, 무슨 일이라도 생겼습니까?"

"요즈음 나라 안에 도적이 들끓어 큰일 났소이다. 그래서 공부자님께 그 대책을 여쭈어 보려고 찾아왔습니다."

공구는 그 말을 듣고 기탄없이 직언으로 대꾸했다.

"도적은 모두 가난 때문에 생겨납니다. 대감께서 만약 서민 백성들을 생업에 안락한 삶을 누리게 해주신다면, 그들더러 남의 것을 빼앗고 훔치라고 등을 떠밀어 내더라도 나서려 하지 않을 것입니다."

정문 일침을 당하자 계손비의 얼굴이 당장 시뻘겋게 부풀어 올라 재빨리 화제를 돌렸다.

"내가 악한 자를 죽여 없애고 선한 사람을 가까이 친하면 어떻겠소이까?"

공구는 정색을 하고 대답했다.

"정무에 임함에 있어 살육 수단을 써야 할 필요가 어디 있습니까! 정치란 곧 올바름입니다. 대감께서 먼저 자신의 언행을 바르게 하신다면, 백성들은 윽박지르지 않아도 대감의 언행을 본받으려 할 것입니다. 비유를 들어 말하자면, 집정자의 행위는 바람이요, 백성들의 행위는 풀잎과 같다고 하겠습니다. 바람결이 어느 방향으로 부느냐에 따라서, 풀초리도 그쪽으로 쏠리게 되는 것입니다. 그렇기 때문에 통치자가 자신의 몸가짐을 바로한다면 정령을 내리지 않더라도 실행될 것이요, 그 몸가짐이 부정하면, 정령을 내려도 실행되지 않을 것입니다."

"백성들이 정령을 엄숙히 진지하게 대하고, 그래서 온힘과 마음을 다하여 서로 권면하고 격려하게 만들려면 어떻게 해야 합니까?"

"대감께서 민정을 엄숙하게 진지한 마음가짐으로 대한다면, 그들 역시 대감의 정령을 대할 때 자연 엄숙하고 진지해질 것입니다. 대감께서 부모에게 효도하고 순종하며 어린것을 사랑하고 어루만져 준다면, 그들 역시 대감께 온 힘과 마음을 다 바칠 것입니다. 대감께서 착하고 어진 사람을 무겁게 등용하고 능력이 모자란 사람을 교육시킨다면, 그들 역시 서로 권면하고 격려하는 기품을 지니게 될 것입니다."

"공부자님은 위나라에서 여러 해 사셨으니, 위령공에 대해서 깊이 알고 계시리라 생각됩니다. 위령공은 어떤 인물인지 말씀해 주시겠습니까?"

"한 마디로 무도한 군주입니다."

공구는 생각해 볼 것도 없다는 듯이 딱 잘라 대꾸했다.

"하면……."

계손비는 잠시 뜸을 들이더니, 공구의 얼굴을 빤히 쳐다보고 물었다.

"위령공이 무도한 군주라면서 그 나라는 어째서 쇠망하지 않습니까?"

"위령공의 수하에는 외교술이 뛰어난 중숙어가 있으며, 국가 행사를 잘 관리하는 축타, 군대를 잘 통솔하는 왕손가가 있습니다. 이들은 학문을 익히고 예의를 알며, 일신에 정기(正氣)를 지녀 양 소맷자락에서 맑은 바람이 나올 정도로 청렴한 사람들입니다. 이렇듯 훌륭한 신하들을 거느리고 있으니, 위령공 자신은 무도하다 하더라도 그 나라까지 쇠망할 리가 있겠습니까!"

계손비는 할 말을 잃었다. 공구의 말이 계속되었다.

"제나라 경공은 당년에 전투용 수레만도 1천 승을 거느릴 만큼 당당한 국력을 자랑했습니다. 그러나 제경공이 죽은 후 아무도 그 사람의 행위를 값어치 있게 호평하는 이가 없습니다. 그와 반대로, 백이(伯夷), 숙제(叔齊)는 수양산에서 굶주려 죽었으나, 사람들은 오늘날까지도 그들을 찬양하고 칭송합니다. 이것은 무엇을 뜻합니까? 아마도 원인이 거기 있으리라 봅니다."

계손비는 얼굴이 화끈거리다 못해 귓불까지 벌개졌다. 방금 그 말은 아무래도 자신을 빗대어 꾸짖는 말이 아닌가 하는 느낌이 들었던 것이다.

하지만 이런 대답이 나오도록 말을 끄집어낸 것은 자기 자신이라, 그는 꼼짝없이 참고 뒤집어쓰지 않을 수가 없었다.

"공부자님 그 말씀……지당합니다. 군자의 말씀 한 마디를 들으니 10년 독서를 하는 것보다 훨씬 낫소이다."

어물어물 궁색하게 둘러댄 그는 말끝이 떨어지기가 무섭게 작별 인사를 건네고 일어섰다.

계손비를 보내고 막 자리에 앉아 조용히 생각 좀 하려는데, 이번에는 자로가 허겁지겁 뛰어들었다.

"사부님, 큰일 났습니다! 위나라 공자 괴외가 척 땅에 군대를 집결시켜 놓고 이제 도성으로 쳐들어갈 준비를 끝냈다는 소문입니다. 어떻게 해서든지 자기 아들을 죽이고 임금의 자리를 빼앗으려는 모양입니다."

그러나 공구는 놀라지도 탄식하지도 않았다.

"애당초 이런 일이 벌어지지 말았어야 했다. 위령공이 그토록 무능하고 어둡지만 않았던들, 남자(南子)란 요부가 그토록 방탕하지만 않았던들, 괴외가 계모를 죽이려 들지만 않았던들, 골육 상쟁의 비극이 어째서 일어났겠느냐?"

스승이 차분한 반응을 보이자, 자로는 속이 타들었다.

"저는 그 나라 포읍 원이었습니다. 지금이라도 위나라에 돌아가서 위출공에게 한팔 힘이나마 보태 드려야겠습니다."

공구는 엄숙하게 말했다.

"중유야, 무슨 일이든 세 번 거듭 생각하고나서 실행에 옮기도록 해라. 너는 성격이 호탕하고 시원스럽기는 하다만, 평생토록 덤벙대기를 잘하고 거칠게 구는 것이 탈이다. 알겠느냐? 그것이 바로 화근이란 말이다."

"위나라 벼슬을 살고, 그 임금의 녹봉을 받아먹었는데, 이제 두 눈 멀쩡히 뜨고 가만 앉아서 그 어려움을 보고만 있어야 옳습니까?"

"네가 위나라를 떠난 지 벌써 몇 해가 되었느냐? 또 그 나라에서 벼슬을 살았다고 치더라도, 남의 부자지간 일에 무슨 자격으로 참견한단 말이냐?"

자로는 스승의 말을 받아들이지 않고 반박을 했다.

"괴외와 위출공이 비록 부자지간이라고는 하나, 여느 집 아비와 아들 관계로 볼 수는 없습니다. 이들은 바로 임금과 난신 적자(亂臣賊子) 사이라고 보아야 옳습니다."

"무릇 그 지위에 있지 않으면 그 정사를 도모하지 않는 법이다. 공연히 사서 번민하지 말고 이 나라에 가만히 눌러 있는 것이 좋겠다. 너도 벌써 환갑 나이를 넘기지 않았느냐? 마음은 젊겠다만, 힘이 모자라니 어쩔 테냐! 지난 달 남궁경숙과 낙읍에 가서 주공 어르신의 사당에 참배한 적이 있었다. 거기서 청동상에 새겨진 글을 보았는데, '강포한 자는 죽어서 묻힐 데가 없고, 호승심이 강한 자는 무서운 적수와 마주치는 법'이라고 했다. 너도 이 글귀에 담긴 뜻을 곰곰이 되새겨 보려무나."

자로는 더 이상 항변을 않고 스승의 그 말을 곱씹어 보았다.

위나라 태자였던 괴외는 척 땅에서 10여 년을 버티고 있는 동안, 제구성으로 진격할 준비 태세를 단 한 시각도 게을리하지 않고 추진해 나갔다. 그의 뇌리에는 밤낮없이 아들에게 빼앗긴 군주의 자리를 되찾겠다는 욕심이 불타고 있었다. 그러나 한번 쓰디쓴 경험을 맛본

터라, 마음은 불덩어리처럼 달아 올랐어도 선불리 출동할 엄두를 내지 못했다. 그가 세운 계획은, 우선 진(晉)나라 조간자에게서 병력 지원을 받기로 하고, 제구성 내부로부터 호응할 세력을 끌어들여 안팎으로 일거에 공략하겠다는 구상이었다. 괴외가 내통할 대상으로 눈독을 들인 사람은 바로 누이의 아들 상국 공리였다. 매부가 병으로 세상을 뜬 후, 누이는 하필이면 노예 출신인 혼량부(渾良夫)에게 미쳐서 그 추문으로 위나라 전역에 일대 풍파를 일으키고 말았다.

존귀한 임금의 따님 신분이니, 남편이 죽었으면 수절하고 개가(改嫁)할 꿈도 꾸지 말아야 할 것인데, 비천한 노예 출신에게 몸을 허락하고 남편으로 섬긴다는 것은 실로 천지 개벽을 할 대사건이 아닐 수 없었다.

공리도 어미의 재혼을 극력 반대하고 온갖 방법을 다 써서 막으려고 했다. 그러나 허사였다. 괴외는 달랐다. 누이가 인편에 은밀히 재혼 의사를 밝혀 왔을 때부터, 그는 적극 부채질을 하고 나섰다.

이 날, 그는 누이에게 밀사를 보냈다. 괴외의 계획을 전해 듣고, 그 누이와 혼량부는 즉석에서 의논한 결과 무슨 방법을 써서라도 괴외군이 쳐들어오는 날 도성 안에서 호응하겠다는 답신을 띄워 보냈다.

괴외는 희소식을 받고 뛸 듯이 기뻐하면서 즉시 황하 건너 진나라로 달려갔다. 조간자는 그의 요청을 받아들여 전투용 수레 2백 승을 내주었다.

오랜 준비 기간을 거쳐서 마침내 필승의 자신감을 얻게 되자, 노애공 15년 겨울 어느 날 밤, 괴외는 전 병력을 총동원하여 위나라 제구성을 향해 진격했다.

침공부대는 도성으로부터 40리 떨어진 벌판에 영채를 세우고 위출공에게 위협을 가했다.

급보를 받은 위출공도 아연 실색, 황급히 비상명령을 내려 성안의 병력을 모두 집결시켜 놓고 맞아싸울 태세를 갖추기 시작했다.

괴외는 공격을 서두르지 않았다. 그는 전체 부대에 행동하지 말라는 엄명을 내려놓고, 전 장병들에게 날마다 돼지, 양을 잡아 먹여 사기와 전투력을 높여주면서, 이제나 저제나 누이의 소식이 오기만을 목이 빠지게 기다렸다.

그날 정오 무렵, 괴외가 초조한 기색으로 안절부절 속을 끓이고 있으려니, 측근 장수가 장막을 들추고 들어섰다.

"아뢰오! 영 밖에 웬 사람이 뵙기를 청합니다."

"어서 데려 오너라!"

괴외는 미칠듯이 반가워하면서 급히 명령을 내렸다.

측근을 따라 들어선 자는 농사꾼 차림을 한 젊은이였다.

"태자님께 아뢰오! 소인은 밀명을 받고 소식을 전하러 왔습니다."

"그래, 서찰은 어디 있느냐?"

"편지는 혹시 잃어버릴까 두려워 구술(口述)로 전하라 하셨습니다."

"좋다, 어서 말해 보아라!"

밀사는 그 앞으로 다가서더니 귓속말로 무슨 말인가 전했다. 괴외는 얼굴 가득 기쁜 빛을 띤 채 연신 고개를 끄덕였다.

해질 무렵, 땀과 흙먼지투성이를 한 나무꾼 세 사람이 장작을 한짐 가득 떠메고 도성 문 밖에 이르렀다. 성문을 지키던 병사들은 나무꾼의 행색을 자세히 뜯어보고 아무런 의심없이 들여보냈다.

무사히 성 안에 들어간 이들 세 사람은 골목길을 여러 차례 구비돌고 나서 마침내 혼량부가 사는 저택에 접어들었다. 날도 이미 어두컴컴해져서 다른 사람들에게 뒤를 밟힐 우려는 전혀 없었다. 대문이 조금 열리자, 좌우를 두리번거리던 세 사람의 그림자가 눈 깜짝할 사이에 안으로 사라졌다.

늙은 남매가 10여 년만에 해후를 했으니, 만감이 엇갈려 서로 탄식을 터뜨렸다.

"여보게, 동생. 밤이 길면 꿈도 많아지는 법, 뜻밖의 사태가 벌어지기 전에 속히 행동으로 옮기게."

누이가 재촉을 하자, 괴외는 난처한 기색을 지었다.

"공 대부는 누님 아들이요, 내게 외조카 뻘이 아닙니까. 또 지금은 상국의 막중한 자리에 앉았는데, 그 사람의 협조만 얻어낸다면 이 일은 손바닥 뒤집기보다 쉽겠습니다. 반대로 그가 철석같이 자첩(위출공)을 돕기라도 하는 날이면 우리한테 숱한 골칫거리가 될까 두렵습니다."

누이는 땅이 꺼져라 한숨을 내쉬었다.

"그 애가 내 아들이기는 하지만 틀렸네. 내 재혼을 반대한 이래로 이 집문턱에 얼씬도 않는다네. 그 녀석을 구워삶기란 하늘에 별 따기인 줄 알게."

혼량부가 주먹을 쓰다듬으면서 일어났다.

"잠깐들 기다리십시오. 내가 몇 사람 데리고 가서 붙잡아 올 테니까, 협박을 해서라도 우리 편으로 돌아서게 만들지요."

괴외는 거듭 심사 숙고를 했으나 좀처럼 결단을 내리지 못하고 슬그머니 누이의 눈치만 살폈다.

누이도 선뜻 마음이 안 내켜서, 이맛살을 잔뜩 찌푸린 채 등잔불만 노려보았다. 마치 그 불꽃 속에서 무엇인가 묘약 비방이라도 찾아내려는 듯이…….

혼량부는 참지 못하고 주먹으로 탁자를 내리치면서 버럭 고함을 질렀다.

"범 두 마리가 싸우면 한 놈은 다치게 마련이오! 내가 저놈을 죽이지 않으면 저놈 손에 내가 맞아 죽을 판인데, 가만 앉아서 죽기만을 기다려서야 되겠소?"

괴외가 몸을 부르르 떨더니 누이를 보고 간청했다.

"공 상국이 우리에게 도움이 안 된다면 할 수 없지 않소? 윽박질러서라도 본때를 보여 줄 밖에……."

누이도 어금니를 악물었다. 결단을 내린 것이다.

"좋다, 그렇게 하자꾸나! 하지만……."

그녀는 혼량부 쪽으로 돌아섰다.

"일은 신중히 해야 돼요. 그놈 손에 다쳐서도 안 되고, 또 그 녀석의 털끝 하나 다쳐서도 안 되는 거예요!"

"알았소, 마음 푹 놓고 기다리구료!"

혼량부는 속에서 울화통이 치밀었는지, 한 마디 쏘아붙이고 바깥으로 뛰쳐나갔다. 그리고 솜씨 좋은 무사 20여 명을 가려뽑아 이끌고 곧바로 상국 부중을 향해 달려갔다.

공 대부도 혼량부가 무장병을 대동하고 들이닥쳤다는 기별을 받고 사태가 어떻게 돌아가는지 이내 짐작을 했다. 그러나 그는 마음이 여렸다.

재빨리 대책을 강구해서 반란을 막아야 옳은 일인데, 그는 다급한 마음에 겅정겅정 뛰면서 속만 끓이다가 놀란 비위장이 훌떡 뒤집혀 구역질이 났다. 이래서 뛰어든 곳이 변소간이었다.

혼량부는 상국 부중의 문지기를 밀어 제치고 안으로 돌입했다. 그 사나운 기세에 눌려 식구들과 하인 하녀들은 모두 몸을 피해 달아나고, 침입자들만 제 세상이라도 만난 듯 구석구석 들쑤시고 돌아다녔다.

공 대감의 행방을 좀처럼 찾을 수가 없었다. 그래서 마지막으로 개구멍, 변소간을 뒤져 그곳에 웅크리고 있던 상국 대감을 발견하는 데 성공했다.

"하하, 여기 숨어 계셨구먼! 어서 갑시다. 그대 외숙부와 모친의 분부를 받고 모시러 왔으니, 가서 우리 잘 의논해 봅시다."

"무슨 일로 상의를 하자는 것인지 알아야 가겠소."

"유감스럽게도 나는 모르오."

"안 가겠다면?"

그 말을 듣자, 혼량부는 눈동자를 빙그르르 돌리더니, 뒤에 서 있던 무사들에게 손짓을 보냈다.

신호를 받기가 무섭게 측근 무사 넷이 비수를 썩 뽑아 들고 앞으로 나섰다.

"상국 대감, 부득이 실례를 범해야겠으니 양해하십시오!"

무사들은 대감의 목덜미에 비수를 겨눈 채 바깥으로 밀고 나갔다. 대문 밖에는 벌써부터 수레 한 대가 준비되어 있었다. 납치범들은 인질을 마차 속에 밀어넣고 쏜살같이 사라졌다.

괴외는 오랜만에 조카를 보고 놀랍기도 하고 반갑기도 했다. 숙질 두 사람은 아무 말없이 침묵 속에 서로 노려보기만 했다. 먼저 입을 연 쪽은 역시 괴외였다.

"누님, 조카도 왔으니 어서 맹세할 자리를 찾아 주시오!"

누이는 발을 구르면서 호들갑을 떨었다.

"아이구, 내 정신 좀 봐! 그런 관례도 다 잊어먹다니……가만 있자, 어디다 맹단을 쌓지?"

혼량부가 한 마디 던졌다.

"뒷곁 채마밭에 토대를 쌓으면 어떻겠소?"

"그래도 되겠군!"

괴외도 연신 고개를 끄덕거렸다. 임금이 되고 싶은 다급한 마음에, 자잘구레한 격식 따위야 돌아볼 겨를이 어디 있으랴.

이래서 불모는 다시 채마밭으로 끌려 갔다. 혼량부는 손에 횃불을 치켜들고 무사들을 시켜 토대를 쌓게 했다. 흙더미로 엉성하게나마 단이 쌓아지자, 그는 자기 먼저 올라서서 낮고 무거운 목소리로 이렇게 선언했다.

"자첩은 임금의 자리를 찬탈하고 친아버지를 나라 밖으로 쫓아낸 불충 불효자요. 이제 다행스럽게도 하늘이 돌보시는 눈이 있어, 그 부친을 도성에 다시 돌아오게 하셨소. 이것은 모두 하늘의 뜻인즉, 아무도 거스르지 못하오!"

괴외도 횃불을 들고 토대 위에 올라섰다.

"세상에 제 아비가 멀쩡히 살아 있는데, 그 아들 놈이 군주 노릇을 하는 법이 어디 있단 말인가! 개만도 못한 내 아들 자첩은 대역 무도한 놈으로서 위로 하늘의 뜻을 거스르고 아래로는 인간의 정리를 어긴 패륜아요. 내 반드시 그놈을 죽여 없애고야 말겠소!"

상국 공대감은 놀란 나머지 온몸이 벌벌 떨렸다.

어미가 그 앞으로 다가와 큰소리로 꾸짖었다.

"지금부터 외숙과 함께 힘을 합쳐 일하도록 해라! 우리가 하는 일에 맞섰다가는 죽는 길밖에 없을 줄 알아라!"

공대감은 아무 소리도 못한 채 고개만 떨구었다. 그것을 본 혼량부가 이제 되었다 싶었는지 무사들에게 분부를 내렸다.

"황소를 끌어 오너라!"

무사 한 명이 송구스럽게 말했다.

"대감님, 용서하십시오! 시간이 너무 촉박하여 황소를 찾을 데가 없어서, 돼지 한 마리만 겨우 잡아 왔습니다."

"소가 없다? 그럼 돼지를 쓴다고 안 될 것도 없겠지!"

무사들이 돼지 한 마리를 떠메다가 토대 아래 놓았다.

재단이 마련되고 괴외가 먼저 향을 살랐다. 그리고 도자기 그릇 네 개를 손수 늘어놓았다.

혼량부가 손을 휘두르니, 무사 한 명이 알았다는 듯 서슬 퍼런 칼끝으로 돼지 멱을 땄다. 더운 김이 무럭무럭 나는 선지피가 쿨럭쿨럭 솟구쳐 나오자, 그는 커다란 사발에 피를 받아서 조심스럽게 도자기 그릇에 나누어 따랐다.

괴외는 한 그릇을 누이에게, 또 한 그릇을 공대감에게 건네주었다. 공대감은 손을 뒤로 돌리고 받지 않았다. 무사들이 와르르 다가와서 창칼을 겨눈 채 빙 둘러쌌다. 이러니 공대감도 어거지로 받을 수밖에 없었다.

혼량부가 맹세를 선창해 나갔다.

"위나라 군주의 명분을 바로잡기 위해……."

그 다음에는 괴외의 누이가 뒷말을 받았다.

"자첩을 죽이거나 이 나라 바깥으로 쫓아내고……."

세번째는 괴외 차례였다.

"국태 민안을 이룩하기 위하여!"

마지막에는 세 사람이 이구 동성으로 잔을 받들고 외쳤다.

"……입술에 피를 발라 맹세하노라!"

구호가 끝나자, 단숨에 들이켜 비워버렸다.

공대감은 손이 떨려 그릇 속의 선지피를 쏟을 뻔했다.

괴외가 그 곁에 서 있는 무사에게 눈짓을 보냈다.

무사도 이내 눈치채고 한 손으로 공대감의 머리채를 잡아 뒤로 제치면서 손에 들고 있던 그릇을 빼앗아 입 속에 돼지 피를 몽땅 쏟아부었다.

삽혈맹(揷血盟)이 끝나자, 괴외는 그 즉시 맹주로서 첫 명령을 내렸다.

"속히 동서 남북 사대문을 지키는 수비병들에게 두루 이 사실을 알려주고 성문을 열어 우리 장병들의 입성을 맞아들이라 이르시오!"

"내 벌써 그들을 받아들이라고 명령을 내려 두었습니다."

혼량부가 대답하자, 괴외는 미친듯이 웃어제쳤다.

"으하하하! 그렇다면 일은 다 된 거요!"

그 말 끝이 떨어졌을 때였다. 어디선가 우렁찬 고함소리가 들려왔다.

"네놈들이 좋아하기에는 아직 이르다! 내가 왔단 말이다!"

뭇사람들은 유령의 목소리라도 들은 듯 혼비백산을 하고 말았다. 정신을 가다듬고 바라보니, 웬걸! 어디서 나타났는지 자로가 혼자서 뚜벅뚜벅 걸어나오고 있는 게 아닌가?

자로는 괴외가 진나라 응원부대를 이동시켜 놓고 제구성으로 진격한다는 소문을 전해 듣고 스승이 알지 못하게 슬그머니 몸을 빼어 위나라로 돌아왔다.

그가 제구성에서 30여 리 길쯤 떨어진 곳에 이르렀을 때, 갑자기 강둑 한 곁에 수백 마리나 되는 까마귀떼가 시끄럽게 우짖어대며 푸드득거리는 광경을 보았다.

그는 호기심에 못 이겨 그리로 다가갔다. 그런데 가까이 갈수록 바람결에 속이 뒤집힐 정도로 역겨운 냄새가 실려와 코를 찔렀다.

발걸음을 재촉해서 다가가 보니, 다 썩어 문드러진 시체 한 구가 나뒹굴고 있었다.

자로는 첫눈에 그것이 누구의 것인지 알아볼 수 있었다. 노나라의 반역자, 온 나라를 위기에 몰아넣었던 괴수 양호(陽虎)가 언제 어떻게 위나라에 굴러 들어와서 죽었는지 모를 일이었다.

경위야 어찌되었든 간에 자로는 반갑고 기뻐서 견딜 수가 없었다. 그는 발길로 시체를 힘껏 걷어차면서 중얼거렸다.

"그것 봐라! 죄는 죄값대로 받는 거다, 이 녀석아!"

'한데 이놈을 묻어줄까, 아니면 까마귀 밥으로 그냥 내버려 둘까?…….'

그는 양호의 시체를 가운데 두고 한 바퀴 돌면서 생각했다. 아무러나 그도 인간의 탈을 쓰고 태어났으니, 들짐승의 먹이가 되게 내버려 둔다는 것이 꺼림칙스러워서, 그는 칼을 뽑아 구덩이를 하나 파서 묻어주려고 작정했다.

한데 엄동 설한에 꽝꽝 얼어붙은 땅바닥이 돌덩어리처럼 굳어서 애지중지하는 칼끝을 부러뜨리기 십상이라, 그는 몇 번 찔러보다가 포기하고 말았다.

또 한편으로는 이런 짓거리로 시간을 지체하다가 큰일을 망칠까 걱정도 되었다. 이리하여 그는 양호의 시체를 내버려 둔 채 다시 대로상에 올라 제구성을 향해 달려가기 시작했다.

위나라 도성 동문에 다다랐을 때는 날이 저물고 성문도 굳게 닫힌 뒤였다. 자로는 성내 형편을 알아볼 생각으로 근처 음식점에서 간단히 요기를 하고 다시 성문 밖에서 서성거렸다.

자로가 성 밖에서 기웃거리고 있을 무렵, 위나라 사사관 고시는 괴외가 성내에 잠입해서 혼량부 일당과 함께 상국 공 대감을 납치해 갔다는 소식을 전해 듣고 재빨리 위나라를 떠나기로 결심했다. 시비의 땅에서는 멀찌감치 피하는 것이 상책이라고 스승에게 배웠던 것이다.

그는 헐헐 단신으로 동문 쪽을 향해 내뛰었다.

그러나 이 때쯤 해서 괴외의 군대가 입성하여 사대문을 모조리 장악하고 있었기 때문에, 고시는 어디로 해서 빠져나가야 좋을지 모른 채 성문 부근을 맴도는 것이 고작이었다.

땅거미가 짙게 깔리고 어두워질 녘, 그는 초조감을 견디다 못해 다시 북문쪽으로 발길을 돌렸다. 바로 그 때, 캄캄한 어둠 속에서 누군가 외쳐 부르는 소리가 났다.

"고 대감님!"

흠칫 놀라 돌아보니, 뜻밖에도 후표였다.

"역시 고 대감이셨군요! 어서 저리로 피하십시오. 지금 괴외의 군사들이 구석구석 뒤져가며 공 대감측 사람들을 무작정 붙잡아 들이고 있습니다. 저 성벽 한 구석에 허물어진 곳이 있으니까, 그리로 빠져 나가면 됩니다."

고시는 도리질을 했다.

"아니다, 군자는 담을 넘어가지 않는 법이다."

"그럼 저기 오두막으로 가시지요. 소인이 잠시나마 피하시도록 해 드리겠습니다."

고시는 어쩔 도리가 없어 후표가 시키는 대로 오두막에 들어가 숨었다.

괴외의 수색대가 한바탕 휩쓸고 지나간 뒤, 후표가 다시 모습을 드러냈다.

"고 대감님, 지금은 아무도 없습니다. 제가 성문을 열어 드릴 테니 속히 빠져 나가십시오!"

고시는 가슴이 뭉클해졌다.

"내가 당년에 네 발목을 끊게 만들어 평생토록 불구자가 되지 않았느냐. 지금이 내게 보복할 좋은 기회인데, 어째서 반대로 날 구해 주는 거냐?"

"대감께서 저를 징벌한 것은, 제가 그 벌을 받아 마땅한 죄를 지었기 때문입니다. 만약 대감께서 마음 써서 구해 주시지 않았던들, 저는 벌써 망나니의 칼날 아래 외로운 귀신이 되었을 것입니다."

"어찌 되었든, 너는 역시 내 생명을 구해 준 은인이다. 내 절을 받거라!"

고시는 그 자리에 꿇어 엎드렸다. 후표도 엉겁결에 덩달아 무릎을 꿇으면서 통사정을 했다.

"아이구, 대감 나으리! 이러시면 성의가 아니라 저를 송구스러워 죽게 만드는 것입니다."

두 사람은 서로 부축해 일어섰다.

"대감님, 성문을 열어 놓았으니, 빨리 도망치십시오!"

고시가 성문을 막 빠져나갔을 때, 공교롭게도 바깥에서 서성거리던 자로와 딱 마주쳤다. 그는 불문 곡직, 자로의 손을 거머쥐고 냅다 뛰기 시작했다.

"아니, 왜 이러나? 나는 지금 성 안으로 들어가야 한단 말일세! 한데 사제는 무슨 일로 그렇게 허둥거리는 거야?"

"잔말 마시고 절 따라 오기만 하십시오! 괴외 군이 벌써 입성했고, 상국 대감도 이미 그 일당 손에 붙잡혀 갔단 말입니다."

"그렇다면 더욱 이상한 노릇일세. 공 대감 밑에서 녹봉을 받아 먹은 몸이 공 대감이 어려운 위기에 처했는데 멀찌감치 뺑소니를 쳐야 옳단 말인가?"

"사형, 모르시는 말씀 마십시오. 괴외와 공 대감, 혼량부는 어찌되었거나 피붙이 관계로 맺어진 사이입니다. 우리는 뭡니까? 아무 관계도 없지 않습니까? 사형은 그 불구덩이에 뛰어들 까닭이 하나도 없단 말입니다!"

"달아나고 싶거든 자네나 가게! 나는 꼭 성 안에 들어가서 공 대감을 구해내고야 말 테니까."

말을 마치자, 그는 성문 틈서리로 후표가 내다보는 틈을 타서 재빨리 뛰어 들어갔다.

후표 역시 자로와 고 대감의 관계를 아는 터라, 아무 소리도 않고 들여보내 주었다.

자로는 단숨에 혼량부의 저택으로 달려갔다. 그리고 뒤껼 채마밭에 숨어 동정을 엿보고 있었는데, 공교롭게도 괴외 일당이 그곳에 제단을 세우고 삽혈맹을 거행하러 나타난 것이다. 그러니 고함을 지르고 뛰쳐 나갈 수밖에…….

14
후계자는 증삼으로

"네놈들, 좋아하기는 아직 이르다! 내가 왔단 말이다!"

벼락같은 호통소리에, 괴외 일당은 일순 넋을 잃고 얼떨떨하게 서 있었다. 그러나 혼량부가 이내 정신을 가다듬고 맞고함을 질러댔다.

"중유! 이건 우리 국내 사정이다. 너희 노나라와는 아무 상관도 없는 일에 네놈이 웬 참견이냐?"

"너희들이 임금 자리를 찬탈하려거든 그것으로 좋다. 한데 공 대감은 어째서 이 자리에 끌어들여 강제로 맹세를 시키느냐? 나 자로는 공 대감의 녹봉을 받았으니, 이대로 보고만 있을 수 없다. 좋은 말로 타이를 때 냉큼 그분을 놓아 주어라!"

"으하하핫!……."

괴외가 너털웃음을 터뜨렸다.

"중유야, 학문을 익히고 예의 범절을 안다는 네 녀석이 도대체 사리 분별도 못하는구나! 공리로 말하자면 내 누님의 친아들이요 내게도 친조카가 되는 사람이다. 이런 그가 내 일을 돕는다는 것은 명분이 뚜렷하고 또 정리에도 부합되는 일이거늘, 시비를 따질 게 뭐란 말이냐?"

자로가 가만 듣고 보니, 밥솥에 뜸이 들대로 다 든 모양이었다. 그는 다급한 나머지 가슴을 치고 두 발을 굴러가며 안타까워했다. 흘끗 주변을 둘러보던 그는 채마밭 한 구석에 마른 짚더미가 수북히 쌓여 있는 것이 눈에 띄었다. 그는 재빨리 그쪽으로 뛰어가면서 엄포를 놓았다.

"공 대감을 풀어주어라! 안 그러면 이 집에다 불을 확 질러버릴 테다!"

말을 마치자, 그는 부싯돌을 쳐서 짚더미에 불을 당겼다.

괴외가 무사들을 돌아보고 급히 명령을 내렸다.

"저놈을 잡아 죽여라!"

무사 두 명이 질풍처럼 달려들더니, 수중에 잡은 장극(長戟)으로 자로를 겨누고 번개같이 찔렀다. 자로도 황급히 칼을 뽑아 들고 맞서 나갔다.

이윽고 세 사람은 기세 사납게 공방전을 주고받기 시작했다. 그러나 30여 합쯤 지났을까, 자로는 차츰 기력이 떨어지는 듯한 느낌을 받고 속으로 당황하지 않을 수 없었다.

하기야 나이도 60세, 환갑을 넘겼으니 무슨 힘으로 용을 쓸 것인가. 억지로 50여 합을 싸우고 났을 때, 그에게는 반격할 여력이 전혀 남아있지 않았다.

자로가 수비에만 급급한 것을 보자, 무사 한 명이 대담하게 직공으로 창끝을 찔러왔다. 자로는 미처 피하지 못하고 창끝에 모자 끈을 끊기고 말았다.

뒤이어 또 다른 무사의 창날이 왼팔뚝에 푹 꽂혔다. 그는 필사적으로 몸부림쳐서 창날을 밀어냈다.

"잠깐 기다려라! 군자는 죽을 때 죽더라도 매무새를 흐뜨리지 않는 법, 내 관(冠)을 바로 쓰게 여유를 달라!"

무사들의 공세가 주춤하는 순간, 자로는 패검을 땅바닥에 내려놓고 모자 끈을 풀더니, 두 손으로 다시 매듭지어 머리 위에 얹었다.

그가 무기를 집어들고 비틀 걸음으로 일어섰을 때, 두 자루 창끝이 기다렸다는 듯이 한꺼번에 자로의 심장을 꿰뚫고 등 뒤로 빠져나갔다.

"어흑!……."

자로는 답답한 외마디 소리를 토해내면서 흙더미 무너지듯 땅바닥에 스르르 주저앉았다.

"됐다, 되었어!"

괴외는 너무도 기쁜 나머지 목소리조차 쉬어 나왔다.

"장병들아, 궁궐로 쳐들어가자! 가서 자첩이란 놈을 죽여 없애라!"

"예에!……."

출동 명령이 떨어지자, 괴외의 군사들은 앞을 다투어 궁궐로 쳐들어갔다. 그러나 궁궐 전역을 구석구석 샅샅이 뒤졌는데도 위출공의 행방은 찾아낼 수가 없었다.

상국 대감이 납치되어 갔을 때, 그 가신 중에 한 사람 난녕은 뒤채 부엌에서 고기를 구워놓고 한참 술을 마시고 있었다. 혼량부 일당이 집안을 벌컥 뒤집어 놓는 동안, 그는 눈치 빠르게 뒷문으로 빠져나와 곧바로 궁궐까지 달려가 위출공에게 이 급보를 전했다.

위출공은 어쩔 바를 모르고 허둥거리기만 했다. 난녕은 보다 못해 임금을 억지로 수레에 올려 태운 다음, 말채찍을 휘둘러 궁궐에서 탈출했다.

얼마나 정신이 없었는지, 그의 입에는 아직도 삼키지 못한 고기점이 우물우물 씹히고 있었다. 난녕은 위출공을 모시고 그날 밤중으로 노나라 국경을 지나 곧바로 제나라를 향해 달려갔다.

이렇게 해서 궁궐을 수색하던 장병들은 끝끝내 위출공을 찾아내지 못한 채 괴외에게 돌아와서 복명할 수밖에 없었다.

"도망친 놈은 잠시 내버려 두기로 하자! 경들은 속히 과인을 정전(正殿)으로 인도하라. 빠른 시일 안에 즉위식을 올리고 이 나라를 다스릴 대계(大計)를 의논할 것이다!"

괴외는 드디어 아들을 몰아내고 위나라 군주의 자리를 탈취했다. 이가 바로 위장공(衛莊公)이다.

공구는 위나라에서 정변이 터졌다는 소식을 듣고, 퍼뜩 자로가 생각나서 급히 사람을 풀어 찾아보게 했다. 그러나 자로는 벌써 위나라로 떠난 뒤였다. 공구는 불길한 예감이 들어 가슴을 조이기 시작했다.

"중유, 이 녀석이 아무래도 죽음을 당하고야 말겠구나! 내가 그토록 말렸는데도 훌쩍 가버리다니!……적수 공권(赤手空拳)으로 사나운 범과 씨름을 한다면 그 결과야 뻔한 게 아닌가? 세상에 눈 먼 장님이 혼자서 강을 건너가는데 빠져 죽지 않을 자가 어디 있단 말이냐!"

"사부님, 위나라에는 중유 말고 고시도 있지 않습니까? 고 사형의 신변도 위태로울 텐데요."

스승의 한탄을 듣고 있던 증삼이 여쭈었다.

"아니다, 고시는 무슨 수를 써서라도 돌아오겠지만, 중유의 죽음은 의심할 여지가 없다. 두번 다시 내 앞에 돌아오지 못할 것이다!"

얼마 안 있어, 과연 자로가 죽임을 당했다는 흉보가 날아들었다.

공구는 앞마당 한가운데 서서 목놓아 대성통곡을 터뜨렸다. 한참이나 소리쳐 울던 끝에, 그는 소식을 가져 온 사람에게 물었다.

"자로가 어떻게 죽었다더냐?"

"괴외의 부하들에게 난도질을 당해 죽었습니다. 괴외는 그것만으로도 분이 안 풀려, 자로의 시체를 저며서 소금 뿌리고 젓갈을 담갔다고 합니다."

공구는 더욱 비통하게 울었다. 그리고 장독대에 놓인 된장 항아리를 치우게 했다.

이로부터 그는 두번 다시 장독대를 쳐다보지도 않았고, 젓갈이나 된장으로 만든 음식을 입에 대는 법이 없었다.

광풍이 한바탕 휩쓸고 지나간 뒤, 하늘에는 먹구름장이 빽빽하게 덮였다. 황혼이 질 녘, 거위털만큼이나 큰 눈송이가 펄펄 쏟아져 내리기 시작했다.

공구는 넋을 잃은 채 외로운 등잔 불빛만을 하염없이 쳐다보았다. 어두운 불빛 그늘 아래 사람의 그림자 같은 것이 일렁이자, 그는 실성한 사람처럼 저도 모르게 외쳐 불렀다.

"중유야!"

어둠 속을 뚫어져라 쳐다보는 눈길에 제자들의 얼굴 모습이 하나하나씩 떠오르기 시작했다. 그들을 바라보면서, 공구는 제각기 지닌 특성을 그려보았다.

'고시는 아둔해 보이면서도 그 속에는 어느 누구보다 날카로운 직관력과 지혜를 감추고 있다. 증삼은 머리가 잘 돌아가지 않고 행동이 굼뜬 것처럼 보이나, 그 속에는 영특한 기민성을 지녔다. 전손사는 어떨까? 곧잘 외곬으로 빠지고 편협한 성격이지만 그 속에는 대체(大體)를 꿰뚫어 보는 냉정한 안목이 숨겨져 있다. 중유는 덤벙대고 조급한 성격, 하지만 그 속에는……'

"아아!……그만 두자!"

그는 한숨을 길게 내쉬고 말았다.

"바로 그 조급한 성격, 덤벙대는 기질이 자신을 해치지 않았던가!"

그는 더 생각하고 싶지 않아, 두 눈을 내리감고 잠을 청했다. 그러나 자로의 환영(幻影)이 날카로운 바늘 끝으로 화해 두 눈을 찌르는 것 같아 도저히 잠을 이룰 수가 없었다. 그는 동녘이 훤히 틀 무렵쯤 되어서야 겨우 혼곤하니 잠에 빠져들었다.

날이 밝았으나 바람의 기세만 조금 수그러들었을 뿐, 폭설은 여전히 그칠줄 몰랐다.

그가 옷을 입고 침상에서 막 내려서는데, 증삼이 문안 인사를 올리러 찾아왔다.

"사부님, 평안히 주무셨습니까? 날씨도 궂은데 차가운 밤바람에 어디 편치않으신 데가 없는지요?"

공구는 시무룩하게 대꾸했다.

"중유가 죽었다는 소식을 들은 뒤부터 가슴이 답답하고 숨이 막혀 못 견디겠구나. 밤새도록 넋이 빠져 거의 한잠도 이루지 못하고 말았다."

"사부님, 죽은 사람을 생각하셔서 무엇합니까? 다시 살아나지도 못하는 것을……중유는 그렇게 갔으니, 사부님께서나 더욱 보중하셔야지요."

제자에게 위안의 말을 듣자니, 눈시울이 축축하게 젖어들었다.

"중유는 내 문하에 가장 일찍 거두어들인 제자 가운데 하나였다. 또 내 일평생 서로 의지해 온 반려자였고, 내 손발이나 다름없이 친숙하게 지내온 사이였다. 그런 그가 처참한 죽음을 당했는데, 내 어찌 가슴이 찢어지지 않겠느냐? 이 억장이 무너지는 슬픔을 누가 알아준단 말이냐!"

증삼은 도대체 무슨 말로 스승의 아픈 가슴을 위로해 드려야 좋을지 모른 채, 초조감을 이기지 못하고 손바닥만 비벼댈 뿐이었다.

공구는 그 해 겨울 내내 비분과 오뇌로 옥죄인 나날을 보냈다. 노애공 16년(B.C.479) 이른 봄 어느 날, 그는 모처럼 한갓진 심사로 자공을 불러들였다.

"단목사야, 내 일평생 동분 서주하고 열국을 두루 떠돌아 다니느라 온갖 신산 고초(辛酸苦楚)를 다 겪었다. 그래서 얻은 결과가 무엇이냐? 학문을 가득 지녔어도 모두 허사요, 그 많은 나라 군주에게 등용되지 못하고 지금 이 모양으로 지내고 있을 뿐이다. 이게 오늘날의 세도(世道)라니, 참으로 안타깝기만 하구나!"

"그렇습니다, 사부님!"

자공도 순순히 동조했다.

"세상이 너무 공평치 못합니다. 어르신께서 그토록 많은 학문을 지니셨는데도 실현할 기회가 전혀 없는 반면, 불학 무식한 임금들이 제멋대로 신민들에게 호령을 내리고 자기네 구미에 당기는 일만 시키고 있으니, 이런 불공평한 처사가 어디 또 있겠습니까?"

"나는 이미 거기에 습관이 들었다. 하늘을 원망하고 사람 탓을 해 보았자 모두 소용없는 일, 그저 한 걸음 물러 앉아서 너그럽게 보아주는 도리밖에 더 있겠느냐? 내 평생토록 뼈를 깎는 노력으로 학문을 배우고 익힌 덕분에 지금 이나마 성취를 이룬 것만도 다행이라 여긴다. 더구나 너희들같이 유능한 제자를 가르치고 많이 길러낸 것만으로도 크게 위안이 되고……."

자공은 스승의 기분이 언짢아지는 것을 눈치채고, 얼른 보비위를 맞추어 주었다.

"아무렴은요! 사부님이 평생토록 길러내신 제자가 3천여 명이나 되지 않습니까. 이야말로 전고(前古)에 없던 쾌거라 할 것입니다."

공구는 앞뜰에 내려섰다. 그리고 손수 심은 전나무를 똑똑히 바라보면서 한동안 입을 열지 않았다.

아침을 들고나서, 그는 지팡이를 딛으며 글방으로 건너갔다. 눈을 들어 바라보니 거의 모두 젊은 학생들이라 새삼스런 감회에 젖어들었다.

"아아, 벌써 이렇게 되었는가? 당년에 나와 더불어 진나라, 채나라 사이에 갇혀 굶주림에 떨던 사람들은 모두 이 자리에 없구나!"

죽간을 펼쳐 놓고 강의를 막 시작하려는데, 갑작스레 현기증이 일어나 그는 황망히 뒷걸음질쳐서 담벽에 기대어 섰다. 그리고 한손으로 이마를 짚은 채, 어지럼증이 사라질 때까지 버텼다. 겨우 책상 앞에 다시 나오자, 그는 두 손으로 책상 모서리를 붙잡고 비탄에 찬 고함을 질렀다.

"봉황이 오래도록 날아들지 않고, 하도(河圖) 낙서(洛書)도 나타나지 않는구나!"

잠시 숨을 들이키고 나서 그는 또 하늘을 향해 부르짖었다.

"주공 어른이 오래 꿈에 보이지 않으니, 내 일생도 여기서 끝장이다!"

증삼이 큰일났다 싶어 얼른 나와 부축했다.

"사부님, 왜 이러십니까? 그 많은 학문을 저희들에게 다 전수하시지도 않았는데, 그게 웬 말씀이십니까?"

"내게 학문이 있는 줄 아느냐? 없다! 언젠가 농사꾼이 무엇을 물어왔을 때 나는 내 지식이 텅 빈 곳간처럼 매우 적다는 사실을 깊이 깨달았다. 농사꾼은 떠나지 않고 지켜 보니 어쩌겠느냐? 그 사람에게 처음부터 끝까지 미주알 고주알 캐어묻고 나서야 도리를 조금 깨우쳐 아는 한껏 일러주고 돌려보낼 수가 있었다. 이런 내가 학문을 지녔으면 얼마나 지녔다고 보느냐?"

흥분이 지나쳤는가, 심장의 박동이 참을 수 없을 정도로 마구 뛰고 이마에 콩알만큼씩이나 굵은 땀방울이 배어나와 송글송글 맺히기 시작했다.

"사부님, 어디 편치 않으십니까?"

증삼이 물었다.

"심장이 너무 뛴다. 빠르다가 느려졌다가……아무래도 글렀나보다."

공구는 안색이 누렇게 들뜬 채, 가슴을 억누르면서 짧게 대답했다.

제자들이 대경 실색을 해서 와르르 달려나왔다.

그들은 누가 뭐랄 것도 없이 다짜고짜 스승을 떠메고서 안채로 내뛰었다.

공구는 병상에 누워 며칠째 물 한 방울도 넘기지 못했다. 제자들은 사면팔방으로 흩어져서 이름난 의원과 묘방을 찾아 헤매고 다녔다. 그러나 의원들은 환자의 나이와 증세를 물어보고 나서 한결같이 고개를 내저었다.

병상에 고요히 누워서, 공구는 이따금씩 혼수상태에 빠졌다가 피어나는 일이 잦아졌다. 정신을 잃었거나 깨어 있을 때나, 가슴 속 깊이 파묻혀 있던 과거의 추억이 솟아나와, 꿈 속에서 어둠 속에서 끊임없이 병자의 주변을 맴돌았다.

그는 맹피 형과 공부하던 시절을 꿈꾸었다. 외조부 앞에서 가르침을 받던 시절도 힘들었지만 역시 꿀처럼 달디단 추억이었다. 그는 청년 시절로 거슬러 올라갔다. 지방 추곡 수납관, 농장 관리원으로 지내면서 공평 무사하게 법을 집행하던 때, 대사구의 직분을 맡아 풍운을 질타하던 시절이 그리웠다.

열국을 두루 떠돌아 다니면서 무수히 겪은 좌절과 난관, 늘그막에 돌아와서 곤궁한 나날을 보내온 지금 이 시절……그에게 있어서는 쓰고 달고, 시고 매운 맛이 골고루 섞인 한평생이었지만, 이제 어느 경우에나 유감은 없었다.

제자들이 번갈아 문병 와서 시중을 들어주었다. 친아들은 잃었으나, 모든 제자들이 자식처럼 느껴졌다.

정신이 들고 기분이 조금 좋아졌을 때, 그는 이들과 심심치 않게 대화를 나누기도 했다.

이 날, 공구는 병세가 호전되어 정신도 한결 맑아졌다. 그래서 침상에 기대어 앉을 수가 있었다.

우두커니 창밖을 내다보고 있으려는데, 갑자기 먼지를 흠뻑 뒤집어 쓴 사람이 방문을 박차고 들어섰다.

"사부님!"

침상 앞에 털썩 무릎을 꿇은 사람은 고시였다.

"이 불효한 놈을 용서하십시오! 진작에 찾아 뵈었어야 할 것을……."

공구는 힘없이 손을 내밀어 그의 어깨를 두드려 주었다.

"고시였구나! 내 병은 훨씬 나아졌으니 걱정 말아라. 네가 돌아오기를 얼마나 기다렸다구……한데 그 동안에 어디서 무얼 하고 지냈느냐?"

"죄송합니다, 사부님……노나라로 도망쳐 오기는 했는데, 중유 사형이 피살되었다는 소문을 전해 듣고 그만……그 때 제가 사형을 막지 못한 것이 잘못이었습니다. 그 죄책감 때문에……저는 사부님을 뵈올 면목이 없었습니다. 그래서 제나라로 돌아갔지요. 이렇게 병드신 줄 모르고 집안에 틀어박혀 사부님이 그리워 애를 태우기만 했습니다. 이제야 겨우 뵈오러 왔는데……."

말도 끝내지 못하고, 눈물이 주르르 흘러 내렸다.

스승의 눈에도 뜨거운 눈물이 맺혔다.

"중유는 워낙 거칠고 조급했다. 필부의 용기만을 믿고 맨주먹으로 사나운 호랑이와 맞섰으니, 처참한 죽음을 당할 수밖에 더 있겠느냐? 일어나거라, 그 죽음은 결코 네 책임이 아니다."

그 한 마디에, 고시의 마음을 무겁게 짓누르던 바윗덩어리가 떨어졌다. 그는 엉금엉금 기어 일어났다.

이날부터 고시는 병상 곁을 잠시도 떠나지 않았다. 공구도 굳이 그를 떼어놓고 싶지 않아 그대로 내버려 두었다.

"사부님, 제가 여러 해 동안 위나라 조정에 몸을 담아 왔습니다만, 아직도 정무를 어떻게 보아야 하는지 확연히 깨우쳐지는 게 없었습니다. 정무에 종사하려면 어떻게 해야 옳습니까?"

"네가 두 나라에서 이룩한 업적이 그것 아니겠느냐? 구태여 모른다고 할 것은 없다."

"저는 워낙 재능이 미약하고 박덕해서 겨우 한 고을만 근근히 다스릴 수 있었습니다. 사부님은 천하를 다스리시고 하늘과 땅을 되돌려 놓을 만한 웅재대략(雄才大略)을 지니셨습니다. 그렇기 때문에 여쭈어 보는 것입니다."

공구는 침묵으로 대답했다. 그래도 고시는 줄기차게 물어왔다.

"사부님, 벼슬아치가 되어 정무에 종사하려면, 도덕과 예의 교육을 위주로 해야 합니까, 아니면 정치 법령과 형벌을 주로 써야 합니까?"

물음이 절박하니 스승도 입을 열지 않을 수가 없었다.

"정치 법령으로 백성을 이끌고 형벌로 그들의 행위를 정돈한다면, 백성들은 그저 일시적으로 죄과를 모면하려고 할 뿐, 염치라는 것이 무엇인지 모르게 될 것이다. 도덕으로 그들을 이끌어 주고 예의 교육으로 그들의 행위를 정돈한다면, 백성들은 염치성을 지니게 될 뿐 아니라, 그들의 마음을 쉽사리 귀복시킬 수 있게 된다."

스승의 말을 듣는 순간, 고시는 자기가 정무를 맡았을 때 줄곧 상투적으로 써먹던 방법이 생각나서, 얼굴이 화끈 달아올라 견딜 수가 없었다.

이 때 조용히 듣고만 있던 증삼이 처음으로 입을 열었다.

"사부님, 제가 보건대, 어르신께서는 옛 성현들의 행적과 말씀을 집대성하셨다고 생각됩니다. 사람과 도(道)의 관계는 어떻습니까?"

"사람은 도를 빛내고 널리 선양할 수가 있으되, 모든 사람을 키울 수가 없다. 다시 말해서, 도 자체가 인간을 확대시키지 못한다는 뜻이다."

이번에는 전손사가 여쭈었다.

"사부님, 가령 어떤 사람이 모든 이에게 미움을 받는다면, 저는 그 사람을 어떻게 대해야 합니까? 또 반대로 어떤 사람이 뭇사람에게 사랑을 받는다면 제가 그 사람을 어떻게 대해야 합니까?"

"뭇사람이 다 미워하는 사람이라도, 너는 반드시 직접 그 인품을 살피고 헤아려야 한다. 뭇사람이 다 좋아하는 사람일지라도 너는 반드시 직접 그 인품을 살펴 헤아릴 것이요, 남이 하는대로, 시세에 붙좇아 부화뇌동(附和雷同)을 해서는 안 된다."

해저물녘이 되자, 스승 곁에 모시고 있던 제자들도 잇따라 흩어져 돌아갔다. 고시는 여전히 스승 곁을 떠나지 않았다.

그날 밤, 공구는 이리 뒤척 저리 뒤척, 여간해서 잠을 이루지 못하다가 3경이 지나서야 가볍게 코를 고는 소리가 들리기 시작했다. 고시는 낡은 양가죽 옷을 벗어 덮고 침상 곁에 기대어 눈을 붙였다.

퍼뜩 눈을 뜨고 보니, 날이 벌써 밝았고 스승도 잠에서 깨어나 있었다.

"사부님 편히 주무셨습니까? 춥지는 않으셨는지요? 기분은 좀 어떠십니까?"

다급한 김에 연거푸 문안 인사를 올렸더니, 스승은 이맛살을 찌푸리고 장탄식을 터뜨렸다.

"하나라 시대 사람들은 관곽을 동쪽 섬돌 위에 놓고, 주나라 사람들은 서쪽 섬돌 위에 놓았다. 은나라 사람들은 관곽을 두 기둥 사이에 놓았고……어젯밤 꿈을 꾸니, 내가 두 기둥 사이 한가운데 앉아서 뭇사람들의 제사를 받고 있더구나. 내 조상이 은나라 출신인데, 그 꿈을 생각해 보면 아무래도 내가 오래 살지 못할 것 같은 예감이 든다."

그 말을 듣고 고시는 입을 딱 벌리고 두 눈을 휘둥그레 뜬 채 펄쩍 뛰어 일어나더니 글방으로 내달려 갔다.

"사형, 사제들! 큰일났소. 사부님의 병세가 악화되었는지, 지금 헛소리를 하고 계시단 말이오!"

"아니, 뭣이? 이거 큰일났군!"

제자들이 벌떼처럼 스승의 침실로 몰려들었다. 공구는 이게 웬 난리들인가 싶어 뜨아하게 물었다.

"너희들, 무슨 눈빛들이 그러냐?"

제자들은 감히 바른말을 입 밖에 내지 못하고 하나같이 고개만 떨군 채 다시 안마당으로 물러나갔다.

공구는 침대에서 내려서더니, 지팡이를 짚고 뒤따라 앞마당으로 나갔다. 그리고 제자들의 얼굴을 하나씩 훑어보기 시작했다. 그런데 이리 보아도 저리 보아도 자공의 모습이 눈에 뜨이지 않았다.

"단목사는 어째 안 보이느냐?"

안로가 냉큼 대답해 올렸다.

"지금 위나라에 가 있습니다. 제가 사람을 보냈으니까, 며칠 안에 틀림없이 돌아올 것입니다."

말끝이 갓 떨어지자마자 호랑이도 제말하면 온다더니 자공이 뛰쳐

들어왔다.

공구는 놀랍고도 반가운 나머지, 겨우 한다는 말이 꾸지람이었다.

"단목사야, 왜 이리 늦었느냐? 너 하나만 늦게 오지 않았느냐!"

자공은 죄수라도 된 것처럼 그 자리에 털썩 무릎을 꿇고 울먹였다.

"용서하십시오! 사부님의 병환이 이 지경인 줄 모르고 늦게 왔습니다."

"어서 일어나거라, 단목사야! 내가 공연히 역정을 부렸구나."

자공이 툭툭 털고 일어서자, 그는 다시 안로를 보고 물었다.

"또 누가 안 왔느냐?"

"아직 못 온 사람에게는 인편이 모두 알려 주었으니까, 사나흘 안으로 모두 도착할 것입니다."

공구는 안마당에 가득찬 제자들을 바라보면서, 목청을 한껏 높여 외쳤다.

"제자들아, 문왕이 주나라 왕조의 기틀을 세우시고, 무왕이 일거에 그 왕조를 일으켜 세우신 지 6백여 년의 세월이 흐른 지금, 그 왕조는 날이 갈수록 쇠미(衰微)해지고 있다! 내 본디 열국 제후들을 보필하여 주례를 회복시키고 대업을 크게 떨쳐 통일되고 부강한 주나라 왕조를 다시 일으켜 세우려 했다만 뜻밖에도 천하 제후들은 무력만을 숭상하니 어쩌랴! 내가 너희들을 데리고 열국을 떠돌아 다니는 동안 도처에서 벽에 부닥치고 온갖 시련을 다 겪었으면서도 수고롭기만 했을 뿐, 아무런 공을 세우지 못하고 말았다. 이 모두가 사람들이 흔히 말하는 하늘의 뜻이란 말이냐?"

그는 제자들 면전에서 노래를 부르기 시작했다.

태산이 무너지려는구나,
대들보가 꺾이는구나!

철인(哲人)도 초록과 다를 바 없어,
시들고 메마르고 썩어 가는구나!

자공과 안로 두 사람이 그를 부축해서 방안으로 모셔다 침상에 눕혔다. 479년 음력 2월 초나흘의 일이었다.

제자들은 불철주야로 번갈아가며 시중을 들었다. 그날은 안로가 병상을 지키고 있었다.

공구는 두 눈을 질끈 감은 채 입을 열었다.

"내 한평생 학당을 열고 문도(門徒)를 받아들여, 3천여 명이나 되는 제자들을 가르치고 길러냈다. 그중에는 재화(才華)가 출중하여 앞길이 크게 열린 인재도 숱하게 많다. 후세 사람들이 나 공구를 이해하고 알아주는 것이 있다면, ≪춘추≫를 제외하고 아마도 너희들을 통해서 그럴 것이다. 또 그 공로를 따져본다면, 으뜸가는 공로는 바로 너한테 돌아가야 마땅할 것이다."

안로는 무슨 얘기인지 알아들을 수 없어, 의문에 가득찬 눈빛으로 스승을 쳐다보았다.

공구는 눈을 번쩍 떴다.

"내가 처음으로 사학(私學)을 개설하게 된 것은 너와 막대한 관계가 있지 않느냐? 그때 만약 네가 윽박질러 제자로 들어오지만 않았던들, 나는 지금까지도 문하에 사람들을 받아들여 가르칠 엄두를 내지 못했을 것이다."

"사부님은 지식이 연박(淵博)하시고 고금에 달통하셨으며, 남을 깨우치되 고단한 줄 모르시고 덕망이 높으신 분입니다. 내가 먼저 문하에 들어와 가르침을 구하지 않았다 하더라도, 필경 또다른 사람이 찾아와서 나 대신 첫번째 제자가 되는 영예를 차지했을 것입니다. '복숭아, 오얏나무는 말이 없으나 그 열매를 찾는 사람들의 발자국에 저절로 오솔길이 트인다' 는 말이 있지 않습니까!"

"보아하니, 나는 오래지 않아 이 세상을 영영 떠나야 할 것 같다. 너희들 가운데 누군가 내 사업을 이어받아 문하생들을 모아서 학문을 계속 가르칠 사람이 없는지 모르겠구나."

스승이 탄식을 섞어 푸념하자, 안로는 미리 생각한 바를 털어놓았다.

"평소 가만히 살펴보았는데, 증삼이 어르신의 교육 사업을 계승하기에 가장 적합한 듯싶습니다. 그 사람은 학문에 각고 노력하여 숱한 경전과 저작물에 대해서 깊이 깨우쳤을 뿐 아니라, 인품 또한 성실하고 신중해서 뭇사람의 사표(師表)가 될 만합니다."

공구가 그 말을 곰곰이 새겨보고 있노라니, 공교롭게도 장본인이 아침 문안을 드리려고 조심스런 걸음걸이로 들어왔다.

"증삼아, 너는 뜻을 어디에 두었느냐?"

증삼은 잠시 생각을 가다듬고나서 솔직히 대답해 올렸다.

"제가 어르신의 문하에 들어와서 비록 조예는 깊지 못하오나 얻은 바는 적지 않았습니다. 제 생각으로는……."

그는 스승의 눈길을 정면으로 받고서 말씨가 움츠러들었다.

"저는 사부님을 본받아 제자를 모으고 학문을 가르치고 싶습니다."

"좋다!"

공구는 병든 몸이 건강을 되찾은 듯, 기쁨에 들떠 목소리마저 낭랑해졌다.

"네가 내 사업을 이어받는다면, 나도 웃으면서 기꺼이 구천지하(九泉之下)로 떠날 수 있겠다."

"사부님의 공덕은 해와 달에 견줄 만큼 빛나오신데, 불초 제자는 그 한둘이나마 흉내낼 수 있을런지 모르겠습니다."

"말은 그리 하는 게 아니다."

스승이 도리질을 했다.

"나처럼 배우기에 싫증을 내지 않고 남을 깨우치기에 고단한 줄 모르며, 쉴새없이 부지런히 학문을 추구하고 아랫사람에게 묻기를 부끄럽게 여기지 않는다면, 너도 한번쯤 빛나는 업적을 만들어낼 수 있을 것이다."

증삼은 겸연쩍어 고개를 숙였다. 스승의 말씀이 이어졌다.

"옛 말씀에 '의롭고 옳은 일을 행할 때는 스승에게도 양보를 않는다' 고 했다. 네가 그처럼 숭고한 뜻을 세운 바에야, 남은 힘을 아끼지 말고 그것을 해내는 데 쏟아넣어야 한다."

"예, 스승님의 기대에 어긋나지 않도록 있는 힘을 다하겠습니다!"

공구는 안도의 한숨을 내쉬었다.

"아무렴, 이제야 나도 마음이 놓이는구나!"

그는 잠시 무엇인가 생각하더니, 목을 길게 늘이고 바깥쪽을 향해 외쳐 불렀다.

"공급아! 어디 있느냐?"

"예에, 갑니다!"

공급이 바락 소리치면서 날랜 새끼 사슴처럼 뛰어 들어왔다.

할아버지는 얼굴빛을 엄하게 하고 말했다.

"이 할애비는 오래 살지 못한다. 내가 보는 자리에서 증삼을 네 스승으로 모셔라. 그리고 아무쪼록 배움과 익힘을 평생 낙으로 삼아, 학문에 큰 성취를 얻도록 하여라!"

"예, 할아버님!"

손자의 입에서 구리방울 울리듯 상큼한 대답이 나왔다.

"어서 스승님께 절을 올려라."

공급은 그 자리에서 납죽 엎드려 큰절을 올렸다.

"제자 공급, 사부님을 뵈옵습니다!"

"오냐!"

증삼은 공급을 부축해 일으켜 세운 다음, 불안한 기색으로 스승 쪽을 향해 돌아섰다.

"사부님!"

공구는 그 소리를 듣지 못한 채 두 손으로 가슴을 억누르고 진통을 참느라 어금니를 악물었다.

제자들은 그 앞에 묵묵히 서서, 기도를 드리고 축원을 올리고 저마다 스승의 건강이 하루 속히 회복되기를 간절히 기원하고 있었다.

공구의 병세는 무거워졌다가 가벼워졌다가, 종잡을 수 없이 변덕을 부렸다. 증세가 심할 때는 이마에 진땀이 부쩍부쩍 돋아날 정도로 고통스러워, 악문 어금니 사이로 신음성이 새어나왔다. 증세가 조금이라도 가벼워지면, 그는 제자들을 불러들여 학문상의 문제나 치국(治國)의 도리를 놓고 곧잘 대화를 나누기도 했다.

며칠 후 공구의 병세가 다시 호전되었을 때, 노애공이 기별도 없이 문병을 하러 찾아왔다.

공구는 분수에 넘친 예방을 받고 감격한 나머지 병상에서 일어나 영접의 예를 올리려고 몸부림쳤다.

노애공은 침상 곁으로 다가와서 병자의 수척한 몸을 어루만져 주었다.

"공부자님, 움직이지 마시오."

"주군!"

공구의 눈에 뜨거운 눈물이 가득 고였다.

"날마다 만기(萬機)를 헤아리시고 주례 회복이라는 무거운 책임을 지신 분이 저를 보러 오시다니, 이 은덕을 어떻게 감당하오리까!"

"공씨 가문은 대대로 이 나라에 충성을 다 바쳤고, 불멸의 공적을 세웠소. 그대의 병세가 이 지경에 이르렀는데, 내 어찌 보러 오지 않겠소?"

노애공은 잠시 멈추었다가 말을 이었다.

"그대는 천하의 경륜을 품었고 고금에 박통할 뿐더러, 문무를 겸비한 성인이시오. 이제 과인은 조정의 기강을 다시 바로잡고 이 나라를 크게 떨쳐보려는 생각을 가졌는데, 무엇부터 착수해야 좋을지 모르겠구료."

군주가 모처럼 흥방 치국(興邦治國)의 도리를 물어왔으니, 공구는 정신이 번쩍 들고 몸에서 병이 절반쯤 날아갈 밖에 더 있으랴! 그는 열꽃에 바짝 메마른 입술을 축이면서 그리 크지는 않으나 군센 어조로 이렇게 대답했다.

"불초 공구의 견해는 이렇습니다. 하, 상, 주 3대의 예의 제도 가운데 주나라의 것이 가장 완벽합니다. 그렇기 때문에 저도 한평생 극기 복례(克己復禮)를 주장해 왔던 것입니다. 극기 복례란, 자신의 욕망을 억누르고 자기 자신의 말 한마디, 일거수 일투족을 모두 주나라 예의 범절에 부합시킨다는 뜻입니다."

"공부자님은 남과 얘기를 할 때마다 '예의'를 화제에서 떼어놓는 법이 없구료. 도대체 그 예의란 것이 무엇인지 말씀해 주실 수 없겠소?"

"인간의 삶에서 으뜸이 되는 것이 예입니다. ≪예기≫에 이런 말이 있습니다. '예가 아니면 천지의 신령을 절도있게 섬길 수 없으며, 예가 아니면 군신(君臣), 상하, 장유(長幼)의 위계 질서를 가려내지 못하고, 예가 아니면 남녀간의 차이, 부자, 형제간의 친소(親疏)를 분별할 수 없다.' 그렇기 때문에 옛날의 진정한 군자들 가운데서 예의 제도를 지키지 않고 일을 행하였던 사람은 하나도 없었습니다."

"그렇다면 오늘날 사람들은 어째서 예의 제도를 지키지 못하오?"

"이 시대 사람들은 이권을 탐내기에 물리지 않고, 음탕한 행위에 지칠 줄 모르며, 포악한 형벌과 살육을 거리낌없이 자행하고 있으니, 언제 예의 제도를 지킬 마음이 있겠습니까?"

언사가 격해지면서 심장의 고동이 사납게 뛰기 시작했다. 공구는 또 한 차례 꽉 막힌 가슴을 누르고 답답한 숨을 몰아쉬었다.

노애공은 병세가 심상치 않은 것을 보고 얼른 일어섰다.

"공부자님, 쉬셔야겠소! 아무쪼록 잘 조섭하시기를 바라오."

노애공이 물러간 후, 반 시각쯤 지나서야 그는 평정을 되찾았다. 그러나 숨결은 좀처럼 트이지 않아, 답답한 느낌은 여전했다. 그는 목이 터져라 고함을 질렀다.

"공급아!"

"예, 여기 있습니다!"

손자가 침상 곁으로 달려오자, 그는 낮으나마 엄한 목소리로 당부를 했다.

"우리 공씨 가문에는 어린 너 하나밖에 남지 않았다. 그러니 너는 배우고 익힘에 힘쓸 것이며 육예에 두루 정통하여, 기회가 주어지는 대로 이 나라를 위해 전심 전력으로 헌신해야 할 것이다! 알겠느냐?"

"명심하겠습니다, 할아버님!"

"내 한평생을 바삐 뛰어 다니느라 고생만 했구나. 일신에 지닌 학문도 한낱 덧없는 것을……."

그는 말끝을 맺지 못했다. 부옇게 흐려진 눈시울에 눈물이 방울방울 두 뺨의 주름살을 타고 흘러내렸다.

곁에서 조용히 듣고 있던 제자들 가운데 흐느끼는 소리가 들리기 시작했다.

"날 좀 일으켜다오."

그는 제자들의 부축을 받고 침대 머리에 기대어 앉았다.

"너희들 모두……."

그는 맥빠진 손을 쳐들어 허공에다 조그만 포물선을 하나 그려 보였다.

"……모두 학문에 분발 매진하여 나라를 위해 헌신하고 주례 회복에……."

제자들이 목놓아 통곡했다.

"울 것 없다, 웃어야 옳지! 너희들을 보니까……."

갑자기 그는 하던 말을 끊고 손가락으로 벽을 가리켰다.

"주공이 오셨다. 나를 보고 웃고 계시는구나! 어서들 옷매무새를 단정히 갖추고 양편에 늘어서라. 저분을 영접해야지!"

제자들의 눈길이 손가락 끝을 따라 움직였다. 어두컴컴한 벽에는 아무 것도 보이지 않았다.

민손이 몸서리를 치더니, 염구와 안로를 바깥 한구석으로 끌고 나가서 귓속말로 속삭였다.

"사부님이 헛소리를 하기 시작했소. 빨리 뒷일을 준비합시다."

"관곽은 벌써 준비해 놓았네."

안로의 말에 이어 염구도 한 마디 건넸다.

"그밖에 미진한 일은 내가 맡기로 하겠네."

세 사람이 다시 방안에 들어섰을 때, 공구는 천정을 손가락질하면서 환희에 찬 목소리로 외쳐대고 있었다.

"저걸 보아라! 너희들, 저 금자탑이 안 보이느냐? 휘황 찬란한 광채를 사면 팔방으로 쏟아내는 저 보탑 말이다! 요순 임금, 성탕, 문왕, 무왕, 주공이 나타나셨다! 주공……문왕……무왕……."

이렇듯 제자들은 헛소리를 들으면서 그 밤을 꼬박 지새웠다.

다음 날 아침 동편 창문에 황금빛이 비쳐들자, 그는 두 눈을 번쩍 뜨더니 목청이 터져라고 큰소리로 외쳤다.

"보라! 저기 광망을 쏟아내는 보탑이 있다!"

제자들은 말뜻을 알아듣지 못한 채 가슴을 조여가며 서로 얼굴만 멀뚱멀뚱 바라볼 따름이었다.

이제 그에게 고통은 느껴지지 않았다. 그는 제자들에게 손짓으로 자기 몸을 똑바로 뉘어 달라고 요구했다. 그리고는 아무 거리낌도 없이 마음 편한 미소를 띠어 보였다.

"대도지행(大道之行)에는 천하위공(天下爲公)이어라……."

말을 마치자, 그는 스르르 눈을 감았다. 그리고 숨이 끊어졌다.

노애공 16년 음력 2월 11일, 이른 아침이었다.

공구의 유해를 안치할 빈소는 대청에 차려졌다. 제자들은 모두 머리를 풀어헤치고 상복으로 갈아입은 채, 통곡을 하면서 스승의 영구를 지켰다.

증삼이 눈물을 훔쳐내더니 물었다.

"사형 사제님들, 우리 스승님은 당세의 성인이시니, 신분에 걸맞는 분을 초빙하여 제문을 지어 올려야 하지 않습니까?"

그 말이 떨어지자마자, 대문 밖에서 누군가 응답을 하면서 들어왔다.

"제문은 벌써 지어 놓았소!"

15
시묘(侍墓) 6년

버럭 소리치면서 문턱을 넘어 들어선 이는 상국 계손비 대감이었다.

그는 공구의 영구 앞에 서서 깊숙이 허리 굽혀 예를 베푼 다음, 제자들을 향해 돌아섰다.

"주군께서 공부자님을 위해 벌써 지어 놓으셨으니까, 모두들 그 걱정일랑 말게. 지금쯤 떠나셨을 테니, 아마 곧 도착하실 걸세."

민손, 염옹, 염구, 안로, 증점, 칠조개를 비롯하여 나이가 지긋한 제자들이 후배들을 이끌고 서둘러 대문 밖으로 나갔다. 그리고 차례에 따라 좌우에 늘어서서 군주께서 납실 때를 공손히 기다렸다.

얼마 안 있어 노애공이 용련(龍輦)을 타고 도착했다. 그는 공씨 댁 문전에서 50보 떨어진 곳에 거둥을 멈추게 하고 내려섰다. 공구에 대한 존경과 숭모의 뜻을 보이기 위해서였다.

그는 침통한 걸음걸이로 빈소에 들어서더니, 영구를 향해 정중한 예를 올린 다음, 소매춤에서 하얀 비단쪽 두루마리를 꺼내 천천히 펼쳤다. 그리고 두 손으로 단정히 떠받든 채, 비탄에 잠긴 목소리로 읽어 내리기 시작했다.

"오호라, 슬프도다! 하늘이여, 그대는 너무도 어질지 못하구나! 이렇듯 성실하고 착한 이를 내 곁에 남겨주지 않고 데려가다니, 이 얼마나 야속한 일인가! 외로이 쓸쓸하게 홀로 남은 내가 이 세상의 모든 허물을 등에 지고 살아야 하는가. 오호라 슬프도다, 니부(尼父)여! 과인은 장차 어느 누구에게 학문을 배우고 가르침을 구해야 옳단 말인가!"

제문을 읽으면서, 그는 비통하고 상심하고, 가슴 속에는 부끄러움과 자책감이 응어리지고, 망자를 생전에 등용하지 못하였던 회한에 사무쳐 군주의 체통마저 잊고서 하염없이 눈물을 흘렸다.

제자들의 통곡 속에 제문 낭독을 마친 그는 발길을 돌리지 못하고 한참 동안 영전에 서서 묵념을 올렸다.

노애공을 전송하고 나서, 제자들은 스승이 생전에 당부한 말씀대로 그의 유해를 사수 강변 기관씨의 무덤 곁에 두 관곽을 바짝 붙여 합장했다.

그리고 커다란 봉분 한 개를 올려 쌓았다. 왼편에는 30보 간격을 두고 아들 공리의 무덤이 자리잡고 있었다.

안장(安葬)을 마치자, 산역꾼들은 뿔뿔이 흩어져 가고 제자들만 넋을 잃은 채 엎드려 가슴을 치며 통곡했다.

이들은 친어버이를 잃었을 때보다 더욱 애절하게 울면서 지하에 묻힌 스승을 소리쳐 불렀다. 해질녘이 되었으나 아무도 떠나려는 사람이 없었다.

사무친 마음에 꿇어 엎드려 절하고 통곡하다가는 또 절하고……서산에 하루 해가 뉘엿뉘엿 기울고 마침내 날이 어두워졌지만 그 누구도 발길을 돌릴 줄 몰랐다.

먼저 울음을 그치고 입을 연 사람은 민손이었다.

"통상적인 관례에 따르자면, 부친이 돌아가셨을 때 그 자식은 3년 동안 시묘(侍墓)를 살아야 하오. 사부님은 우리들에게 친아버님보다 더 가깝게 대해 주셨소. 이제 모두들 떠날 생각을 않으니, 우리 여기서 사부님을 위해 3년간 시묘살이를 하는 것이 어떻겠소?"

"좋은 말씀이오!"

이구 동성으로 딱 부러지게 외쳐대는 소리가 침통한 정적을 몰아내고 추위마저 흩어버렸다.

뒤이어 증삼이 이맛살을 찌푸리면서 의견을 내었다.

"날씨가 몹시 추워서 맨몸으로는 힘들겠습니다. 시묘살이를 하려면 여기다 초막을 엮어 찬바람과 추위를 막아야 하지 않을까요?"

"날도 이렇게 저물었으니, 초막을 짓기가 힘들겠네. 오늘밤은 화톳불이나 지펴서 추위를 몰아낼 겸, 사부님의 영혼이 하늘 문까지 올라가시는데 길을 밝혀 드리기로 하세!"

민손의 말이 떨어지기가 무섭게 동료 학우들은 나무와 마른 풀을 주으러 사방으로 흩어졌다. 반 시각도 못 되어, 이들은 저마다 땔감을 한 아름씩 안고서 돌아왔다.

이윽고 장작더미에 불이 당겨졌다. 모닥불은 밤새도록 무덤 주변을 환하게 밝히면서 타올랐다.

이튿날부터 제자들은 무덤 주변에 저마다 한군데씩 자리잡고 엉성하게나마 초막을 엮어놓고 들어앉아 고되고 지루한 시묘살이를 시작했다.

이들은 날마다 죽간을 펼쳐놓고 장례 때문에 밀린 공부를 하거나 동료 학우들과 대화를 나누었다. 저마다 틈이 나는대로 스승의 무덤에 봉토(封土)를 하기도 하고 꽃나무를 옮겨다 심기도 했다. 어느덧 공구의 무덤 앞에는 너비가 3장(丈)쯤 되는 통로가 생겨났다.

달포 남짓 지나서, 봄바람이 따뜻한 공기를 실어왔다. 한겨울 꽁꽁 얼어붙었던 대지도 소생하기 시작했다.

민손은 동료들에게 이런 제안을 하나 내었다.

"지금 나무를 심기에 꼭 알맞은 철기가 되었소. 우리 사부님을 위해서 무덤 곁에 나무를 심도록 합시다."

"옳은 말이오, 무덤 곁이 아니라 빙 둘러가면서 심읍시다!"

모두들 입을 모아 찬성했다.

"무슨 나무를 심는 게 좋을까?"

"그야, 소나무 잣나무를 심어야죠! 사부님이 늘 그러셨지 않습니까, 한겨울 추위를 겪어본 뒤에야 송백의 푸르른 절개를 알아볼 수 있다고 말입니다. 그분이 송백을 좋아하셨던 것은 의심할 여지가 없습니다."

유약이 생각해 볼 것도 없다는 듯 줄줄이 엮어댔다.

그러자 공량유가 냉큼 나섰다.

"아닐세, 우리 전나무를 심어야 하네. 전나무는 추위에 시들지도 않고 나무 줄기가 높고 곧게 뻗을 뿐 아니라 가지나 잎새도 무성하게 자라서, 사부님이 늘 끝까지 해내는 참을성, 분발 매진하는 고상한 품격에 비유하시곤 했으니까, 그런 나무를 심어야 할 게 아닌가?"

언언, 복상, 전손사가 먼저 찬성을 했다.

"일리 있는 말씀이오! 우리 전나무로 사부님의 묘소를 빙 둘러쌉시다."

그런데 자공이 고개를 갸우뚱했다.

"종류를 좀 더 늘였으면 좋겠는걸!"

뭇사람의 눈길이 그에게 쏠렸다. 자공은 평소 그답지 않게 느릿느릿 설명을 하기 시작했다.

"여러 사형, 사제님들은 제각기 다른 모습을 지니셨고, 성격 또한 저마다 다르기 때문에 나무를 보는 눈도 구구 각색이요. 이렇듯 생김새나 성격이나 안목이 다르기는 하지만, 사부님은 우리들을 한결같이 사랑하시고 한사람처럼 대해 주셨소. 그래서 나는 우리들이 각자 보는 안목에 따라서 좋아하는 나무를 한 가지씩 골라 심는 것이 타당하다고 생각하는데, 여러분의 생각은 어떠시오?"

"제각기 좋아하는 묘목을 수집해다가 심자, 그 말입니까?"

증삼이 다짐을 받으려는 듯이 물었다.

"그렇네! 여러분은 고향도 다르니까 각처로 흩어져서 찾아야 할 걸세."

"사형, 아주 좋은 말씀을 하셨습니다. 무덤 주위에 여러 가지 나무를 빙둘러 심으면, 사부님께서 우리를 사랑하시고 두루 보호하시는 의미도 나타낼 수 있겠고, 우리 또한 사부님께 영원토록 존경의 뜻을 보일 수 있으니까요. 또 우리가 3년 동안 시묘살이를 끝마치고 나면, 그 나무들이 우리 대신에 사부님을 모시고 자랄 게 아닙니까?"

자공이 여러 사람을 둘러보면서 마지막으로 의견을 모았다.

"사형, 사제님들, 어떻게 생각하십니까?"

"그 뜻이 아주 좋소이다!"

"모두들 동의하셨으니, 여러분 각자 좋아하시는 종류대로 묘목을 구해서 가져오기로 합시다."

"잠깐만!……절반은 남아서 사부님의 무덤을 지키기로 하고 번갈아 나무를 구하러 가면 어떻겠소이까?"

민손의 말에 자공은 힘차게 고개를 끄덕였다.

"옳은 말씀이오. 사형들 가운데 연장자부터 먼저 떠나는 것이 좋겠소."

이리하여, 민손, 염옹, 염구, 증점, 안로, 칠조개, 상구 등, 30여 명이 선두로 출발했다. 사흘째가 되자, 이들은 차례차례 묘목 두 그루씩을 떠메고 돌아왔다.

자공이 묘목을 가만 보니, 대부분 잣나무와 전나무였다. 그것도 힘들여 가며 두 그루씩이나 가져온 게 이상했다.

"아니, 어째서 두 그루씩 떠메고 오셨습니까?"

민손이 빙그레 웃었다.

"한 그루만 덜렁 심었다가 가뭄에 말라 죽으면 어쩌겠나? 둘 중 한 그루는 살려야 하겠기에 두 그루씩 가져오기로 다시 약속을 했다네."

"사형들, 철저하시군요! 한데 순서는 어떻게 정할까요?"

"순서라니?"

느닷없이 순서를 찾는 바람에, 모두들 무슨 뜻으로 하는 말인지 알 수가 없어 멍청하니 자공을 바라보기만 했다.

그래도 증삼이 말뜻을 재빨리 알아채고 빙그레 웃었다.

"형님들, 사부님 생전에 무엇을 제일 강조하셨지요? 사람은 무슨 일에 임하든지 순서를 으뜸으로 삼아야 한다고 말씀하셨습니다. 그러니까 여기서도 두 가지 면에서 차례를 정해야 할 듯싶습니다. 하나는 우리가 심을 나무의 종류별로 순서를 정하는 일, 또 하나는 심을 자리도 연장자 순서로 결정할 필요가 있습니다."

그러자 유약이 도리질을 했다.

"나무 종류별로 순서를 정한다는 것은 괜찮네만, 연장자 순으로 위치를 결정한다는 것은 타당치 않을 듯싶네."

"어째서 그렇습니까?"

"나는 학업 수준과 덕망의 우열로 가려서 차례를 정했으면 하네."

"사부님이 평생 제일 사랑하신 제자는 안회였습니다. 하지만 그는 이미 죽었으니 어쩝니까?"

"그야 상관없네. 안로가 아들 대신에 심으면 되니까 말일세."

"어이구, 안 될 말씀! 안 되고 말고!"

안로가 송구스러워 두 손을 홰홰 내저어가며 펄쩍 뛰었다.

장본인이 사양을 하니 모두들 난감해져서 입을 다물고 말았다. 민손은 고개를 숙이고 한참 궁리를 하더니, 다시 고개를 번쩍 쳐들었다.

"됩니다!"

"가당치도 않네! 어째서 된단 말인가?"

안로는 고개를 절레절레 내둘렀다.

"첫째, 안로 사형은 안회를 낳아주신 아버님입니다. 둘째, 안로 사형은 스승님께서 첫번째로 받아들이신 제자였습니다. 그러니까 안 사형보다 먼저 심을 분은 아무도 없을 것입니다. 어떻습니까, 제 말씀이 타당합지요?"

그래도 안로가 발뺌을 하자, 민손은 이렇게 달랬다.

"형님, 모두들 형님이 안회 대신에 나무를 심는 것이 합당하다고 하지 않습니까? 죽은 아들을 위해서라도 한 그루 심으시지요."

안로는 어쩔 바를 모르다가 엉겁결에 물었다.

"어디다 심나?"

자공이 무덤 앞쪽을 가리켰다.

"내가 보기에는, 사부님의 영령이 굽어보시는 앞 통로 양편, 첫째 줄에 전나무를 심고, 그 다음 줄에는 잣나무를, 맨 뒷줄에는 그밖의 다른 나무를 심는 것이 좋을 듯하군요."

그러자 민손이 손뼉을 탁 쳤다.

"그것 참 좋은 생각일세! 그렇게 배열해서 심으면, 나무가 자란 뒤에 높낮이도 서로 간격을 두고 어긋버긋한 것이 운치가 있겠는데, 모두들 어떻게 생각하는지 모르겠군."

"우리도 같은 생각이오!"

뭇형제들이 입을 모아 찬동했다.

이래서 제자들은 공구의 무덤을 중심으로 금을 긋고 나무 심을 위치를 잡은 다음, 안로에게 첫 삽을 넘겨주었다.

안로는 죽은 아들을 머리에 떠올리면서 전나무 두 그루를 정성껏 심었다.

민손이 여러 사람을 둘러보고 물었다.

"그 다음 차례는 누구로 할까요?"

자공은 미리 생각해둔 것이 있었는지, 손가락으로 한 사람을 가리켰다.

"증삼."

느닷없이 지목을 당하자, 증삼은 입장이 궁색하다 못해 얼굴에서 귓불까지 빨갛게 물이 들었다.

"아이구 사형, 농담 마십시오! 제가 형님들보다 먼저 나서다니, 절대로 그러지 못합니다. 터무니 없는 말씀입지요!"

자공이 정색을 했다.

"어째서 안 된다는 건가? 내 말은 내 나름대로 사리에 맞는 걸세. 들어보겠나? 첫째, 자네가 비록 사부님의 문하에 좀 늦게 들어오기는 했으나, 누구보다 총명하고 조예가 깊은 사람일세. 그래서 사부님의 학문에 뿌리가 어디있는지 꿰뚫어 보고 있네. 둘째, 자네는 사부님의 업적을 이어받아 계속 문하 제자를 거두어서 학문을 가르칠 스승일세. 장차 사부님의 학문과 사상을 후대에 전할 사람이 자네 말고 또 누가 있겠나? 그래서 자네가 먼저 삽을 넘겨받아야 한단 말일세. 어떤가?"

증삼은 성화같이 들볶아대는 사형들의 독촉에 떠밀려 할 수 없이 삽자루를 받았다. 구덩이 두 개를 깊숙이 파놓기는 했는데, 난처한 일이 생겼다.

"형님들, 저는 아직 묘목도 없는데요!"

하긴 꼴찌 후배라, 묘목을 구하러 갈 차례가 오지 않았던 것이다. 그러나 자공은 역시 임기응변에 능숙한 사람이었다.

"그런 것쯤은 걱정 말게. 우선 자네 아버님이 가져오신 묘목을 심으면 되지 않겠나?"

이야말로 증점에게는 뜻밖의 은총이라, 그는 부랴부랴 한 곁에 놓아 두었던 전나무 묘목을 떠메다가 아들에게 넘겨 주었다.

증삼이 나무를 심는 동안, 자공은 혼잣말로 중얼거렸다.

"자아, 그 다음 차례는 누구로 한다?"

칠조개가 선뜻 대답했다.

"민손이오!"

그 말을 듣자, 민손은 얼굴이 새빨개져서 연신 두 손을 홰홰 내저었다.

"안 되오, 그럴 자격이 없소! 이 민손은 그럴 만한 자격이……."

말끝도 맺기 전에 형제들이 불문 곡직 달려들더니, 민손을 윽박질러가며 구덩이를 파게 만들었다.

"알았소, 할 테니까 떠밀지는 마시우! 한데 내 묘목은 전나무라서……."

"그럼 두번째 줄, 맨 앞 자리에 심으면 되지 않습니까?"

자공이 냉큼 말을 받았다. 사세가 이렇게 되자, 민손은 아무 소리도 못하고 삽질이나 할 밖에 없었다.

자공은 묵묵히 나무 심는 광경을 지켜보고 있었다. 이때 칠조개가 슬그머니 그 곁으로 다가섰다.

"단목사, 자네는 무슨 나무를 심으려는가?"

"저는……."

그는 우선 말머리를 꺼내놓고 잠시 생각을 가다듬더니 내처 말을 이었다.

"형님들은 모두 소나무, 잣나무, 전나무를 고르셨습니다. 이 나무들은 한겨울 추위에도 시들지 않고 사시 사철 늘 푸르러서, 굳세고 강인한 기질, 맑고 드높은 인품의 상징이기도 하려니와 다른 어떤 나무보다 생기가 있습니다. 하지만 사부님의 무덤 전체가 푸른 빛깔 일색인 것이, 너무 단조로워 보일 듯싶군요. 제 고향에는 해나무가 자랍니다. 그 나무는 목질이 매끄러우면서도 단단하기가 돌덩이와 같습니다. 잎새도 가을철에 서리를 맞은 뒤에는 곧바로 붉어지는 것이 정말 아름답습니다. 그래서 저는 고향으로 내려가 해나무 묘목을 두 그루만 가져다 사부님의 무덤 곁에 심어 드리고 싶습니다."

"그것 참 좋으이. 한데 언제 가서 묘목을 사오겠는가?"

"내일이라도 곧 떠나렵니다."

그밖의 제자들도 선배들의 눈치만 살피다가, 자공이 하는 말을 듣고 용기를 내어 제각기 좋아하는 묘목을 사러 흩어져 갔다. 나흘쯤 지나서, 공구의 무덤 곁에는 떡갈나무, 은사시나무를 비롯하여 온갖 종류의 나무 수백 그루가 차례차례 뿌리를 박았다.

보름 후, 자공이 돌아왔다. 그는 한숨 돌릴 겨를도 없이 삽자루를 찾아 들고 스승의 무덤 앞, 1백여 보 되는 길 양 곁에 한 그루씩 나누어 심었다.

다음 날부터 제자들은 시묘살이를 하는 한편, 부지런히 학문에 몰두했다. 그리고 때맞춰 묘목에 물을 주고 벌레를 잡아 주었다.

노나라의 상례(喪禮)에 따르자면, 이레가 지날 때마다 제사를 올려야 했다. 제자들은 사십구재(四十九齋)를 지낸 다음부터 중요한 절기에 맞추어 제사를 거행했다. 제사를 올리는 기회가 뜸해졌어도, 스승을 추모하는 그들의 간절한 마음은 조금도 바꾸지 않았다.

어느 날 아침, 공량유는 봉분 위 꽃나무에 물을 주고 있다가, 동료들을 돌아보며 말했다.

"유약은 기품과 도량이 사부님을 꼭 빼어 닮았네그려! 우리 유약을 사부님처럼 모시면 어떻겠나?"

언언과 복상, 전손사가 제일 먼저 찬성했다.

"그것 참 좋은 생각일세!"

그러자 증삼이 벌컥 성을 냈다.

"안 됩니다! 우리 사부님은 강물에 씻고 태양볕에 쪼인 것보다 더 맑고 깨끗하시고 빛나는 인격을 지닌 분입니다. 우리 가운데 그 누구도 겉모습만 가지고 사부님에게 견줄 수는 없습니다."

모처럼 의견을 냈던 공량유, 언언, 복상, 전손사들은 자기네가 터무니 없는 생각을 한 줄 깨닫고 얼굴이 확 붉어져서 아무 소리도 못했다.

노애공 17년(B.C.478) 음력 정월 11일, 이른 아침 조회를 주재하던 노애공은 문득 공구 생각을 떠올리고 문무 백관들이 보는 앞에서 탄식을 했다.

"공부자님이 세상을 떠난 지도 벌써 한 해가 되어가는구료! 다음 달 열하룻날이 바로 1주기가 되지 않소? 그 동안에 과인은 시시 때때로 공부자를 생각해 왔소. 우리 나라에서 이렇듯 박학 다재한 성인을 배출한 것은 이 노나라 전체의 영예가 아닐 수 없소. 그래서 과인이 이번 1주기 때에 공부자를 기리는 행사를 거행했으면 하는데, 경들의 뜻은 어떠시오?"

제일 먼저 반응을 보인 사람은 맹손하기였다. 그는 감격을 이기지 못하고 목소리마저 떨려 나왔다.

"주군, 공부자님의 도와 덕은 전고에 없을 만큼 뛰어나십니다. 소신이 생각하옵건대, 어떤 규모의 기념 행사라도 지나치지 않을 것입니다."

상국 계손비가 아뢰었다.

"옛 관례에 망자를 기리는 형식이 매우 많으나, 제자보다 더 큰 행사는 없을 줄로 압니다. 주군께서 공부자를 그리워하는 마음이 있으시다니, 추모제를 올리는 것이 어떠하리까?"

"추모제라, 그것도 괜찮은 방법이겠군!……한데 사당이 없으니 어디서 어떻게 제사를 올리겠소?"

"주군! 이런 방법은 어떻습니까?"

맹손하기가 퍼뜩 머리에 떠오른 것이 있는지 사뭇 들뜬 목소리로 아뢰었다.

"말씀해 보시오."

"그분이 생전에 사시던 집은 비록 초라하지만, 처음으로 제자를 받아들여 학문을 전수한 곳입니다. 제 생각으로는 그 집을 임시로 개축해서 사당으로 만들고 추모제를 지낸다면, 그보다 더 적합한 장소는 없으리라 봅니다."

노애공은 결단을 내리지 못하고 망설였다.

맹손하기가 또 의견을 아뢰었다.

"공부자님은 평생토록 육예를 떠받들고 익혔으며, 제자들에게도 빠짐없이 전수했습니다. 소신이 보옵건대, 그분의 고택(古宅)을 비운 다음, 살아 생전에 쓰시던 죽백, 활과 화살, 수레 따위 집기를 전시해 놓는다면, 그 유품을 보고 추념하여 제사를 올릴 수 있지 않겠습니까?"

실로 절묘한 방법이었다.

노애공은 마음이 활짝 개어 만면에 웃음꽃을 피우고 맹손씨에게 찬사를 아끼지 않았다.

"맹손 경은 과연 공부자님의 문하 제자로서 부끄럽지 않구료! 과인도 마침 그런 생각을 하고 있던 참인데, 정말 잘 되었소."

그는 용상에서 벌떡 일어나더니 딱부러지게 결말을 냈다.

"그럼 이것으로 결정됐소! 맹손 경이 모든 일을 도맡아 추진하시오."

"분부 받드오리다!"

"그 집에 유가족들이 살고 있을 텐데, 맹손 경이 좋은 거처를 마련해서 옮겨 살도록 주선하고 불편함이 없게 안배해 주시오."

군주의 자상한 당부 말씀에, 맹손하기는 감격을 이기지 못했다.

"예에! 소신이 알아서 조치할 터인즉, 주군께서는 마음 놓으십시오!"

궁궐을 물러나온 뒤, 그는 아우 남궁경숙과 더불어 추모제를 지낼 계획을 상의하는 한편, 총관에게 공씨네 가족들이 옮겨 살 만한 저택을 물색하도록 지시를 내려 두었다.

2월 초파일, 상국 계손비는 사당으로 변한 공구의 고택에 노애공을 모시고 갔다. 건물과 주변 경관은 이미 새로운 모습으로 탈바꿈했다.

허물어지고 칠이 벗겨진 담장은 깨끗이 수리되어 하얀 회칠을 입혔는가 하면, 화초와 나무들도 가지를 쳐내고 말끔하니 다듬어졌다. 동쪽 담장 머리에는 공구가 오랜 세월 타고 다니던 낡아빠진 수레 한 대가 놓였고, 안채 벽에는 활과 화살통이 걸렸다.

대청 정면 탁자 위에는 공구의 손때가 묻은 죽백(竹帛) 두루마리가 무더기로 정리되어 쌓였고, 셈할 때 쓰던 산가지가 가지런히 놓였다. 수레 곁에는 제자들이 모아들인 스승의 죽간, 벼루와 붓, 먹, 연적 따위 일용품이 따로 진열되어 있었다.

노애공은 무척이나 마음에 들어 수염을 쓰다듬으면서 연신 고개를 주억거렸다.

궁궐로 돌아간 그는 사흘 동안 목욕 재계를 했다. 2월 11일 밤 자시(子時)가 되자, 제복으로 갈아입은 노애공이 계손비의 인도를 받으면서 첫번째 추모 제사를 올리기 위해 공구의 사당 앞에 도착했다. 사당 주변 안팎은 등롱과 횃불이 대낮처럼 밝혀졌다.

집전관(執典官)은 상국 계손비였다. 시각이 되자 그는 목청을 드높여 첫 순서를 시작했다.

"악생은 제례악을 올리고, 무생은 제례무를 추어라!"

분부가 떨어지자 유창한 풍악이 울렸다. 그와 동시에 32명의 무생(舞生)이 여덟 명씩 넉 줄로 서서 대나무 관과 꿩깃을 흔들면서 너울너울 춤을 추기 시작했다.

이른바 사일무(四佾舞)를 추는 것이었다.

제례악은 모두 세 마당으로 나뉘었다. 첫 마당 연주가 끝나자, 노애공이 집전관에게서 불이 붙은 향 석 대를 건네받아 들고 한 걸음 한 걸음씩 향로가 놓인 제단 앞으로 다가갔다. 향을 꽂고 나서 예를 올리니, 집전관이 또 청동제 술잔을 넘겨주었다. 헌작(獻爵)을 마친 후, 노애공은 대례 순서에 들어갔다.

세 마당의 제례악이 모두 끝나고, 무생들이 질서있게 물러났다. 추모제를 마친 노애공도 감회가 깊었다.

"앞으로 절기 때마다 이 사당에서 추모제를 올려, 공부자님의 높으신 공덕을 찬양하도록 관례를 삼으라!"

한 곁에 늘어서 있던 제자들은 모두 감격을 이기지 못하고 눈물을 흘렸다.

횃불과 등롱이 하나둘씩 꺼지면서 대낮처럼 밝았던 광명이 차츰 어두워지기 시작했다.

노애공은 다시 용련에 올라 궁궐로 돌아가고, 제자들은 여느 때와 다름없이 스승의 무덤 곁 초막으로 돌아갔다.

노애공 18년(B.C.476) 음력 2월 11일, 공구의 3주기가 돌아왔다. 노애공은 관례에 따라서 세 번째 추모제를 지냈다.

3년상을 마치고 이제 스승의 곁을 떠나야 할 때가 되었으나, 그들은 차마 작별을 나누지 못하고 그 동안에 정든 초막 앞에 하염없이 서 있을 따름이었다.

"이만 헤어지세! 언제까지 이러고들 있으려나?"

민손이 첫 마디를 끄집어냈다.

그것을 신호로 제자들은 미리 약속이나 된 것처럼 스승의 무덤 앞에 몰려왔다. 무릎꿇고 큰절을 올리려니, 새삼스레 눈물이 왈칵 쏟아졌다.

돌아서는 길에 민손은 증삼의 팔목을 잡고 신신 당부를 했다.

"여보게, 사부님은 일평생 3천여 명이나 되는 제자를 받아들이셨지만, 그중에서 가장 학문을 사랑하고 사부님의 뜻을 이해할 수 있었던 사람은 자네와 안회 둘뿐이었네. 불행히도 안회는 벌써 세상을 등지고, 앞으로 사부님의 교육 사업을 계승할 사람은 오직 자네가 전부일세. 이것은 너무나 무겁고 힘겨운 짐인 줄 우리도 다 알고 있네. 하지만 오늘 헤어진 이후, 자네는 곧바로 학당을 계속 열어서, 아무쪼록 사부님의 기대를 저버리지 말도록 하게!"

"형님, 안심하십시오. 저도 사부님이 살아 계시는 앞에서 굳게 다짐을 했으니, 절대로 식언하지는 않겠습니다."

"고마우이!"

민손은 만족한 웃음을 띠었다. 그가 손목을 풀고 막 돌아서려는데, 공급이 다가와서 꾸벅 인사를 올렸다. 그는 다시 증삼에게 한 마디 덧붙였다.

"사제, 공급은 스승님의 핏줄을 외롭게 이어받은 아이일세. 나이는 비록 어려도 심지가 굳세고 총명한 소년이니, 잘만 가르친다면 훌륭한 재목감이 될 수 있을 것일세. 부디 마음 써서 학문을 가르쳐 주기 바라네."

"물론 그래야겠지요."

증삼은 먼저 수긍을 했으나 조금 걱정스러운 기색으로 말을 이었다.

"하지만 스승님의 학문은 끝없이 높고 깊어서, 불초한 제가 혼자서 가르치자면 힘에 부칠까 두렵습니다. 형님이나 아우님들 가운데서 몇 분이라도 저와 함께 이 교육 사업을 이어받아 주셨으면 더 바랄 것이 없겠습니다."

말을 마치고 좌우를 둘러보았으나, 모두들 묵묵히 서 있기만 할 뿐 냉큼 나서려는 사람이 없었다. 증삼은 두 눈 딱 감고 그 중 한 사람을 지목했다.

"제가 평소 헤아려 보건대, 복상(卜商) 형님이 모든 일에 세심하고 치밀한 성품을 지니셨습니다. 이분 같으면 사부님의 뜻을 이어받으시기에 꼭 알맞으리라 생각되는데, 어떻게 생각하시는지 모르겠군요."

뭇사람의 눈길이 약속이나 한 듯 복상의 얼굴에 쏠렸다.

복상은 얼굴이 확 붉어지더니, 들릴까 말까 한 목소리로 제 뜻을 밝혔다.

"사실대로 말씀드리자면, 저도 확실히 그러고 싶은 생각이 있었습니다. 어쩌면 제 평생 소원인지도 모르고요. 하지만 학문과 지식이 천박해서 그 무거운 책임을 감당할 도리가 없습니다."

안로가 도리질을 하면서 한 마디 건넸다.

"여보게, 뜻이 있는 곳에 성공이 있다고 했네. 자네가 그런 지향을 품고 있는 이상 반드시 해낼 수 있으리라 믿네!"

복상은 말없이 수줍은 눈빛으로 형제들을 쓸어보았다. 그것이 부끄러움을 잘 타는 그가 할 수 있는 가장 좋은 대답이요 또 감사의 표시이기도 했다.

이윽고 제자들은 하나둘씩 무덤 곁을 떠나갔다. 마지막까지 남은 사람은 자공, 염옹, 유약뿐이었다.

"나는 아직 떠나고 싶은 생각이 없네."

자공이 무겁게 입을 열었다.

"아니, 그게 무슨 말씀인가? 하루 이틀쯤 더 있는다고 달라질 게 있나?"

염옹이 깜짝 놀라 묻자, 그는 아무 말없이 도리질을 해보였다.

"여보게, 우리는 이미 사부님을 위해 3년 시묘살이를 했네. 이만하면 제자된 도리를 다 한 셈이고, 또 예교에도 부합된다고 보네. 그런데 왜 안 떠나겠다는 건가?"

자공은 독백이라도 하듯 조용히 대답했다. 하늘을 우러르는 눈망울에 어느덧 눈물이 핑그르르 감돌았다.

"나는 그 어르신께 수십 년 동안 가르침을 받았네. 그러고서야 나름대로 학문을 지녔다네. 관례에 따라 3년상을 다 마쳤다고는 하지만, 그분이 가르쳐 주신 수십 년의 세월을 생각하면 차마 발길이 떨어지지 않네."

"사부님 곁을 떠나고 싶지 않은 것은 누구나 다 마찬가질세. 그럼 며칠이나 더 있으려는가?"

"그분을 모시고 3년만 더 있을 작정이네."

"여기서 3년을 더 지내겠다는 말씀인가? 사람은 한번 죽으면 다시 살아나지 못하네. 우리가 평생토록 모시고 있는다 하더라도, 그 어르신은 알지도 느끼지도 못하실 것일세. 그러지 말고 우리 같이 떠나기로 하세."

유약도 만류하고 나섰으나 자공은 여전히 도리질을 했다.

"지난 3년 동안, 눈만 감으면 어르신의 모습이 떠오르곤 했네. 그 자상하고도 부드러운 얼굴 모습, 아무리 떨쳐내려 해도 그럴수록 자꾸만 다가오시는 모습이 선하게 보여 시종 사라지지 않았네. 그 모습을 대할 때마다 귓결에 그분의 음성마저 들리는 듯했네. 이 단목사가 보잘 것 없는 재치를 부리다가 그분에게 얼마나 꾸중을 많이 들었는지 아나? 눈물이 쿨쩍 나오도록 야단을 맞고 엄한 훈계 말씀을 듣고, 그러면서 나는 이만큼 자라왔네. 지금도 그 목소리가 생생하게 귓전에 울리는데, 차마 어떻게 떠날 수 있단 말인가? 꾸지람을 듣고 훈계를 받더라도, 나는 사부님의 모습을 더 보고 그 목소리를 더 듣고 싶네. 아마 사부님도 이 단목사가 3년쯤 더 모시고 있는 것을 귀찮게 여겨 쫓아내지는 않으시리라 믿네."

세 사람은 서로 부여안고 목놓아 울었다. 그리고 눈물을 흩뿌리며 작별을 고했다.

그로부터 공구의 무덤 곁에는 초막 한 개만이 쓸쓸히 남았다. 자공은 날마다 아침 일찍 일어나 무덤을 지키고 학업에 몰두했다. 그리고 밤이 늦어서야 초막으로 들어갔다.

길고도 단조로운 시묘살이를 보내는 동안, 이따금씩 동료들이 그를 보러 찾아왔다.

이날은 염구가 모처럼 틈을 내어 찾아왔다.

두 형제는 스승의 무덤 가에 둘러앉았다.

"그래 요즈음 세상이 어떻게 돌아가고 있소?"

자공이 묻는 말에, 염구는 한숨을 내쉬었다.

"말도 말게. 이제는 모두 막가는 길일세! 주나라 천자는 명성이 점점 떨어지고 우리 주군은 노나라의 국력을 떨칠 생각이 추호도 없으니, 장차 이 노릇을 어쩌면 좋을지 모르겠네!"

"사부님의 학문과 재능으로 말하자면 온 세상에 그 짝이 없다고 할 거요. 하지만 그 학문과 재능을 쓸 줄 아는 사람이 없으니, 그분으로서도 어쩔 방법이 없었소. 사부님도 그러셨는데 하물며 우리네처럼 보잘것 없는 솜씨를 가지고서야 어떻게 이 천하를 뿌리째 되돌려 놓을 수 있겠소? 우리는 그저 명철보신(明哲保身), 내 몸 하나 깨끗이 보전하면서 살아가는 길 밖에……."

"그렇다면, 사제는 은둔하겠단 말인가?"

자공은 한 모금 탄식을 뱉아냈다.

"재능을 써 주지 않으면 현자는 멀리 떠나고, 무도한 세태가 출현하면 도를 갖춘 이는 은둔한다 했소. 하물며 왕조가 바뀌는 것은 옛날이나 지금이나 자연스러운 일, 그 누구도 막지 못하고 돌이킬 수 없는 법칙 아니겠소?"

염구는 새삼 놀라는 눈빛으로 그를 바라보았다. 자공의 말투가 흥분에 들떠 차츰 격해지기 시작했다.

"주나라 천자는 구중 궁궐 깊숙이 들어앉은 채, 위로는 하늘의 뜻에 통하지 못하고 아래로는 민심을 알지 못하고 있소. 그는 귀신처럼 밝은 사람도 아니거니와, 설혹 신명을 지녔다 하더라도 하늘과 인간 세상, 지옥의 모든 일을 하나도 빠짐없이 똑똑히 보고 처리할 수는 없을 거요. 그럼에도 불구하고 천하의 지존이라 자처하다니, 이 어찌 자기 기만이요 남을 속이는 짓이 아니오? 천자란 사람이 그 모양이니, 군웅들이 패권을 다투느라 날뛰고 제후들이 천하를 갈갈이 찢어 한 조각씩 차지하는 난세를 초래할 밖에 더 있겠소!"

"그렇다면 미래에 대해서는 어떻게 생각하는가?"

염구가 곤혹스럽게 물었다. 하지만 자공의 대답은 못 때려박듯 단호했다.

"패권 다툼은 더욱 치열해질 것이고, 결속도 그만큼 빨라질 겁니다. 내가 보건대, 이 천하는 앞으로 분열되었다가 합쳐지고, 통일되었다가 다시 분열되는 순환이 반복하는 운명의 길을 걷게 되리라 봅니다."

"사부님께서 늘 주장하신 천하 위공(天下爲公)은……?"

"그야 아름다운 이상에 지나지 않습니다. 그것이 참되게 실현되자면 아마도 천 년의 오랜 세월이 흐른 뒤에 일이 아닐까 생각됩니다."

"아아, 슬픈 예언일세그려!"

염구는 어쩔 수 없이 고개를 절레절레 내저었다. 그리고 울적한 심사로 자공과 작별 인사를 나누고 떠나갔다.

또 3년이 지났다. 노애공 21년 음력 2월 11일, 그는 오랜 만에 찾아온 형제들과 스승의 무덤 앞에 제사를 올렸다. 이제 6년 시묘를 마쳤으니 그 역시 떠날 때가 되었다. 죽백을 챙겨 수레에 실은 다음, 그는 마지막으로 스승 앞에 무릎 꿇고 향을 사르고 눈물을 흘리면서 술을 뿌렸다.

"사부님, 어르신을 평생토록 모시지 못하고 떠나는 이 불효 제자를 용서하십시오. 이제부터는 나무들하고나 짝하셔야 되겠습니다……."

다시 일어나서, 그는 6년 전 동료들과 함께 심어 놓았던 나무들을 한 그루씩 어루만지며 무덤 주위를 한 바퀴 돌았다.

"사부님, 저는 떠날랍니다. 평안히 계십시오!"

천천히 발길을 옮겨 떼면서도, 그는 마음이 놓이지 않아 쉴새없이 고개를 돌려 뒤를 바라보았다. 그러나 훗날 누군가 반드시 이 무덤을 파헤칠 사람이 있지 않을까 두려웠다.

아니, 그보다는 후세 사람들이 스승을 비방하고 매도하고 더러운 오명을 씌우는 일이 생겨나지 않을까 하는 두려움이 그의 발길을 더욱 떼어놓지 못하게 만들었다.

자공은 이를 악물고 수레에 올랐다.

이른봄 포근하게 내려쬐는 오후 양지볕 아래, 나무 그림자가 길게 드리운 길을 따라서 수레 한 대가 덜커덕덜커덕 요란한 바퀴 구르는 소리를 남겨 놓고 떠나갔다. 위나라를 향해 서북방으로 뻗은 길은 오늘 따라 유별나게 먼지 구름이 일고, 지루하고도 험난하게 느껴졌다.

16
뒷이야기

자공의 불길한 예감은 그대로 맞아 떨어졌다.

공자가 세상을 떠난 지 4년 후, 춘추 시대가 종말을 고하고 드디어 전국시대로 접어들었다.

주나라는 명맥만 근근히 붙어 있을 뿐, 온 천하는 진(秦), 초(楚), 제(齊), 연(燕), 진(晉), 조(趙)의 여섯 강대국이 차지하고 그로부터 250여 년 동안을 단 하루도 평안할 날이 없이 전란의 불길에 휩쓸렸다.

노나라는 영토를 거의 모두 빼앗긴 채 도읍 곡부성을 중심으로 겨우 대를 이어나가고 있었다. 그나마 멸망을 면한 것은 공자가 태어난 모국이라는 명분 하나 때문이었다.

B.C.221년, 진(秦)나라 임금 영정이 여섯 제후국을 차례로 멸망시키고 통일 천하를 이룩했다. 그리고 영정이 진시황(秦始皇)으로 추존되면서부터 중국의 모든 임금은 황제라 일컬었다.

진시황은 통치권을 강화할 목적으로 우민정책을 썼다. 백성들을 힘없고 무식하게 만들기 위해서, 그는 전국의 민간용 병기를 몰수하여 녹여 없애고, 열국의 역사서와 유가(儒家) 경전, 제자 백가(諸子百家)의 학문 서적을 모조리 불태워 버렸을 뿐 아니라, 당대의 학자와 선비 460여 명을 본보기로 생매장하여 죽였다.

이리하여 공자와 그 문하생들이 남겨놓은 유산은 거의 잿더미로 화하고 말았다. 다행스러운 것은, 공자의 9세손 공부가 창황중에 꾀를 내어 ≪상서(尙書)≫, ≪예기(禮記)≫, ≪논어(論語)≫, ≪효경(孝經≫, ≪춘추(春秋)≫ 등 몇몇 죽간 뭉치를 공자의 옛 집 벽 틈서리에 감추어 재앙을 모면할 수가 있었다.

공자의 사당과 무덤은 황폐한 그대로 방치되었다. 그러나 서기전 195년, 한고조 유방이 태뢰(太牢)의 예우로 추모제를 올렸을 때부터 그 위상을 되찾게 되었으며, 그 이후 역대 황제들이 그것을 관례로 삼아 공자의 신분과 명예를 끊임없이 드높였다.

서기 29년, 동한(東漢)의 광무제(光武帝)는 곡부성 근교 궐리가를 지나치다가 대사공 송홍을 시켜 제사를 올렸다.

서기 72년, 동한 명제(明帝)는 친히 곡부를 찾아와 공자와 그 문하 제자 72명에게 제사를 지내고 황태자로 하여금 경전을 강론시켰다.

서기 85년, 동한 장제(章帝)도 곡부를 찾아서 공자와 72현(賢)에게 제사를 지냈다. 124년에는 안제(安帝)가 곡부성에서 추모제를 올렸다.

남북조 시대에 접어들어서는 495년에 북위(北魏) 효문제(孝文帝)가 추모제를 올렸다.

666년에는 당 고종(唐高宗)이, 725년에는 당 현종(唐玄宗)이 곡부를 지나던 중 사당을 찾아서 제사를 지냈다.

오대(五代)에는 952년 북주(北周) 태조가 공자의 사당과 무덤을 직접 찾아서 제사를 올렸다.

1008년, 송 진종(宋眞宗)이 추모제를 지냈다.

1684년, 청나라 강희제(康熙帝)는 공자의 사당에서 세 번 무릎 꿇고 아홉번 조아리는 대례를 올렸다.

청나라 건륭제(乾隆帝)는 1748년부터 1790년에 이르기까지 아홉 차례에 걸쳐 곡부성을 방문하고 오체투지(五體投地)의 대례로 추모제를 올렸다.

이렇듯 역대 황제가 친히 제사를 올렸을 뿐 아니라, 공자에게 내려진 시호(諡號)도 많았다.

공자가 세상을 떠났을 때 노애공이 추모제를 올렸다는 것은 앞서 말한 바 있다. 노애공은 제문에서 공자를 '니부(尼父)'라고 일컬었다. 이것은 시호가 아니라 존칭으로 부른 것이었다.

시호가 처음 내려진 것은, 서기 원년에 한 평제(漢平帝)가 공자를 공작(公爵)으로 추존하면서 '포성 선니공(褒成宣尼公)'이라 일컬었을 때부터였다.

492년, 북위 효문제는 시호를 '문성 니부(文聖尼父)'로 고쳤다.

580년, 북주 정제(靜帝)는 다시 '추국공(鄒國公)'으로 고쳤다.

581년, 수양제(隋煬帝)는 시호를 취소하고 '선사 니부(先師尼父)'로 추존했다.

628년, 당태종(唐太宗)은 '선성(先聖)'으로 추존했다가 637년에는 다시 '선부(宣父)'로 고쳐 불렀다.

666년, 당고종은 공자를 '태사(太師)'로 추존했다.

690년, 측천무후(則天武后)는 다시 '융도공(隆道公)'의 시호로 고쳤다.

739년, 당현종은 공자를 왕(王)의 작위로 높여 '문선왕(文宣王)' 이라는 시호를 내렸다.

1008년, 송진종은 '현성 문선왕(玄聖文宣王)' 으로 추존했다가, 1012년에 다시 '지성 문선왕(至聖文宣王)' 으로 고쳤다.

1307년, 원나라 성종(成宗) 보로치킨 테무르는 공자를 '대성지성 문선왕(大成至聖文宣王)' 으로 추존했다.

1530년, 명 세종(明世宗)은 다시 '지성 선사(至聖先師)' 로 고쳤다.

1645년, 청 세조(淸世祖) 아이친교로 푸린은 '대성지성 문선 선사(大成至聖文宣先師)' 로 부르다가, 1957년에 다시 '지성 선사' 로 고쳐, 오늘날까지 동양의 모든 유학자(儒學者)들에게 그 시호로 일컬음을 받고 있다.

〈끝〉

옮기고 나서

이 책은 세계 종교, 문화사상 4대 성인의 한 분으로서, 중국 춘추 시대 말엽의 저명한 사상가요 정치가, 교육가이며 동양 정신의 중추를 이루는 유교의 창시자인 공자의 일대기를 소설로 엮은 것이다.

공자는 중국뿐만 아니라 동양 전체를 통틀어 가장 위대한 인물로서, 역사적으로 불멸의 공적을 이룩하였으며 사상과 문화, 정치적인 면에서 세운 공헌과 영향은 이제 국경을 뛰어넘어 온 세계 인류의 사표로 추앙되고 있다.

이렇듯 중요한 인물이면서도 역사상 그 참된 생애와 인간 행적에 대해 아는 사실이 별로 많지 못하다. 더구나 문학 형식을 빌어 기록된 문헌마저 거의 없을 뿐 아니라, 2500여 년이라는 오랜 세월에 기록이 인멸되고 단절되다시피 했다.

오로지 ≪논어≫ ≪대학≫과 같은 경전에 수록된 내용을 통하여 공자와 그 제자들의 행적과 면모를 단편적으로 더듬어 보는 것이 전부인 실정이다.

역사적인 기록으로는, 한나라 시대 사마천(司馬遷)이 쓴 ≪공자세가(孔子世家)≫와 송나라 때의 ≪성적도(聖迹圖)≫를 제외하면 현대에 이르기까지 공자에 대한 전기문학은 전혀 없다고 보아도 지나친 말이 아니다.

근년에 이르러, 중국대륙을 비롯한 국내외 작가들이 공자에 관한 전기문학 집필을 시도하는가 하면 심지어 극본과 영화, TV연속극 등을 통해 공자의 일생을 극적으로 재조명하려는 움직임이 활발하게 진행되고 있다.

이 〈소설 공자〉도 그런 맥락에서 최근에 쓰여진 작품이다.

이 책의 후기에서, 저자 취춘리는 자신이 문학창작에 힘쓴 시일이 비록 길지 않으나, 공자의 일대기를 역사 전기체 소설로 써보리라는 숙원을 품은 것은 오래 전부터였다고 술회하고 있다.

그가 공자의 전기를 쓰겠다는 뜻을 품게 된 것은 당시 홍위병들에 의해 난동적으로 추진되던 이른바 '임표, 공자 비판(批林批孔)' 운동에 대한 반발심에서였다. 그는 1964년 처음 취푸(曲阜)시에 가서 공자의 사당과 저택, 무덤을 참배하면서부터 이 전기소설을 구상했다고 한다.

1966년, 문화대혁명이 시작되자, 그는 지난(濟南)으로 발령을 받아 지닝시에서 근무하면서 집필의 구체적인 얼개를 짜기 시작했다. 지닝시로 말하자면 공자와 그 제자 안회, 증삼, 공급이 태어난 곳이기도 하려니와, 맹자의 탄생지로도 유명하다.

1980년, 그는 일상업무의 여가를 이용하여 항상 취푸(曲阜), 쩌우현(鄒縣), 쟈샹(嘉祥), 웨이산(微山) 등지로 달려가 현지답사를 거듭하면서 주인공이 평생토록 딛고 숨쉬어 온 지형과 공기를 몸소 체험했다. 공자의 탄생부터 죽음에 이르기까지 행적을 더듬는 한편, ≪논어≫ ≪대학≫ ≪춘추≫를 분석 연구하고 그밖의 관련 사적과 자료를 수집했으며, 공자와 그 제자들에 관한 전설을 알고 있는 사람을 숱하게 접촉하여 자료를 풍부하게 축적해 나갔다.

실제로 집필에 착수한 것은 1987년 봄, 탈고는 1989년 5월. 그는 자신에게 주어진 가능한 휴일과 여가시간을 몽땅 쏟아부어 단 2년여 기간에 〈소설 공자〉(원명 : 공자전)를 완성했다.

탈고 1년 전 5월, 그는 때마침 취푸를 방문한 국제펜클럽 부회장이며 일본의 저명한 작가 이노우에 히로시를 만나게 되었다. 당시 81세의 고령임에도 이노우에 역시 공자의 전기를 소설화한다는 꿈을 버리지 못하고 있던 터라, 서로 감동을 느낀 두 작가는 자료를 교환하고 격려를 아끼지 않았으며, 취춘리는 이를 바탕으로 이미 써 놓았던 부분을 대폭 손질하여 마침내 이듬해에 전편 50회로 완성을 보았다고 한다.

앞서 말한 바와 같이, 이 책은 공자의 탄생으로부터 세상을 떠나기에 이르기까지 행적을 더듬어 소설화한 것이다. 그는 현실주의 창작기법을 써서 공자와 그 제자들에 대한 묘사를 사실 위주로 묘사하려고 노력했다.

상황 설명과 등장인물의 심리 묘사 등 일부는 물론 추리에 바탕을 둔 허구의 내용도 없지 않으나, 이는 어디까지나 주제를 벗어나지 않는 보조적인 윤활유 역할로서 시종 독자의 이해를 돕기 위한 의도였을 뿐이다.

그는 주인공을 미화하지도 않았거니와 희화(戱畵)하거나 해학적으로 묘사하지도 않았으며, 가능한 한 그 본래의 면모를 구현해 내려고 무진 애를 썼다.

전체 구성도 빈틈없이 치밀하게 짜여 있다. 일반인들이 선불리 범

접하기 어려운 경전 ≪논어≫ ≪대학≫ ≪시경≫의 내용을 생동감 있고도 유창하게 표현했으며 우아한 현대적 어휘를 적절히 구사하여 공자와 그 제자들의 일상생활을 잘 이해할 수 있도록 만들었다.

그는 20여 년 동안 소설의 무대가 되는 산천과 지형을 직접 답사하여 내용에 현실감을 불어넣었고, 모든 사료와 경전을 근거로 2500여 년 전의 정확한 사회 배경과 행동 양태를 추정하여 묘사하느라 힘썼으며, 수집 가능한 자료를 모두 활용하여 주인공들의 생생한 인간성 부각에 힘썼다.

다시 말해서 저자는 천시와 지리, 인화 모든 측면에서 독특한 여건을 구비하여 서술해 나갔다고 할 수 있으며, 이것이 바로 저자 취춘리가 지닌 장점이며 특징이기도 하다.

공자의 유학이 우리 나라에 전래된 것은 삼국시대부터라고 알려졌다. 그리고 여느 종교도 마찬가지지만 역사적으로 유교 사상은 발상지인 중국보다 우리 나라에서 더욱 발전되어 왔고 지금도 그 연구 활동은 중국을 앞지른다고해도 지나친 말이 아니다.

지난 여름, 중국은 인민일보사와 우리나라의 동아일보사 공동 주최로 취푸에서 공자의 학문 사상을 토론하는 첫 세미나를 열었고, 앞으로도 2년 주기로 양국이 번갈아 세미나를 개최하기로 결정했다고 한다.

공자의 사당과 무덤은 1960년대 중반 문화대혁명이 일어났을 때, 홍위명의 난동으로 모조리 파괴당했다.

제사도 끊기고 전통 제례 형식도 모두 잃어버렸다. 80년대에 그것을 복원하려 했을 때, 중국 사람들은 우리나라 성균관에 전승되어 오는 제례 음악과 팔일무(八佾舞)를 배워가지고 돌아가서 제사를 올렸다는 얘기도 있다.

이 두 가지 사건으로 보더라도, 유학의 종주국이 뒤바뀐 듯싶어 참으로 아이러니한 느낌을 금치 못하겠다.

옮긴이 **임홍빈**

공자의 가계

공자의 조상은 상(商)나라 때 명군 성탕(成湯)의 후예다. 주무왕(周武王) 희발(姬發)이 은(殷)나라의 폭군 주왕(紂王)을 멸망시키고 건국의 기틀을 세웠을 때, 희발은 너그럽게도 폭군의 아들 무경(武庚)을 죽이지 않고 조가(朝歌) 땅에 보내어 여생을 누리게 해주었다.

주무왕이 세상을 떠난 후, 그 대를 이어 성왕(成王) 희통(姬通)이 어린 나이로 왕위에 올랐다. 이 때 숙부인 주공 희단(周公 姬旦)은 어린 조카를 보필하여 섭정(攝政)으로 나라를 다스렸다. 그런데 조가 땅에 살던 무경이 은혜를 원수로 갚아 그 틈을 노리고 반란을 일으켰다.

주공 희단은 직접 토벌군을 이끌고 출동했다. 그리고 단 한번 싸움으로 무경의 반란세력을 완전히 섬멸해 버렸다. 주성왕은 다시 폭군의 형이던 미자(微子)를 성탕(成湯)의 후예로 내세워 제사를 받들게 했다. 이리하여 미자가 세운 제후국이 바로 송나라였다.

미자의 자손은 크게 번창하였으며, 그중의 하나인 공부가(孔父嘉)

일족이 바로 공자의 6대조였다. 일족이 너무 번성하게 되자 공부가의 자손들은 그 성을 아예 공씨(孔氏)로 바꾸었다. 공부가는 목금보를 낳았다.

훗날 송나라의 대부 화씨 독(華氏督)이 반역을 꾀하여 송나라 군주와 공부가를 잡아 죽이는 참사가 일어났다. 목금보는 처자식을 데리고 노나라로 망명해 갔다. 그 때부터 공씨 일문은 자손 대대로 곡부(曲阜) 땅에서 살았다.

노나라 도성 동쪽 10여 리쯤 되는 곳에 구불구불 감도는 구릉지대가 하나 있는데, 그 생김새를 따라서 이름도 곡부라고 붙였다. 노나라는 사실 주무왕(周武王)이 자신의 아우 주공 희단에게 내려 준 영지(領地)였다. 그러나 주공 희단은 어린 조카를 도와서 주나라 천하를 다스리는 섭정이었기 때문에, 자기 맏아들인 백금(伯禽)을 영지로 보내 다스리게 했다.

이 제후국이 곧 노나라였고, 또 그때부터 노나라의 군주는 백금의 자손이 대대로 세습해 왔다. 또 노나라는 곡부에 도읍을 세우고 나라를 다스렸던 것이다.

노나라에 망명한 목금보는 도성 근교 궐리가(闕里街)에서 살면서 아들 고이보를 낳았다. 고이보는 일명 기보라고도 부른다.

고이보는 아들 방숙(防叔)을 낳았다. 방숙은 아들 백하(伯夏)를 낳았다. 백하는 숙량흘을 낳았다. 숙량흘은 일명 양숙흘(梁叔紇)이라고도 부른다. 그리고 숙량흘이 안씨 댁 규수를 맞아들여 기원 전 551년 음력 8월 27일 공자를 낳았던 것이다.

기원 전 479년, 공자가 73세를 일기로 세상을 떠난 후, 그 자손들은 다음과 같이 가문의 대를 이어내렸다.

공자에게는 외아들 공리(孔鯉)가 있었다. 자는 백어(伯魚), 1102년 송 휘종(宋徽宗) 때에 사수후(泗水侯)의 작위를 추존받았다. 이가 제2대이므로, 통상 이세조(二世祖)라고 일컫는다.

공리 또한 외아들 공급(孔伋)을 두었다. 자는 자사(子思), 제3대가 되므로 삼세조(三世祖)라고 일컫는다. 1102년 송 휘종 때에 기수후(沂水侯)의 작위를 추존받았고, 다시 1330년 원나라 문종 때에 기국 술성공(沂國述聖公)으로 추존되었으며, ≪중용≫을 저술한 것으로 알려진다.

제4대, 공백(孔白), 자는 자상(子上)이다.

제5대, 공자(孔求), 자는 자가(子家)이다.

제6대, 공기(孔箕), 자는 자경(子京), ≪난언≫ 12편을 저술했다.

제7대, 공천(孔穿), 자는 자고(子高)이다.

제8대, 공겸(孔謙), 자는 자순(子順)이다.

공겸은 두 아들을 낳았는데, 맏이는 공부, 둘째는 공등(孔騰)이다. 공등은 자가 자양(子襄), 기원 전 195년 한 고조 유방 때에 봉사군

(奉祠君)으로 임명되어 공자의 제사를 전담했다. 공등이 제9대손이다.

제10대, 공충(孔忠), 자는 자정(子貞), 한 문제 때에 박사(博士)가 되었다.

제11대, 공무(孔武), 자는 자위(子威), 역시 한 문제 때의 박사.

제12대, 공연년(孔延年), 역시 한 문제 때에 박사가 되었다.

제13대, 공상(孔霜), 자는 차유(次孺), 기원 전 43년 한 원제(漢元帝) 때에 처음으로 포성후(褒成侯)의 작위를 받았다.

제14대, 공복(孔福), 일명 공길(孔吉), 기원 전 8년 한 성제(漢成帝) 때에 은소가후(殷紹嘉侯)의 작위를 받았다.

제15대, 공방(孔房), 기원 전 한 애제(漢哀帝) 때에 포성후 세습.

제16대, 공균(孔均), 자는 자평(子平), 서기 원년 한 평제(漢平帝) 때에 포성후의 작위 세습.

제17대, 공지(孔志), 서기 38년 동한 광무제 때에 포성후 세습.

제18대, 공손(孔損), 자는 군익(君益), 서기 72년 한 명제(漢明帝) 때에 포성후를 세습, 92년 한 화제(漢和帝) 때에 포정후(褒亭侯)의 작위를 받음.

제19대, 공요(孔曜), 자는 군요(君曜), 124년 한 안제(漢安帝) 때에 봉성정후(奉聖亭侯)의 작위를 받음.

제20대, 공완(孔完), 169년 한 영제(漢靈帝) 때에 포정후 세습.

공완은 일찍 죽었으므로, 그 아우 공찬(孔贊)의 맏아들 공선(孔羡)이 작위를 세습했다. 공선은 자가 자여(子余), 221년 위 문제(魏文帝) 조비(曹丕) 때에 종성후(宗聖侯)의 작위를 받았다. 공선이 제21대가 된다.

제22대, 공진(孔震), 자는 백기(伯起), 267년 서진(西晉) 무제 때에 봉성정후의 작위를 세습.

제23대, 공의, 일명 공정(孔亭), 자는 성공(成功), 325년 동진 명제 때에 봉성정후를 세습.

제24대, 공무(孔撫), 제25대 공의(孔懿), 모두 봉성정후 세습.

제26대, 공선(孔鮮), 자가 은지(隱之), 442년 송 문제(宋文帝) 때에 역시 봉성정후의 작위 세습.

제27대, 공승(孔乘), 자는 경산(敬山), 473년 북위 효문제 때에 숭성대부(崇聖大夫)의 작위를 받음.

제28대, 공령진(孔靈珍), 495년 북위 효문제 때에 숭성후의 작위를 받음.

제29대, 공문태(孔文泰), 숭성후 세습.

제30대, 공거(孔渠), 숭성후 세습.

제31대, 공장손(孔長孫), 550년 북제(北齊) 문선제(文宣帝) 때에 공성후(恭聖侯)의 작위를 받았으며, 580년 북주(北周) 정제(靜帝) 때에는 추국공(鄒國公)으로 승작(升爵)되었음.

제32대, 공사철, 608년 수양제 때 소성후(紹聖侯)의 작위를 받음.

제33대, 공덕륜(孔德倫), 626년 당 고조 때에 포성후(褒聖侯)의 작위를 받음.

제34대, 공숭기(孔崇基), 695년 측천무후 때에 포성후 세습.

제35대, 공수지(孔璲之), 자는 장휘(藏暉), 717년 장 현종 때에 포성후를 세습, 739년에는 문선공(文宣公) 겸 연주장사로 임명됨.

제36대, 공훤(公萱), 문선공 세습.

제37대, 공제경(孔齊卿), 782년 당 덕종 때에 문선공 세습.

제38대, 공유질, 818년 당 헌종 때에 문선공 세습.

제39대, 공책(孔策), 842년 당 무종 때에 문선공 세습.

제40대, 공진(孔振), 자는 국문(國文), 863년 당 의종 때에 문선공 세습.

제41대, 공소검(孔昭儉), 문선공 세습.

제42대, 공광사(孔匡嗣), 자는 재랑(齋郎), 905년 당 애제(唐哀帝) 때에 사수 주부(泗水主簿)에 임명되었으나, 문선공의 작위를 잃어버렸다. 당시 사회가 전란에 휩쓸려, 공광사는 아들 공인옥(孔仁玉)을 낳은 지 얼마 후, 즉 913년 오대(五代) 후량(後梁) 말제(末帝) 때 공자의 무덤을 지키던 능지기 공말(孔末)에게 죽임을 당했다.

그 아내는 어린 아들 공인옥을 안고 달아나 친정 아버지 장온(張溫)의 집에 숨겨 두었는데, 후에 공말이 추적해 오자, 장온은 자기 친

손자를 대신 내주어 죽게 만들고 공인옥의 목숨을 구했다.

공인옥은 외조부 댁에서 자라나 19세가 되었는데, 후당(後唐) 명종(明宗) 때(903년) 이 원통한 사연을 조정에 상소하여, 마침내 그 사건 내막이 세상에 알려졌다.

명종은 특명으로 그 진상을 조사하여 공말을 잡아 극형에 처하고, 공인옥을 곡부현 주부로 임명, 공자의 제사를 받들게 하였다. 932년, 명종은 다시 공인옥에게 문선공의 작위를 세습시켰다. 960년 송나라가 건국되자, 태조 조광윤은 공인옥을 곡부현령(曲阜縣令)에 겸직시켰다. 공인옥은 자가 온여(溫如), 공자의 제43세손이 된다. 그는 아버지가 죽임을 당하고 작위를 잃은 것을 되찾아 다시 조상의 업적을 이어받았다고 하여, 공씨 가문에서 '중시조(中始祖)'로 일컫게 되었다.

공인옥에게는 네 아들이 있었는데, 맏아들 공의(孔宜)는 자가 불의(不疑), 966년 송 태조 때에 곡부현 주부가 되었으며, 978년 송 태종 때에는 찬선대부(贊善大夫)가 되고 문선공의 작위를 세습했다. 이가 제44대손이다.

제45대, 공연세(孔延世), 자는 무선(茂先), 997년 송 태종 때에 문선공을 세습하고, 곡부현령을 겸직했다.

제46대, 공성우(孔聖佑), 1021년 송 진종 때에 문선공을 세습하고 지곡부현사(知曲阜縣事)를 겸임했다. 공성우는 대를 이을 아들이 없으므로, 그 사촌아우 공종원(孔宗愿)이 1039년 송 인종 때에 문선공의 작위를 계승하고 아울러 지곡부현사가 되었다.

공종원은 자가 자장(子莊), 1055년에 연성공(衍聖公)의 작위를 받았다.

이 때부터 공씨 가문이 크게 번성하였으므로, 공자의 직계 후손 중에서 세대마다 한 사람씩 연성공의 작위를 이어받기로 결정되었다.

제47대, 공약몽(公若蒙), 자는 공명(公明), 1068년 송 신종 때에 연성공을 세습하였으나, 1098년 철종 때에 작위를 잃고 그 아우인 공약허(孔若虛)가 봉성공(奉聖公)의 작위를 받았다. 공약허는 자가 공실(公實)이며, 그가 죽은 뒤에는 다시 공약몽의 아들 공단우(孔端友)가 습작(襲爵)하게 되었다.

제48대, 공단우, 자는 자교(子交), 1102년 송 휘종 때에 연성공을 세습.

공단우 역시 아들이 없고 그 아우인 공단조(孔端操)가 두 아들을 두었는데, 맏이는 공개(孔价), 차남은 공반이다.

공반은 자가 문로(文老), 1134년 금 태종(金太宗) 때와 1140년 희종(熙宗)때 두 차례에 걸쳐 연성공의 작위를 세습했다. 이가 공자의 49세손이 된다.

제50대, 공증(孔拯), 자는 원제(元濟) 1142년에 연성공의 작위를 세습했으나 일찍이 죽고 대를 이을 아들이 없으므로, 그 아우인 공총

(孔摠)이 1163년 금 세종 때에 작위를 세습했다. 공총은 아들 공원조(孔元措)를 낳았다.

제51대, 공원조, 자는 몽득(夢得), 1191년 금 장종(金章宗) 때와 1233년 원태종(元太宗) 때 두 차례에 걸쳐 연성공의 작위를 세습받았다.

공원조 역시 아들이 없으므로, 그 아우인 공원굉(孔元紘)의 아들 공정(孔湞)이 작위를 이어받았다.

제52대 공정, 자는 소도(昭度), 1251년 원 헌종 때에 연성공이 되었으나, 후에 그가 '천민 이씨의 소생'이라 밀고하였으므로, 이듬해에 작위를 박탈당하고 말았다.

공정이 작위를 박탈당한 이후, 약 43년 동안 연성공을 습작한 사람이 없었는데, 1295년 원 성종 때에 이르러 다시 공치(孔治)가 그 작위를 이어받게 되었다. 이가 제53대손이다. 공치는 자가 안세(安世), 제46세 후대를 세습했던 공종원(孔宗愿)의 셋째 아들 공약우(孔若愚)의 6세손이다.

제54대, 공치의 아들 공사성(孔思誠)이 작위를 세습했다. 공사성은 적계(嫡系)가 아니라는 이유로 문중에서 불복하는 이가 많아 작위를 잃었으나, 후에는 여전히 공약우의 후예인 공사회(孔思晦)가 습작했다.

공사회는 자가 명도(明道), 1316년 원나라 인종 때에 연성공의 작위를 세습했다. 공사회는 아들 공극견(孔克堅)을 낳았다.

제55대, 공극견은 자가 경부(璟夫), 1340년 원 순제 때에 연성공을 세습.

제56대, 공희학(孔希學), 자는 사행(士行), 1355년에 세습. 그 후 1368년에 명나라가 건국되자, 태조 주원장이 그 작위를 인정했으며, 1380년에는 황제의 특명으로 연성공을 문관 반열에 수석으로 내세우게 되었다.

제57대, 공눌(孔訥), 자는 언백(言伯), 1384년에 연성공을 세습.

제58대, 공공감(孔公鑒), 자는 소문(昭文), 1400년 혜제(惠帝) 때에 연성공의 작위를 세습.

제59대, 공언진(孔彥縉), 자는 조신(朝紳), 1410년 성조(成祖) 때에 세습.

제60대, 공승경(孔承慶), 자는 영조(永祚), 일찍 죽었으므로 작위를 이어받지 못했으나, 후에 연성공으로 추증. 공승경의 장남은 공홍서(孔弘緖), 자가 이경(以敬), 호는 남계(南溪), 차남 공홍태(孔弘泰)는 자가 이화(以和)다.

제61대, 공홍서는 1450년 대종(代宗) 때에 연성공의 작위를 이어받았으나, 그의 저택 규모가 법도에 어긋나게 컸으므로 탄핵을 당하고 작위를 빼앗겼다. 그 아우 공홍태는 1469년 현종 때에 형이 박탈당한 작위를 이어받았고, 그 이후에는 다시 공홍서의 아들 공문소(孔

聞韶)가 대를 이었다.

제62대, 공문소, 자는 지덕(知德), 호는 성암(成庵), 1503년 효종 때에 작위를 세습.

제63대, 공정간(孔貞干), 자는 용제(用濟), 호는 가정(可亭), 1546년 세종 때에 연성공을 세습.

제64대, 공상현(孔尙賢), 자는 상지(象之), 호는 희암(希庵), 1556년 세종 때에 작위를 세습. 공상현은 두 아들을 낳았으나 모두 일찍 죽어 대가 끊겼으므로, 사촌아우 공상원(孔尙垣)의 아들 공윤식(孔胤植)이 작위를 이어받았다. 후에 청나라 옹정황제 아이친교로 윤진(愛新覺羅胤禛)의 이름자를 피해 '윤식'을 '연식(衍植)'으로 고쳤다. 이것이 훗날 두 사람으로 혼동되는 사태를 빚게 되었으나, 실상은 동일인이다.

제65대, 공윤식은 자가 무갑(懋甲), 호는 대환, 1621년 명나라 희종(熹宗) 때에 작위를 세습.

제66대, 공흥섭(孔興燮), 자는 기려(起呂), 호는 보원(輔垣), 1648년 청나라 순치제(順治帝) 때에 작위 세습.

제67대, 공소기, 자는 종재(鍾在), 호는 난당(蘭堂), 1667년 강희제(康熙帝) 때에 작위 세습.

제68대, 공전탁(孔傳鐸), 자는 진로(振路), 호는 유민, 1723년 옹정제 때에 작위 세습.

제69대, 공계호(孔繼濩), 자는 체화(體和), 호는 순재(純齋), 일찍 죽어 세습하지 못했으나 후에 연성공으로 추존.

제70대, 공광계(孔廣棨), 자는 경립(京立), 호는 석문(石門), 1731년 옹정제 때에 작위 세습.

제71대, 공소환(孔昭煥), 자는 현문(玄文), 호는 요역, 1744년 건륭제(乾隆帝) 때에 작위 세습.

제72대, 공헌배(孔憲培), 자는 양원(養元), 호는 독재(篤齋), 1783년 건륭제 때에 작위 세습. 그는 본명이 공헌윤(孔憲允)이었으나, 건륭황제가 친히 개명해 주었다. 또 중국인으로서는 드물게 황제의 부마(駙馬)가 되었는데, 자식을 낳지 못하고 죽었다. 이는 만주족의 순수한 혈통을 지킨다는 황실 전통에 따라 후사(後嗣)를 두지 못한 것으로 추정된다. 그 후 연성공의 작위는 그 아우인 공헌증(孔憲增)의 아들 공경용(孔慶熔)이 이어받았다.

제73대, 공경용, 자는 도보(陶甫), 호는 야산(冶山), 1794년에 작위 세습.

제74대, 공번호(孔繁灝), 자는 문연(文淵), 호는 백해(伯海), 1841년 도광제(道光帝) 때에 작위 세습.

제75대, 공상가(孔祥珂), 자는 관당(觀堂), 1863년 동치제(同治帝) 때에 작위 세습.

제76대, 공령이(孔令貽), 자는 정연(庭燕), 1877년 광서제(光緒

帝) 때에 작위 세습. 그 후 중화민국 4년(1915), 군벌 총통 위안스카이도 그를 연성공으로 봉작(封爵).

제77대, 공덕성(孔德成), 자는 달생(達生). 1920년 북양군벌 총통 쉬스창(徐世昌)이 그를 연성공으로 봉작하였으며, 1935년 쟝지에스(蔣介石)도 그를 대성지성선사(大成至聖先師)의 제사를 받드는 봉사관(奉祀官)으로 임명했다. 중화민국 건국 이후, 봉건 왕조시대의 작위 제도가 폐지되면서, 공덕성은 공씨 가문의 마지막 연성공이 되었으며, 세칭 '말대(末代)의 성인(聖人)'으로 일컬음을 받게 되었다.

소설 **공자** **제3권(전3권)**

초판 인쇄 2001년 1월 20일
초판 발행 2001년 1월 25일
2판 발행 2008년 9월 20일
3판 발행 2015년 4월 5일
4판 발행 2019년 7월 10일

지은이 / 취 춘 리
옮긴이 / 임 홍 빈
펴낸이 / 김 용 성
펴낸곳 / 지성문화사
등 록 / 제5-14호(1976.10.21.)
주 소 / 서울시 동대문구 신설동 117-8 예일빌딩
전 화 / 02) 2236-0654
팩 스 / 02) 2236-0655, 0952

소설 **공자** **제3권(전3권)**

초판 인쇄 2001년 1월 20일
초판 발행 2001년 1월 25일
2판 발행 2008년 9월 20일
3판 발행 2015년 4월 5일
4판 발행 2019년 7월 10일

지은이 / 취 춘 리
옮긴이 / 임 홍 빈
펴낸이 / 김 용 성
펴낸곳 / 지성문화사
등 록 / 제5-14호(1976.10.21.)
주 소 / 서울시 동대문구 신설동 117-8 예일빌딩
전 화 / 02) 2236-0654
팩 스 / 02) 2236-0655, 0952